全新增订版

ZHANDUI

阿来 著

一个两百年的
康巴传奇

A 200-YEAR LEGEND OF KANGBA

四川文艺出版社

图书在版编目（CIP）数据

瞻对：一个两百年的康巴传奇：全新增订版 / 阿来著. -- 4版. -- 成都：四川文艺出版社，2020.8（2021.7重印）

ISBN 978-7-5411-5635-9

Ⅰ. ①瞻… Ⅱ. ①阿… Ⅲ. ①纪实文学－中国－当代 Ⅳ. ①I25

中国版本图书馆CIP数据核字(2020)第126215号

ZHANDUI
瞻对
一个两百年的康巴传奇

阿来 著

出 品 人	张庆宁
总 策 划	罗 勇
策 划	朱丹枫 张 京 安庆国
书稿统筹	蔡 曦
责任编辑	梁康伟
封面设计	叶 茂
内文设计	史小燕
责任校对	王思鈜
责任印制	桑 蓉

出版发行	四川文艺出版社（成都市槐树街2号）
网　　址	www.scwys.com
电　　话	028-86259287（发行部） 028-86259303（编辑部）
传　　真	028-86259306
邮购地址	成都市槐树街2号四川文艺出版社邮购部 610031
排　　版	四川胜翔数码印务设计有限公司
印　　刷	成都东江印务有限公司
成品尺寸	143mm×210mm	开　本	32开
印　　张	13.75	字　数	310千
版　　次	2020年08月第四版	印　次	2021年07月第三次印刷
书　　号	ISBN 978-7-5411-5635-9		
定　　价	69.80元		

版权所有·侵权必究。如有质量问题，请与出版社联系更换。028-86259301

凡本社正版出版物均在封底贴有二维数码防伪标识，敬请注意鉴别真伪！

嘉庆二十五年（1820）瞻对及其周边地图

民国时期瞻化县手绘地图

(引自《任乃强藏学文集》,中国藏学出版社 2009 年版)

瞻对(今四川省甘孜藏族自治州新龙县)地处康巴。

康巴人向来强悍,而瞻对人在康巴人中更以强悍著称。

当地人以此自豪:瞻对就是一块铁疙瘩!

我不是在写历史,而是在写现实

| 阿 来

创作《瞻对》这部作品,于我完全是个意外。

几年前,为写《格萨尔王》,我去了西藏很多地方搜集资料。在一两年的行走过程中听到很多故事,其中就有一个关于瞻对的故事。《瞻对》是一部历史纪实文学作品,我本来是想写成小说,开始想写个短篇,随着史料增多,官府的正史、民间传说、寺庙记载,最后搜集的资料已经足够写个长篇了。但是到后来,我发现真实的材料太丰富,现实的离奇和戏剧性更胜于小说,用不着我再虚构,历史材料远比小说更有力量。于是我开始更多地接触这些材料,慢慢就有了《瞻对》。

我去实地考察以后发现,关于瞻对的故事并不只是一个民间传说,它是当地实实在在发生过的一系列历史事件,并且与很多历史人物都有关系。比如道光皇帝,还有清朝另一个人物——琦善。学中国史的人都知道,鸦片战争时期有个投降派叫琦善,他曾是清廷的钦差大臣。琦善先是主战的,因为派人前往广州与英军议和并签订不平等条约被皇帝罢免。后来道光皇帝重新起用琦善,把他发配到西藏当驻藏大臣,不久又调任四川总督。就在他从西藏回四川的路上，在今天的甘孜州境内，遇到了被称为"夹坝"的一群藏人。这些藏人截断了川藏大道，琦善主张镇压，这才发生了清廷和西藏地方政府联合起来镇压布鲁曼割据势力的一系列故事。

原本我是从事虚构文学创作的，但是在追踪这个故事的过程中我发现，这些历史上真实发生过的种种事情已经非常精彩了，根本不用你再去想象和虚构什么。就像今天我们在讨论现实问题的时候，就常常会感到，这个现实世界不用小说家写就已经光怪陆离了，好多事情是那么不可思议，那样匪夷所思。

人们研究历史，其实是希望通过历史来观照我们当下社会的现状。观察这些年来我国出现的少数民族问题，我发现，无论是过去了一百年还是两百年，问题发生背后的那个原因或者动机居然是那么惊人地一致，甚至今天处理这些事情的方式方法，还有中间的种种曲折，也都一模一样。瞻对虽然只是一个小县，但发生在它那里的历史也是如此。在这种情况下，历史或许就对今天有很大的借鉴意义。"一切历史都是当代史"，这句话并没有失效。

所以我觉得，我写这本书不是在写历史，而是在写现实。我写作的目的，是想探求如今的西藏问题是从哪里来的，是怎么演变成现在这样的，是为了告诉大家一个真实的西藏。我生活在藏地，写的是历史往事，但动机是针对当下的现实。这里面也包含我一个强烈的愿望，就是作为一个中国人，不管属于哪个民族，都希望这个国家安定，希望这个国家的老百姓生活幸福。

我这次写作靠两方面的材料，一个是清史和清朝的档案，另一个就是民间知识分子的记录。民间材料的意义在于，很多时候它跟官方立场是不一样的。更有意思的是，除了这两个方面之外,这些历史事件也同时在老百姓中间流传,因此又有一种记述方式叫口头传说,也就是讲故事。这里面就有好多故事,保留了过去很多生动的信息。作为非虚构创作,我知道把这些传说故事写进历史是没有什么特别意义的。但是这些虚构的、似是而非的传说当中其实也包含了当时老百姓对于政治以及重大事件的一些看法和情感倾向。另外,民间文学还有一个特点,就是对同样一件事情有很多不同的说法,这些我都呈现在书里了。

从另一个层面上讲,民间文学还有一种美学上的风格。它没有历史现实那么可靠,但它在形式上更生动、更美。在写《瞻对》的过程中,我把每一个故事涉及的村庄以及发生过战争的地方都走了一遍,这是值得并且可以做到的,走一遍就可以获得一个很好的空间感。

在传统的藏族文化中,当有人要写一本书的时候,他们会在书的前面写一首诗,表达他将要写的书中有什么愿景,这在佛教里叫作发愿。今天写作的文体在不断变化,但是我酝酿这本书的时候,有强烈的发愿在心里。这个发愿就是,当我们看到这个社会还有种种问题的时候,我希望这些问题得到消灭。当我们在强调文化多样性的时候,同时又很痛心地发现不同民族文化之间,它在某些程度上也会变成政治冲突。我希望民族多样性保持的同时,文化矛盾也得到解决。

到今天为止,外部条件有了巨大变化,但对于农民、对于乡村、对于少数民族地区,我们一些政府官员的想法,从某种程度上看,虽然经过了一些新词的包装,却和一个清廷官员、知县没有什么区别,甚至还不如他们。这本书也可以说影射了社会结构,其实你可以把瞻对看成一个中国的乡村,它就是稍微落后一点的乡村地区的处境。

　　瞻对虽然是一个很小的地方，但它牵涉了几乎清代以来的全部汉藏关系。西藏问题原来只是一个中国内部问题，近代以来逐渐变成一个国际性问题。考察这个过程，你会发现它远不像今天公众所理解的汉藏关系这么简单。不是所有的问题都是汉藏关系，不同的民族、文化之间有冲突是必然的。但我们今天只有一种简单化的思维：只要是在藏族中出了问题，都理解为汉藏关系。我写这本书，也是希望对这个认识误区进行更正，希望读者能正确认识汉藏关系。

目录

第一章

小事一件	3
瞻对，说从前	7
战云初布	9
皇帝催兵	14
大军出动	18
1746 年的年关	24
一个插曲：藏兵	30
总督出关	34
钦差大臣来了	40
瞻对与西藏	43
胜利了	48

第二章

说说夹坝	55
瞻对善后	61
新乱已起，旧乱未了	65
金川战事套着瞻对旧事	73

班滚现身，瞻对案结　　　　　　　　　80
　　　闲话岳钟琪　　　　　　　　　　　　84

第三章

　　　番酋洛布七力　　　　　　　　　　　91
　　　导火线，还是一个低级军官　　　　　94
　　　罗总兵擅自收兵　　　　　　　　　　95
　　　成都将军再次进剿　　　　　　　　　98
　　　又是重复的老故事　　　　　　　　　101
　　　民间传说，迷乱的时空　　　　　　　105

第四章

　　　在西藏的琦善　　　　　　　　　　　109
　　　里塘，琦善大人遇到夹坝　　　　　　113
　　　谁是布鲁曼　　　　　　　　　　　　116
　　　瞻对——铁疙瘩　　　　　　　　　　119
　　　护法转世的贡布郎加　　　　　　　　122
　　　布鲁曼统一瞻对　　　　　　　　　　127
　　　十土司征瞻对　　　　　　　　　　　133
　　　琦善总督亲征瞻对　　　　　　　　　138
　　　老故事再三重演　　　　　　　　　　142

第五章

　　　瞻对征服霍尔章谷　　　　　　　　　149
　　　瞻对征服北方土司之战　　　　　　　154

瞻对征服康巴最大土司	158
民间传说中的多面布鲁曼	163
继续进行的老故事	170
里塘的"细菌战"	173
不是每个藏人都心向拉萨	176
西藏出兵攻击瞻对	183
藏军剿灭瞻对英雄贡布郎加	189
所向披靡的"神兵"	198
一代枭雄的最后时刻	205
英雄故事余韵悠长	210
瞻对善后不善	219

第六章

新形势下的族与国	225
清廷重视藏区问题，但晚了一点	229
川边藏区土司制的前世今生	234
一次真正的农奴起义	240
清廷第五次用兵瞻对	245

第七章

养痈者遗患	251
清廷第六次用兵瞻对	256
鹿传霖尝试改土归流	263
反对变革的成都将军	267
进退失据，在瞻对，也在西藏	270
西藏问题国际化的开端	276

第八章

终于要革新了	289
皇庙也造反	295
巴塘死了凤大人	300
赵尔丰来了	307
川边改土归流	320
铁疙瘩的融化	325

第九章

民国来了	335
影响至今的西姆拉会议	339
"五族共和"口号下的边局糜烂	342
民初的瞻化县	349
大金白利再起战端	358
唐柯三，久候不至的调处大员	367
大白之战中的瞻化	376

第十章

调处失败，特派员遇兵变	387
还是靠实力说话	391
诺那活佛的传奇	403
大白之战后的瞻化	411

我读《瞻对》／朱维群	419
在塞尔维亚国际书展上的对话／麦家　阿来	422

第一章

由四川进西藏的大道上，出了一件不大不小的事情！有三十六个人被藏语称为"夹坝"的人抢劫了。在那样的年代，一行人路经僻远而被抢劫，以致被谋财害命并不是什么了不起的事情。但是，这件事情却先上报到川陕总督庆复那里，又由庆复上奏给乾隆皇帝，说明这件抢劫案太不一般。原来被抢的人是一众清兵。

小事一件

那时是盛世。康乾盛世。

乾隆九年,公元1744年。

大清国如日中天。

就是这时,清代以来才正式开辟,一路设了若干塘汛①和粮台②由四川进西藏的大道上,却出了一件不大不小的事情,让我们来开讲一个几近三百年的漫长故事。

的确不算大事,川藏大道上,有三十六个人被藏语称为"夹坝"的人抢劫了。在那样的年代,一行人路经僻远而被抢劫,以致被谋财害命并不是什么了不起的事情。但是,这件事情却先上

---

① 塘:清代的邮驿机构。亦称"军塘"。本是明代创设的传递军事文书的机构,在清代成为定制。清代在川藏驿道按马程设计若干塘,以维系中央政府和西藏地方的联系。每塘有军塘夫若干,专司邮传递送。有都司一员督察运行。

汛:清代绿营兵镇、协、营、汛四层建制中最低一级的编制。每汛数人到数十人不等。亦指其驻防地段。

清代,在川藏大道上,汛兵每依塘驻扎,故合称塘汛。

② 粮台:本是清代在有重大军事行动时,临时设置的筹办和运送粮饷军械的后勤机构。但在川藏大道上,为支应川藏大道沿途塘汛和西藏驻军需要,有数处粮台成为常设机构。负责日常所转运和储存粮草及火药、铅弹等军械。其主官亦称为粮台。一般由七品或从七品的职衔者担任。

报到川陕总督庆复那里，又由庆复上奏给乾隆皇帝，说明这件抢劫案太不一般。原来被抢的人是一众清兵。用今天的话讲，叫维稳无小事，何况被抢的还是在川藏大道上维稳的军人。

《清实录》明确记载："江卡汛撤回把总①张凤带领兵丁三十六名，行至海子塘地方，遇夹坝二三百人，抢去驮马、军器、行李、银粮等物。"

江卡，今天是西藏自治区昌都地区下属的一个县，名叫芒康，地处金沙江西岸，与金沙江东今属四川的巴塘县隔江相望。汛，清代绿营兵的驻扎之地。江卡汛，正是清代沿川藏驿道分布的绿营兵驻地之一。跟今天的军队一样，那时兵丁也会到期换防。把总，在清代所领兵丁，也就十人到上百人不等，相当于今天军队里一个连排级干部。就是这位张凤把总带着三十多位军人，在江卡汛驻防期满，从西藏回内地途中，渡过金沙江，过了巴塘，不一日，就来到里塘（治今理塘）土司地面。就在这叫作海子塘的地方被抢了。海子，就是高原湖。他们被抢之处，是一个风景漂亮的地方。塘和汛一样，也是清代在川藏大道上的驻兵之地。

庆复这位封疆大吏在奏折中有理由表达自己的愤怒："官兵猝遇野贼，自当奋勇前敌，苟枪毙一二，众自惊散。"但这位张把总却"怯懦不堪，束手被劫"，"川省界杂番夷，弁兵积弱，向为悍番玩视"，以致"即摆设塘汛，俱属具文"。

所谓"野贼"，就是当地百姓。

承平日久，兵不能战，这似乎是盛世帝国的通病。

但清代康乾盛世间，其实战事不断。翻翻清代史料，不说其他地方，光是藏区，这些年中，从西藏到青海，再到四川，都大

---

① 把总：军官名。清代为汛一级基层建制部队的领兵官。

小战事不断。真正的问题还是体制酝酿腐败，不但造成财富以非正常方式向少数人集聚，腐败更重要的恶果，是这一体制上下的懈怠因循，渐渐造成吏不能治而兵不能战。

从奏折看，庆复不但详陈事情原委，而且提出具体的处置建议："一面将该把总饬革拏问，再札致抚、提二臣，将大海子地方辽阔，塘汛隔绝之处，作何严密防查，以杜后来窃劫。"那时，川陕总督驻在陕西，直接管理四川事务的，是驻成都的四川巡抚和四川提督，所以，要"札致抚、提二臣"。

乾隆皇帝也还冷静："所见甚是，应如是办理者。"

远在陕西的川陕总督庆复已经奏报在前，才有近在成都的四川巡抚纪山就同一件事情上奏在后："江卡撤回把总张凤行至海子塘被劫。现在饬革拏问。"相比庆复的奏折，简单多了，颇有大事化小，小事化了之意。这就怪不得皇帝要愤怒了。人一愤怒，话就多，而且翻出旧账："郭罗克之事甫完"，郭罗克也属藏人一部，那时也在四川巡抚责任区内，今天已划入青海，也是同样的事由："悍番夹坝"。也就是抢劫今天所说的茶马古道上的来往商旅，甚至官差。乾隆皇帝降旨说："郭罗克之事甫完，而复有此，则去年汝等所办不过苟且了事可知。况此事庆复早已奏闻，意见亦甚正，而汝所奏迟缓，且意若非甚要务者，大失封疆大吏之体。此案必期示之以威而革其心，首犯务获，以警刁顽。不然，将来川省无宁岁矣！"

这一来，一件发生在小地方的小事件，就开始因为皇帝的重视、皇帝的愤怒而变大了。

当时只知道是相当于今天一个排的兵被抢得精光，谁抢的？还没人知道。

那就先查是谁抢了张把总手下全副武装的军人。

一个多月后,乾隆皇帝收到四川巡抚纪山奏报,作案的人有了出处。

"查打箭炉至西藏,番蛮种类甚多,而剽悍尤甚者,莫如瞻对等部落,每以劫夺为生。"

这本书将始终关注的地方——瞻对的名字出现了。

打箭炉是今天的甘孜州首府康定。从康定西去,川藏公路循的还是清代川藏驿道的路线。出康定,翻折多山叫作出关,然后过雅砻江到雅江县,再上高原到理塘,瞻对就在理塘北面的丛山之中。那时瞻对人常常南下来到川藏大道上,在来往商旅身上发点横财。

过了理塘,川藏大道再一路向西,到巴塘,再过金沙江,便是西藏。今天,这一路上的藏人,有一个被赋予了颇多浪漫传奇色彩的名字:康巴。其实,正如纪山奏折中所说"番蛮种类甚多",这一路西去的藏人部落,其间还有种种分别,一句话,大文化中包含多种小文化,小的文化造成语言与风习的差异之美。这种文化多样性与这一地区的生物多样化相互映照,蔚为大观。

找到强盗,也就是"夹坝"的出处不难,可找到又如何处置呢?

四川巡抚纪山上奏:"此次抢夺官兵行李,理应奏请惩以大法。缘雍正八年征剿瞻对大费兵力,总因该番恃险,攻击匪易。惟恐不筹划于事前,未免周章于日后,是以此案檄饬里塘土司追拏赃盗。原欲以蛮制蛮,相机酌办,断不敢视为不要,稍萌轻忽之念。"原来,瞻对番人,早已作过乱了,且朝廷也派兵剿办过,但山险路远,效果并不彰显。

瞻对，说从前

从前，清雍正六年，即1728年，二十年前才被康熙皇帝册封为安抚司①的下瞻对土司便"纵容夹坝"，即纵民出境抢劫。四川有关方面为示惩创，便从靠这一地区最近的黎雅营调汉、土官兵进军缉捕凶犯。游击高奋志诱杀下瞻对土司策冷工布。本以为从此瞻对地方便群龙无首，自可一路前驱，各个击破，高奏凯歌。

不意此举反激起瞻对民众的仇恨，利用深峡密林的有利地形设伏，消灭清兵两百余人。高奋志败逃。雍正八年，为雪高奋志败逃之耻，更为了大清朝的颜面，四川提督黄廷桂派遣副将②马良柱领兵一万二千余人前往征剿。瞻对人拆毁自北向南纵贯全境的雅砻江上的桥梁，退出江东，陈兵于江西岸。清军被阻于江东，马良柱一筹莫展，更因粮运之路漫长，只好草草收兵。

---

① 安抚司：亦称安抚使，或安抚使司。清代在少数民族地区设置的相当于今天的民族地方自治机构。由当地土著部族首领世袭官职，在其领地上管辖土民与土兵。视其地方大小、人口多少和协助官军出战之军功大小，计有指挥司、宣慰司、宣抚司、安抚司和长官司共六个等级。通常合称土司。

② 副将：清代努尔哈赤建八旗军制，设总兵、副将、参将、游击等各级军官。入关后，建绿营兵，也在总兵下设副将这一武官高职。通常掌管一协兵马，秩从二品。

是为清廷第一次对瞻对用兵。

不是对瞻对全境用兵。只是对靠近里塘土司地面的瞻对南部的下瞻对土司用兵，先是失败，后是无功而返。

而当事人四川提督黄廷桂却是以报功收场的。查《清代藏事辑要》，主持此次进剿事宜的黄廷桂如此上奏："……口外瞻对等处贼番，纠党抢劫，调兵次第剿抚。"

雍正皇帝降旨："进剿瞻对汉、土官兵，奋勇力战，直捣巢穴，番众率先输诚，已将贼首擒献。"皇帝不会亲临现场，也未派有钦差，只能根据上报材料作此总结。并下旨，对有功官兵论功行赏，伤亡官兵也"照例赏恤"。其实，清兵被阻于雅砻江东，根本未能深入下瞻对腹心，"直捣巢穴"云云，那就是弥天大谎。真实情形，皇帝或许知道，但装不知道。也许真不知道。

但后来的庆复纪山们大概是十分清楚的。

战云初布

第一次用兵瞻对无功而返，前车之鉴不远，纪山自然不敢轻言举兵，所以要"以蛮制蛮"，命令与下瞻对相邻的里塘土司"追拏赃盗"，这也不无道理。因为下瞻对地理位置并不在川藏大道之上。他们要抢掠官兵，必须南下，翻越崇山峻岭，来到里塘土司境内，所以，领有护路守土之责的里塘土司自然不能说与此事毫无干系。所以，纪山的计划是让里塘土司有所动作，"如瞻地即将夹坝首犯献出，别行请旨完结"。

巡抚纪山在官场上久经历练，知道这番最省力省心的计策未必奏效，所以在奏折中还留了后手，"倘或刁顽不悛，其作何示之以威，并善后之法，以及派委何员前往专办之处，容与督、提二臣共同酌筹会奏"。

督是总督，提是提督。按清代官制，品级都高于从二品的巡抚。也就是说，如果小事变成大事，纪巡抚要拉他们与自己一起集体承担决策与领导责任。

又三月后，纪山再次上奏皇帝，时间是1745年。"瞻对贼番抢劫撤回兵丁行李，正在严缉"，也就是说，该抓的强盗还没有抓到。看来，用里塘土司威逼瞻对土司，此计不行。而且，此期间，里塘土司境内还在屡遭"夹坝"抢掠。这也写进了纪山奏折。

"据里塘所属渣吗隆黑帐房民报称，有夹坝四十余人，抢去帐房、牛只。"

"又据额哇奔松塘番兵报称，有夹坝三十余人，各带枪箭，拆毁房舍，抢去文书。"

这些奏报说明，那些"夹坝"，不仅抢劫官兵，也抢劫当地百姓。

"该土司不将首犯擒献，赃物全交，随即檄饬谙练夷性弁目人等前往晓谕。将来示威与否，虽难悬定，而军粮必须预为密筹。"

所以，皇帝批示："先事绸缪，甚合机宜。兵贵神速，不可不知。"

又批示："以此观之，竟有不得不示以兵威者。"

皇帝有了批示，下面自然开始贯彻执行。

皇帝三月批示，川陕总督四月初一便上奏了初步计划。

"上、下瞻对番民惯为夹坝"，也就是说，上瞻对和下瞻对向来就有出外抢掠的习惯。而且，奏折中还对瞻对地形也有描摹："上、下瞻对在雅笼江（今为雅砻江）东西，夹江而居，各二十余寨。东有大路二条，西、南、北共有大路三条，俱属要隘。界连四瓦述等土司。凡瞻对之出入内地者，俱由四瓦述地界经过。"

瞻对地方确实路遥地险，清代史料载，上瞻对距打箭炉十四站，下瞻对距打箭炉十八站。一站一日，只是徒步抵达，时间就在半月以上。这样的地理环境，使得"从前曾经万余兵攻彼，犹难一时慑服，今若兵力稍弱，不足示威。应选委镇、将各一员，为正、副都统，以建昌道为监纪，酌调提标和邻近镇、协之汉兵四千名，杂谷、瓦寺、木坪等土司之土兵四千名，俱由打箭炉出口，向该土酋等近巢驻扎。并派拨该管之明正土司及附近之里塘土司等，于各隘口堵御。其四瓦述土司，向惧瞻对侵犯，不无暗相结纳，实非出于本心。应开导使弗党恶，则瞻对势孤。然后指定各夹坝姓名、寨分，令该土酋等擒献。如上瞻对悔悟，则奖令并攻下瞻对。并令杂谷、瓦寺等土司奋力前驱，大军随后进剿"。

主管军事的官员预作进军计划，行政官员也行动起来，预作后勤保障方面的筹划。四川布政使①李如兰上书户部，"预筹边地仓储"。在靠近藏区土司地面的雅州府雅安、荥经二县各增买谷米五千石，在清溪一县增买谷米三千石。

纪山又上奏，说雍正八年进剿瞻对，派汉、土兵一万二千余名，米面、饷银、军械等费用浩繁。这次进兵数量有增无减，粮、饷和军械更要多多预备。当时打箭炉和靠近打箭炉的官仓中贮米七千六百余石，雅州属下各县也有存粮。应碾谷成米五千石，预先运到打箭炉。又要多备银两，在打箭炉和里塘、巴塘两处土司地面购买炒面——也即方便高原长途食用的藏民主食：糌粑。所以，"应请先于司库封贮、备贮二项银三十九万三千两"。

备战一事，真是麻烦。

---

① 布政使：清代官名，全称为"承宣布政使司布政使"。为一省主管民政的长官，隶属于总督与巡抚。从二品。

最大的麻烦，是花银子。

动兵就要花钱。

"应支月费、口粮、骑驮等项照例支给外，其将备弁兵借支制备军装，土兵按名给发安家坐粮及加赏银两，并汉、土各兵之盐菜、口粮、茶叶、羊折，官兵、跟役、通事、译字、斗级仓夫等应支口粮、工食等项。"

打仗不是电视剧里那般一番冲杀就可以了事的，没打起来，先却是这么些婆婆妈妈的事让人烦心哪！

所有这些，雍正八年那次草草收兵的征剿，倒也积累了经验。因此，"雍正八年有例可循者，俱遵照办理"。

此时，四川换了一位新提督叫李质粹。新官上任，作为一省最高武官，他也积极主张进兵。到任后便与庆复、纪山共同上奏："瞻对贼番屡肆抢劫，虽经动兵征讨，而顽心终未尽革。必须增益官兵，慑其心胆，方可一劳永逸。"

三个地方大员联名正式请战了。

中央也正式议复。这个议复，是皇帝把请战奏书，转到相关部门，比如兵部，说你们拿个意见吧。兵部很快拿出意见，并下达贯彻："以建昌镇①总兵袁士弼为总统，于川省提标各营及杂谷、瓦寺各土司内共派出汉、土官兵一万二千名，遴选干练之员带领进剿。并拨附近瞻对之西宁镇汉、土官兵一千，西藏郡王颇罗鼐所属江卡番兵、德格土兵各一千，联络声援，巡逻侦探。"

这"议复"下达的同时，乾隆皇帝也忧心忡忡，对军机大臣

---

① 建昌镇：镇，清代绿营兵镇、协、营、汛四级建制中最高一级。统领指挥一镇兵力之长官称为总兵。平时镇守军事要地，战时听调出征。清时一般省份通常设二到三镇。但一些省份情形特别，有建四镇、五镇直至六镇者。四川设重庆、川北、松潘和建昌四镇。建昌镇驻地在今西昌市。

说,"……用兵原非美事,即所费钱粮亦复不少","倘此番料理不善,或至有损军威,或仍以雍正八年草率完结,复留后患,朕当于庆复、纪山、李质粹是问"。

皇帝此举,不知是对下属没有信心,还是出于某种不好的预感。

皇帝催兵

地方请求举兵行动，中央相关部门迅速批准，下面的行动却迟缓下来。

六月，川陕总督庆复等又上一折，说的不是进兵的事，但与进兵之事也有些关联。此一折说的是打箭炉，即今日之康定。那时，各地抽调的兵马粮草都要先聚集打箭炉，再往西陆续开拔转运。庆复等人上奏的却不是这些事情。他们突然想起来要在打箭炉整顿社会治安——"稽查民人出入"。

写文章这是好笔法，到紧要之处，宕开一下，着些闲笔，其实是增强悬念。但用兵之事，恐非如此。可庆复们还是上奏了："查打箭炉原设三门，东门大卡系进省通衢，南门出卡系赴藏大道，北门雅纳沟系通各处苗蛮小路。因炉城设有茶市，苗蛮汇集贸易，汉民遂亦繁多，向无稽查之例。"但现在，出入之人要予以盘查，要查看证件了。"炉城三门锁钥应交地方官掌管，拨兵守口，盘查一应内地出口之人，俱令在地方官处起票，守口人查验放行。"皇帝不太关心此事，便交由身边的大学士"议复"。大学士们如何议复，未见记载。

七月，纪山又上奏："瞻对顽番不法，前委千总向朝选前往晓谕，乃下瞻对班滚已以兵二百余名，在西纳山下插营阻挡。该千总随令瞻对头目将公文发去，令其回复，而班滚仍复支吾。及至上瞻对七林坪土寨，照前晓谕，又藉称：'土司已故，家内不知，并未放夹坝'等语，彼此推诿，始终不献赃贼。自宣示以兵威，师出粮随，现已起运雅郡仓米四千八百八十余石，并接运所需青稞，已经炉地购定三千石，里、巴二塘共预购一千五百石。其军需银两亦俱运炉接济。"

皇帝自然不高兴："知道了。兵贵神速，今汝等尚无进师之期，而彼已有兵挡矣！善用兵者如是乎？"

皇帝又找来军机大臣。他当然有理由要烦恼——"目前所请钱粮已至五十万之多矣"。更重要的是，"李质粹等奏称，'昨差千总前往晓谕，勒献赃贼'"。大兵云集之时，你还晓谕什么？这结果只是使别人"早已闻风预备"，所以皇帝不禁要问："所谓兵贵神速者何在？"

皇帝更担心，"看此情形，是伊等办理游移拘泥，业已不合机宜，恐将来进剿亦未必悉能尽善，永除后患"。皇帝也看得很清楚，弄不好，就会如"雍正八年之草率完结，复为今日之害"。

皇帝一番责难催促，征剿瞻对才又定下统领官兵副将马良柱，副将宋宗璋。宋宗璋正好在此时升任松潘镇总兵①，四川提督李质粹上奏请求留用宋。因为瞻对是宋任泰宁协副将时辖制的地方，"情形熟悉"。

---

① 总兵：全称镇守总兵官。为清代绿营兵高级武官，位在提督之下，正二品。掌管一镇军事。

"准之。"

皇帝终于不耐烦了:"兵贵神速,岂有贼已发兵阻挡,而汝等尚无出师之期之理!"接下来的批示,更是耐住性子,语重心长,"兵者不得已而用之,固不可姑息了事,以贻后患,亦不可玉石俱焚,而无所甄别。至夫杀降冒功,则尤当所戒也。勉之!慎之!"

时间是乾隆十年七月十四日。

一个多月后的八月二十六日,才又有前线消息,但不是开战的消息。庆复上奏:"下瞻对班滚闻兵进剿,现称出结效顺。恐系秋禾将熟,希图延缓收获,亦未可定。"这位下瞻对土司班滚,正是雍正年间被清兵执杀的安抚司策冷工布之子,此时据有瞻对大半地方。而上瞻对地方,老土司病故,其子年幼,由有实力的土目主持地方。"上瞻对头目骚达邦等情愿献出三寨,效力引路,并攻下瞻对,亦不可遽信。容臣到川时确查虚实"。

原来,从决定起兵到现在,时间已近半年,川陕总督还没有抵达靠近前线的四川。

九月底,皇帝接到庆复奏折,这位封疆大吏终于到川就位了。"臣于八月行至川省,与抚、提诸臣筹办瞻对军务",而且,进一步得到瞻对地方的更详细情形。"上、下瞻对虽同纵属为盗",但两者有所区别。上瞻对应袭土司职的肯朱,还是一个不满一岁的小儿,"闻兵进剿,亲自缴印投诚,并泣诉伊叔四朗谋夺土职,愿为官兵引路进攻……肯朱可从宽宥"。

"至下瞻对班滚与上瞻对贼首四朗,勾通交接,不献赃贼,情罪较重。然果亲出投诚,亦可暂缓其死。先令献出各案赃贼,有应正法者,即在军前正法。再令缴出各寨军器,然后酌议安置。倘敢违抗如故，尽行剿灭。"

皇帝不相信如此举措会有什么好的结果，说大兵压境，叫他们退还些赃物应该不难，他们甚至可以弄几个人来冒充首犯，叫你杀头，"将来撤兵之后，保其不再生事耶？"

此时，提督李质粹也到达前线了。"臣于七月初八日，自川省起程进剿瞻对，二十六日行抵东俄洛地方。总统建昌镇总兵袁士弼及各路汉、土官兵亦先后齐集"。

大军出动

随即,大军分作南、北、中三路前进。南路自里塘进兵,由副将马良柱统领。马良柱正是雍正年间征瞻对将兵之官。北路由松潘镇总兵宋宗璋率领,由甘孜进发。中路由总兵袁士弼统领,由沙普隆进兵,同时呼应南北。李质粹"驻扎东俄洛,在里塘、沙普隆两路适中之地,离甘孜亦不甚远,均调度策应"。

十月下旬,先有捷报传来:"上瞻对应袭肯朱于官兵甫出口时,亲赴建昌镇总兵袁士弼营投诚,其所属头目骚达邦等亦各带土兵献寨效用。经该镇察无虚伪,当即收抚。并约北路官兵,攻剿四朗。"

"至四朗,本系上瞻对贼首,即亲出投顺,亦无可宽。"

但在此事处置上,前线官员已有分歧。庆复奏报:"原议先攻四朗,然后会合官兵直捣下瞻对。"这个四朗,本是上瞻对应袭任土司职的年幼小儿肯朱的叔叔,原与下瞻对土司通同纵民夹坝,见大兵压境,便派其母亲与兄长到松潘镇总兵宋宗璋军前投诚,声称愿意归顺。宋宗璋本已升任松潘镇总兵,却不得已仍在此处带兵进剿,自然希望战事早点完结,去新的任所当他的总兵官了。因此便对四朗母兄"即为抚赏，令伊亲出，欲图草率完结"，这与此前商定的"原议""办理互异，有误机宜"。所以，庆复在奏折中说，既然宋总兵已将其招抚，只好先将四朗"收管"，等征服了下瞻对，再来"严审定罪"。"宋宗璋即令随同中、南两路官兵，并攻下瞻对。如再不遵调度，即行揭参"。

这等于庆大人已经将宋总兵在皇帝面前奏了一本，为下次"揭参"他做了铺垫。

至此，筹划半年之久后，进剿瞻对之战终于拉开了序幕。

上瞻对在大兵压境时，献寨投顺。下瞻对土司班滚之父策冷工布于雍正年间，因为"纵放夹坝"，被清兵诱杀，班滚这回定要与清军较量一番，"于江东设卡隘数处"。其中最重要的一处叫加社丫卡。官兵要从雅砻江东过到雅砻江西，深入下瞻对腹地，必须先将此卡攻克。此卡又是几处小卡彼此互为犄角，互相守望相助，更增加了攻克的难度。总兵袁士弼派所部中路官兵进攻，经过苦战，将这一大卡上的三处关隘一一攻破，拨兵丁一百余名防守。继续乘胜进攻，又迫近"贼番碉楼之木鲁工的地方，复得正卡一处，并木鲁工左右卡二处"，中路进攻算是旗开得胜。

副将马良柱统帅南路汉、土官兵，"由直达地方进攻蛮寨三处，前抵擦马所，复连破蛮寨十五处。其各寨贼番逃窜山箐，派兵追捕，毁贼寨九处。又分兵前攻热泥，毁贼寨二十三处。现拟往攻擦牙所"。

总结战果，"数日内两路官兵连获要卡六处，共破五十余寨"。

乾隆皇帝得到报捷文书，自然要表示欣慰："览奏。曷胜欣慰。"但也不忘提醒，"但始之非难，终之惟难也"。也就是说，好多事情开始都不太困难，最大的困难往往出现在事情结尾的时候。更不忘叮嘱，"恃胜轻敌，兵家所忌"。

前线好消息继续传来。

庆复上奏：

"中路官兵，在木鲁工之右面沟内，攻击贼巢，毁碉楼五座。又探知泥卡隆半坡箐林之中，有贼番二百余人奔上山梁，进兵攻捕，贼番退避碉楼，我兵三面夹攻，贼番逃入箐林，复毁碉楼五座。又分遣官兵，由右山梁搜捕，进攻茹色、甲纳溪两处贼巢。而下瞻对班滚竟敢领兵迎敌，官兵奋力夹攻，贼众败逃深箐，现在相机进剿。

"南路官兵，前往擦牙所，相度险隘，分兵进攻贼番中、左、右三寨，毁右寨八处，左寨十三处。

"总兵宋宗璋统领北路官兵已到阿赛地方，在下瞻对交界处所，现在作何进攻尚未报到。"

奏章中对宋的措辞，明显流露不满。

皇帝看这奏文也生出疑窦："但焚杀者多，阵斩者少，尚未可谓全胜也。"

举兵示以皇威的同时，乾隆皇帝降旨："川省民番杂处，赋粮不一……各土司番民认纳夷赋银两，各土司完纳本折贡马等项，一例蠲免。以示朕优恤边方之意。"

此令一出，便产生连带效应，青海夷务副都统立马上奏，要求所辖青海藏区也享受同等待遇，"所有西宁属之玉树等族并暂隶西藏管辖之纳克书番众，应征马贡银两可否一例蠲免？"得旨:"著一体蠲免。"

庆复又会同四川巡抚纪山奏报"进剿上、下瞻对,中、北、南三路连捷情形"。

北路官兵终于动作了,"攻破喇嘛甲木温布所据灵达卡隘,余贼逃入林箐,复会同西宁官兵,攻木鲁大山,夺占山梁,攻破贼卡碉楼,歼贼甚众。

"中路官兵,攻破底朱碉二座,歼贼十余名,余贼潜逃入箐。攻若色寨,歼贼十余名,复攻底朱,歼贼数十名。其东面山梁贼番亦经打死数十名,并烧毁碉楼二十一座。又攻楚坝哇寨,伤贼五名,余逃走。

"南路官兵,攻擦牙所,先克二十一寨,今复攻毁四十六寨,歼贼无数,亦有逃入山林者,余寨设法攻打"。

皇帝得报,种种忧虑前面都已说过,就不再说了,旨意还是鼓励为主,"欣慰览之"。

为写这本书,我去踏访地广人稀的瞻对,也看过不少此地史料。民国年间,曾专门派员调查该地情形,那时瞻对全境人口,也就三万多。但看奏报中所克毁寨子的数目,就想,老天,这不已经扫平瞻对全境了?奏报中,南路官兵已破毁寨子一百三十余处,却还在那处叫作擦牙所的小地方徘徊,这是什么缘故?后来我终于明白,是我们对"寨"这个单位的看法"互有异见"。我们通常所说的一个寨,是指一个自然村落。战事开始前,庆复上奏说上、下两瞻对各拥二十余寨时,跟我们的理解还是同一个意思。如果用这个寨的概念,马良柱所领的三路官兵,已经把上、下瞻对克复三遍还多了。但开始上奏战果时,这个概念已被这些封疆大吏们更换了内容。这个寨,大概就是指一所房子、一户人家、一座建筑。弄不好，连牛棚马圈都统计在内了。这便是官场做汇报材料的特殊功夫。

报过战功，又该要银子要粮草要军械了。

巡抚纪山上奏"进剿瞻对应行筹备各项事宜"。

奏文相当长，但主要是要钱：

官兵借支行装并驮马鞍屉银；

奉派瓦寺、木坪、德格土司等处土兵赏银；

粮饷筹备。雅州和打箭炉二仓原来储备的贮粮耗费将尽，要从其他地方筹粮数千石；

筹到粮要运到前线，先要"按程折耗"，就是运米的人也要吃米，往往所运之米，路上就被吃去了许多。其次，运米人还要"脚价"，也就是工钱；

粮运还需要组织管理："打箭炉为出口总汇，请添委佐杂一员，听差外委①十五名，运粮解饷兵三十员，通译二名，斗级仓夫二名，里塘、巴塘、章谷、甘孜各设正粮务官一员。里塘添拨协办杂职一员。德格地方添设正粮务官一员。子龙设办粮外委二名，总理粮务。派委干练大员，驻炉督办，并拨给弁兵十五名，以备差遣。

"打箭炉至德格，打箭炉至巴塘，应按道途远近，酌设随营军台。

"章谷、甘孜、春科、德格，过江处要添设渡口，每个渡口要新造渡船二只，并设管船外委一名，兵丁四名，通事一名，水手四名。另在龙察坝地方建筑桥梁，设管桥外委一员，兵丁

---

① 外委：清制，绿营军中在正式编制之外，临时委任的低级军官。有"外委千总"（正八品）和"外委把总"（正九品）两种。

等等。"

一句话，战事要顺利进行，后勤系统的建立与运行是必需的条件。而这一切，用今天的话说，就是要粮，要经费，要人员编制。乾隆时期国库充盈，所以御笔挥动时并不太犹疑："依议速行。"

转眼便到了青藏高原的冬季。十二月二十二日，距上次奏报各路战事，已过一月，乾隆皇帝又接到庆复等奏报"现办瞻对军务事宜并续攻各寨情形"：

"北路领兵官宋宗璋，进攻灵达，先后歼贼数十名，缘碉坚道险，未能前进，暗分兵别由然多一路，会合现攻楚坝哇官兵，进攻班滚巢穴。

"中路总统袁士弼，九月二十五日分遣官兵复攻底朱战碉，杀伤贼二十余名。二十七日进攻木鲁山，攻克山左蜡盖地方战碉四座，毁碉三座，在碉男妇尽毙，在外拒敌者歼百余人。十月初十日、十一日连攻底朱，先后歼贼二十余人，伤逃者不可数计。现分兵轮番攻打，务期必克，直攻班滚巢穴。

"南路领兵马良柱，先后攻克直达、热泥、擦马、擦牙等百十余寨。余贼胆落，投出喇嘛二名、土目五名、生番头目二名，佥称并非夹坝，其做夹坝数人多被官兵烧毙，余者逃散，情愿擒贼献赃。"其中一名投诚土目名叫丹批的，还同时擒献夹坝二名。同时，奏折中还说，下瞻对土司班滚也请德格土司转达悔罪之意，"因不敢草率了事，务擒首恶，为一劳永逸之计，仍催官兵进攻"。

这时，提督李质粹终于在奏折中现身了，"前月已自东俄洛移驻章谷，就近与中路总统商筹进剿"。

1746年的年关

对此战果,乾隆皇帝不满意也不放心,"观其投诚者,皆云作夹坝止数人,又且被烧毁,所擒献者实不过二三人而已,此即其投诚者不可信矣"。

在军前,各路统兵者之间并不和谐。庆复将此情形上达天听:"南路将领马良柱勇敢且饶智略,近里塘一带要口,将次荡平,现饬进攻班滚巢穴。中路总统袁士弼因抵拒班滚,隔江难进,需俟南北两路兵到夹攻,乘机前进。北路领兵宋宗璋与总统等不睦,有欲见长之意,节次严饬,业已改悔。现经李质粹改令赴然多一路进攻,或再推诿观望,即当参奏。"

面对人事问题,皇帝却不轻易表态,只说:"览奏俱悉。"这是文的批法。有时乾隆也批大白话:"知道了。"这览奏俱悉,也就是知道了的意思与口气。

其间,提督李质粹也上了一道奏折,却无实质内容,好像生怕皇帝忘了自己,便去报个平安,"官兵俱各平安强壮,土司番目俱皆恭顺。番民运送军粮及供给乌拉差遣,并无贻误"。

皇帝关心的从来就不是前线官兵是否平安,身体是否强壮,所以自然要表示不满:"大捷尚未奏,元恶尚未获,何能慰朕南望之念耶!"

一个官场中人,什么时候在上司前讨好露脸,什么时候要躲开上面,这实在是一门特别学问,李质粹这一折,是上错时候了。

皇帝有理由表示不满。

眼看这就到了1746年1月,也就是乾隆十年的十二月间。皇帝对身边行走的军机大臣说,十一月二十四接到过庆复十一月初六的奏报,大约知道他们那里的情况。此后就再未得到消息。从那些奏报看,只是烧焚了一些寨子和战碉,杀伤贼众也不过几人几十人,余下的大多都是逃入深林之中。所以,皇帝面授军机大臣:"尔等可密寄信与庆复等,令其酌量情形,若果难于制胜,李质粹似乎当领兵前进,以壮声援。其李质粹所驻之处,即令庆复前往驻扎,就近调度。"用今天的话来说,就是要各级领导靠前指挥,"若需添兵前去,即将满兵带领数百名去亦可"。也就是开了一个口子,汉、土兵之外,还可以调用八旗精兵。并要他们一面办理,一面奏闻,"将近日情形详悉速行具奏!"

不久,也就是1月21日,皇帝又接到庆复奏报,依然没有具体战果,只分析战场大势:"伏查贼酋班滚虽负固抗敌,但抗拒日久,其势亦蹙。现在乞降虽非实心,臣前经差兵弁由其巢穴经过,查探情形,懈于守备,似因粮食并铅药短少之故。我兵奋力前进,自能攻克。贼酋授首,余孽虽众,亦易擒制。"

皇帝的朱批是:"以贼入箐者多,将来作何了局?"

箐,是今天的语文中基本不用的一个词,意思就是幽深密林。皇帝问,那么多贼人逃入森林,敌人的有生力量并未有效杀伤，战事如何结束？

庆复没有派兵入林捕贼，倒和皇帝讲起了道理："查瞻对番人虽称凶顽，然其始未必尽为夹坝，良顽亦当有别。伊等既为班滚所属，大兵压境，班滚敢于抗拒，势不得不荷戈相从，得计则咸各鸱张，失计则滚箐藏避。首逆一除，伊等自个解体。然后于办理善后之际，查其向为夹坝而有案者，按律究拟。其余另设土目，责令稽查管束，似可化顽为良，不致人众难制之虞。"

皇帝又说："览奏俱悉。"没有说对或者不对。

皇帝不会和臣下争辩道理，即便是封疆大吏。

此时，事情终于小有进展。其实已是去年的旧事了。

"北路领兵官宋宗璋报称，自十一月十七日到十九日，复连克阿斯，夺取山梁碉寨，剿杀贼番，大获全胜。得据中路总统袁士弼报称，十月十一日夜复攻克底朱，战获要口大路一处。十二日又遣官兵往攻碉楼，自寅至酉，连毙多贼，仍俟陆续再为轮攻。其南路领兵官马良柱已于十月二十八日起营，进攻班滚巢穴。但先议南北两路夹攻，今北路既不由然多前进，复回灵达，而马良柱前攻破之构多热赛、擦马所、擦牙所等处，又留兵防守，军势少分，难以轻入，在途缓行，等候新调德格兵五百名到日，再行前进。"

原来裹脚不前，又是各路大军间的配合出了问题。

"至班滚乞降，虽已擒献赃贼，呈缴盔甲，但终怀疑惧，尚未亲出投见，适与提臣李质粹札商，宜乘其畏惧乞命之时，暂准投诚。擒献夹坝供出一名，再令擒献一名。供出十名，再令擒献十名。稍有支吾，即为攻击，庶夹坝可以尽得，意在以逸待劳。然未进兵之先，当以除夹坝为事，即进兵以后，班滚敢于屡为抗拒,则当先治其标。班滚一经授首,群贼自即解体。若令班滚身处其地,则群贼有所倚恃,更不能尽除。况仅令擒献赃贼,彼不难诡指数人以应,仍属草率了事。且班滚果系畏威乞降,总统先既许以不死,后又有德格土司作保,尚保不敢诣营叩求,明系藉词观望。协力进攻,彼或畏威而出,否则仍负固顽抗,以缓时日,岂可因此即懈!臣现派将弁到彼,酌看情形,知会南路。或俟岁底乘懈协攻,或另作何设法剿办,务期必克,以靖地方。如需臣亲往,俟差往将弁等具禀到日,即一面具奏,一面起程。"

好个庆复大人,各种可能性都分析到位,最后还是没有拿出能解决问题的办法。皇帝都只好称他高明:"嘉是之外,无可批谕!"都说得很在理很在理啊,这么在理的奏折上,皇帝我都想不出什么批语了!表扬之后,还是提醒他此次用兵有终极目标:"总之此番当期一劳永逸之谋,不可遗患日后也。"

庆复后来再奏几处小胜,皇帝便不客气了:"所奏不过小小抢获耳,贼未大破,安得谓之发武功耶!"

这时旧历年也翻过年关,是乾隆十一年元月了,公历已是1746年2月。皇帝又向军机大臣面授机宜:"至于进剿军务,已阅数月之久,尚未捣其巢穴。现在李质粹已经进至章谷,若庆复再为前进,俾得其声势联络,相机调遣,于军务自可速竣。可寄信与庆复,令其酌量前进,既可以壮目前声势,日后平定,又得就近往彼察看情形,酌妥办理。"

庆复是否适时遵旨前移指挥位置,史料不载,但提督李质粹确已靠前指挥。半月后,庆复奏报:"李质粹前因驻扎仁达,凡三路攻击机宜,与总统往返会商,稽延时日,现移驻木鲁工军营。"事情似乎也因此有了起色。

庆复转呈李质粹的汇报材料:"北路汉、土官兵进攻灵达,连日夺山梁五道,贼卡十二,毁战碉六,碉楼二。贼番出碉投诚,随令其擒贼献赃,拆毁各碉。现已确查户口办理。

"中路官兵于攻克腊盖下寨后,又进攻底朱,毁石砌三层战碉二,随会同总统建昌镇袁士弼酌看形势。查木鲁工地处河东,逼近河西班滚贼巢。而河东又有甲纳溪、底朱、腊盖、纳洪多、茹色等寨救援,是以班滚弟兄得以并力拒守。若俟剿平河东,再地进攻河西,有旷时日。现今北路灵达既已投诚,其前途又阻雪难进,因咨移松潘镇宋宗璋酌情留官兵二千名防守北路之木鲁工军营,余兵带至中路,协力并攻。"

合兵后,中路大军又分为四股:一攻上腊盖,一攻中腊盖,一攻底朱,一攻纳洪多。"共毁碉五十五座。贼酋班滚乞命河西,并令伊母赴营叩求。但该酋狡黠多端,不可遽信,现在相机进剿。"

李质粹拒绝了班滚母亲代子乞降后,并未将其扣留。此事引起庆复不满,在奏折中说:"查灵达既经投顺,应暂准安抚。其北路官兵,分半归于中路,协攻各寨,办理亦属妥协。但班滚既于河西乞命,伊母又亲出叩求,自当乘势直捣如郎,立擒班滚,何得仍令伊母回巢?"

皇帝也同意庆复的看法:"观此,则李质粹全无调遣,即如班滚之母已至军营,何以令其复回?此皆失机宜之处,可传旨申饬。"但话还在后面,"以此观之,卿不可不亲身前往,以善其后也。"

庆复当然照办:"臣拟亲往东俄洛驻扎,不特保护粮运,并可与提臣等就近督催各路相机攻剿。至添派官兵,已酌定满兵一百名、提标兵二百名、抚标兵一百名、泰宁协、阜和营各调兵五十名,并臣陕标随带兵数十名,一同出口。"

这时,驻藏大臣傅清上奏,说的也是因瞻对夹坝而中断的川藏大路上的事情:"西藏自撤台站后,抢劫杀伤,各案累累,而里塘一带,夹坝更甚于昔。西藏既隶内地,驻有官兵,岂无往来人员,焉能逐起护送!汉夷商贩岂可尽使隔绝!数月内往来公文遗误擦损之事甚多,仍请照旧安设官兵。"但瞻对不平,这件事情就无从办理,于是皇帝降旨,"请交总督庆复就近详查情形,所有应行事宜,会同巡抚纪山妥议请旨。"

巡抚纪山又上奏,无非还是因战事延宕,请添兵添银。

添军官,照例要给口粮、跟役、行装银并驮马鞍屉银如例。

就近从德格、孔萨、麻书土司处征调土兵,要支给茶、口粮、盐菜等。同时需要奖励派出土兵的各土司。

随着战事展开,需要奖励兵勇,抚恤伤亡。

更重要的还有军械,攻碉克寨,炮架、车轮、火药、铅弹必不可少,更必需地雷、大炮。这些都"需用驮载马骡及乌拉、鞍屉之费",而且"所费不赀"。

皇帝的旨意当然只能是:"依议速行。"也就是照单付费。

一个插曲：藏兵

北路、中路合兵后，进展颇为顺利。

副将马良柱率领的南路开始颇称顺利，此时却出了问题。

他从南边的里塘境内向瞻对进兵，路上需要攻克的关隘多在高山之上。冬季，大雪封山，"因雪阻粮运维艰"，进攻几乎停顿。更要紧的是，他一路分兵镇守攻克的要口关隘，已感兵力吃紧，这时，由西藏地方政府派来领兵助战的台吉冷宗霸声称生病需要医治将养，不待马良柱允准，便擅自离任，回金沙江西边他的原驻防地江卡去了。大家应该记得江卡这个地方，就是在此地驻防的清兵回川途中被瞻对夹坝抢劫，方才引起这场战事。冷宗霸所带藏兵纪律松弛，见长官冷宗霸离岗，也各自上路回家，做鸟兽散了。这些藏兵，虽不堪大用，但至少可以防守后路，他们的离去，使马良柱用兵更感捉襟见肘，以至于裹足不前了。

西藏此股兵力，与随官军出征的瓦寺、杂谷、章谷、麻书、孔萨、德格等土司辖下土兵不同。各土司均属四川直接辖制，而擅自散去的这一股藏兵，却是属于西藏地方政府管辖。因此在长长的驿道上，文书来往，又起了一场笔墨官司。

此事先由庆复上奏皇帝："西藏台吉冷宗䑲带领江卡土兵协攻番贼，甚为出力。"这是套路，先扬后抑。"嗣因冷宗䑲回卡养病，而土兵等亦各散归。殊违功令。现咨驻藏都统饬知郡王颇罗䑲将为首倡回之土兵惩治。又闻冷宗䑲回至江卡，因各土兵已回，随另派兵前往更换。如果前赴军营，未便阻其悔过报效之心，应听在营效用。"

那时，西藏延至后世的以达赖喇嘛为首的政教合一的噶厦政府并未创立，行政权力由世俗贵族（郡王）掌控。此时的郡王是忠于清廷的颇罗䑲。这位在江卡领兵的冷宗䑲就是他的部下。所以，庆复要求皇帝令颇罗䑲惩治其部下。

对此，皇帝也未便立即表态，只说，知道了，已经降旨于郡王颇罗䑲。

不久，西藏方面对此有了回复。

不是西藏郡王颇罗䑲直接回复，而是通过驻藏大臣傅清上奏："郡王颇罗䑲详报，前因总督咨称冷宗䑲在彼纵酒妄为，理宜严行训饬。曾将冷宗䑲所领兵丁著宰桑讷亲等管理，令其回藏。"

原来，冷宗䑲擅自离岗前，前线统兵官就已对他不满，向上反映过他纵酒妄为的行为了。而且这意见也转到了西藏方面。颇罗䑲也采取了相应措施，即另派了名叫讷亲的前去替换，代行其职。

但是，"兹据讷亲等报称，冷宗䑲不肯交付兵丁，自己回去，兵丁亦皆跟随回去"。

原来，这位指挥官请病假是闹情绪，从古至今，官员无论大小，无论汉夷，很多时候，生病与休病假，都与身体状况无关。

"冷宗㽞为人糊涂，恐于事无益，前已禀明，今闻伊所领兵丁回来，不胜惶恐之至。颇罗鼐虽系微末之人，蒙主上加恩封为郡王，凡事敢不奋勉。……倘该大臣等具奏系因吾言致冷宗㽞带兵回去，颇罗鼐实无生路，不胜惶恐。冷宗㽞又系奏派之人，恳请奏闻将冷宗㽞正法。"

看来庆复等四川方面大员还有奏折上告，冷宗㽞离岗是受了郡王颇罗鼐之命，这在乾隆皇帝谕旨中也得到证实。皇帝说："近据总督庆复等奏闻郡王颇罗鼐将冷宗㽞调回，伊所领兵丁亦皆相继回去一折，朕以颇罗鼐诸事甚属谨慎，即此次除派往瞻对兵丁外，复派伊素所信任曾经行阵之宰桑等前往，无非在感戴朕恩，输诚效力。今将冷宗㽞调回，系酌量于行事有益。兵丁等皆系冷宗㽞带往之人，边地番民不知法纪，因伊首领回去，亦一同随往耳。是以朕特未降旨，只谕令大臣等将总督等所奏晓谕使臣，令伊回去告知颇罗鼐，所有兵丁回去，并非伊之指使，朕早已洞鉴矣。今观颇罗鼐所云，若具奏江卡兵丁因伊言回去，伊竟无生路，不胜惶恐之语，朕心愈加轸念。著将朕从前办理缘由，札寄副都统傅清，传旨明白晓谕。再，据颇罗鼐所奏，冷宗㽞为人甚属糊涂，现犯军法，著交大臣等议罪，候朕降旨，将此一并晓谕颇罗鼐知之。"

在这件事情上，皇帝与庆复等人只讲军事不同，他讲的是政治。那时，西藏初定，郡王颇罗鼐对朝廷颇为忠顺，皇帝自然不会因了藏官违反军纪，便严刑峻法，而使藏方生出疏离之心。但在庆复等前线指挥看来，一个军官，擅离军阵，这就是杀头之罪。皇帝安抚了因此情绪紧张的西藏郡王，转而还要给需要严肃阵前军纪的领兵大员们一个交代。于是，便把这冷宗㽞如何处置的问题，交给身边行走的大学士等，说，你们议一议，拿一个两全其美的方案。

但这些大员也未摸透皇帝的心思，属于搞政治而不懂政治的人。他们的意见是："应将冷宗弼照该王颇罗鼐所请，即行处斩，以为违反军令者戒"，"至冷宗弼所属兵丁"，"请咨行驻藏副都统傅清饬交郡王颇罗鼐严查究办"。

皇帝终于只好直接表达自己的意见："前经总督庆复奏称，冷宗弼初到军前，尚属效力。今据颇罗鼐奏伊糊涂，酒后妄为，恐在军前于事无补，令伊换回。伊并不遵颇罗鼐所谕交付讷亲兵丁，即行回程。盖因愚鲁无知，以致获罪。其情尚属可矜。著施恩免其处斩，交颇罗鼐酌加惩处。余依议。"其他那些兵丁，反正也不致杀头之罪，就按你们说的办吧。

今天，常从各级行政机构人员口中听到一句话——西藏无小事，藏区无小事，恐怕这种感觉从乾隆朝时就开始了吧。

总督出关

这个小插曲说过,还要回到瞻对战场。

三月,初春的迹象也来到雅砻江河谷,但此时,前线有问题了。

问题还比较大,不然就不会被庆复写进奏折上达天听了。

瞻对军营,提督李质粹移驻中路木鲁工以后,会同宋宗璋、袁士弼报告攻击底朱,烧毁了几座碉楼,以及班滚派母乞降后,再无任何攻击作战的报告了。

庆复当然着急,"及臣咨催进攻,又复两请添兵,不思克期奏捷"。而且,还发现虚报战况的情形,"其松潘镇等前赴纳洪多等寨攻击之处,亦属虚张声势,具报不实。并因官兵乏水,不能久驻,暂回腊盖大营"。这个松潘镇就是宋宗璋。战前,他从泰宁协副将刚提升为松潘镇总兵,还未上任,瞻对事发,便受命先就地参战。

南路也有问题:"南路兵威素震,惟因中、北两路不能进攻,而众番并拒南路,兼以冷宗鼐之私回,兵势单弱,遂为贼番窥伺。"

皇帝也表达了对提督李质粹和下属将领的失望:"李质粹等

全无调遣奋勇之志,甚辜朕恩也。"

解决方案是添兵。

南路调巴塘土司所属土兵。

再调绿营兵"星驰中路,奋力协攻"。

在此情况下,庆复也要靠前指挥,于是,从成都动身,于三月间抵达打箭炉,却又在此盘桓不前,因为后勤方面也有问题,"前奉谕旨,李质粹似当领兵前进,以壮声援。其李质粹所驻之处,即令臣前往驻扎,就近调度。因于本月初四日至打箭炉,即拟出口,缘闻军营办理不实,粮饷亦需预筹,拟调该管道员询问,暂驻数日"。处理完打箭炉的事务,庆复继续上路,但并未到达原计划中的东俄洛。原因是,经过一番实地调查,特别是明正土司反映,去年李质粹驻东俄洛,时间长达五月之久,储备的柴草都已用光。草原上没有森林,所用柴草都是从打箭炉等有森林的地区购买,再长途运达。而此时,打箭炉关外草原"冰雪盖地,驮运实艰"。于是,就在打箭炉与东俄洛间一个叫作四马塘的地方扎下营盘。

庆复在上奏中说:"随于口外四马塘暂住,于东俄洛相距百余里,诸事自可相机调度。请俟雪消草生,再为酌量前进。"

总督,在清朝官制至少是正二品的地方大员,节制相当于今天几个省的军事与行政。与今天相比,应是比所谓省部级还高的官员。这样的大员能身入边荒,效力军前,皇帝还能说什么呢?只好责怪他的部下:"此事应速为定局,况出师已逾七月,而军饷用至百万,不知李质粹等所为何事耶!"

庆复只好再表决心,同时把责任推到部下身上:"瞻对军务,久未告竣,皆由军营提镇因循所致。"提,是提督李质粹。

镇,是建昌镇松潘镇两位总兵袁士弼和宋宗璋。这几位已"经臣参奏","并请添调官兵接应,区区小丑,自当立殄"。

庆大人表了决心,又献上一计。他到了打箭炉,有人告诉他,此地监狱中关有一个犯人,叫作甘松结,原系瞻对地方一个小土官。这人与班滚有仇,"愿出死力"。又访得班滚有一个异母弟弟,人称二班滚,被身为兄长的班滚害了性命。这位二班滚又有一位同母的弟弟叫作俄木丁,也一直想为亲兄报此血仇。而俄木丁此刻也正在班滚寨中。庆复得知此传闻,找到随同率土兵助战的明正土司属下土守备汪结询问,此消息得到证实。而且,土守备汪结明白庆大人的意思,愿意出面为甘松结这位人犯担保,派他前往瞻对班滚寨中,暗中与俄木丁联络,串联其亲属土兵作为内应。最后与清军里应外合,"则班滚小丑,一鼓可擒"。

上奏的同时,此计谋开始实施。

"臣因军机严密,恐致泄露,即冒昧密交明正土司具领保出,前往办理。"这是说,庆复已将狱中这位叫甘松结的人犯放出来,请明正土司作保,派往前线去施他的离间之计了。庆复自然也知道此事非同小可,处理不好,就要负相当责任,所以,在奏书中说:"倘有疏失,臣咎难辞,恳敕部严加议处。"但大军被阻于丛山之中,难展锋芒,只好出此一计,也是没有办法中一个或可侥幸取胜的办法。皇帝当然也知道大臣的难处,便降旨意下来:"此系卿权宜办理之事,何罪之有。知道了。"

此计施行结果如何,尚不可知,但此前师老兵疲的责任,应该有人承担。庆复选定了一人。我先以为会是宋宗璋无疑。但庆复的参奏之文上达时,不意却是建昌镇总兵袁士弼。

庆总督参奏说:"瞻对用兵,中路总统建昌镇总兵袁士弼以招降为事。虽屡经据报攻克多寨,而逆酋班滚尚未授首,经臣亲自出口,始知其所报之处俱不著实。请将袁士弼革职留任,仍带原领官兵,实力效用。"

皇帝下旨同意:"袁士弼既观望于前,复又捏饰于后,著革去总统。姑从所请,仍留总兵之任,效力赎罪。至北路总统松潘镇总兵宋宗璋,始虽意在招降,后能听从调遣,姑免处分,令其协力进攻,以观后效。若再因循推诿,即行参奏。"而那位提督李质粹,皇帝也自要敲打一番,"提督李质粹,三路总统俱其管辖,乃随声附和,漫无可否,实负任使之意。著传旨严行申饬,即令其统领各路官兵,会合擒剿……如仍有瞻顾怠玩之处,朕不姑贷也。"

皇帝还与军机大臣等总结大军欲进不能,退亦不可,以致师老兵疲的原因。一条,轻敌。以为瞻对蕞尔之地,大军压境,必如沸汤扬雪。虽然有雍正年间大军征讨、无功而返的前车之鉴,但并未引起这些领兵大员的真正重视。再一条,是缺少调查研究。两条并成一句话,正如皇帝所说,"初办理时,并未将彼处地势、番子情形详悉筹划,视为极易。"

还有第三条,事有不顺,这些体制中的负有重责的官员便隐瞒事实,谎报事功。谎越扯越大,事越来越烂。

皇帝就是这个体制的总领。当几乎所有官员都在撒谎、捏报事功时,他却不能因此处置所有官员。这一点,谁能比皇帝还心知肚明呢?用戏文里的话说,皇帝的心里明镜儿似的,只好祭出杀鸡吓猴抓典型的官场老把戏。

但军无战力,又非几个前线官员指挥失当、避畏艰险那么简单。想想,瞻对战事的缘起,三十多位全副武装的官兵,面对半民半匪的夹坝,便束手无策,眼睁睁被抢去行李枪械。前往征剿瞻对的,是同一支帝国军队。这支军队再也不是有清一朝开国之初能征惯战的精锐之师,那支军队在盛世华服的遮掩下正日渐衰败腐朽。史料中对这支军队的面貌缺少正面描绘,但在朝廷与前线来来往往的公文中,可以窥见一斑。当时军机大臣"议复"的公文中有这样的话:"军营提镇,始而玩忽,继而捏报,号令不一,赏罚多不分明。"这不是突发的病象,而是相沿的习惯。而军队又是这样的军队:"兵丁病孱者,不知裁退。"有很多兵,是不能战斗的。"器械锈坏者,不知更换。"很多兵器,临阵时是无法使用的。再发展下去,就是中日甲午海战,炮弹里没有火药,而是装满沙子了。这样的军队,自然不能指望其士气高昂:"将弁气沮,士卒离心。"

正因为如此,大兵压境之后,反而"贼势益张,夹坝四出。而我兵因循株守"。如此消极的军队还有借口,说是等对手火药用尽,就没有办法抵抗了。却不知道当地盛产硝石、硫黄,正是配制火药的丰富原料。

面对此情此景,庆复只好在阵前整顿军队。"原调时有老弱充数并未立功绩者,即行发回。器械锈钝废坏者,即于撤回兵丁内挑换"。但这种"锈钝废坏"不是少数,以致不够挑换。所以,还得请求添兵。"今拟就近密调川省松潘、川北、重庆三镇所属共兵一千名,先赴军营进攻。并调甘省提标兵一千名,西宁镇标兵一千名作为后劲"。

请添兵之外,巡抚纪山又上奏,请赶碾军米一万五千石,"飞运打箭炉接济"。同时,还请"碾米二万石,赶运备支"。

请求增兵添粮之后，庆复又做了保证："总期五、六月间，剿办蒇事。"

皇帝能说什么，还是"依议速行"。就照你们所说，快快去办吧。内心之中，对此保证并不相信。这不是推测，而见于皇帝在中央机关内部对军机大臣等的谕旨："现据庆复又以添兵为请，并奏称五、六月间务期必克，不知庆复果有真知灼见否？近有人奏称贼番所居碉楼，或在山顶，或居山腰，地势险恶，墙垣坚固，借此抗拒官兵，我兵难施技勇。不知现在彼地情形果如此否？"

因此，皇帝原来一定要剿平瞻对，以扬兵威国威的决心也有些动摇了：

"朕思瞻对不过一隅小丑耳，即尽得其地，亦无改为郡县之理。可密传谕与庆复，彼地现在情形果能如伊所奏五、六月间全竣军务否？如若不能克期奏功，又将如何布置？著伊通盘筹划，悉心计议，一一具奏。不可勉强一时，亦不可回护前说也。"

意思很明白，根据实际情况，原来的计划并不是不能改变。

庆复一介官场中人，自然不会不明白皇帝的苦心。

不知是他面子上下不来，还是对于自己出到打箭炉口外整肃军队的效果信心满满，不久便回奏皇帝："查瞻对恃其碉楼、礧石，肆无忌惮。前此官兵初到，未谙攻法。近日仰仗天威，攻克兆乌石、甲纳沟等处，势如破竹。俟纳多洪沟口碉寨一克，即可直趋如郎。逆酋班滚势已穷蹙，其异母弟俄木丁并从前投诚之上瞻对头人骚达邦、喇嘛甲木温布俱愿效用，暗为向导。臣已密令土守备汪结，由茹色过江，接应大兵，捣其巢穴。五、六月间必能克取。"

但此一奏报后，便再无消息。

钦差大臣来了

京城宫中的皇帝着急了,让军机大臣催问:前次"具奏以后,已及一月有余,并未将军情奏报。从来行军之道,贵乎神速,况进剿之兵非防守之兵可比,其相度机宜,督率前进,如何调遣,如何攻剿之处,必须随时奏报。今迟久不奏,何由备悉?"你久久不上奏报,我去哪里了解前线情况?皇帝并要求军机大臣"传谕庆复,令其将现在情形作速陈奏,嗣后务须随时奏闻,不得迟缓"。

并派出钦差大臣班第去往前线督战。

又过了十多天,庆复终于来了消息,"复奏报攻克兆乌石、甲纳沟等寨情形"。

我们应该记得,上一折中,庆复已奏过"攻克兆乌石、甲纳沟等处,势如破竹"。将近两月之后,皇帝催问之下,不得不报,攻克的还是兆乌石、甲纳沟两处地方。皇帝虽然不便揭穿,但已很不耐烦了,话也就很不客气:"尚无全胜之音,不过稍振兵威耳。"

又过了将近一月,已是农历四月间,庆复又有战报上奏:

"督率汉、土官兵连克脉陇冈、曲工山梁、上谷细等处贼寨，扑毁险要碉楼前后一百五十余座。并据上甲纳曲个等十余寨头人畏威投诚，各将子弟献出作质，并缴马匹、枪等物。又据逆酋班滚之异母弟俄木丁并北路灵达已投喇嘛甲木温布并上瞻对应袭肯朱头目骚达邦俱愿出力，暗为向导，臣已密差游击王世泰、罗于朝督令土守备汪结等由北路茹色一带，暗约渡江。并派甘西之兵，夹攻然多后路，仍移咨提臣李质粹督催官兵，进攻纳洪多沟口，务期必克，以取全胜。"

这回，战事看来是真有些起色了。

战事果然顺利起来。

不几天，庆复又奏报："官兵攻克纳洪多沟口，由茹色会合渡江，已破如郎大寨。逆酋班滚携家逃遁。飞饬各路镇将并各土司，分布要隘严密擒捕。"钦差大臣也到得真是时候，"钦差大臣班第等即于是日到营，招抚遗番，乞降甚众"。

这一天，是乾隆十一年四月十四日。如果不是未能擒获班滚，那庆复的计划就算提前完成了。

皇帝得奏，说，很高兴很欣慰啊。"但班滚未获，究未可谓成全功。卿其督令务获正犯，慎犯假冒之弊"，要抓住首犯，而且不能随便弄个人来假冒，你不要被下属欺骗，连同把朕也骗了。话虽如此，皇帝还是相信，此胜利是"自庆复到彼以来，实心整顿，克振军威"，所以有此功劳。也相信"渠魁班滚暂时逃匿，计日授首，从此边地永可以宁谧"。

皇帝说："庆复调度有方，纪山筹划转运，甚属可嘉！其提、镇诸臣并官弁兵丁等，现在奋勇，不避险阻，直抵巢穴，亦属可嘉，著交部亦从优议叙。其如何分别功过，核定等次之处，著庆复查明具奏。"也就是要兵部拿出奖励的初步意见。

兵部很快作出建议:"大学士公庆复、巡抚纪山应照例各加三级。"

皇帝同意之外,更要重奖庆复:"庆复著加太子太保,仍加三级。纪山著加三级。"

当然要奖赏啦,盛世之中的大清国太需要这样的胜利了!

瞻对与西藏

这时,从西藏传来消息。

是驻西藏副都统傅清传来的消息。

原来,比成都和打箭炉距瞻对更加遥远的西藏也一直在默默关注瞻对战事进展。清军攻克班滚如郎官寨后,达赖喇嘛、班禅喇嘛,以及郡王颇罗鼐请傅清代呈皇帝,"呈请遣使人等前往晓谕班滚,令其擒献夹坝贼番,许以自新,撤回大兵"。

皇帝当即批复,"不准所请"。

也许皇帝会想,战事未起时你等为何不做这样的"请求"?战事胶着时你等为何不做这样的"请求"?

这也提醒了乾隆皇帝:"班滚系瞻对首逆,罪无可赦。今看达赖喇嘛代为恳请宽宥情形,班滚与西藏自兵兴以来竟息息相通。至事穷势迫,计无所出,达赖喇嘛等为之恳恩宽免。其素日暗相勾结之处,从前已失防范。伊等情意既相联属,则班滚势穷,无路可逃,或竟潜窜入彼,私行藏匿,亦属事之所有。可将此种情形,速行传谕庆复,令其竭力堵拏,勿使兔脱。若此番稍有疏虞,或致班滚漏网,朕惟于庆复是问。"

皇帝心里明白，不会直接指斥他正在统战的达赖喇嘛，对傅清却要提醒与严厉批评："……今贼势大败，班滚只身逃避，巢穴俱毁，早晚即当就擒。达赖喇嘛、颇罗鼐等必平日彼此通信，始为班滚乞恩具奏。似此代叛国贼匪奏请之事，傅清理宜不接。伊等如再三求告，谓恐压搁其事，始可据情转为陈奏。乃傅清率尔接折代奏，甚属糊涂，不知大体。况令伊驻藏，原于照料之中，寓以防守之意。今逆贼班滚与藏人彼此关通信息，伊岂不知之！伊既明知，又代为转奏，罪即不赦。若云竟不知晓，又奚用伊在彼驻扎为耶？"我把你派驻拉萨，就是让你不分是非黑白，任意转达这种荒唐要求的吗？"傅清既有兵五百余名，务须留心，详细查拏。倘有疏忽，使贼赴藏，复致远扬，即将傅清在彼正法，断不宽贷。"

上谕直接以"正法"警告，可见皇帝之愤怒。

不独是对傅清"糊涂"、"不知大体"愤怒。

达赖喇嘛和藏王颇罗鼐如此表现，自然令皇帝感到不解与愤怒。要说清楚皇帝如此愤怒的原因，必须说点史上旧事。

康熙五十六年，公元1717年，蒙古准噶尔部精兵六千入侵西藏。西藏兵败，当时主政西藏的拉藏汗被杀。颇罗鼐当时是拉藏汗部下，在与准噶尔人的战争中负伤。1720年，即康熙五十九年，清军进兵西藏，驱除准噶尔人。颇罗鼐和阿里总管康济鼐一起领兵策应清军，最终击退入侵西藏的准噶尔蒙古军队。战后，颇罗鼐因功被任命为主持西藏地方政务的四噶伦之一，辅助首席噶伦康济鼐掌管财政大权。后四大噶伦不和，噶伦阿尔布巴于1727年，即雍正五年杀首席噶伦康济鼐。颇罗鼐发后藏与阿里地方兵征讨阿尔布巴，并最终取得胜利。战争过程中，他拒绝了班禅喇嘛的调停，决意由清朝皇帝来做最终的裁决与处置。雍正六年，在清廷主持下，叛乱的阿尔布巴噶伦等被处决。颇罗鼐升任首席噶伦，并封为贝子。贝子为清朝的四等贵族爵位。乾隆四年，又加封颇罗鼐为郡王。郡王，是清代的第二等爵位了。

正因为如此，颇罗鼐此次的表现，自然大出皇帝意外，自然就使他难解而且愤怒了。

庆复又上奏："查西南一带土司崇奉喇嘛，熬茶供献。达赖喇嘛代班滚求情，尚无足怪。颇罗鼐亦为转恳，殊属愚妄。"庆复又重提旧事，去年"江卡兵从南路马良柱进攻下曲工，路险雪深，冷宗鼐带兵逃归。追续派江卡兵前来，借由端迁延，直至如郎既破，始报到营"。这更是火上添油，使得皇帝更加愤怒。但皇帝也深知，不能直接把怒火发泄到达赖喇嘛和郡王颇罗鼐身上，只好继续迁怒于转达这种乖谬陈情的傅清。

皇帝还找来在中央政府工作的傅清的弟弟，户部侍郎傅恒，要他写信给远在西藏拉萨的兄长，再申责问："所以令伊驻藏办事者，一则照料地方，再则为欲知彼处情形消息。"你远行前，皇帝亲自接见，你忘了皇帝是如何苦口婆心告诫于你的吗？"伊陛辞时，朕曾如何训谕？自伊至彼以来，于应奏之事并未具奏，不应奏之事妄行具奏。如达赖喇嘛、颇罗鼐等为瞻对逆贼班滚乞恩一事……朕已降旨申饬矣。再，伊陛辞时，朕曾降旨训谕，以朕屡加恩于藏人者甚重，不知伊等情景如何……逐一详悉访询，据实奏闻。迄今二载，未据陈奏。朕所谕之事，并未留心办理。现在领兵在彼驻扎，倘或贼匪班滚潜逃赴藏，伊若不能督兵擎获，将伊即在该处正法。将此寄谕知之。"

皇帝对驻藏大员，再次以死刑相威胁。

后来，傅清果然死于西藏任上，却不是因为瞻对之事。

乾隆十二年，颇罗鼐病死。死前，请求清廷由其次子珠尔默特那木札勒承袭其职位。皇帝照准，令其总理西藏政务。并谕傅清："颇罗鼐更事多，黾勉事中国。珠尔默特那木札勒幼，傅清宜留意。如珠尔默特那木札勒思虑所未至，当为指示。"

乾隆十三年，傅清被调出西藏，任天津镇总兵，并很快升迁为固原提督。

乾隆十四年，继任郡王珠尔默特那木札勒与其兄兴兵互相攻击。皇帝因珠尔默特那木札勒"乖戾且为乱"，再调傅清入藏。

乾隆十五年，傅清与其副手拉布敦先后到达拉萨。此时，珠尔默特那木札勒已将其兄击败致死，并放逐其子。同时中断川藏塘汛交通，断绝与清廷的联系，转而与其父曾经浴血抗击过的准噶尔人相互勾结。川藏交通断绝后，傅清得不到皇帝指示，只得与拉布敦自做决断："珠尔默特那木札勒且叛，徒为所屠。乱既成，吾军不得即进，是弃两藏也。不如先发，虽亦死，乱乃易定。"

是年十月，傅清在拉萨召珠尔默特那木札勒至驻藏大臣衙门，声称有皇帝诏书传达，诱使其上到二楼，然后撤去楼梯。珠尔默特那木札勒不知是计，拜跪听诏，傅清从其身后偷袭，挥刀将其斩杀。后来，珠尔默特那木札勒的部将率兵将驻藏大臣衙门重重包围，枪击炮轰，并纵火烧楼。傅清顽强抵抗，身上三处负伤，自刎而死，拉布敦也一同死难。一同死难者还有官兵五十余人及商民七十七人。皇帝得知此消息后，说他"揆几审势，决计定谋，心苦而功大"。追封其为一等伯，谥襄烈，旋命立祠于驻藏大臣衙门所在地通司冈。遗体运回京城，皇帝还亲到灵前祭奠。这已是瞻对战事之外的故事了。

这里说西藏之事,其实是说整个藏区大势,是为瞻对事件提供一个更广阔的背景。

世界上没有孤立事件。即便发生之时是孤立偶然的事件,发生之后,影响所及,在不同价值取向的人看来,自有不同的看法。尤其不同文化、不同宗教信仰的人的感受,自然大不相同。皇帝对班滚切齿痛恨,而达赖喇嘛等却对之有着深刻的同情。

这点议论略去不表,话题还是再回瞻对。

胜利了

清军攻破如郎官寨后,班滚潜逃。

皇帝一定要缉拏首犯,但下面官员却认为大功告竣,一场轰轰烈烈、几经曲折的大戏就要落幕收场了。

四川布政使李如兰上奏:"军务告竣在即,节次动用军粮计碾运各属仓谷七万石,为数颇多。"一石约为一百二十斤。也就是说,这一仗,兵丁和运粮脚夫吃米就吃了八百多万斤!加上在当地采办制作炒面的青稞和其他杂粮,瞻对一战,仅耗粮就在千万斤以上。李如兰上这奏折,是告诉皇帝,这么大的耗费,我这布政使管理的官仓几乎都空了,得赶紧收米充实。

其实,此时前线战事还在继续。六月间,庆复又上奏:"会同钦差大臣班第、努三、提臣李质粹进攻丫鲁泥日寨,生擒贼番塔巴四交,讯明班滚现藏匿寨内。漏夜催兵攻扑,施放地雷,连烧大小战碉五十余座,烧毙贼番男妇七八百人,逆酋班滚并泥日寨头目姜错太等俱经烧毙碉内。随传讯各寨番人,均称班滚实系烧毙,并未逃出。现仍饬各镇将弁并附近土司,严密防拏。其沙加邦、丹批等,向为恶党,亦宜设法剿捕,不使稍留余孽。此外，番众俱各畏威投诚，不时即可蒇事。"

蒇，读音如铲，完成、完事的意思。

完事了？真的完事了？就这样完事了？

想当初千难万难，这后来……胜利来得好像也太容易了吧？

你们说是真的就是真的吧："今如此，亦可谓之成功。"但皇帝还是有点不太相信是真的啊，"但彼既与藏中暗通消息，保其不设计逃往乎？若将来班滚复出，此局何以了之？"

皇帝不放心，又叫新派到军前的钦差大臣班第说话。

以兵部尚书到前线监军的班第上奏："臣等于四月十四日至军营，遂赴班滚所居如郎寨。彼时，班滚与伊弟恶木劳丁携妻子脱逃。臣等询土守备汪结并新降之班滚弟俄木丁等班滚逃往何处，有无潜身处所，据称：'班滚母舅沙加邦并伊妻兄姜错太俱在丫鲁地方居住，今班滚势必逃往彼处。此外断无可逃之处'等语。臣即同提臣李质粹带领官兵于二十日追至丫鲁地方，将大小碉楼四十余座，全行烧毁。碉内所居男妇老幼俱被火烧，一人未能逃脱。臣等诚恐逆酋班滚诡计多端，乘夤夜雨雾之便又复逃脱，当遣官兵四处诘询。土人俱云班滚实系烧死，再四访查无异。此皆仰赖天威，将贼首全行扑灭。军务蒇竣，臣等带领官兵，即日回京。"班滚真的烧死了，瞻对真的平定了，臣等就要班师回朝了。

奇怪的是，乾隆是个好大喜功的皇帝，此番却没有大获全胜的感觉。你们都说胜利，那就胜利了吧。前次已经奖赏过庆复与纪山了，各级官兵也已下旨兵部优叙[①]，也不能忘了"此番征剿瞻

[①] 优叙：字面解释，就是从优叙功。交由相关部门，根据考评功绩晋升相应的官职，或对功绩进行记录。这是清朝考评官员的一种制度。

对，四川各土司率领番众承办军粮，催雇乌拉，莫不踊跃从事，将及一载，急公趋义，甚属可嘉。该土司等本年应纳贡赋，已经蠲免。今军务告竣，著再加恩，将打箭炉口内外效力之各部番众应纳贡赋，再行蠲免二年"。

面子上该做的事照做，但内心里，皇帝并不放心，但这不放心，也只好跟军机大臣这样的中央大员说说，"据报烧死情形，尚有可疑之处。班滚系众酋头目，危急之际，未必即坐以待毙。其潜逃藏匿，自必有之事，即使烧毙，想其形迹亦必与众人不同，断无俱成灰烬，不可辨识之理"。

皇帝有了疑虑，不直接责问前线大员，而让军机大臣转达，这也是一种领导艺术。

庆复再上奏，为皇帝排忧释疑。

说刚得到班滚烧死的消息，我也不敢相信。调查之后，汉、土官兵，上上下下，众口一词，过了半月后才敢把这消息上报。现在，各路兵马存粮不过十来天，大军不得不后撤了。但我们会留下四千兵力，办理善后。同时，还密令明正土守备汪结"阴为察访"。汪结这个人，一向倾心内向，我保证即便班滚真没有烧死，也必会被汪结擒杀。而且，当时大火之后，俄木丁等人还认出了班滚的火枪和铜碗等随身之物，也证明班滚死于火中。因为大火燃烧几天，贼人尸身俱成灰烬，无法确认了。

同时，庆复还为汪结土守备请求恩赏："里塘宣抚司安本才具平庸，短于抚驭。近复失地容奸，本应照溺职例革职，姑念其办运粮务尚为黾勉，请从宽降为副土司。所遗宣抚司一缺，查明正司土守备汪结上年征瞻对时，于招谕攻夺诸事最为出力，应即以汪结升补。"那位庆复派往班滚寨中卧底的犯人甘松结，后来文书中没有提及他起了什么作用，做过什么事情，也经庆复请封为土千户。

兵部议复："从之。"

之后，按庆复意见再叙几员武将功过。

提督李质粹革职，"发往军前，自备资斧，效力赎罪"。

此前已被革职的袁士弼，越查问题越多，经刑部决议，最后的处理意见是："原参总兵袁士弼在川省领兵效力，不能与提督李质粹和衷共济。其移驻兆乌石时，又复奉调违期不至。听任土守备樊福保冒昧轻进。种种获罪，应从重照军临敌境托故违期不至律，斩监候秋后处决。"

皇帝曰："从之。"

总兵宋宗璋、副将马良柱二员，功多过少，宋宗璋著加一级。马良柱未得奖励，也未得处分，这是他第二次从瞻对用兵中全身而退。又或者，此马良柱不是彼马良柱，只是恰巧同名，恰巧都征瞻对，恰巧都是副将的官身。隔着几百年时空，无法访问马良柱，史书也未见交代，只好存疑如此。

换在今天，下面的官员会说，这位乾隆爷是太严苛了。胜利了嘛，没有功劳也有苦劳，老处级干部，混到退休，也要给个副厅待遇嘛。不提拔高升也罢了，还革职查办。大家办事都不认真，你皇帝一个人这么认真干吗？这样问的人忘了，那时，没有人说国家是大家的国家。大家的国家弄得好，大家都尽心维护。弄不好，大家都来欺上瞒下。那时的国家是皇上的国家，家天下，皇帝一家的天下。皇帝这个法人，对这个国家承担的是无限责任，所以，他必得认真如此，严肃如此。

好歹，瞻对战事算是尘埃落定了。

第二章

　　在我的少年时代，家乡有喜欢显示英雄气概的男子会在腰带斜插长刀一把，牛皮做鞘，刀出鞘，宽约三四寸，长二三尺，寒光闪闪，刃口锋利。在我家乡方言中，此刀就被称为夹坝。

说说夹坝

该说说瞻对的夹坝了。

大家应该没有忘记,这场战事,就是因为瞻对这个地方的夹坝而起。

在我的少年时代,家乡有喜欢显示英雄气概的男子会在腰带斜插长刀一把,牛皮做鞘,刀出鞘,宽三四寸,长二三尺,寒光闪闪,刃口锋利。在我家乡方言中,此刀就被称为夹坝。

后来,读藏地史料渐多,知道夹坝在康巴语中原是强盗。我出生的山村在一处深沟之口,往深沟里去十来里,有一片黑森林,传闻过去便是夹坝出没,劫掠过往行商之处。我成长的20世纪六七十年代,翻越雪山的公路早已通车,驿道早已荒芜,行商绝迹。上中学时,学校旁边就是一个军营,学校作息,都听隔壁的军号。这样的时代,夹坝自然失去生存土壤,空留下一种刀名了。后来,穿着风气也日渐变化,家乡的男人们大都换下宽袍大袖的藏装,改成短打,那没有什么实用价值的刀也从生活中渐渐隐去了。写这书时,中间回乡探亲,问了好几家亲戚,都说不知什么时候,家里就没有这样的刀了。

只是读川藏史料，夹坝这个词，还会在字里行间频频闪现。

比如手中有《西藏纪游》一种。作者周蔼联，上海金山县人。乾隆五十六年，清朝派福康安率大军远征西藏，驱除入侵西藏的廓尔喀人。时任四川总督的孙士毅驻打箭炉、察木多（今西藏昌都）督运粮饷，负责后勤保障。周蔼联为孙士毅的幕僚，战事进行的两年间，多次往返川藏驿道，军务之外，所见所闻，写成《西藏纪游》一书。其中就说到，"三岩巴部落与江卡、察木多相近，牛羊为业，水草为生……时有夹坝出掠"。又说，"附近里塘之三瞻对，习尚相同"。并在书中自己加注，说，"夹坝，劫盗也"。

有一年到康定，即以前的打箭炉，当地文化局办有一份文史杂志《康巴文苑》，里面总有当地文化人考究当地史实风俗的文章。那回，因雨，也因公路塌方，前进不得，便在旅馆翻看新出的《康巴文苑》，见到德格·札茨所写《康人游侠歌》，长我见识，知道夹坝一词在康巴语中本不具贬义，翻为汉语，可以叫作"游侠"，并有一种流传民间叫作《昌鲁》的民歌。这种民歌，专门歌颂夹坝，或者是夹坝自己的歌唱。

先抄录一首：

> 哎，人说世间有三种门，
> 第一种是进佛堂供佛爷，供佛门，
> 我游侠不进，不进这种门，
> 没供品他们不开门，他们不开门。

> 哎，这三种门的第二种门，

> 是官家的法力门，法力门，
> 我游侠不进，不进这扇门，
> 没有哈达他们不让进，他们不让进。

> 哎，这三种门的第三种门，
> 是美好歌舞欢快的门，
> 我游侠不进，不进这道门，
> 没有好酒人家不开门，不开门。

是的，这就是夹坝，这就是劫盗，这就是游侠。

劫盗，是世界对他们行为的看法；游侠，是他们对于自己生存方式的定义。

瞻对一地，山高水寒，林深路长，自然适合这样的"夹坝"来往。

时人有记载："瞻化地薄，生业凋敝，其人多为盗劫"，"世俗犹称瞻化人为瞻对娃。瞻对娃彪悍横豪，驰名全康，邻县人闻瞻对娃名，莫不慌怯避之也"。

从游侠歌所唱我们知道，这些夹坝不过是在面对可以使其生命轨迹得以上升，被赋予意义的命运之门，都不能进入的时代的弃儿罢了。进佛门，把门人是活佛喇嘛，"没供品他们不开门"。进法门，把门人是官家，"没有哈达"，不表示恭顺，"他们不让进"。进幸福之门，"没有好酒人家不开门"。

说过夹坝，再说瞻对。

1929年夏天，一位叫任乃强的学者，以边防视察员的身份，一年为期，先后考察了今甘孜藏族自治州所属九个县。考究历史沿革与社会面貌，观察政治经济状况，测绘地图，每县成考察报告一篇。九县之中，也包括这本书探究的对象瞻对。只是民国年间，该地已经易了名字，叫作瞻化县了。

任先生《西康视察报告》第七号即为《瞻化县视察报告》，见载于任先生之子任新建赠我的任先生所著《西康札记》一书。

我们且跟从任先生看看瞻对一地，是何模样。

"全境作斜方形，南北鸟径80里，东西85里。人行径无里制，大约四倍于鸟径。"这需要做点小小的解释。"鸟径"，我的理解就是直径，鸟从天上飞越的直线距离。也就是说，这不是一个大地方。"人径无里制"，人走的路没有汉地用里计数的习惯。大山之中，山路弯曲萦回，所以，在地面行走的人马，至少要比径直飞越的鸟多出四倍的路程。人口就更加稀少。任先生报告："瞻化人口，据粮册为二万余，男女略等，其实约不满三万口。就中有四分之一为僧尼，四分之二为丁，其余一分为牧民。"也就是说，瞻对一地，民之大部为农耕之民。民国时，"瞻化4区48村4578户。年征正粮977石2斗5升7合，荞粮421石5斗8合，牲税藏银6492元3咀，又羊税当十铜元3173枚"。

2012年秋，我也终于到了故纸堆中频频进出的瞻对之境。今天，这里又换了名字，叫作新龙县。在雅砻江边的狭小县城和当地领导用过晚饭，回到旅馆，向县里讨要的《新龙县志》已送到房间。我连夜翻阅，开篇便是更准确的新龙，也就是旧日瞻对一地的概述：

"新龙县，位于四川省甘孜藏族自治州中部，东经99度37分，北纬30度23分。与炉霍、道孚、雅江、理塘、白玉、甘孜、德格7县为邻。面积8674.7平方公里。全县辖4区1镇23乡，民族5

个,人口39332人,其中82.34%是藏族。县治如龙镇,距康定475公里。"

应该记得,前书中频频出现的打箭炉就是今天的甘孜州首府康定。

我来新龙这天,早晨从成都飞到康定,到康定机场发现行李没到。机场方面保证说,随你到甘孜任何地方,行李保证三天内送到。当地作家格绒追美来机场接我,两人一路寻访,走走停停,两天到新龙。晚上,便有长途大巴司机从车站打来电话,说行李到了。可见现在交通较之庆复们征瞻对时的艰难,已是天上地下。

行李到了,自然可以换洗一番,再读新修县志。

这次是读从前,下瞻对土司策冷工布于1701年即康熙四十年"投顺"清廷,授安抚司印,隶属四川雅州,辖民600户。雍正六年,下瞻对土司策冷工布因"纵容夹坝"被黎雅营游击高奋志诱杀,激起瞻民反抗,歼清军二百余人,高奋志败逃。雍正八年,清廷遣副将马良柱率汉、土兵①万余人进剿,因阻于雅砻江水,未能攻到江西面的下瞻对腹心,无功而返。

十余年后,下瞻对属民南下到里塘川藏大道上,劫掠换防官兵。四川提督令继任下瞻对土司策冷工布之子班滚交出夹坝,退出抢掠财物,被拒,于是乾隆下令发兵征剿。故事已经讲过大

---

① 汉、土兵:清代兵制,全国军队主要由旗兵和绿营兵组成。旗兵即八旗兵,兵员主要成分是满人或蒙古人。汉兵,即绿营兵,兵员主要成分为汉人,即所谓汉兵。这两种兵制外,在西南少数民族土司地方,还有一种寓兵于民的方式,即平时为民,战时为兵的土司兵,俗称土兵。有清一代,四川藏族土司兵曾被清廷征发参加许多战争:平定内乱,如大小金川之役;抗击外国入侵,如两次抗击尼泊尔入侵,保卫西藏边境的战争;鸦片战争中保卫浙江的战争等。

半，只是如果真是如此一鼓而定，从此瞻对"蕞尔一隅"，天下太平，一心向化，便不值得来写这本书了。

有清一代，涉及四川藏区的史料中，有很多关于夹坝的记载。都是说夹坝在官道上劫了官家的文书、财物，甚至劫了朝廷赏赐给达赖喇嘛的法器珍玩，朝廷便要勒令抢案所出地方的土司交出夹坝。如若不能交出，就视为当地土司在包庇纵容。大多数情况下，一番文书往来后，这类事情都不了了之。像乾隆年间以此为由出动大军征剿的事其实很少发生，但从前引的游侠歌看，好多时候，这些夹坝也并不把土司们放在眼里。

夹坝们还有一个规矩，从来不在本乡本土行抢掠之事。

凡出夹坝的地方，都是山高水寒之地，生产力极度低下，百姓却要承受实物税与无偿劳役。于是，在那些地方，外出劫掠就成为一种相沿已久的生产方式，或者说是对生产不足的一种补充。有清一代，川属藏区一直被夹坝四出的情形所困扰，但无论朝廷还是地方上的土司，似乎从未想过要在当地实行提高生产力、减轻百姓负担的根本举措——这是可以根除夹坝现象的唯一措施。

有时，夹坝的确还是由当地土司组织实施或纵容指使。

有些时候，土司自己面对夹坝的滋扰也无可如何。夹坝一出，朝廷就把板子打在土司屁股上，处理方式也过于简单了。

第二章

瞻对善后

前面说过,大军进剿瞻对虽经曲折,终于得胜。论过叙功,有加官晋爵者,有革职失意者,之后还有若干善后措施。乾隆皇帝每每在奏文中见战事艰难,除了山水险要,民风悍蛮,当地人据以抵敌的碉楼也给他留下深刻印象。

战事结束后,他多次下旨:"众番总恃碉楼为负隅之计,此次我兵攻打亦甚费力。……再寄谕庆复,如何布置不便再建碉楼,而众番又得栖身安业,详看彼地情形,妥协办理,以期万全。"

庆复上奏"善后事宜数条",其中一条"定禁以防负固",就专说碉楼:"班滚所恃者战碉坚固,高至七八丈,重重枪眼,借以为战守之资。今俱檄饬拆毁,惟留住碉栖止","西北垒石为房,其高大仅堪栖止者,曰住碉。其重重枪眼高至七八层者,曰战碉。各土司类然,而瞻对战碉为甚。请每年令统辖土司分段稽查,酌量拆毁。嗣后新建碉楼,不得过三层以上"。

这碉楼以后还要折磨乾隆皇帝的神经,只是不在瞻对,而在我家乡一带的大小金川。以致后来,要把大金川战俘移往北京香山，修建碉楼，以供清军研究演练攻碉之术，再千里万里派往川西深山狭谷中的"平番"前线。现在，我到瞻对旧日战场，那些曾经的战碉均已不见，倒是当地百姓还住着传统的两层或三层寨楼——即史书中所谓"住碉"。那天，从雅砻江西岸高山上下来，半山之上的台地，见几位妇女正在"住碉"二层的平台上用连枷打场，也就是给收获的青稞脱粒，连枷声中传来妇人们的曼声歌唱，我坐下来，背后雪峰高耸，山下江流蜿蜒，天空寥廓，使人有不知身在何处何时之感。

闲话叙过，还是来看庆复们如何在瞻对继续"善后"。

不久，查出战争进行期间"参将满仓、游击孙煌捏冒战功，游击杨之祺被贼劫营"，还有一位守备郭九皋居然在战事中丢了大炮，这些人都应"照谎报溺职革职"。

皇帝的意见是："按之军律，即应于本地正法，始为用兵之道。"

更重要的善后，是将"瞻对各地分赏管辖，须授职衔，方资弹压"。

上瞻对应袭土司职的肯朱准其承袭长官司。下瞻对土司两代作乱，被废，另封俄木丁为长官司。另有委以土千户、土百户职衔者十数名。少数民族地区，"多封众建"，也是"以分其势"，预防一方独大、难以钳制的意思。

得胜后的大军相继撤去，枪炮声停歇了，战火硝烟渐渐散尽了，四处逃匿的百姓又回归毁于兵火的家园。

经过这样大一场战事后，瞻对本地有什么变化呢？除了因战争少了一些人口，毁了不少房屋村寨，没有什么变化。社会秩序依然如故。土地与人民仍然属于土司，属于土千户、土百户，百姓要糊口就要耕种土地，而耕种的土地都属于土司。一旦耕种就要向他们上粮并服各种无偿劳役，寺院喇嘛依然主宰着人们的精神生活。曾经因大兵进击而拓宽的道路渐渐被榛莽所吞噬，这个地方又重新被世界所遗忘。皇帝说过的啊："朕思瞻对不过一隅小丑耳，即尽得其地，亦无改为郡县之理。"也就是说，朝廷统治着这些地方，当地土酋若不尊皇命，便要兴兵声讨，但声讨之后，又不打算改变什么。这是一个似乎从来没有人问过的问题，如果什么都不想改变，那你如此兴师动众，劳民伤财有什么意义？

战后的当地，仍然是野蛮的存在：没有教化的普及，也没有生产方式的变革与提升。

土司们不但与京城相距遥远，就是与四川省，与雅州府，通一张便条，传一条消息，都要半月以上，自有地远天高之感。各土司间，以强凌弱、以大欺小而起的冲突便时常发生。多封众建，就是零碎分割。在百姓，依然要以夹坝做生活资料的补充。对土司，因为生产力低下，人口稀少，不能在辖地内厚积财势，要想增强势力，也只剩下觊觎邻居、侵人地盘、掠人百姓一途。

所以，川属藏族土司地面，有清一代，变乱此起彼伏，起因无非是百姓出为夹坝引起事端，或者土司间相互侵夺，争夺百姓与地盘。

这不，瞻对战事刚刚结束，大军刚刚撤走，因助战清军有功而新封的下瞻对土司俄木丁便发兵攻打里塘附近的崇喜土司。只为两家旧时结下的仇怨。崇喜是一个小土司，力量单薄。这回，俄木丁被朝廷新封为下瞻对土司，正好借势而起，派人袭掠崇喜土司领地，夹坝一番之外，还将崇喜土司杀死。

对此，朝廷也只好听之任之，不予理会。

这时是乾隆十二年，皇帝还在关心着瞻对善后事宜，三月间，四川所属另一处深山大河边的大金川土司地面又生起事端。巡抚纪山上奏："大金川土司莎罗奔侵占革布什咱土司地方，彼此仇杀，又诱夺伊侄小金土司泽旺印信。"各土司辖地是清朝中央政府划定的，土司印信也是朝廷颁发。大金川土司此番动作，比之于下瞻对土司"纵容夹坝"，性质还要严重。想到刚刚结束的瞻对战事过程中的种种麻烦，以及耗费了那么多的钱粮，乾隆不想再兴一场战事，便令在川大员庆复、纪山等对大金川土司劝谕警告，但都没有什么效果。为维护国家秩序、朝廷颜面，最后也只好兴师问罪了。

本来乾隆已调派张广泗接任川陕总督，打算将庆复调回中央部委任职，此时，便令他继续留川"相机进剿"，"不必急于赴阙也"。

新乱已起,旧乱未了

布置征剿大金川土司战事时,乾隆皇帝还没有忘记瞻对的事情。

他传谕新任川陕总督张广泗:"从前大学士庆复奏称:'班滚及家口并恶木劳丁、姜错太等一齐烧死'等语,情节甚属可疑。"令其"到川时详细察访"。所以有此一举,是参加了瞻对之战的参将袁士林到了北京。这位参将正是焚烧泥日寨时的点火之人,皇帝派了一位官居大学士的要员亲自询问袁士林,班滚是不是真的烧死在泥日寨中了。袁士林的回答是:庆复奏报与班滚一同烧毙的"泥日寨之姜错太未曾烧死。想姜错太同在一处,彼既未死,其班滚似亦未曾烧死"。

五月,乾隆皇帝又令庆复移驻靠近大金川的汶川。副将马良柱又随征金川,升为总兵,总兵宋宗璋也随征金川。

八月,张广泗奏折到了皇帝面前,不说金川战事,说的皇帝让他暗访的班滚下落:"到军营后,查访班滚果否烧死之处,因闻有自班滚处逃回土兵昔什绰、扒塔儿,随唤至军营,细加盘诘。据供:'班滚于如郎寨逃出,即往沙家邦寨中藏匿。嗣大兵焚毁泥日寨,并无班滚在内。'又接提督武绳谟札称'有新投兵丁王怀信,向在里塘亦闻班滚未死,并传说现在金川'等语。是班滚未经烧死,已属显然。臣仍多方密访,务得实在下落,再行奏闻。"

皇帝下旨:"览此,则班滚实未死也。如其未死,舍金川而何往?一事而成两功,惟卿是赖。"

张广泗向皇帝汇报情况的同时,也表达了自己的担心,这担心肯定是害怕因此得罪了比自己位高权重的庆复。皇帝说:"至于一切顾虑,恐惹嫌怨之处,皆可不必。勉之。"是我布置的任务,不要怕得罪人,再接再厉啊!

那位来自里塘的兵丁王怀信反映了一个情况,原明正土司属下土守备汪结被庆复任用,瞻对战事结束时,论功封为里塘土司。而汪结出任土司时,"班滚则差人到汪结处投哈达道喜"。而土兵昔什绰又供:"汪结做中,班滚的兄弟俄木丁投降了,叫班滚逃往别处去。"我们还记得,战事胶着时,庆复生有一计,就是汪结作保,放出打箭炉监狱中的瞻对犯人甘松结,令其回瞻对,与班滚的异母弟俄木丁一起,里应外合,策应官兵,乾隆皇帝也点头同意了的。战后,这班滚的弟弟俄木丁还被朝廷新封为下瞻对土司。知道了这个消息,不由皇帝不生气:"则汪结盖一阴巧小人,彼既外示出力于我,而内仍不使班滚怨彼,此乃番蛮两小获利之巧智。而庆复堕其术中而不知耳。将来此人另有一番处置方可。"而这个时候,新任里塘土司汪结正率土兵随征金川,所以皇帝还得耐住性子,交代张广泗:"今汪结现在军前,尤宜事事密为留意,不可稍露机宜,致彼生疑。致踪迹班滚之事,尤不可付之此人也。"

这时，皇帝已调庆复回京。

路上庆复上了一道奏书汇报："遵旨于八月十八日自军营起身回京，现已抵陕西省城。"

皇帝回话口气冷淡："卿起身而来，宜即奏闻。今已至西安而奏，为已迟矣。"你不觉得此时才奏有些迟了吗？

十月间，皇帝又得到班滚的新消息。班滚不是在金川，而是依然待在自己的老巢如郎。非但不隐匿行踪，还派兵攻打曾协助清军的上瞻对土司肯朱。但是，没有办法啊，"目今进剿大金川，须全力贯注，不得分营。至将来金川事竣，即应移师如郎，迅速剿讨，断不容缓"。而且，又牵扯参加了瞻对战事，现正出征金川的军官一名，"游击罗于朝亦系上年承办此案之人，恐其发露，意欲多方掩饰"。当然还有那个汪结，"汪结既为彼耳目，罗于朝身为营弁，乃内地之人，辄敢与之通同，更为不法。至进兵时，须先期将罗于朝、汪结二人调赴军营，一一讯明，便可得班滚实在下落，而明正其罪"。

这时，大金川军事也像瞻对一役，初始颇为顺利，后来便陷于胶着状态。皇帝一面为前方如何打开局面劳心，一面还记挂着瞻对之事。因为他越来越坚定地认为，金川土司敢于作乱，就是因为瞻对一战没有得到好的结果。他想，班滚未死，一干大员都在通同骗他。那么，之前被革职、经刑部判为斩监候的建昌镇总兵袁士弼的种种罪行，说不定也是这帮家伙捏造构陷，便下旨有关部门刀下留人。将来"令李质粹与袁士弼对质，则功过自明"。

这边，不知情的纪山还在上奏，替里塘新任正土司汪结落实待遇："其原给正土司养廉银二百九十四两五钱，与汪结支食。"

户部议复："应如所请。"

十一月，身在大金川军前的川陕总督张广泗又奏报瞻对那边的事情："臣查上年攻剿瞻对，果如庆复所奏，拆毁战碉，分割其地，则班滚无可容身，自必潜逃他境。今查李质粹初临贼境，尚攻克碉寨十余处，追兵过如郎，仅焚空碉二座围烧泥日一寨，余皆完好如初。至分地之议，各土司因班滚现在，无人敢领，悉仍为班滚所踞。"又说到汪结，"臣查汪结不过一巧滑小人，因其熟谙番情，在众土司中最为明白，故庆复信而任之"。

张广泗指挥金川战事不顺，多次被皇帝责问，有瞻对一案在查，正好略为掩饰，终于按捺不住，拿了汪结来询问。汪结供出："四月十三日渡江，半夜到如郎，竟是空寨，班滚早已逃出，及责问俄木丁，伊云必是隔江看见烧寨，害怕潜逃。"见此，皇帝定要在宫中冷笑了。原来庆复们所奏，攻破如郎大寨，你们是这么破的呀！

皇帝又得到消息。

游击罗于朝和汪结曾经叫班滚"三年不可出头"，这位班滚却没打算如此低调，而是马上就发兵报复曾协助清军的上瞻对土司，汪结又去信"令其敛迹，以防金川事竣波及"。

十二月，张广泗又让汪结提供了新情况："去年六月内，提督撤兵起身之后，总兵宋宗璋还在腊盖的时候，我就打听得班滚实未烧死，但不知他藏匿的所在，就禀了总兵宋宗璋和游击罗于朝。后来撤到旷域顶，我又打听得班滚藏在空七寨一个山洞里。那洞内有水有柴，可以久住。我又禀了宋宗璋。宋宗璋听了甚是愁怕，叹了一口气说，如今叫我有什么法呢？"果真如此，汪结此人，并不如皇帝先前以为那样奸猾，而是总兵宋宗璋等人怠惰了。

皇帝传谕："令其据实即速奏明，不得稍有回护。"

后又复查前线卷宗，"当时捏报烧毙之处，检阅卷宗，有庆复驳回李质粹原咨，李质粹遂添入'火光中望见悬缢贼番三人，班滚、恶木劳丁、姜错太皆已烧毙'之言，庆复即据以入告"。也就是说，庆复不管战果如何，只看材料扎不扎实。材料不扎实，就驳回重做。那个时代，这是不是普遍现象我不知道。但在今天，领导把上报材料驳回重写的情况比比皆是，只是大多无关人的生死，而是种种统计数据了。这就说明，庆复这个瞻对战事的最高指挥官，不是被下属蒙蔽，而是明知实情而通同作弊了。

到此之时，皇帝终于明白，所谓瞻对之战，就是一场费了真金白银唱了多半年的大大的假戏了。

当即谕令："大学士庆复自皇考时屡经擢用"，我父皇雍正时就对他多次提拔，"历任尚书，朕即位之初，用为大将军"，以后我如何重用于你就更不用多说了，但瞻对的事情败露，我要包庇你也不可能了。"朕自张广泗奏到，数日来为之反复思维"，上至倚为国家栋梁的一品大员，下至游击罗于朝这样的基层军官，都无一人认真为国家效力，而是通同作弊，瞒天过海，皇帝自然是该有几个晚上睡不安生吧。"国家能保千百年无兵革之事乎？若统兵之人皆如此欺罔，其所关系尚可问乎？"

"夫世戚旧臣皆与国共休戚之人也"。庆复啊，你们这些皇亲国戚，这天下是我们大家的啊，我们是一个休戚相依的共同体啊！你怎么能这样？你们怎么会这样？！"庆复思及此，亦将不能自恕！且以台辅大臣受国家厚恩，何以于此等军机重务通同欺罔，一至于此！若谓一时误信，或因用军既久，边外番地不得不如此了事，此等情形不宜题达宣示，亦应密行陈奏，乃始终并未据实奏明。今既通盘败露，法纪所在，朕虽欲宽之而无可宽，庆复著革职，家居待罪。"

"李质粹现在刑部监禁，著军机大臣会同刑部，将此案情节彻底研讯，有应问庆复之处，一并讯问，逐款审明，按律定拟具奏。"

还有作为钦差大臣派往前线的班第、努三二人。

"朕从前因班第、努三进兵瞻对，宣力效劳，厥有成绩，是以将伊等及所带侍卫官拜阿唐等等一并交部议叙。朕又施恩令班第在御前行走。……班第、努三虽系协同庆复办事之人，未深悉地方形势，与庆复、李质粹专令带兵者不同。然伊等在彼并不详察，亦从而谓班滚烧死，率行具奏，殊属冒昧。此事既经显露，伊等议叙所加之级随往侍卫官拜阿唐等议叙之处，均一并注销。班第、努三不必在御前行走，著在乾清门行走。"

宋宗璋、马良柱两员武将，正在金川前线苦战，皇帝从别处调了同级军官去到前线，本意是要代替这两个人。不想，前去替代的人临阵懦弱，指挥无方，才能与勇气更在这两人之下，只好将两人仍然留在前线效命，暂不处置。

此时的班滚在瞻对过得却颇为自在。

张广泗派一名叫雍中班吉的喇嘛前往瞻对察看，其自在情形是这位喇嘛亲眼所见，汇报给张广泗，张广泗又上奏皇帝。

"委员往察，始知班滚安踞如郎，并不畏人知觉，且日与附近土司如德格、霍尔甘孜、章谷、孔萨、麻书、朱倭等往来赠遗不绝。查此一带土司，皆上年从征瞻对者，今复与班滚往来，非尽反而从寇也。盖番夷邻近，天朝征兵则奉调从军，事竣兵退，有私仇者仍为仇敌，无仇怨者仍归于好，夷俗如此。"

我们记得，瞻对战事结束时，西藏方面达赖喇嘛等大人物都出面请皇帝对于班滚网开一面，加上原来支援战事的江卡藏兵擅自撤回，让皇帝起了大疑心，认为"非我族类，其心必异"，文化与宗教的分别，似乎是他建立大一统国家难以逾越的障碍。那时，西藏纳入清廷治下才几十年，就已经发生若干战事。康熙年间，曾派皇子率大军亲征。最后的结果，是将达赖所属教派和颇罗鼐世俗贵族等扶助成统治西藏地方的核心力量，但在对并不属于西藏管辖的瞻对战事中，他们的同情却在与其同种同文的班滚身上。为了大局安定，皇帝知道不能因此深责于达赖喇嘛及颇罗鼐等人，便把怒火撒在驻藏大臣傅清身上。张广泗也许深知皇帝这一心理，自己却也冷静，所以，才在奏折中说，这也是"夷俗如此"，"上年从征瞻对者，今复与班滚往来，非尽反而从寇也"，倒也冷静而客观。

张广泗这样的观察也是另有事实依据的。

按清代的土司设置，里塘是宣抚司，品级高于崇喜土司与下瞻对土司，理论上这些土司都要归里塘土司辖制。瞻对战后，庆复将原正土司废为副职，将汪结封为正土司，当地各土司并不心服，"近因将汪结被授宣抚司，其属下遂有烦言"。加上此时汪结又率里塘土兵随官军参加征剿大金川之役，瞻对里塘一带土司豪酋们便又复归于无政府状态。藏区土司豪酋们此类表现，本属惯常，但皇帝会认为有损国家体面，上侵天威，都欲平之而后快。却又不能四处举兵，便时时责怪于臣下。张广泗没有这样的期许，态度自然就冷静一些，他说，"盖番性易动难驯，寻仇报怨是其常事"。其实,四出夹坝也同样"是其常事"。这一地区处于这样的社会发展水平,纵马夹坝,快意恩仇,自是其文化观念中英雄主义支配下的自然习惯。超越社会形态加快文明进化需要输入更先进的文化、更先进的管理。但清廷推行的土司制目的在抑制藏区落后制度中的野蛮与无序,只是"多封众建""以分其势",以画地为牢的方式来抑制豪强们扩张的冲动。那些事实上被圈禁于封地中的土司们,特别是土司辖地上的百姓并没有从这种制度中得到任何一点好处,所以几乎像出于本能一样,要来挑战这种强制性的制度。

金川战事套着瞻对旧事

此时,金川战事似乎也日渐成为瞻对战事过程的翻版。

进军初始,汉、土官兵士气高昂,一路拔寨略地,但这些胜利仅在外围取得,一旦逼近金川土司的腹心地带,抵抗便越来越强烈,争寨夺碉之战事越来越艰难。终致士气日渐低迷,各路兵马、各级官佐互相推诿埋怨,进军步伐越来越慢。终于战事停滞下来,陷入胶着状态。时不时,还被对方反攻暗算,官兵付出重大伤亡,苦战得来的要地又陷于敌手。连瞻对战中表现良好的马良柱也被张广泗向皇帝告了一状:"总兵马良柱不思努力克敌,怯懦无能,将五千余众一日撤回。以致军装、炮位多有遗失。伊老而无用,若留军中以功赎罪,实属无益。"于是皇帝下旨,把这位已经六十多岁的老将"解京问拟"。"问拟",就是对照大清律法,看其该领何刑。

宋宗璋更是其罪难逃,皇帝下旨:"总兵宋宗璋,前在瞻对不能奋勇克敌,惟事粉饰,扶同欺隐。及进剿大金川以来,虽据报小有攻克,仍不能鼓勇前进,而欺饰之智犹昔,今统一军,徒长惰而损威。朕已降旨,著张广泗将宋宗璋并解来京,以便质审瞻对之案。"

至此，征剿瞻对时从总督到提督到前线总兵共同谎报战果的事实已经大体清楚了，张广泗的调查工作也基本结束。马良柱和宋宗璋被解京不久，与瞻对案有涉的土司汪结也在营中病死。随着案情日渐清晰，皇帝也多少改变了一些对汪结的看法，并不坚持认为汪结必是班滚的奸党了。关于这一点，皇帝有话："朕因土司汪结与班滚潜通消息，庆复为所蒙蔽，曾经传谕张广泗，令将汪结以他事调赴军营，讯明班滚下落，明正其罪。今据张广泗所奏，宋宗璋原折班滚未经烧死之语皆出汪结之口。看此情节，则汪结尚非班滚心腹奸细，使汪结果有心为班滚掩藏，岂肯向宋宗璋吐露实情！可速传谕张广泗，不可因朕有将伊明正其罪之旨，不为查核，致受冤抑。并一面留心察看，如果其人实非奸狡，尚可效用，即行具实奏闻。"

但皇帝得到奏报，汪结已病死在军营中了。

此后《清实录》中，再无半字有关汪结的记载。甘孜州政协所编的《甘孜州文史资料》（第八辑）中格郎杰所著《康南理塘土司概况》一文，对里塘于雍正七年受封以来，各代里塘正宣抚司人名及事迹做了清晰的梳理，偏偏没有瞻对战后短暂任过里塘正宣抚司的汪结的记载。只说，原土司安本于乾隆十三年被降为副宣抚司，十四年复任正宣抚司。看来，当初，汪结被任土司，并未得到里塘人拥护，加上时间短暂，就任后又随清军远征大金川，后来也就被遗忘于历史的深处了。

从此张广泗就不能再拿瞻对案说事，以转移皇帝对于金川战事的关注了。皇帝要问他的，只有大金川战事的进展了。随着战事久无进展，他与皇帝君臣间的蜜月期也宣告结束。不久，皇帝便从身边派出大学士讷亲前往大金川前线"经略",显露出皇帝对他的深深失望。

讷亲到来,也并未使战局有所改观。

皇帝愤怒了,就要办人。乾隆皇帝先将瞻对战事中负责后勤工作的四川巡抚纪山办了,理由是与张广泗"督臣不合","令其解任来京"。同时令讷亲调查这位巡抚在任上的所作所为,结论是"操守廉洁","均无侵肥作弊,但办理不善,被属员蒙蔽"。这结果也很严重。总兵马良柱被解到北京,供出他在金川前线退兵,非战之罪,而是因为粮运不继,全军半月之久没有饭吃,以致把马鞍上的皮子都煮来吃了。皇帝了解到这情况,又下旨说,既然事实如此,纪山就不必来京了,"著革职,发往军营,听经略大学士讷亲委用,令其自备资粮,效力赎罪。其四川巡抚一职,著班第暂行署理"。

我们应该记得这个班第。瞻对之役后期,他被皇帝委为钦差大臣,派往前线,因瞻对案牵连被贬到乾清门行走。这时又来到大金川前线参加后勤工作,纪山出事,他又得任四川巡抚。看来,清朝中央的组织部手里,后备干部的名单实在并不丰富,所以来来去去,总有问题官员复出。

马良柱解到北京,供词之中,牵出了纪山。审总兵宋宗璋,又加重了庆复荒诞的新罪行。

"其将班滚之子沙加七力捏名德昌喇嘛,将班滚大碉冒称经堂,给与居住,则系庆复所办。"但史书中没有庆复的申辩,这事是否如此,或者他为何要对班滚之子网开一面,也就不得而知了。皇帝下旨:"前经降旨,令其家居待罪,今悬案日久,伊转得优游闲处,于心何安?著将庆复拏交刑部监候,俟金川军务告竣，再将瞻对案内在事人员通行核实，分别定拟。"原来念你是一品大员，只是软禁，监视居住，现在就吃牢饭去吧！

皇帝认为，大金川土司所以作乱，全是因为瞻对战事草率完结。所以，要等大金川凯旋班师再来宣判。

不久，金川一带地震，再接着，打箭炉地震，在那时，这些都是不祥之兆。乾隆皇帝自然警醒异常。

而张广泗还在拿瞻对说事，上奏，"已遣游击罗于朝、土目甘松结等诱班滚离伊巢穴，然后用计擒拏"。

罗于朝参加过瞻对之战，也有罪在身。那位甘松结，大家更该记得，此人原在瞻对犯事，被下到打箭炉狱中，被庆复释放，派往班滚寨中卧底，战后被封为土千户。这时，应该也是在随征大金川军中。

皇帝再问，结果如何。

寻奏，罗于朝业经调回，也就是说此计也无果而终。

皇帝命令："且此二人，皆庆复所信用，伊等既有确供，即可服庆复之心。著将罗于朝、甘松结密行拏解来京，以凭讯结此案。"后罗于朝被斩，甘松结"绞罪正法"。

又过了数月，前线将领们面对只有几千丁壮的大金川土司一筹莫展。皇帝终于失去耐心，下旨将张广泗、讷亲法办。小事没有办好还可以马虎过去，但如此军国大事，拥兵三四万人，差不多以十敌一，战事一无进展不说，己方还伤亡惨重，相关人员得承担责任了。

张广泗"著革职拏交刑部治罪，令侍卫富成押解来京"。

大学士讷亲，"始终不忍令其拘系囹圄，讷亲著革职，赴北路军营，自备鞍马，效力赎罪"。

另调大学士傅恒前往军前节制筹划。

乾隆十三年十一月，原川陕总督所辖这一大行政区分设。划为四川、陕甘两个行政区，分设四川总督和陕甘总督。对于这次行政区的重新规划，相继而起的川属瞻对与大金川土司地面的战事，正是最直接的诱因。

朝廷授策楞为四川总督。

值得一说的是，策楞是刚在大金川前线被革职的讷亲的兄长。前一月，他曾为弟弟的事上奏皇帝，可不是代为求情："讷亲于国家军旅大事如此负恩，为国法所不容，请拏交刑部严加治罪。"皇帝说，"策楞因伊弟身罹重谴，惭愤极为诚切。夫父子罪不相及，何况兄弟，策楞自属可用。"

十二月，乾隆皇帝不想等金川平定才来了结瞻对一案了："悬案不决，终非了局，庆复、李质粹等著军机大臣会同该部，即按律定拟具题。并将此旨令诸王、满汉文武大臣公同阅看。"

军机大臣与刑部随即拿出处置意见："总督庆复、提督李质粹、总兵宋宗璋均斩监候，秋后处决。"

"从之。"

前面已经惩处了总兵袁士弼，这回又办了这三位。川陕总督庆复还被革了职，在牢中等待皇帝最后处置。瞻对一役的高级指挥官，就剩一位马良柱得以全身而退。

马良柱征瞻对时，统领南路汉、土官兵，没有参与中、北两路的阴谋，到大金川战事中，张广泗告他临阵撤退。后又查清是因为断粮半月，事出有因，审明事实后，又回到了金川军中，继续领兵。后大金川事平，又因功复任总兵。

"张广泗现会同刑部按律拟斩立决"，就是判处死刑，立即执行。并"著得保、勒尔森前往监视行刑"。

讷亲由在金川前线的大学士傅恒等拿出处置意见。

乾隆十四年正月，从黑龙江、湖北、贵州各地新调的精兵，历经数月跋涉，一部分到达前线加入战事，还有几千兵马尚在途中，大金川战事却突然了结。原因是作乱的大金川土司莎罗奔原来也曾替朝廷出力，率所属土兵于康熙年间随名将岳钟琪出征羊峒，立有功绩。后来，又是由岳钟琪保举，清廷于雍正元年授予他金川安抚司职。金川战事艰难之时，乾隆皇帝重新起用被夺爵削职的老将岳钟琪，领兵进剿金川，重振军威。最后，岳钟琪只带少数亲兵，轻骑入大金川土司高墙深垒的勒乌围，说服莎罗奔在军前请降。大金川战事结束。

乾隆十四年二月，皇帝降旨："莎罗奔、郎卡屡遣亲信头人致词献币，禀称果贷其死，当为经略大学士建祠顶祝。所约六条，如不许再犯邻封，退还各土司侵地，献马邦凶首，缴出枪炮，送还内地民人，与众土司一体当差，一一如命，且称愿较各土司分外出力，是乃所谓革面革心。而其所求望风稽颡，不敢遽赴军门者，蝼蚁贪生之本念耳。如此而必加诛戮，岂朕覆载包容之量所忍出耶！王师不战，止戈为武，威既伸矣，功既成矣，班师振旅允合机宜……"

皇帝从宽赦免了莎罗奔，大军班师回朝。

此前，张广泗已斩，讷亲如何处置一定也让皇帝颇为踌躇。先是将讷亲就地革职，令他效力军前。讷亲倒台后，下面反映上来的情况让皇帝越来越生气。金川胜利遽然到来之前的乾隆十三年正月，他便已下旨："将讷亲带往军前，会同经略大学士傅恒审明，于军门正法。"关于讷亲此时的情状，下面奏文还记有一笔,"讷亲不进饮食,卧床不起"。我本以为,胜利消息到来,皇帝连叛首莎罗奔都已赦免,必定也会留讷亲一条性命,但讷亲未等到这一天。

侍卫鄂实奏报:"正月二十九日行至奔栏山,接奉谕旨,将讷亲正法讫。"

同时,乾隆皇帝对于叛首大金川土司莎罗奔可谓恩情隆重,不但赦免其死罪,还降下谕旨:"尔等蕞尔番夷,本不足当皇帝亲降谕旨,因尔等实心向化,欲亲赴阙谢罪,是以特加晓谕,并交总督酌量奖赏。尔等其敬谨遵奉,安分守法,勉力向善,皈依佛教,各守封疆,永远侵轶。向化各土司,亦断无侵扰尔等之理。设各土司有欺凌尔众者,许控告总督、提督,为尔等分别剖曲直,不得辄肆争斗。"

此后,莎罗奔的确没有再行不法之事。

但二十多年后,乾隆三十六年,莎罗奔身后,其袭任土司职的侄孙僧格桑再反。乾隆第二次用兵金川,此一战历时五年,最后剿平大小金川,此是后话。

班滚现身，瞻对案结

当时，大金川土司莎罗奔投降被赦的消息传到瞻对，班滚也寻找门路，把归降之意上达天听。

四川总督策楞上奏："据惠远寺喇嘛达尔罕堪布具禀，班滚前于莎罗奔投诚，荷皇上赦宥之后，即遣人来寺求其代为乞恩。今班滚又来恳求，并将伊子罗藏丁得到寺出家悔罪，颇为真切，因遣弁员前往泰宁，班滚率弟兄土目头人等出界跪迎，誓死明心。因未经出痘，不敢身入内地，具有夷禀，实属悔罪输诚。"

皇帝下旨："且班滚之归诚，实由见莎罗奔之向化，为所感动，则知前金川之蠢动，实由班滚之肆逆，相率效尤，前事不臧，更贻后害，身其事者，罪不容诛。"也就是说，班滚也可以保全性命了。此时，皇帝又想起了尚在狱中的那个人，"庆复见在朝审已入情实，本欲于勾到之日明正典刑，但念伊勋戚世旧，皇考时即已简用为大臣，且与讷亲、张广泗之负恩偾事老师辱国者，尚稍有间，不忍令赴市曹，著御前侍卫德保、会同来保、阿克敦将策楞原折，令庆复阅看后，加恩……"那么，皇帝也要如赦免莎罗奔、班滚一般加恩于他了吗？不。"加恩赐令自尽"。

瞻对一案终于如此了结。

昨夜写完瞻对一案的了结，不觉已是深夜三点，睡不着，发了一条微博："写一本新书，所谓现实题材，都是正在发生的事情，开写的时候有新鲜感，但写着写着，发现这些所谓新事情，里子都很旧，旧得让人伤心。索性又钻到旧书堆里，来踪迹写旧事。又发现，这些过去一百年两百年的事，其实还很新。只不过主角们化了时髦的现代妆，还用旧套路在舞台上表演着。"

一星期前，我开始动笔写一部新长篇，现实题材，关涉汉藏文化冲突的新表现。真觉得新事情也都是旧套路，干脆停了书房的电脑，搬到餐厅的大桌子上，在手提电脑上，凭借着堆了一桌子的旧书，来踪迹瞻对旧事。诸多陈年旧事，映照今天现实，却让人感到新鲜警醒。看来，文学之新旧，并不像以新的零碎理论包裹的文评家们所说，要以题材划分。

发了微博，洗澡上床，还是睡不着。

又在枕上看旧书中的地理材料。这本旧书叫《西藏志》，民国十四年，四川省筹划编修《四川通志》延聘专人所撰。以此可以知道，四川一省官员，清代以来，把藏区事务视为大事，已是成例了。《西藏志》中有《西藏道路交通考》一章，详说了旧时未有公路时各路通藏驿道上的情况，开篇就说四川雅安经打箭炉到拉萨的川藏大道。

路从雅安算起。今天在雅安城边，川藏公路边，有一组雕塑，都是过去时代背着茶叶和杂货来往于川藏驿路上的穷苦背夫的形象。这组雕塑的意思，是标示出所谓茶马古道，也即过去川藏大道由此起点。今天，从此开汽车，四五个小时可到康定，即旧时的打箭炉，那时却要走很多天。《西藏志》详细标注了站名与里程,雅安至荥经,九十里;荥经至汉源,一百一十里;汉源至泥头,八十里;泥头至化林坪,七十五里;化林坪到泸定桥,七十五里;泸定桥至头道水七十里;头道水至打箭炉六十里。最快要一周时间。

自打箭炉出南门谓之出关,直到今天,当地人还把康定以西的地面,叫作关外。"走拱竹桥,沿山而上,二十余里达其顶,曰折多,山高而不甚险,秋冬则积雪如山。山下二十里,有人户柴草。五十里至堤茄塘,有人户柴草。五十里到纳哇,路不险,有居夷,有烟瘴,顺沟而进,四十里至阿娘坝,地方颇为富庶。由是经瓦七土司密宗,经俄松多桥,到东俄洛,有碉房柴草"。东俄洛,熟悉的地名。瞻对战事之初,四川提督李质粹就驻扎此地,节制调度深入瞻对高山深谷的三路兵马。

从此地,川藏大道又经过高日寺、卧龙石、八角楼、中渡汛、麻盖中、剪子湾、西俄洛、咱玛拉洞、乱石窑、火竹卡、火烧坡,才到达里塘。再从里塘经二十一站到江卡汛。江卡也是熟悉的名字,被抢的张凤把总带兵就是从那里来的。瞻对战事进行时,西藏方面曾从那里派兵支援,只是后来,那位叫冷宗鼐的藏兵军官,竟擅自离开前线,那些藏兵也就自行散去了。乾隆把冷宗鼐交给西藏郡王颇罗鼐法办,却再未见资料说其结果如何,大概是大事化小,小事化了,最后不了了之了。

里塘,是清史中的写法,今天写作理塘,也是一个已在本书中多次出现的名字,以后还会在书中更多次出现。

故事开始,这是三十多个清兵被瞻对人"夹坝"的地方。

也是那位先被乾隆皇帝视为私通班滚的奸细,后又为他洗去冤屈的汪结,做过一年宣抚司的地方。

有心的读者会问，这一路怎么没有瞻对？是的，没有瞻对。瞻对在里塘北方的深山之中。我在瞻对——今天已更名为新龙的地面寻访时，在县城边看到公路指示牌上标记，南去里塘的盘桓山路是二百一十多公里。也就是说，瞻对并不在川藏大道上。那时，瞻对夹坝出掠川藏道上的商旅，那是要好马快刀，长途奔袭数百里到别的土司地面。所以，瞻对之战，里塘也是南路进兵的地方。

　　川藏大道，一向分为南北路，里塘是南路上的重要节点。川藏北路也是从打箭炉南门出发，过折多山后，便与南路分手，过泰宁、道孚、炉霍、甘孜，再过玉隆、德格过金沙江，离开川属土司境，入于西藏地面。瞻对也不在这北线大道上。今天的甘孜县城边，有一条大河浩浩流过，这条河是雅砻江。甘孜县城南边，参差着一列错落的雪峰。过县城不远，雅砻江便折而向南，一头扎入雪山之下的幽深峡谷之中，流向瞻对境内。我第一次去瞻对，就是从这条公路顺江南下，在深峡中穿行一百多公里而达新龙县城如龙镇。

　　也就是说，瞻对深陷在川藏大道南北两线的群山中间，即便在今天看来，也相当偏远。所以，清代以前，只有模糊不清的传说，清代以来，渐多文字记载。所以见之于记载，大多是因为瞻对人或南下，或北上，对于川藏大道南北两路商旅与当地百姓的劫掠袭扰。外人看来，瞻对确实遥远。但对娴于弓马，将夹坝视为一种生产方式的瞻对人来说，外面的世界却并不遥远。因此，我们便要在这本书中，与他们频频相逢了。

闲话岳钟琪

出太阳了！

成都的冬天难见如此明亮的阳光，干脆就停了写作，上街走走。这么多天扎在故纸堆里，正好用阳光去去霉气，便弃车步行到公安局办理去香港讲学的出境签注。签注毕，再去邮局取点小文章挣来的稿酬。中间经过一条街，岳府街。正是有清一代，曾为安定藏区建有勋绩的名将岳钟琪府第所在。今天，岳府的深宅大院早已荡然无存，空留一个街名。各色人等来来往往，各谋或好或坏的生计，各怀或明或暗的心思，没几个人知道这条街名所为何来。

干脆再说说岳钟琪，让此书暂告一段落。因为瞻对一地于史书中再兴波澜，要等到清代的嘉庆年间了。时间还要很久。瞻对战事结束后，乾隆还做了三十多年的大皇帝，然后才轮到嘉庆头上。

岳钟琪出身于三朝武臣之家。其父随康熙远征噶尔丹蒙古有功，升任四川提督。岳钟琪二十岁从军，二十四岁时随父从甘肃入四川。七年后，康熙五十六年，公元1717年，准噶尔蒙古汗王策妄阿拉布坦据有天山南北,发兵攻入西藏,陷拉萨,围攻布达拉宫,杀死藏王拉藏汗。康熙五十八年,康熙皇帝派都统法喇统兵出打箭炉援助西藏。法喇即以时任永宁协副将岳钟琪为先锋官,命他先期攻取里塘、巴塘等川藏大道上的要点,打通进藏大道。岳钟琪一举歼灭了拒不投降的里塘第巴①,"擒首逆七人从而使巴塘第巴惧,献户籍"。后又使藏兵首领为前导,沿途招降,长驱直入,千里奔袭,直逼拉萨,准噶尔蒙古军一触即溃,狼狈逃回伊犁。

战事结束,岳钟琪升任四川提督。

不几年,蒙古部落首领罗卜藏丹津又在青海起兵抗清,清廷授岳钟琪"奋威将军"率军征讨。岳钟琪抓住春草未长,叛军人畜乏粮,分散屯驻牧养的时机,奇兵奔袭罗卜藏丹津驻地,所率五千精兵,均是一人两骑,星夜兼程,快速抵达前线,猛扑罗卜藏丹津营帐,叛军顿时溃不成军,罗卜藏丹津趁乱换上蒙古妇女的衣饰,带了二百多人投奔准噶尔去了。其母、弟、妹、妹夫一并被俘。岳钟琪以少胜多,再一鼓作气乘胜追击,"一昼夜驰三百里,不见房乃还,出师十五日,斩八万级"。岳钟琪只用了十五天时间,就把面积数十万平方公里的青海土地完全收复。

后来,岳钟琪又率兵平伏今甘肃省武威境内几个藏人部落,并先后出任甘肃提督,后又兼任甘肃巡抚。一个人独掌一省军事行政大权。这时岳钟琪才四十岁出头,正可谓春风得意,风光占尽。

---

① 第巴:藏语译音。本意为部落酋长。在清代,第巴有两种:一种是指总理西藏地方政府的官员;一种是西藏地方政府在其控制地域委派的地方官。这里是指后一种。

除了极少数的幸运儿，官场是从不允许一个人如此顺风顺水，于是，各种流言蜚语便日渐传入皇帝的耳里，雍正皇帝就说："数年以来，谗钟琪者不止谤书一箧，甚且谓钟琪为岳飞后裔，欲报宋、金之仇。钟琪懋著勋绩，朕故任以要地，付之重兵，川陕军民尊君亲上，众共闻之。"而其间，确实有汉人劝岳钟琪谋反，但被岳钟琪拒绝。雍正并不像其父康熙那样是个有大胸怀的人，那些流言在他心中也渐渐生根发芽。

雍正九年，公元1731年，雍正皇帝终于借岳钟琪再次率兵远征蒙古准噶尔部过程中小有失利，以"误国负恩"之名，将其免官拘禁。忌恨他的大臣将军们正好落井下石，大上参劾。后来因金川战事不顺而被斩的张广泗也参岳钟琪"调兵筹饷，统驭将士种种失宜"。大学士们商议的结果是"奏拟岳钟琪斩立决"。雍正皇帝改为"斩监候"，也就是死刑改了死缓。再三年雍正皇帝驾崩，岳钟琪还在狱中活着。乾隆继位的第二年，将岳钟琪释放，削职为民，在成都岳府中闲居十年。

乾隆十三年，大金川战事不顺，张广泗、讷亲将被问罪，真枪实弹的战争中，满朝文武，却没有几个真堪任用之人。乾隆这才想起被自己放归闲居的老将军，将其重新起用，以总兵之职派往前线，再后来又提升为四川提督。岳钟琪到了前线，统率数万汉、土官兵，节节逼近大金川土司的核心勒乌围。莎罗奔支撑不住，在降与不降间踌躇不定时，岳钟琪带少数兵勇亲赴敌营，迫降大金川土司莎罗奔。那时，他已经六十二岁了。因功加封太子太保，复其三等公爵位。爱写诗的皇帝还有诗褒扬他："剑佩归朝矍铄翁，番巢单骑志何雄。"

岳钟琪于清廷确也忠心耿耿，后又两次带兵到藏区平乱。最后,于六十八岁上,带兵到重庆平乱,凯旋之时,病逝于返回成都途中。

我在岳府街上,在暖阳下徘徊,遥想这位陨落于两百多年前的将星种种传奇。不远处施工工地堵了一条街道,身边车行拥挤,人流紊乱,倒不能影响我平心静气,遥想当年。

回到家中,再读《清实录》中岳钟琪在奏折中以平静语气说他受降莎罗奔的经过:"臣带兵四五十人进抵贼巢,迎谒甚恭。是夜即宿勒乌围。明日至其经堂,令绰尊榷吉同莎罗奔、郎卡依番礼誓于佛前。随赴卡撒,告知经略。复至巴郎,带领该土司、土舍膝行叩降。"

第三章

　　瞻对又出事了。大清朝又要对瞻对用兵了。

　　新战争，同时又是老故事。或者说，新故事按着老套路再次上演。这时，距乾隆年间第二次征剿瞻对的战事已经过去了五十九年。大清朝已经换了新主子：嘉庆皇帝。

番酋洛布七力

瞻对又出事了。

大清朝又要对瞻对用兵了。

新战争,同时又是老故事。或者说,新故事按着老套路再次上演。

这时,距乾隆年间第二次征剿瞻对的战事已经过去了五十九年。大清朝已经换了新主子:嘉庆皇帝。

时间是嘉庆十九年,公元1814年。

瞻对这个消匿于宽广时空中的名字,又一次出现在奏折中,放在了皇帝的面前。故事的主角也换过了:"中瞻对番酋洛布七力。"我们记得,上一次征讨的对象是下瞻对土司班滚,这回换成了中瞻对番酋洛布七力。

上奏人叫常明,时任成都将军,这是一个新职务。前番瞻对战事时,川省还没有这样的机构设置。乾隆三十六年,大金川土司地面再起战乱。乾隆皇帝又派大军进剿,是为第二次大金川之役。乾隆四十一年,第二次大金川之役结束。清廷因四川少数民族地区一向多事,战乱频繁,特设成都将军府,全称"镇守成都等处地方将军"。规定其职权范围为"其管理番地之文武各员并听将军统辖"。今天的成都,还有将军街和将军衙门的地名。

瞻对地面出了事,自然是在成都将军常明的责任区内了。

差一年就是一个甲子的时光流逝,瞻对地面上地方豪酋们的势力消长也有了变化。我们该记得,乾隆年间瞻对善后,朝廷新封的是上、下瞻对两员土司。但那时的川属藏区,朝廷为当地土司豪酋们划定的势力范围从来得不到真正的遵守。地方越偏远,越是弱肉强食的世界。所以,几十年后,在瞻对地面上横行无忌的已是中瞻对的洛布七力了。在官写史书中,找不到瞻对地面这种势力此消彼长的记载。走访民间,大多数情况下,民间传说往往时空错乱,神秘模糊,难以定夺真伪。但洛布七力在中瞻对的崛起,却见于当地藏文文献记载。

这位洛布七力,祖上和下瞻对土司本是一家。后来,其曾祖小班格为争夺土司位,被其兄长所杀。其曾祖母与孤子贡布登被逐出下瞻对土司官寨,迁往中瞻对地方。

贡布登从小便有复仇之志,但势单力孤,对其势大力雄的伯父自然无可奈何。唯一的办法就是忍辱负重,在中瞻对地面小心经营,培植力量,渐图发展,这是中瞻对势力崛起的开始。贡布登在中瞻对苦心经营,引起下瞻对土司——其伯父的警惕,于是拉拢贡布登的亲信,设计将其暗杀。贡布登死后,其儿子贡布扎西似乎无所作为,但其儿媳沙格玛却不肯屈服,便东出瞻对到打箭炉官府告状。官府置之不问。复又北上请求邻近瞻对的朱倭、章谷两家土司支援,也无结果。为避下瞻对土司进一步迫害,沙格玛只好举家迁往其娘家附近的村子,以求庇护。

贡布扎西和沙格玛的儿子就是洛布七力。他成年后,便以联姻的方式壮大自家势力。先娶了在当地颇有势力的阿呷家女儿为妻，生有一男四女。儿子早死。四个女儿，都嫁与当地各头人，其家族势力迅速壮大。羽翼渐丰后，便在瓦达地方修建官寨，名叫瓦达波绒。其间，瞻对地面上两个头人互相仇杀，一个头人被杀后，洛布七力又娶了其寡妻，生下三男二女，两个女儿依然嫁与当地头人。这一来，洛布七力便有了六个头人出身的女婿，三个儿子又任勇使气，依瞻对旧习，时常纠合所管地面上的年轻男子，四出夹坝抢掠。从此，便在中瞻对地面上雄踞一方了。

某年——藏文文书未曾纪年——其长子罗布率人出掠炉霍，被借住的人家出卖，炉霍章谷土司将其下于狱中。这个罗布是个亡命之徒。当地有一个故事流传，说炉霍章谷土司亲往狱中探看这个传说中凶蛮无比的瞻对夹坝头领，希望他哀求活命。罗布却大笑不止，绝不投降，被激怒的章谷土司亲手将罗布刺死于牢中。

就此，炉霍与中瞻对结下了血仇，炉霍地面更要不得安宁了。

导火线，还是一个低级军官

嘉庆十九年，洛布七力又北出于今川藏北线，即今国道317线上炉霍县境内，与章谷土司"挟仇争疆"。两土司争战之中，洛布七力竟将前往调处的清军外委叫邓启龙的击伤。这一线与炉霍章谷土司地脉相望，唇亡齿寒的朱倭、麻书、孔萨、白利诸土司便联名上告，呈请清廷派大军剿办洛布七力。

外委是清军中的低级军官名目，大者相当于千总，小者也就是个把总，他出现在瞻对和章谷争战之地，一不小心，便成为有清一代第三次征剿瞻对的导火线了。

我们应该记得，第二次进兵瞻对，也是一位低级军官被劫而引起的。土司间相互争斗，本是常事，政府方面想管也管不过来。但你伤了官军，哪怕是一个低级军官，甚至是无心之失，那就扫了朝廷的体面，有损国威，想不出兵宣威，也很困难了。"中瞻对番酋洛布七力连岁侵扰各部落，并敢拒伤官兵，情罪重大，必须剿办示惩"。

那就出兵进剿吧。那时的清朝盛世已过，但对付瞻对这样地不过千里，人不过数万的小地面，倒也不在话下。

于是出兵。

派松潘镇总兵罗声皋率清军及各土兵万余人进剿瞻对。

罗总兵擅自收兵

一出兵又是老故事。

出兵之初真是空前顺利:"官兵已克宗木多山梁,进击河东碉寨","乘胜直前,扬兵威而寒贼胆"。

然后,"洛布七力畏惧兵威,缚献凶夷郎吉七力等十一名"。并央求上瞻对土司等邻近有声望有势力的当地豪酋作保,来到罗总兵帐前,"愿以土司印信号纸给伊子阿更承袭"。而他自己则愿被流放在五百里外其他土司地面上去过寻常百姓的日子。

罗总兵不待上报,居然准了!

这时,自己所管辖地面起了战事的成都将军常明正打算靠前指挥,从成都衙门来到打箭炉,刚好接到罗声皋的禀报。罗总兵不是请示是否可以如此办理,而是说,"本镇已允其所请,遣令回巢,一面撤退官兵",而且,"两路官兵均已经撤出数程之外"。也就是说,两路兵马都撤到远离前线好几天路程的地方了,随征的各土兵也"皆散而归巢"。

这倒是老故事中的新问题。

常明心怀怒火,便将此情形上奏皇帝,这奏折其实是一封告状信。

常明奏中,还拿出了具体的处理意见:"请将罗声皋革职作为兵丁。"

嘉庆皇帝批复:常明的处理意见"未足示儆","罗声皋著革职拿问,交该督严审定拟,奏明请旨"。

常明到了基层,又见到不好的事情,同样上奏皇帝。

也是一个下级军官都司图棠阿,要去青海境内查办"西宁贼番抢劫之案"。也就是说,那边也有"夹坝"。但走到德格土司境内走不了了,"该土司带领头人在阿隆沟驻扎阻止不令前进"。于是,这位图棠阿就把状告到了正亲临前线,到了德格附近的常明那里。

常明便"亲抵该处,查知德格土司调派土兵,协同官军进剿中瞻对,备办牛马粮食甚多,极为恭顺出力。访查前次并无阻拦图棠阿之事,该都司①因入境后,未经远迎,捏词妄禀"。

这便是此一时在边地的军队情形,真的是"内里都已尽上来了"。土司未经远迎,前往的官员就生气。这在今天的藏区,也是一个普遍现象。稍有权位的官员,到一地,到一县,当地官员都要迎到本县与邻县的交界之处。只是现在不大扰民,大多仅是官员迎接官员。当然,有更重要的官员驾到,那动员民众,学生上路夹道欢迎,献歌献舞,则是另一回事了。

所以,读到此则史料,我不禁想,原来这样的官场习气,打大清朝时就开始养成了?

闲话少说,还是说嘉庆皇帝看了这样有细节的折子,更有

---

① 都司:清军中职官名。为绿营兵中级军官。位在游击之下。正四品。

感想，定要多说几句："抚驭土司番部，全在禀公劝惩，以服其心。若图棠阿之妄禀泄愤，只图快其私意，罔顾国事，甚属可恶。图棠阿著革职拏问，交该督严行审讯，恐尚有需索不遂，骚扰恐吓事。著即从重定拟具奏，毋稍徇纵。"

成都将军再次进剿

处理过这些事情，常明将军又整顿兵马，制订计划，重新发兵进剿。

五月，高原上已是地暖春回，冰消雪融。草木萌发后，空气中氧气也较前增多，正宜行军打仗。

不久皇帝就得到奏报："此次剿办中瞻对，参将曹兴邦带领下瞻对土司头人等抢占藏多山梁，先后歼毙贼番二百余名，生擒阿甲降错折力等三十余名，番夷投降者二百余人，又续报投出三百余户，抢获刀械、牛羊、马匹甚多。洛布七力窜领余党逃入热笼地方窜匿。"

这一回两番抗拒官兵的下瞻对土司是为清军助战了。

皇帝在跟军机大臣们会商前线战况时又听到新情况："该督等现在已飞饬总兵罗思举由下瞻对如郎桥过河，从热笼后面与曹兴邦合力夹攻。"

六月，常明上奏："官兵进抵河西。洛布七力自奔窜河西后，与大头人巴耳甲在却至寨率众固守，抗拒官兵。总兵罗思举等督率弁兵擒歼贼番达那太等二百数十名。上瞻对头人格格绒太带领中瞻对夷人郎卡次力等数人来军前投诚。该提督等准其投诚,并传令各旁寨头人出见,扣留在营,饬令呈缴刀枪、器械。"

皇帝说:"所办是。此时番众投诚,无不准彼之理。但夷情多诈,山路险峻,四处皆贼番碉寨,我兵深入夷地,该夷目等未必不心怀观望。若我兵连得胜仗,彼自畏威助顺;如大兵稍不得力,彼或仍附贼酋,阻我后路,则所关匪细。"

皇帝还亲自出谋划策:"应晓谕投降番目,令其作为前敌,而以我兵为继其后,一则以贼攻贼,可资其力,再则该番目已经与贼接仗,则一离不可复合,并可绝其反复。"看此言,嘉庆举兵瞻对,都没有调阅一下其父皇征瞻对一战的案卷。所以不知道当今这些请求大皇帝出兵的众土司当年也派土兵随军效力,而清军刚退,班滚复出,"且日与附近土司如德格、霍尔甘孜、章谷、孔萨、麻书、朱倭等往来赠遗不绝"的故事了。

不知历史的人,往往天真地认为自己前所未有的高明。

不知历史的人,往往行着旧事,却以为自己做着开天辟地的全新事业。

突然之间,瞻对战事就结束了。

与上次瞻对战事一样,作乱的番酋洛布七力也是被烧毙于寨中。

也是死不见尸:"洛布七力焚毙之处,只有该酋常用之铁马鞍、鸟枪及手带之镶珊瑚金戒指为凭,其中贼体焦烂,无从辨认。"只是"番众"都称洛布七力确实是烧死了。

于是,朝廷下令将中瞻对土地、人民分给上、下瞻对土司,大军班师凯旋。参与战事的汉、土官兵俱论功行赏。成都将军常明，皇帝"诏以未生得逆首，不予议叙"。

提督多隆武、总兵官罗思举下部议叙。还有随征的土兵首领郎尔结、阿思甲等得赏巴图鲁名号。巴图鲁，满语的意思就是勇士，是一种荣誉称号。随征的德格土司策旺多尔济赏二品顶戴、花翎。

又是重复的老故事

嘉庆二十二年十二月,一位四川华阳籍的御史上奏川省积弊四条,其中一条便与刚结束不久的瞻对战事有关。

这位御史状告成都将军常明谎报军功:"访闻中瞻对逆酋洛布七力前剿办时并未烧毙,因与上瞻对头人格格绒太素有仇隙,本年将格格绒太戕害。该酋臂力强悍,如根株未绝,恐致滋蔓。"也就是说,洛布七力不但没有被烧死,而且又在瞻对寻衅杀仇了。

又是重复的老故事,最该要毙杀的那个人未被烧毙。上次这个人叫班滚,这次不过换了个名字,叫作洛布七力。这个未被烧毙的人,比之班滚更加嚣张。大军退后,回头就把阵前投诚清军的头人格格绒太杀掉了。

嘉庆并未天威震怒,或者是他比他父皇脾气好,又或者,他对自己所驾驭的这个体制的弊端更加了然于心,所以觉得因此生气伤肝颇为不值,只是下旨四川总督蒋攸铦"必须察访真确"。

就在这时,常明死了,病死的。

蒋攸铦回复皇帝:"奉旨饬查中瞻对逆酋洛布七力未经焚毙

一事，密派员弁前往查访。该处距省辽远，派去员弁须约二月底方能旋省，统俟查明奏请训示。"

皇帝又问曾任过成都将军，后回京任职的赛冲阿。赛冲阿告诉皇帝，不仅是他，就是常明本人，也听说过洛布七力未被烧死而复出的传闻。传说，洛布七力在官军进攻前就已潜逃。这下皇帝生气了，常明已死，无可究办，但还有别人可担责任。"一面将原办此事之总兵罗思举革职拏问，并将多隆武截回四川，一并革职拏问，究明从前捏饰情蔽，按律定拟具奏。"

嘉庆二十三年四月间，调查有了结果。蒋攸铦上奏："现据派往道员密访得剿平中瞻对，将地土分予上、下瞻对，复有洛布七力之婿七力滚一支野番扬言洛布七力尚存，向上瞻对索还地方，彼此忿争而去。此后七力滚亦未再来滋事，上瞻对则恐其复回寻衅，时常准备。逐细查访，不能得洛布七力实在踪迹。至格格绒太其人现存，并未被戕。"

皇帝再降旨意："该督仍当遵照谕旨，再行访查。此事必须将七力滚拏获讯明，始终能辨别真伪。七力滚虽属野番，往来无定，但前既然有向上瞻对寻衅之事，亦难保其不再前来，蒋攸铦当设法侦伺购索。如能将七力滚擒拏到案，确切供明洛布七力实已焚毙，再将七力滚治其妄索土地之罪，则群疑尽释，方能杜传讹之口。该督务勉力办理，不可颟顸了事。"

我所据的《清实录藏族史料》九册和《清代藏事辑要》两册中，再也没有关于此事如何了局的记载，似乎就这样不了了之。

查看其他材料，皇帝谕令要革职拏问的多隆武与罗思举也未因此事而受什么大的影响。

多隆武出身旗人，为武将，道光年间出任叶尔羌帮办大臣，道光六年，战死于新疆叶城。

罗思举的身世颇为传奇，四川汉人，贫民出身。"为盗秦、豫、川、楚间"，也就是说，他当过土匪，后来才当兵吃粮。他作战勇敢有谋，到嘉庆年间已升任总兵。其生平材料说，"二十年，中瞻对番酋洛布七力叛，夹河筑碉。总兵罗声皋不能克，许其降，以专擅遣戍。命思举进剿，克四砦，洛布七力就歼，请分其地以赏上下瞻对诸出力头目，事乃定"。道光元年，又升任贵州提督。再过二十年，罗思举死于官任之上。

这个人有三个小故事值得一说。

第一个。湖南寨瑶赵金龙作乱，提督海凌阿战死，罗思举领兵再往征讨。将赵金龙合围而大破之。之前，皇帝不放心，派尚书禧恩前往监军。罗思举却在尚书到达前三天将赵金龙打死，平定了瑶乱。这一来惹得中央大员很不高兴，你怎么不等老子到了再来打这胜仗呢？这位中央大员"贵宠用事，怒其不待，盛气凌之"，想不到罗思举却不买这个账，"诸公贵人多顾忌"，但他不怕："思举一无赖，受国厚恩至提督，惟以死报，不知其他！"我罗思举就是一个无赖出身，受了国家的恩典都当了提督这么大的官，只知道拼死报效，其他乱七八糟的，老子就不晓得了！

那京城来的尚书老爷又说，这赵金龙是不是真死了。

与上回征瞻对不同，这回他有赵金龙的尸体、印章、剑给尚书验看，遇到这样的横角色就是钦差也没有什么办法。

第二个。罗思举当了大官后，并不忌讳人说他当过土匪的事情，甚至自己也常常在人前提起，并不遮掩。甚至还给川、陕、湖北等省各州县衙门写信："所捕盗罗思举，今为国宣劳，可销案矣。"这意思是说,你们以前不是下过追捕土匪罗思举的通缉令吗?现在他已经为国效劳,你们就销案了吧!

第三个。他去北京,受到嘉庆皇帝接见。

皇帝问他,哪个省的兵最精。

他答:"将良兵自精。"

后来,换了皇帝,又接见他,又问怎么做到赏罚分明。

他的回答也很简明:"进一步,赏。退一步,罚。"

两任皇帝都说,回答很好。

大清国第三次用兵瞻对,就这样完结。

那么,洛布七力到底烧死没有?罗思举这样的表现,让我也相信是烧死了。

民间传说，迷乱的时空

但据《甘孜州文史资料选辑》第三辑载当地学者昔饶俄热所著《新龙贡布郎加兴亡史》一文，洛布七力真的没有烧死。文中说，清军进剿时，自甘孜南下，从大盖地方过雅砻江桥，猛扑切依，包围瓦达波绒官寨。其时，洛布七力的一个儿子攻打炉霍未归，洛布七力也不在寨中，只有一个儿子布拉马在寨固守。布拉马曾假意提出要向清军投降，并派出代表谈判，还在寨前铺上毡毯，堆满茶叶、酥油等物，声称要迎接并犒劳官军。清军派一位郭姓军官带兵前往受降，甫一就座，就被布拉马伏兵尽数杀害。清军大怒，向其发起攻击，并于当晚焚烧波绒官寨，布拉马被烧死寨中。

我在新龙，又访得过去时代一个僧人所著记瞻对史事藏文文书一件，到康定央人翻译，其中又说，那在官寨内被杀死的洛布七力之子是位喇嘛。而且，其中并无诈降一节："洛布七力的二儿子温布喇嘛奋起抵抗，朝官寨四周的围兵乱箭齐发，清兵郭大老爷被利箭射死。围兵们不惧生死，向官寨内投掷火药，在熊熊的大火和爆炸之中，温布喇嘛战死，官寨被夷为平地。洛布七力一开始就藏身在村边的一处房子里，后逃进深山，据传好几年间，都有甲日家和阿色家四伍八舅提供饮食。"

洛布七力以后下落如何，我接触到的口传或书面材料中，也再无交代了。

十一月的阳光下，我站在雅砻江边，听一位当地朋友指着对岸一座碉楼的隐约废墟，讲述过去的故事。这个故事说，一个作乱的土酋被官军和民兵重重围困于寨中。江东这边，押了已投诚的部下喊话劝降。这位投诚的部下喊话时完全是恶毒的咒骂：你这个罪该万死的家伙，死期终于到了！大炮轰你，你就和你的官寨一起灰飞烟灭吧！大火烧你，你就和你的官寨一起成为献给护法神的火祭吧！你这个恶贯满盈的家伙，敢不敢伸头看看，大兵重重围困，你想突围是痴心妄想！只有河上没有兵，你要怕烧死，就自己投江喂鱼吧！那位当地朋友说，这位用恶毒语言喊话者，其实是暗示被困的土酋，在四面合围之中，从官寨陡峭岸壁下的江上逃跑，或可一试。当然，江水冰凉湍急，从那里泅水逃走，也自是九死一生。这一番喊话中隐藏的暗示，真还被对方听明白了。于是，那位土酋真的就乘夜跳江，而且，真的就逃出生天。

但这个人是谁呢？有清一代，瞻对已经与政府有过三次战事，以后，还有一番两番三番。这些故事的主角，在当地传说中已相当混淆，有说是班滚的，有说是洛布七力的，更多的是说接下来就要出场的主角贡布郎加。还有一个人就更近了，那是新中国成立后于1956年反对民主改革的叛乱首领。这个人也真的是逃脱了性命，后来追随达赖喇嘛流亡印度了。

在今天的新龙县，在过去的瞻对寻访旧事时，我常常陷入民间传说如此这般的叙事迷宫之中，不时有时空交错的魔幻之感。

如果不为考究史实，只从叙事学的意义来听这些传说，倒给我这个写小说的许多如何处理时间空间的特别启发。

第四章

至此，贡布郎加统一瞻对全境，清廷所封的上、下瞻对土司都被其消灭。清朝皇帝颁给的土司印信、号纸、官服、顶戴被他一并抛入江中。他说："我既不做汉官，也不做藏官，靠自己的力量壮大起来，这才是我要做的官。"

在西藏的琦善

清朝皇帝，嘉庆过后是道光。

道光年间的大清朝，王气已经一天紧似一天。境内少数民族地方依然变乱不断，汉人地区则教乱蜂起，这是从清代开国就一直此起彼伏的老问题。前所未有的新情况是，外国人也打上门来了，而且一来就把大清国的军队打得一败涂地。一场为禁止鸦片贸易而起的战争打败了，简单的历史教科书中只说主战派首领林则徐如何被革职流放，却不说被作为投降派代表人物的琦善也没有好果子吃——"革职锁拏，查抄家产"。这说明，强敌当前，皇帝也不晓得该战还是该和。只是战和均告失败时，自己不用负责，用主办大臣代过罢了。

皇帝对此自然也心知肚明，所以过些年，又重新起用了琦善。于是，琦善出现在拉萨，出任驻藏大臣，这是大多数中国人并不知道的。史籍上说，琦善在任上"依然恭敬勤勉"。他到任后，就大力整肃西藏地方政府吏治，查处噶厦主要官员贪赎营私案件。时在道光二十四年，公元1844年，距第一次鸦片战争爆发四年。

前面说过，乾隆年间，西藏郡王勾结准噶尔蒙古作乱，傅清诛杀该郡王，自己也被乱兵所杀，死于任上。乾隆皇帝派军队入藏弹压。平乱后，制定西藏善后章程二十九条，永远废除郡王制，结束了当时世俗贵族掌握政治权力，达赖喇嘛掌握宗教权力的政教分离的局面，将过去由郡王所掌握的世俗权力也归于达赖喇嘛。从此，达赖喇嘛作为西藏宗教领袖同时掌握西藏地方政府行政大权，影响近现代西藏以致整个藏区治乱的政教合一制度正式形成。虽然驻藏大臣的设置对政教权力集于一身的达赖喇嘛有所节制，但琦善到西藏任职时，随着清朝国势衰弱，驻藏大臣对西藏地方政府的影响力严重下降。噶厦政府官员保守颟顸，不知世界大势，弄权贪腐，结党内斗，内部统治糜烂不堪。琦善面对这样的情形，还思对藏政有所振作，筹划对藏政进行改革，推出《酌拟裁禁商上积弊二十八条》。"商上"，原是达赖喇嘛个人的一个管理机构，达赖喇嘛全面掌握西藏政教大权后，渐渐也成为噶厦政府的代称。琦善改革的重点，着意重申驻藏大臣地位与达赖、班禅平等，强调西藏地方外事交涉权由驻藏大臣掌管。

琦善又查办了因达赖喇嘛年幼不能亲政，控制噶厦政府实权达二十六年之久的摄政王策墨林二世，将其革职，并查抄家产。

接下来，他又着手整顿驻藏清军。

道光二十四年八月，琦善上奏："西藏驻防弁兵原系三年一换，例准雇佣番妇代司缝纫樵汲。"也就是说，驻扎的清兵可以雇请当地藏民妇女缝补衣服，砍柴背水。但后来，三年一换的制度也不能正常实行了，"迨后留防过多，更换日少，该弁兵奸生之子在营食粮者，现已十居二三"。你老不换防，这些兵就跟当地"番妇"有了"奸生之子"。而且，这些兵二代一天天长大，只好就在军营中张口吃饭,那兵营就很不像兵营了,"且恐在营弁兵渐成唐古特族类矣"。担心长此以往,驻藏清军官兵都藏化了。

再解释一个名词"唐古特"。清代时,对于青藏高原的世居民族,尚没有统一的"藏族"这个称呼。有些人被称为唐古特,有些人被称为"番",比如瞻对人,在以前我们所见的奏文中,就都被称为"番"。而征金川前,当地人又有另外的称谓"苗蛮"。

皇帝当然同意琦善的措施:"嗣后遇换防之期,即行照例更换,少准留防。"

但能不能实行,就不知道了。因这些兵长留驻地,一则是无兵来换,二则是因为被拖欠军饷,拿不到工资,就只好赖在兵营等待欠薪发放。

同年同月,琦善又上奏:"前藏应存火药、铅子等项因滥行借支不敷操演。"滥行借支造成军火库的亏空数目不小,奏折中有具体数字:"火药四千一百六十斤,火绳一千六百盘,铅子三万三千粒,炮子二百颗。"怎么办呢?"将前历任驻藏大臣交部议处",办了一干大员。但体制弊坏,大小官员贪腐,从来是前赴后继,远比战场上的士兵勇敢。

川藏道上,还有专管转运和储备军粮的官员叫"粮员"。琦善又奏报皇帝,好多粮员卸职回川时,也不搞离任审计,以致"交款未清,请饬来藏质算"。皇帝下旨,便有两位粮员回川做了知县的,被勒令回藏"质算明确"。

事有凑巧,当琦善在西藏任上大事整顿时,道光二十六年,因鸦片战争中主战被流放伊犁的林则徐也被重新起用,署陕甘总督。但他离开新疆还没有到任所,又遇青海一带番人"作乱",便先派他去"搜捕番贼","以三品顶戴署陕甘总督林则徐为陕西巡抚,命筹办番务竣事再赴新任"。

道光二十六年,琦善到西藏刚两年,所办藏事刚有些眉目,又接到新任,"赏驻藏办事大臣琦善二品顶戴,为四川总督"。

新总督没到任,琦善只好在西藏继续办事,等新总督到了。琦善才欣然束装就道,那已是一年多后的道光二十八年了。

里塘,琦善大人遇到夹坝

琦善回程赴任的路上,遇到了很不愉快的事情。

又是在里塘一带的官道之上。琦善大人被人告诉前路不通,走不动路了。道路不通的原因,又是夹坝出掠,使得官道断绝。夹坝从何而来?当地土司报告,从瞻对而来。

因川藏大道又被夹坝阻断,琦善大人竟被困在当地土司官寨中十多天,裹足不前。

琦善大人不知理不理前朝旧事。如果有所理会的话,瞻对这个地方,在他耳中就该是个熟悉的名字。即便以前没有理会过,这些狂妄恣肆,不知天高地厚的"狂番"自也会让他印象深刻。我又想起了在康定读到的另一首《游侠歌》:

　　风翅马骑在我的胯下,
　　穿越大草原我需要它。
　　背挎上五霹雳五冰雹,
　　刺穿仇敌头颅需要它。

>不沾露水的腰刀挂腰间，
>割取仇敌头颅需要它。

总督四川的琦善，就在四川所属的康巴草原上遇到这样的人了。那时，上瞻对土司在内部争斗中失败，被逐出了家乡，在里塘土司地面暂住，正好趁机向琦善报告瞻对地面的情况。

原来，嘉庆二十年征剿中瞻对草草收兵。三十多年后，中瞻对在洛布七力之子贡布郎加的经营下，再度崛起。琦善到达里塘之时，贡布郎加已经彻底击败了上瞻对和下瞻对两土司，将瞻对全境纳入自己治下，接着又频繁出兵邻近各土司地面。这位贡布郎加，不像过去瞻对人出境，其意只在抢掠牛马财物，他是意在兼并，长期占领。琦善认为，上、下瞻对土司都是清廷册封，贡布郎加据其封地，夺其印信，完全是无视皇命，大逆不道，理当派兵镇压。但他此时还身在漫长驿路，山高水长，只好等就了新任，再图办理。不一日，琦善到了打箭炉，又有瞻对北面的章谷、麻书、孔萨等五土司和辖地就在打箭炉四周地面的明正土司前来控告贡布郎加侵占土地，掠夺百姓。

琦善还未到达任所正式接任，见此情形，便鼓动土司们先行动起来。他在打箭炉一面上奏瞻对地面情形，一面命令瞻对北面的章谷、麻书、朱倭等五土司，东面的明正土司，西北面的德格土司和瞻对南面的里塘、巴塘土司乃至更南面的中甸土司聚集兵力粮草，合力进攻瞻对。

这个过程，官书中几无记载。

我在今天的新龙，旧时的瞻对，看旧战场遗迹，听民间故事，访求当地藏文史料。想知道的，是清代至民国这几百年间瞻对的全部历史，贡布郎加只是我考察的一个方面。但在当地种种传说中，主角都只有一个贡布郎加。有清一代，几番用兵瞻对，战火连绵，但当地民间记忆却只存贡布郎加所燃这场战火，其他的已被遗忘。或者，那些敢于对抗皇命的豪强的事迹，都加诸贡布郎加身上了。

看来这是个值得重点关注的历史人物。

谁是布鲁曼

更为可笑的是，未去新龙之前，凡与人说瞻对旧事，对方都会说瞻对地方出过一个豪杰，名唤布鲁曼。如果遇到一个新龙人，提起此人，自豪之情更是溢于言表。我查阅官方史料，却从未见过这个名字。便常常自惭浅薄，很长时间以来，在旧书堆里踪迹瞻对旧事，却从来不知此人是谁。

我的家乡马尔康，邻近大金川，旧时也是四个土司统治的地面。我去新龙前两天，一群在成都经商的老家人，成立马尔康成都商会，邀我参加。成立会上，见到一位在阿坝、甘孜两州都当过行政首长的老领导，问我行踪，我说后天去新龙，他就问，是不是要写布鲁曼？而且，不待我回答，老人自己当即陷入遐想，感叹说，布鲁曼是个有意思的人啊。我也不好意思动问，这布鲁曼到底是何方神圣。

到了新龙，县里安排住宿，宾馆的名字就叫作布鲁曼酒店。终于，就在这布鲁曼酒店的茶室里，与当地文史爱好者座谈，布鲁曼的名字又频频闪现。我终于把遍翻清史不得答案的问题提出来，布鲁曼是谁？

答说，布鲁曼的意思就是瞎子，独眼。

原来，这是一个独眼人。但问题依然，布鲁曼是谁？

当地朋友明白过来，说，就是贡布郎加啊！

原来如此，我大笑。大家相视大笑。

民间传说丰富多彩，虽然增加考证历史的难度，但细节饱满，叙述生动，自是顾盼生姿。光是布鲁曼如何是独眼，便有不同说法。

一种，我最为相信的。

那是贡布郎加年轻还未成大器前，他挑唆瞻对两个有势力的家族互斗，自己乐观他们两败俱伤。战斗中，他隐身在一座寨楼上，从窗口偷窥战事进展。结果，一颗流弹打在窗户上，他便被崩起的窗框碎片刺瞎了一只眼睛。

哪一只？据说是左眼。

一天，就在贡布郎加官寨旧址近旁，我面前坐了一位活佛，讲布鲁曼的传说。活佛年轻，四十上下，整好袈裟，用双手抹抹脸，讲一段，兀自感叹，又抹抹脸，再讲一段。说，贡布郎加出生时，一位高僧看见他有三只眼睛，因此知道他是恶魔降世，便伸手轻抚其脸，使其一眼关闭，也是减其魔力的意思。而凡俗人等看不到他的第三只眼，便以为他是独眼——布鲁曼。

此类说法还有，但都深染藏传佛教的神秘与天命感，就不必一一道来了。

但无论如何，我深入新龙，还是大有收获。一来，所得材料可补官书之不足，更重要的是，得以用本地人的视角，来看瞻对的人与事。这样多角度交替观察，可能更接近客观事实。以瞻对人的视角说瞻对，首先是其历史更为久远，当然，也更像传奇。那么，我们就从瞻对的源头说起。刚一开篇，就是斜刺里杀出一股夹坝，然后引起一场突兀战事，现在，也真该从源头说起了。

相传的两种贡布郎加像,都不甚确。值得一提的是,现今新龙所见的贡布郎加像并不都画成独眼。

康巴汉子,出门多带猎枪和藏刀,1930。　　摄影:阿诺德·海姆

藏民，1930。　　摄影：阿诺德·海姆

瞻对藏民,1930。　　摄影:阿诺德·海姆

僧人,1930。　　摄影:阿诺德·海姆

农耕

节日跳锅庄

节日赛马

川藏道上，1930。
摄影：阿诺德·海姆

瞻对——铁疙瘩

到瞻对，问当地人，"瞻对"一词是什么意思。

答复颇有自豪感：铁疙瘩！

话说早在13世纪时，建都北京城的王朝叫元。正是从那时开始，因为一个叫作喜饶降泽的僧人，这个地方有了瞻对之名。

瞻对地方，有一座叫作扎嘎的神山，一座雄狮状的山峰，顶部没有树木花草，全是陡峭嶙峋的岩石，直刺蓝天。我去攀爬过这座神山。从山上往下俯瞰，山腰的杉林草甸间，有两座规模不大的寺院，再往下，是一个开敞的山间小盆地。盆地中溪流蜿蜒，水流两边的缓坡上，层层农田。田野之间，村落中，寨子参差错落，安谧宁静。村庄后面更高处，是茂密的丛林。这个地方叫雄龙西，如今的行政建置是新龙县下的一个乡。

那个叫作喜饶降泽的高僧，就出生于雄龙西地方。他出家为僧，并于公元1253年，随西藏萨迦派高僧八思巴进京觐见忽必烈。传说，这位喜饶降泽在后来的皇帝忽必烈面前显示法力，将一把剑徒手挽成了一个铁疙瘩。忽必烈因此赐他官印，令他回家乡为官。喜饶降泽回到家乡，却无心世俗生活，继续入寺修行。

其从元朝领得的管理地方之权,任由其姐姐行使。从此,这片地面上便兴起一个地位尊贵的家族。藏语名叫"瞻对本冲",意为因挽铁疙瘩而得到官位的家族。此家族管辖之地,也渐渐换了过去的名字,从此叫了瞻对。

瞻对地处康巴。康巴人向称强悍,而瞻对在康巴人中更以强悍著称。当地人也以此自豪:瞻对就是一块铁疙瘩!

到了清代,我们几次战争故事里的瞻对土司豪酋,在当地传说与藏文文书中,都说是喜饶降泽这一家族的血脉相传。事实果真如此,还是后来者替自己构造高贵血统,已经难以考究。

瞻对家族得到元朝封赐后,便离开偏在瞻对西南一隅的雄龙西,到了瞻对中心地带的热鲁地方,即今天新龙县城的所在地,于1270年修成热鲁官寨。由于热鲁伸向雅砻江边的山梁像一条龙形,官寨恰好建在这龙头之上,加上又是喜饶降泽的姐姐代为执政,所以此寨藏语称"卓莫卡",意思就是母龙寨。

其后三百多年,这个家族事迹渺不可考。到了前面已经涉笔的雍正、乾隆年间,上、下瞻对两家土司都声称自家血统高贵,都是由那个手挽铁疙瘩的"瞻对本冲"一脉相传。只是因为后来家族日渐壮大,才分为两支,分别统治着上、下瞻对,也就是被清朝册封的上、下瞻对两家土司。

洛布七力一族,由下瞻对土司家析出,从我获得的当地口传与书面史料分析,倒是千真万确的。

虽然上、中、下瞻对都声称出于同一高贵血缘,但所处的川边藏区,从来便是一个弱肉强食的世界,即便出自同一血缘,也免不了因为扩张或自保而彼此血腥争战。他们势力此消彼长,相互争战时,并不把清朝以封赐土司而划定的势力范围视为天经地义，行事时的思维方式，还是遵照传之久远的丛林法则。为争夺人口与地盘，稍有势力的豪酋间合纵连横，分合不定，血亲之间也从来不吝刀兵相向。

数百年来，靠武力与阴谋争夺人口与地盘，就是这些地方豪尊增长自身实力的唯一方法。除此之外，他们似乎从来不知道兴办教育、改进生产技术、扶持工商，也有富厚地方人民、积聚自身实力之效。于是，都是在密室中阴谋暗算，光天化日下劫财夺命，历史就这样陷入一种可悲的循环。更可悲的是置身其间的人并不觉得可悲，反而在传统文化中培植出一种特别的英雄崇拜。崇拜豪杰，膺服强梁。在这样的风气中，全民都被驱从在一条家族间结仇、复仇，再结下新仇的不归路上。有清一代，这些行为都被简单地认为是不听皇命，犯上作乱，而没有人从文化经济的原因上加以研究梳理，也没有尝试过用军事强力以外的手段对藏区土司地面实施计之长久的治理，唯一的手段就是兴兵征讨。但川边藏区地域辽阔，部族众多，即使大清朝国力最盛时，也只是选择一些典型，重点打击。大面上的事情，还是只能听其旧习相沿，当地豪门各自拥兵割据、彼此征杀的情况并无大的改观。即以瞻对为例，清代雍正、乾隆朝两次用兵进剿，也只是致使下瞻对土司势力衰弱，一直被上、下瞻对压制的中瞻对便趁势而起。到洛布七力羽翼丰满，四出攻掠时，又出大兵进剿。但这已不是乾隆时国力强盛的景象了。于是，这次进兵更像是一次示威游行，中瞻对势力并未受到大的损伤。洛布七力销声匿迹不几年，他的第三个儿子贡布郎加复又横行于瞻对地面。

护法转世的贡布郎加

贡布郎加一出生,就被一位高僧目为恶魔降世。

藏文史料中说:"雪山神而生贡布郎加,贡布郎加生而神力绝人,兼有胆智,自幼嬉戏,儿童多受其指挥,既长而驰马、试剑无虚日,每顾盼自雄曰:'天何生我在蛮夷之中!'"

也有高僧说他是护法神的化身。其名中的"贡布",在藏语中就是护法神之意。在藏传佛教所构造的神灵世界里,护法神大多是些出自本土的恶魔凶神,佛教自印度传入藏地后,这些凶神恶煞都被藏传佛教中的密法大师相继收服,成为佛教的护法。在藏区,大多数佛教徒并不是因为熟读佛典,洞明佛学而生出对佛法僧三宝的敬信崇拜,因此,很多人往往对于具有各种法术魔力的护法神相当崇拜。

贡布郎加既被视为护法神的化身,传说中的他从小时候起,其行为就颇不一般。传说他皮肤黝黑,眼睛发红,身强力壮,但凡遇到禽鸟虫蚁,必置之死地而后快。

青年时,贡布郎加身边更聚集一帮青少年,打架斗殴,偷盗抢掠。更喜欢撺掇离间,待他人彼此动刀弄棒,他于一边旁观,感到其中乐趣无穷。对于跟随他的这一众精力过剩,寻求发泄的年轻人,顺着他的,施予财物毫不吝惜,不顺从的,都要遭他毒打。

他还不是一味地任勇使气,遇到强敌,也知隐忍退让,事后再图谋报复。

一个故事说,有一个叫充翁达吉的人,力大无穷,而且为人正直,对贡布郎加所作所为颇为不屑。尤其对他偷盗抢劫的行为多有指责,这就在两人间播下了仇恨的种子。那时的瞻对地面,解决仇恨的最终方式,便是杀身夺命。一次,贡布郎加带着几个喽啰恰好在山道上与充翁达吉狭路相逢。充翁达吉拔了佩刀就要与其厮杀,贡布郎加转身就逃,因此被跟随他的那些人嘲笑。这种逃避行为,对一个瞻对男子来说,是相当可耻的行为。贡布郎加却不以为耻,反而哈哈大笑,他说:"对付敌人,有时用力,有时用智。就是偷窃人家财物,也得先摸清对方看家狗的脾气。我体力不如他充翁达吉,打斗起来,两个人都死,那也是我的失败,如果我一个人死,那就更不划算。我还有许多仇要报,不能像你们一样头脑简单。"从此之后,这位充翁达吉便再无宁日,处处被贡布郎加设计暗算。最后,无法在瞻对地面安身,便远走他乡了。

又一个故事说,中瞻对有两户人家,一户叫坝格,一户叫阿珠。两家在当地都颇有势力,被贡布郎加视为自己家族重新崛起的障碍,便挑拨两家关系,终于使他们刀兵相向。两家相互攻杀时,他有时悄悄帮助坝格家,有时又悄悄帮助阿珠家。一次,两家又互相攻杀,他就躲在坝格家的楼上,看着阿珠家被打败。也就是那一次,他被子弹射在窗框上溅起的碎片打瞎了一只眼睛。

贡布郎加也很谙熟当地豪酋们用婚姻关系壮大势力的传统办法。成年后，他先娶了在瞻对颇具实力的一位大头人的女儿知玛，继而以同样原因娶了第二个妻子牙西。知玛为他生下三男四女，牙西生有一男三女。他又以儿女姻亲，广结瞻对和瞻对四周的实力家族。他与知玛所生四个女儿，长女嫁到里塘，二女嫁给瞻对本地头人，三女嫁到瞻对东北面的道孚，也是有钱有势的人家，四女嫁到瞻对北面的灵葱土司家。与牙西所生三个女儿，一个嫁给自己属下头人，一个嫁与瞻对东北面的朱倭土司，一个嫁给一位有相当财势的喇嘛。

传说贡布郎加还有两个私生子，后来都做了喇嘛。

一则藏文史料中说，当年其父洛布七力被清军围剿时，十六岁的贡布郎加正在炉霍一带地方夹坝未归。清兵退后，他便回到中瞻对，潜藏于卡娘地方，窥探形势。那些年，上、下瞻对土司被新起的中瞻对洛布七力欺凌压榨，见他大败于清军，正好报仇雪恨，便相约出动武装，捕杀贡布郎加。下瞻对土司兵直扑他的潜藏地卡娘，贡布郎加逃脱，他母亲却被擒获。本来上瞻对土司约好和下瞻对同时直取卡娘，却在路上绕了一个弯，先去取切依寨，夺取贡布郎加家的财产，然后才驱兵卡娘。就因上、下瞻对两土司内心里各有自己的算盘，配合不好，贡布郎加才得以逃出生天。下瞻对土司虽然暂时取胜，内心还是对贡布郎加心存畏惧，便将擒获的贡布郎加之母转交给上瞻对土司收押，意图将贡布郎加的注意力转移到上瞻对土司身上。上瞻对土司则以为，将贡布郎加母亲作为人质，便可以避免贡布郎加的攻击。上瞻对土司还派出头人管理新攻下的切依寨落原本属于贡布郎加家的土地与百姓。藏文文书中记载说："清兵走后，之前被清兵撵到山上的洛布七力一家大小落脚在卡娘甲纳村,上方上瞻对土司邓珠翁加打下来,下方的下瞻对土司如龙家攻上来,八十户人的村子落入了上瞻对手中。"

上瞻对土司此番盘算自然是大错特错了。

不久,贡布郎加就于一个夜晚突袭切依寨,将上瞻对土司所派头人等全部俘虏。并致信上瞻对土司,我已重新掌管了自己的土地与百姓,我这里有几头牛(也就是上瞻对土司的头人等),准备宰杀了送还给你。你应该把我母亲送还,否则,我发誓定会将你家消灭干净!传说,贡布郎加还故意在信中,把上瞻对土司的名字错写为女人的名字,以示侮辱。

上瞻对土司只好将其母送回,换取被俘的头人,并与贡布郎加缔结以后互不侵犯,各安其境的条约。

从此后,中瞻对的声威又复高涨。

随即,贡布郎加又重新夺回自己前番狼狈逃走的卡娘地方,将其重新纳入自己的管辖范围,并将他在此潜藏时,向下瞻对土司密报他行踪的奸人处死。他还对此地被下瞻对土司短暂统治时亲近新主子的人施以鞭刑,处以很重的罚款。

在瞻对地面,还有一些独立于上、下瞻对土司之外的部落头人。其中有一个地方,名叫滂热,位于雅砻江东岸,江岸上一块平地,平地后山势陡峭,一道清溪从山上直泻而下,流过那小平地旁边。这个地方的部落,由一位名叫四郎泽仁的头人统领。贡布郎加早把他这个地方盯上了。不久,四郎泽仁就收到贡布郎加传来的信息:"如交不出土地便杀你全家。"

四郎泽仁自知无力抵抗,只好弃了土地百姓,举家逃亡。

贡布郎加迅即派兵占领滂热,接收别人的土地与百姓。他拆毁旧头人的寨子，征调百姓，伐木取石，修造了一座雄伟的新官寨，取名"滂热达莫卡"，意思是滂热虎寨，举家迁往居住。此地遂成为他新的统治中心。

布鲁曼统一瞻对

瞻对地面因为社会长期动荡，出产不丰，因而久有四出夹坝之风习，所以养成轻生死、重名声的强悍民风。这样的社会中，贡布郎加征掠四方自然也会遇到一些强劲对手。一份藏文文书中有这样的记载：

"麦久地方的洼学色威同中瞻对两方以往就有纠纷，贡布郎加便带领人马到路上设伏。中了埋伏的洼学色威虽然年高体弱，却高喊着'不把这些绒巴（农民）当成羊腿啃光的话宁愿去死！'并骑马冲在最前面。冲锋的路上被打断了一条腿，他就对着儿子们高喊：'把我的尸体当成掩体向敌人开枪！'经激战，洼学色威的儿子丹巴达杰中弹身亡；另一个儿子阿索打死了贡布郎加方面阿格贡布和仁青、松甲、阿扎四人，觉木罗布和巴登两人被打伤，损失惨重，贡布郎加和随从们急忙逃跑。此事被后人形容为，'贡布郎加逃跑的路上不长草'。"

贡布郎加扩张势力时，除强力征服外，以姻亲壮大势力是一个重要手段，但如果某个姻亲阻碍了他的扩张，他下手对付也毫不手软。这样的事例也见于藏文文书的记载："虽说岭达村的邓珠崩是贡布郎加的妹夫，但他借口说自己丢了许多马，故此前来寻找。他带手下来到岭达村，村里的人刚给他把茶倒上，他的人就占据了所有房屋，村民们只好归降于他。邓珠崩等不在寨中，而远在高山牧场，听说这件事后，知道自己已经无家可归，便逃往西藏昌都方向。"

如此兼并完瞻对境内那些独立的小部落后，贡布郎加便要直接面对瞻对境内的两个劲敌：上、下瞻对土司了。

此时的上瞻对土司邓珠翁加懦弱无能，大小事务均决于其妻班珍。班珍性情强悍暴戾，待下刻薄。她本是下瞻对土司女儿，有此背景，行事更加嚣张。她嫁与上瞻对土司，生有二男一女。贡布郎加前来求亲，上瞻对土司便将女儿嫁给贡布郎加的儿子其米贡布。因此事，班珍受到娘家下瞻对土司的指责。班珍便迁怒于丈夫，争吵中，班珍竟动手打了丈夫。这样的事情，在男尊女卑的当地社会中可说是绝无仅有，上瞻对土司邓珠翁加因此羞愤自杀。

这个事件，给了贡布郎加插手上瞻对事务的机会。

邓珠翁加自杀后，上瞻对土司境内有实力的头人们便来实行集体领导，暂时代行土司职权。面对咄咄逼人的贡布郎加，他们决议将土司两个尚未成人的儿子，一个送到一位叫丹珍的活佛处求其保护，一个送往下瞻对土司家暂避。丹珍活佛本是邓珠翁加的弟弟，不甘土司权力就此落入头人们手中，便拉拢其嫂，以图夺回权力。其嫂班珍却打算伙同情夫先杀了丹珍活佛，再剪除几大头人，夺回土司大权。

贡布郎加也没有闲着，他劝班珍将送到其娘家的儿子接回来，到他的官寨中居住。说这样便可以两家合为一家，夺回上瞻对土司职权。其真实用意是用软的手法，不战而获取上瞻对土司的权力与地盘。这个建议，上瞻对众头人自然一致反对。贡布郎加见软的不行，便对上瞻对下了最后通牒：一、将班珍及其儿子送到他的官寨；二、不许诸头人长驻上瞻对土司官寨；三、不许诸头人代行上瞻对土司职权。上瞻对土司由清廷册封，照理说贡布郎加根本无权过问。再说，先土司故去，新土司年幼，土司境内诸头人代为摄政也是一种惯例。上瞻对诸头人当然拒绝了贡布郎加的无理要求。

贡布郎加便出动武装，包围了上瞻对土司官寨和寺庙。连续战斗十天，又断了官寨和寺庙的水道，上瞻对众头人力战不支，只好投降。贡布郎加一改凶残的习惯，对投降的头人们不杀不拘，只是严责他们不准再代行土司职权，要他们以后规规矩矩，听他号令。同时委派早前已依附他的上瞻对头人阿热格登巴回到上瞻对，代他号令一方。

贡布郎加叫来土妇班珍，指责她逼死丈夫，与人私通，还与下瞻对娘家勾结，与他抗拒。贡布郎加还想起，上瞻对土司还曾伙同炉霍章谷土司攻打过他，更是怒从心起："你这个毒妇，本不应该留在人间，但念你是个女人，才留你一条活命。"

班珍这个悍妇，却并不畏惧，对他唾骂不已："你这个瞎娃娃，六亲不认，当面叫土司叔叔，却做梦都想着占领我家地盘，今天你阴谋得逞，就把我杀了吧！"

贡布郎加便将她软禁到一个偏僻小村之中。

班珍的女儿是贡布郎加的儿媳，几次请求要将母亲接到身边供养，贡布郎加都不准许，而且还下令不许她们母女见面。不多久，被囚的班珍便精神失常，小村人无法约束。贡布郎加下令将她丢入雅砻江处死。

原上瞻对土司属下的十几个头人，见了班珍的下场，心想贡布郎加有一天必也会加害于他们，便举家逃出瞻对地面。他们先是逃往打箭炉方向，在清政府衙门告状无果，便又转投往西藏地面，争取噶厦政府的干预去了。

上瞻对十五家头人逃走后，贡布郎加便将与他们亲近的人，尽数迁往中瞻对各村分散安置，再把自己在中瞻对的亲信迁往上瞻对，管理各寨事务。

可见他攻寨略地，不是逞一时之快，而是有长期打算。

征服了上瞻对，贡布郎加便转而把兵锋指向了下瞻对土司。

第一步，便是整顿武装，修葺火枪刀矛，备下充足弹药，并组织了青年丁壮的敢死队，演习用云梯攻取碉寨的战法。

这时的下瞻对土司普巴贡布年纪还小，由其母亲和奶奶两个妇人辅助，共同执政。她们面对公开备战的贡布郎加无计可施，只好请了活佛高僧来寨中念经卜卦，同时也把属下的武装集中起来拱卫官寨。

面对此情况，贡布郎加手下头人勒乌玛主张先发制人，主动向下瞻对发起进攻。贡布郎加表示赞同，说："灭火就要灭在最小的时候，等到火燃大了，再去扑灭，就不容易了。"意思是，现在不下手，等到下瞻对土司成年后，就不好对付了。当即发兵将下瞻对官寨包围起来，连续攻击。下瞻对土司虽然年幼，但手下武装也都英勇善战，贡布郎加连续攻击十五天也不能得手。

头人勒乌玛又献一计，将在官寨中领兵据守的下瞻对头人们的亲属从各处搜捕，押到阵前，向寨内喊话，问他们是要保自己亲人的性命，还是保土司的官寨。同时，又断了通往官寨的暗渠。相持之下，还故意网开一面，给寨中人留出逃生的缺口。此计一施，立见效果，马上就有头人潜出官寨向贡布郎加投降。也有人从这个缺口逃出瞻对，去了里塘土司地面。

剩下的人在断水后的官寨又坚持了五天，最后也只好派出两个喇嘛与贡布郎加谈判。他们只有一个条件，要贡布郎加保证不杀害下瞻对土司全家。

贡布郎加向佛祖、向护法神顶礼发誓要保全土司全家性命。在瞻对当地人看来，这样的誓言是没有人敢于违反的。

于是，寨门大开，干渴难耐的寨中人拼命奔向雅砻江边，俯身痛饮。

贡布郎加却不怕违背在佛前和护法神前立下誓言而遭到报应，不久，即将下瞻对少土司普巴贡布抛入雅砻江激流中处死，将其母亲和奶奶押往不同的偏僻村庄监视居住。瞻对旧习，人死后，将其尸体干燥处理后依然留在寨中。贡布郎加将下瞻对历代土司的干尸也全部抛入雅砻江中。

他还将所得财物，于大宴之上，尽数分赏所属官兵。

征服下瞻对后，他将其子东登贡布派为下瞻对长官，原下瞻对土司地面，全归其统辖。

至此，贡布郎加统一瞻对全境，清廷所封的上、下瞻对土司都被其消灭。清朝皇帝颁给的土司印信、号纸、官服、顶戴被他一并抛入江中。他说："我既不做汉官，也不做藏官，靠自己的力量壮大起来，这才是我要做的官。"

贡布郎加对外横强无忌，整肃内部也毫不手软。

贡布郎加有一属下头人邓珠莫，是他的二姐夫。平时，邓珠莫对贡布郎加的所作所为颇不赞同。贡布郎加内心十分不满，更担心日久生患,说:"坏人放在地方上,地方不安;獐子放在森林里,森林不安;内衣烂了最不好,内部出奸最危险。"下令部下找机会设法把此人除掉。消息走漏,邓珠莫连夜携家逃往西藏。

贡布郎加的妹夫,也是一个头人。好饮酒,酒后常失言。因此毛病走漏过贡布郎加的行动消息,使其行动失利。贡布郎加认为留着此人,将来会造成更大损害,派人将其推下悬崖摔死了事。

我在新龙县访问,拿这些故事求证于当地人,都点头称是,还补充一条。

也是一个头人,也是贡布郎加的亲姐夫。此人叫贡布汪加,稍有驼背,生性多疑,见贡布郎加已经下手整治了一个姐夫一个妹夫,就想这样的不幸也会降临到自己头上。越想越担心,便派了其妻前往贡布郎加处试探消息。他让其妻在贡布郎加面前哭诉自己遭丈夫虐待,看贡布郎加做何反应。贡布郎加对其姐说:"这个驼子这样做是对我不满。如今的瞻对地面,我是最大的头人,任何人都归我管辖。我与他虽是亲戚,但官是官,私了私,姐姐不必难受,我整他易如反掌!"

这位驼子头人无事生事,其妻回到家,转说贡布郎加此话,吓得他带着家小与属下一些人家,从炉霍章谷土司处借道逃往他乡去了。

十 土司征瞻对

贡布郎加掠定瞻对地面之时，正是琦善从西藏驻藏大臣任上转赴成都新任四川总督的时候。

琦善行到里塘地方，一面因瞻对夹坝骚扰进而被阻于官道之上，又有逃到里塘土司地盘上的上瞻对土司家人前来告状，诉说中瞻对之前被官兵剿过的洛布七力之后贡布郎加如何横行不法，藐视朝廷，灭了北京大皇帝钦命册封的上、下瞻对土司。

到了打箭炉，瞻对相邻诸土司又来控告，贡布郎加越界侵扰，琦善自然也认为，上、下瞻对两土司都是由朝廷敕封，贡布郎加竟敢妄行殄灭，就是对抗朝廷，大逆不道，理应征剿镇压。

琦善当即上奏道光皇帝："中瞻对野番贡布郎加，负固不法，出巢滋事，先后抢去上瞻对、下瞻对各土司等印信号纸，占去有号纸俗纳、撤墩土千户地方二处，并无号纸头目地方九处。……前督臣，以外番狡诈，未经理论，乃该野番竟恃其凶顽，夜郎自大，又欲侵占里塘。查里塘系通藏大道，该野番逞其强梁，一经占据，大路梗塞，所关匪细，适明正、德格等土司，因被该番欺凌难堪，公同于上年禀请剿办。臣琦再三思维，与其养痈遗患，舍易就难，不若及早拦截。"

奏准，琦善便命与瞻对南北相邻的十家土司合兵征讨。

各土司便互通声气，聚集兵力，准备进攻瞻对。

贡布郎加得到消息，并不惊慌，而是从容备战。

先是进一步整肃内部，将那些与自己存有异心的头人迁离本寨，加以监视控制，防备大兵压境时，内部生乱。

其次，将境内十八岁至六十岁的男丁全部征集。从中抽出精壮，组成一支三百人的敢死队。其余男丁都编为三部。有马、有枪者编为马队；无马，但有枪、有刀者，编为步队；其余无马、无枪，只有刀斧者，编为守军，防卫村寨、要道、隘口。各要道隘口设置大量滚木礌石，各山头关隘，还设哨兵瞭望，遇有敌情，熏烟或倒树为号。

他还将能偷善盗、惯为夹坝之人，派往境外各土司地面，规定抢掠所得一律归己。贡布郎加所要的，只是他们在抢掠的同时侦察敌情，遇有情况，立即返境报告。

他还实行坚壁清野，百姓财物，人口，一律密藏，寨中只留少数老弱看守房屋。

并明确宣布，在战争中，毙敌头领一名，奖马一匹；生俘敌头领一名，奖马一匹，枪一支；毙敌士兵一名，奖犏牛一头。以斩毙之敌报功，必须以敌人的头颅，或手、足、耳朵为证。

这在那个土司们相互争雄的时代，算是前所未有、高度严密的组织了。

而环伺于瞻对四周的十个土司行动却并不一致。

战争开始，就有巴塘、吉塘土司因并不与瞻对接壤，距离较远而未曾出兵。

但其余八个土司还是集合起兵马，分三路从南面的里塘、北面的甘孜和东北面的道孚向瞻对合围而来。

从东北面由道孚进兵的一路，由朱倭、章谷和明正三土司武装组成。他们首先在瞻对地面的麦科牧场与贡布郎加的武装展开激战，三土司兵第一次进攻被贡布郎加亲率部下苦战击退。明正土司的作战参谋是一位活佛，名叫倾则。第二次进攻便由这位倾则活佛亲自指挥。战斗中，贡布郎加的火枪炸膛，其座下战马受惊奔窜，于是，贡布郎加指挥失灵，使得所属武装惊慌混乱，伤亡惨重。

瞻对本地一位僧人根据传说记录了此次战事：

"农历四月，战火四起，倾则活佛当上了指挥官，从道孚攻来的朱倭、章谷、明正三土司的土兵在麦堆村安营扎寨时，贡布郎加等瞻对人马也来到这里，他们很远就看见了敌军，在一阵阵格嗦嗦的叫喊声中快速冲进村子，占据了村中高地，明正等土兵从军营右侧转移到左侧，倾则活佛把袈裟切成小布条分发给土兵，当作护身符，土兵们一一进入阵地，双方展开激烈枪战。死伤多人后，瞻对兵马丢失阵地仓皇败逃，明正等土兵紧追不舍，真是子弹如雨、刀剑如风，章谷土兵像狼追赶绵羊一样把瞻对兵马追得很远。

"这时，贡布郎加的枪膛突然爆炸，战马受惊乱窜，只找到一匹小马当作战马。他的部下沙布塔里和洼波沙刀泽仁等六十余人阵亡，其他人在混乱中各自逃回家乡，瞻对兵马遭受挫折，章谷方无一人阵亡，大获全胜。

"这样，章谷土司人马占领了娘曲河两岸的崩日、卡索上下全部地盘，德格和里塘的兵马也攻到切依岗。战前，贡布郎加立过奖赏杀敌勇士很多钱财的规定,因此,德格等土司都笑话他,'杀一只山羊就奖赏一匹马,念嘛呢一个嗡字就罚一头牛'。

"之后双方多次交战,均死伤无数。这些交战从农历四月到九月份,交战五个月来,还是不能消灭瞻对,最后还是退了回去。"

也就是说,八土司起初进兵顺利,后来,情况便渐渐反转。

原因当然还是瞻对人全民皆兵。还是这部藏文文书有这样的记载:"贡布郎加在有可能出现德格等土司兵马的地方,首先让妇女们全方位搜索,发现情况就在山冈上以熏烟为号,报告敌情;让骁勇善战的青壮年分别到各处冲锋陷阵;让中年人固守险要村寨、隘口,让老年人都身着铠甲手持武器看家守户。"

参战的不只平民,瞻对境内僧人大都参与战争。

那位名叫叶列初称的瞻对僧人如此记载:"这个时期,开始出现这样的现象,除个别僧侣外,绝大多数僧人心中充满贪嗔痴三毒,所作所为不分善恶,没有不敢做的恶行,恶劣本质暴露无遗;俗人们更是只做恶行,由于只有忌妒、嗔怒,人人相互争抢着干尽恶事,不杀人的人不算好汉。没有地位,胆怯的人们也把败逃的伤者或是投降求饶的敌人杀掉,拿着头、手和耳朵等来到贡布郎加前面请赏,还向别人宣扬他一人杀了多少多少敌人,只杀了一个人也有许多人来抢功,都纷纷发誓说是我杀的,为了一点恶行的奖赏毫不顾忌违背了佛前的誓言。"

在大兵围剿的危急关头,贡布郎加身先士卒,镇定指挥,终于稳住了阵势。率部撤退的途中,他就重新聚集兵力,向进犯的土司武装实施侧翼攻击,又不断骚扰其后路,劫取对方后勤粮草,致使对方逐渐陷入被动状态。加上各土兵并不是正规武装,平时都是或事农耕、或事游牧的普通百姓，并无严格军纪约束。一群乌合之众，攻入瞻对境内便抢掠财物，奸污妇女，所作所为反倒促使全瞻对上下团结一心，一致坚决抗御敌兵。

贡布郎加面对数倍于自己的各土司兵力，能战则聚兵力战，不能战便分成小股隐入深山密林。待敌兵稍有松懈，又趁势偷袭。面对贡布郎加此种战法，八土司大军深入瞻对境内数月，除了得了些空荡荡的寨落，并没有真正损伤到贡布郎加的有生力量。半年之后，冬季到来，气候寒冷，大雪封道，各土司兵后勤供应困难，士气便日渐低落，便只好分道撤兵。贡布郎加趁此良机，一路追杀，将所斩敌首悬挂于各要道路口，让敌军见之胆寒，又鼓舞己方士气，终将八家土司的兵马全部逐出境外。战后，贡布郎加还派人将阵亡土兵的部分人头，送到各土司领地，以此宣示兵威。

各土司付出重大伤亡，最后惨败而归，只好再次控告到四川总督衙门。

而在瞻对境内，经此胜利，贡布郎加的威信更加高涨。

琦善总督亲征瞻对

道光二十九年初，公元1849年，四川总督琦善再次上奏，请求派遣官军和各土司土兵一起攻剿瞻对。

二月，道光皇帝下旨："四川中瞻对野番贡布郎加胆敢出巢滋事，各土司俱被抢掠，并杀毙民人，殊属目无法纪。外番狡诈，自相蚕食，原可置之不问。惟恃其凶顽，不惟占去各土司地方，并欲侵占里塘为梗塞大路之计。经该督（即四川总督琦善）出示晓谕，该野番仍负固不服。似此凶顽，自应及早扑灭，勿令养痈遗患。琦善现在驰往中瞻对，督率弁兵相机妥办，务当迅速剿灭，歼厥渠魁，勿令蔓延肆扰。"

此处有一点需要注意。

皇帝旨意只说"各土司俱被抢掠"，"占去各土司地方"，并未提及八土司进剿瞻对失败，是因为下面未曾奏报而不知道？

不报也好，这时的清朝，早不是康乾盛世时的模样了，内忧外患接踵而至，皇帝要操心的事还多着呢。

想必琦善也是对皇帝心存体恤，不想让他太劳心费神，两个月后，便上奏出征瞻对"大获全胜"。皇帝当然很高兴。大清国军队，打不过船坚炮利的红毛英吉利国，中瞻对"蕞尔小番"还不在话下？琦善奏曰："琦善统帅官兵，该野番头目胆敢带领贼番前来冲突，我兵开炮轰击，枪矛齐施，伤毙头目二名，及群匪二百余人，余匪逃窜，复追杀无数，并夺获牛马甚多，贼目噶罗布、恰必阿索均落崖身死。现仍详探路径，筹充粮饷，以期捣穴穷塞。"

皇帝见奏，下旨："所办尚好。琦善调度有方，著交部议叙。"皇上，战事刚刚开始，即便取胜，也只是初战告捷呀！看看前几次的瞻对战事，就知道开初的胜利是很不可靠的啊！清及清以前的王朝，都有史官，都有专门管理历史文档的机关。琦善这次出兵，已是清廷第四次用兵瞻对。难道皇上和身边的大臣们都不去看看过去的档案。如果不看，那治史又有什么用处呢？但皇上就是不能记取历史上的教训，仍然要让历史那最失败的部分，在自己身上重新搬演一遍。出兵初胜，他就不但要奖琦善，旨意还惠及"所有此次进剿之将弁等"。

琦善此次进剿瞻对，也是志在必得，事先的确也做了充足的准备。

他先调集数千官兵，从成都进至打箭炉，又率官兵和明正土司与倾则活佛所属土兵前出至瞻对东北面的炉霍。到了炉霍，又在此接见瞻对北境和西北境的章谷、麻书、朱倭、孔萨、甘孜和德格六个土司，以及在川藏北道上势力强盛的竹庆寺活佛，云集各土司兵力。

琦善也并不敢轻视贡布郎加，知道进剿瞻对不能速战速决，因此采用分段设防，步步进逼的战术，动员民兵，修筑道路，以保证补给和运输。先出其不意，派出一支先遣队攻进上瞻对达拉松布地方，并命令他们修筑工事，深挖战壕，同时修建营房，种植蔬菜，做长期战事的准备。

之后，将所部五千清兵，和土司武装配合，分由甘孜、炉霍、道孚三路向瞻对进攻。炉霍进攻的一路，由炉霍土司的武装配合，先进入瞻对境内的麦科牧场。

瞻对全境，大部分人口寨落都集中在雅砻江河谷两岸海拔较低适于农耕的河谷地带。大致说来，河谷农耕的大小台地后是密布的森林，森林上方的一些高旷地带，才是牧场。麦科牧场，便是瞻对和炉霍间的一处高旷牧场。琦善指挥的汉、土官兵占领了此处，便可从高往低，顺势压向雅砻江河谷，也就是瞻对的腹心地带。贡布郎加当然也把麦科牧场视为瞻对的重要门户，在此与清军展开激战。

相对于贡布郎加的土兵，清军自是兵多将广，武器精良。尤其是清军的开花大炮，轰击之处，贡布郎加和其所率土兵，无论怎样亡命强横，但血肉之躯，终难抵挡。加上其余两路汉、土官兵，也分别从甘孜与道孚进兵，配合中路大军的进攻，贡布郎加也只好重重阻击，节节后退。

不几日，远在京城的皇帝，又接到抵前指挥的琦善发自炉霍的奏报："本月初二日子时，复遴选精卒分路攻击，数日之内，攻获碉卡十余处，夺占隘口四处，歼毙贼番数百人。"

皇帝当然要说："所办甚好。"

同时指示："乘此兵力精锐，正可一鼓作气，捣穴擒渠。"而且，这时皇帝也知道了一些瞻对的情况，才有更具体的指示："惟贼巢周围，皆系战墙堵塞，且碉寨坚固，必须预度炮力，足以相及，方期施放有准，夺隘攻坚。"皇帝还是操心了，不然不会连大炮要推进到距离贼碉足够近，打得准这样的细节都想到了，并且还进一步指示，"该督惟当审度形势，妥协办理，务将粮饷军械筹备齐全，并详探路径，克日进攻，扫除群丑。"

皇帝还操心到后勤工作，而在旨意中细细嘱咐。因为琦善上奏过后勤供应艰难的状态："此次剿办中瞻对野番，口外十余站，均系崇冈叠岭，老林密箐，且风雪弥漫，道路崎岖，粮运万分艰难，而沿途或百十余里，或二三百里，寂无人烟，士卒昼则攀藤附葛，裹粮前追，夜则扫雪扎营，藉草卧冰。"这也是出兵进剿道上的实在情形。

琦善除了尽力做好准备外，也试图从神佛处获得护佑。他上给皇帝的奏书中还提及这样的事情："臣行至打箭炉，询悉口外各庙咸供护法为扶翼黄教正神，其神一名乃迥，一名多吉迅垫，自打箭炉至前、后藏以及口外各土司，俱极敬奉，素昭灵验。……臣经打箭炉时，即探知此情形。深恐内地兵丁，致有疾病。又虑瞻酋抗拒，旷日持久，亲诣两位护法神前祈祷护佑。"皇帝因此应该可以从中看出琦善此次出兵，并不十分自信。换成以前的皇帝，比如乾隆，或赞许，或质疑，定会大发议论。对此，道光皇帝却什么也没说。

老故事再三重演

还好,年初进兵,五月,也就是还不到半年,京城就得到了中瞻对野番"悔罪投诚"的消息。

"经琦善督兵征剿,叠获胜仗,直抵巢穴。该野番贡布郎加等震慑兵威,递结[①]投诚,情愿将所得地土、人民退还各土司,照旧各安住牧,自应宽待既往,俾得向化输忱。著仍赏给贡布郎加六品长官司虚衔,以昭劝勉。"

皇帝自然不会追问此前一直顽固嚣张的野番贡布郎加怎么一下子又归化投顺了。想想前番的征瞻故事,要是乾隆,那一定是要问一问的。不知到底是因为道光比乾隆老实,还是他知道国势如此,问也白问,便装聋作哑,这就不得而知了。

琦善不只替贡布郎加请封,还要替他拜过的神灵请皇上"颁给匾额"。

皇帝说:"该督虔祷该处各庙所供护法神,军行得无阻滞,

[①] 递结:正式名称为甘结。结,本意为字据。甘结的意思为递交给官府的画押字据。愿意承担某种义务与责任的保证书。如不能履行承诺,则甘愿接受处罚。

自应酌加酬锡,以昭灵应,著发去御书二方,敬谨悬挂,用答神庥。"

史书上有载,这两方道光皇帝的御笔,一为"灵昭远徼",赐箭头寺,一为"绥边敷福",赐博底冈擦寺。

大军班师,不仅官军中将领得到封赏,格宗达尔结、四郎汪结、工布俄珠郎结等出土兵相助的土司也获赏顶戴花翎。

问题是:战争真的胜利了吗?

答案是:战争没有胜利。

但与乾隆年间清朝正逢盛世时大兵征讨瞻对却不得全胜的情形相比还是情有可原。此时的大清朝已经在内忧外患中走在了下坡路上,琦善征瞻对这一年也是多事之秋。

这一年,驻澳门葡萄牙官员亚马勒以两广总督拒绝其裁撤澳门海关,在广州设立领事馆的要求为借口,驱逐清朝驻澳门官员,停止交纳"借居"澳门以来按年向中国政府交纳的租税。七月间,清军刺杀了亚马勒。事后,英国兵舰开到澳门,英、法、美三国驻华公使联合向清政府提出抗议,公开支持葡萄牙殖民者的侵略行径。于是,葡萄牙遂出兵将中国领土澳门强行霸占。

外患之外还有内忧。

也是这一年,湖南爆发天地会首领李沅发领导的农民起义。

当年湖南发生水灾,地主豪绅趁机抬高粮价,重利盘剥,官府也以"平粜"为名搜刮百姓。李沅发遂以"劫富济贫"为号召,发动群众,又联合广西全州一带农民共举义旗,攻城破狱,杀死清朝官员。也像是征讨瞻对的故事,清军进剿不利,将湖南提督英俊等革职,再命湖广总督裕泰率湘、鄂、桂、黔四省清兵全力进剿,历时一年,才将起义镇压下去。

再过两年，使清王朝国力大损，以致其统治根基彻底被撼动的太平天国战争就要爆发了。

在新龙民间流传的贡布郎加的故事中，琦善是一个被嘲笑的对象。

民间传说中说，战争到了后期，战事胶着，清兵中开小差的兵丁日渐增多。加上这时京城的皇帝又死了太后，用"箭令"催琦善早日撤兵，本来做了长期作战准备的琦大人没有办法，只好派人跟贡布郎加谈判。

琦大人捎信给贡布郎加说："你是一个有福气的人，我还是让你当瞻对的首领。"

贡布郎加并不是真要投降，但正好借此为缓兵之计，派出手下头人甲玛崩前去谈判。谈判中，清军只要求瞻对方面退回缴获的两门大炮，即承认贡布郎加对瞻对的实际控制。琦善在赐给贡布郎加委任状、官服、顶戴之外，还给了不少绸缎和茶叶作为奖赏。

谈判过后，进剿汉、土官兵便陆续撤出瞻对全境。

谈判归来的甲玛崩带回了琦大人所赐的清朝官服、顶戴，贡布郎加却说："我不做汉官，也不做藏官，不需要这样的蒙古帽子！这些东西你要是喜欢，你就拿去，不想要就给我丢到河里！"

甲玛崩一再劝说，贡布郎加说："俗话说，甘丹寺喇嘛是从台阶上一步一步走上法台的，有本事的人就是要这样，一步一步自己走上最高的坐台！"

甲玛崩见状，自然也不敢收藏这些东西，真的就把这些官服顶戴都抛入了雅砻江中。

我在瞻对，许多发生过重大事情的地方因地名变化、房屋毁坏等原因，已难以准确考究，却有人能为我准确指出当年抛弃清廷官服顶戴入雅砻江水的地方。

战后，一首由一个当地喇嘛用偈语体写的讽刺诗到处流传："总督亲自到康区，土司受宠应领情；贡布郎加命不绝，坐等你们来孝敬。"

得胜之后，贡布郎加还编了一首山歌，命百姓传唱："几个女土司，嫁给清总督，汉人扫兴回内地，女土司自叹薄命！"

查这次随同清军进兵瞻对的各土司都是男的，贡布郎加把他们说成女人，是对他们表示极度的轻蔑。

大军退后，贡布郎加立即对内部加以整肃。下瞻对边境的拉堆部落接济过清军，贡布郎加便加以残酷的惩罚。

藏文资料记载："围住瞻对的拉堆部落，赶走了他们的牛马牲畜，大多数人被杀，收缴了所有财物，毁坏了帐篷，他们来到古鲁寺，抓来该寺喇嘛孔泽堆鸠及其家人，堆鸠关在一处破房里几个月后被杀，其妻被分尸，其子被埋在牛粪堆下闷死。"

还有人说，贡布郎加还把他派去与清朝官员谈判的头人甲玛崩贬为了平民。贡布郎加所以如此的原因就更为复杂。一说，是他不满甲玛崩主张对清廷妥协；一说，他以为谈判是一件非常艰难的事情，才派甲玛崩前往，而谈判如此顺利，使他对甲玛崩心生忌妒。

但此后，贡布郎加四处征战时，这位甲玛崩的身影仍然时时闪现。或者此传说不确，又或者，战事吃紧时，他又被主子重新起用了。

第五章

当晚,官寨顶上太阳落下之后,他们在楼下埋置火种,到了半夜整个官寨楼房开始燃烧,连同一切财宝被大火吞噬。大火过后在废墟之中发现贡布郎加儿子其米贡布和妻子等人的遗骸。贡布郎加和儿子邓登贡布等人,活不见人、死不见尸,不知去向。正如空中飘浮的云朵,消失的彩虹一样。

瞻对征服霍尔章谷

清军撤退后,贡布郎加对瞻对全境的控制更加牢固。

从此,基于复仇的心理,也基于扩张地盘的野心,贡布郎加开始对周围土司发起了攻势。首当其冲的自然是炉霍地面的章谷土司。

从军事上考虑,北面的章谷土司地面历来是进攻瞻对的要道。从炉霍南下,占领瞻对的麦科牧场一带高地,便能居高临下,对中瞻对和上瞻对形成巨大威胁。清朝历次进兵瞻对,章谷土司都曾派出土兵助战。

更何况,前面说过,贡布郎加的大哥就死在章谷土司手上。虽然是他们出掠炉霍土司地面而造成此结果,这笔账贡布郎加还是完全算在了章谷土司头上。复仇,正是那个时代康巴人核心价值观的一个重要方面。

清兵撤退不久,瞻对人就频频向炉霍发动进攻。

只是炉霍人也不是那么好对付的。

瞻对北方的朱倭、麻书、孔萨、白利和炉霍的章谷土司,有一个共同的名号"霍尔"。霍尔这个词,是蒙古的意思。也就是说，这几家土司都有好战善战的蒙古人血统，是元初时进据此地的蒙古人后代，也都是强悍好战之辈。作为霍尔五土司之一的章谷土司自然也不例外。贡布郎加连续出兵七八次攻击章谷土司，也未能讨得便宜。自然，这样的攻击也不是什么大规模的战争。川边土司地带，地广人稀，战事一起，通常也就数百兵力，动员到上千或几千人丁，那就是超大规模了。

贡布郎加全面进攻不行，便改弦更张，变换策略，各个击破。

头一个目标便是章谷土司属下的一个头人吉沙大吉。

这次，贡布郎加没有派出大军，只派了两个小头领带着十几个人，悄然潜入吉沙大吉寨中，直取腹心，将吉沙大吉刺死。这十多个人轻易得手后，还将他儿子掳回瞻对。不几日，在瞻对的新中心滂热官寨，贡布郎加就看见手下呈上吉沙大吉的首级。贡布郎加亲自把吉沙大吉的儿子剖腹挖心，以报兄仇，又把这父子两人的首级悬于路口，宣威于众。

不久，他又派人偷袭章谷土司属下的区角牧场。生俘区角头人后，胁迫他派其子前去暗杀同为章谷土司属下的另一头人吉绒拉柯。因为走漏消息，那位头人逃走，但他的家人却都丢了性命。章谷土司设计诱捕了杀手，投入狱中，准备将其处死，但监狱看守收了贿赂，纵其逃走了。

连番得手后，贡布郎加又锁定章谷土司的管家杜柏所辖的村寨。杜柏与其子逃得性命，但其村寨被瞻对人占领，财产自然也被掳掠一空。我是以一个写故事为生的人，开初，觉得贡布郎加比起别的土司，自是心怀大志，所以自己对这个故事已经产生了不一样的期待。但接下来，听多了这样的小故事，又渐渐觉得老套,渐渐就心生悲凉。原来,历史就这样在原地踏步;原来,一代枭雄贡布郎加不过就是重复着老套的故事;原来,被人们津津有味传说的故事,却是如此陈陈相因。这片土地上,不过是老故事换了新的主人公,而背后的布景却没有任何改变。人的认知与智慧也未见增长。

故事继续往下,还是老得不能再老的套子。

不过是掺杂上了一点情色的因素。

是该守戒律的僧侣也加入其间。

只不过,在藏区故事中,僧侣的称谓要换为一个特定的称呼:喇嘛。

话说贡布郎加的部下攻破了章谷土司管家的寨子,管家父子逃走,不想,他们却在那里掳获了一个喇嘛。这个喇嘛可以作法使神灵附体,因此人们可以通过借他的肉体向神灵问卜休咎。

这个喇嘛是章谷地面最大寺院寿宁寺的喇嘛。

这个寿宁寺的"发神喇嘛",当地百姓都说他与章谷土司的妻子有染。

得知此消息,贡布郎加如获至宝,亲自主持对这个喇嘛的审讯,证实此事属实,并非空穴来风。审讯后贡布郎加一面将这位喇嘛释放,一面令人将他与土司妻子通奸之事四处传扬。一份当地流传的藏文文书说:"丑闻传遍炉霍,引起百姓与下属和土司分崩离析,为贡布郎加攻打炉霍打下了心战基础。"

老套的故事要成就一个英雄,就要将另一个豪酋作为牺牲。在这个故事中,这个牺牲者就是祖先是英勇善战的蒙古人的章谷土司。当他倚为股肱的一个管家失去自己的寨落狼狈逃窜时,他的另一个管家也出事了。

出事的地方，就在那个有喇嘛与他妻子通奸的寿宁寺。

当时，章谷土司派他另一个管家管理辖地内的寿宁寺。寿宁寺是一个大寺，这个大寺属于藏传佛教中的格鲁派，奉在西藏掌握政教大权的达赖为最高宗师。最高宗师在西藏的特别地位也使他们不甘久居于掌握世俗大权的土司控制之下。他们便趁贡布郎加步步进逼，章谷土司疲于应付之时，驱逐了章谷土司派来专门管理控制寺院的管家，借口是这位管家管理寺院过于严苛。土司不能对付势力强大的寺院，便迁怒他人，将这位管家从其所辖的村寨中逐出。章谷土司属下的另一个头人楚洛便趁机占据了这位管家的地盘与全部家产。

这位名叫占登的管家无处可去，便逃奔瞻对投靠了气焰正炽的贡布郎加。

对贡布郎加来说，这真是天赐良机，他当即派出一干勇猛的手下随同占登这位失意人潜回章谷土司境内。传说中，这些人是在一个夜晚潜入占登过去统辖的村寨的。他们依靠占登这位熟悉该村寨地形的前管家在黎明前于寨中各处埋伏好人、枪，然后，在天亮时，由一人化装成乞丐，到新的头人家——也就是过去的占登管家的家门口讨饭，几个枪手尾随其后，得以一同潜入官寨。此时，那个刚刚得了新地盘与百姓的楚洛头人正在经堂的佛像前虔诚叩拜。不承想，却与家人一起被潜入的枪手刀刺枪击，喋血于新到手不久的官寨之中。

经过如此几番手脚，章谷土司在损失了不少地盘的同时，也失去了手下一些颇具实力的人手。现在对贡布郎加来说，是他大张旗鼓，重新发动进攻的时候了。机不可失，贡布郎加便集结人马，发动了正面进攻。炉霍土司的地界中央有鲜水河流贯，鲜水河两岸的高原低地，正是其财富与人口辏集之地。瞻对的人马便沿鲜水河两岸摆开阵势，齐头并进，一路所向披靡，直抵土司官寨，展开进攻。章谷土司地面并不广大，知道退无可退，自然竭尽全力拼死抵抗。瞻对兵马连攻数日，一时不能得手，贡布郎加便命暂时后撤。

不久，他又集中了更大的兵力，兵分多路，向章谷土司官寨合围而来。这时的章谷土司自料不敌，携家人先期逃离。留下管家代理土司职权，指挥兵丁百姓保卫官寨。此番一战十六天，官寨仍未攻下。而寨内兵丁，特别是一些喇嘛，于百般困窘之中，还亡命向寨外冲杀，给瞻对人造成不少伤亡，但这毕竟已是强弩之末。因为土司事先逃离，强攻之下，寨内人心浮动，调集到寨中防守的各大小头人纷纷出寨向瞻对人投降。

最后，是寿宁寺活佛出面调停，章谷土司官寨中的抵抗者出寨投降。

贡布郎加将出降者中有名望的头人、喇嘛和英勇善战者押往瞻对，其余降者全释放回家。

至此，瞻对人终于占领炉霍章谷土司全境。贡布郎加委派自己的得力手下名叫洛古泽仁者长驻炉霍，建立一个坚固雄伟的新官寨，镇守管理章谷土司全境。

瞻对征服北方土司之战

拿下章谷土司全境后，瞻对北方还有另外几家蒙古人血统的土司。除了朱倭土司早前娶了贡布郎加的女儿为妻，心中稍感安定外，各土司地面早已风声鹤唳，一夕数惊了。善为占卜的喇嘛们的加入，更使种种流言四处流传。

"德格土司辖地昌台地方的昌格寺喇嘛白玛木杰温波预言：'德格将来会起内讧，猪年时不知去何方，鼠年时全域被火覆，牛年时魔帮将失败，此后大家共享安乐，萨迦的太阳照样升，噶丹的太阳照样升，列庆神山的太阳照样升。'"

"扎科的喇嘛洛珠也有预言，把鼠年以后的甘孜失陷、扎堆背叛等清楚地写了下来。"

这些土司更北面的色达地区，是朝廷未设土司管辖的所谓"野番"地面，向来也是强横不羁，此时也被这些流言所震撼："一位喇嘛在色机根塘地方梦见了装满铁杵的一牛皮口袋，这事一经传开，都说瞻对兵马必来无疑，寺院、村寨人们纷纷逃离，寺院内空无一人，由于无人看管，这些寺院大都因漏雨等原因而破败。"

贡布郎加看到这样的情形自然喜不自胜，他要好好利用土司们人人自危的心理，再添一把火。

这一把火就是挑拨离间。

一段时间，他与地理上距瞻对相对较远的德格，以及白利土司频繁来往，故意疏远紧靠瞻对的孔萨与麻书土司，造成土司间彼此猜忌，然后举兵攻打孔萨与麻书两家土司。贡布郎加吸取了征服章谷土司前期一味硬攻而不能得手的教训，在战事前期，令他的兵马稍事进攻后便佯装败退，让他的对手认为瞻对人并不如传说中那样英勇无敌。接下来数次战斗，贡布郎加的兵马依然稍战则退，有时甚至还佯装败逃，使对手的队伍渐渐滋生了轻敌情绪，除了土司官寨外，分散在雅砻江两岸的村寨都放松了戒备。这正是贡布郎加耐心等待的大好时机。一个夜晚，瞻对人出动大兵，同时偷袭孔萨和麻书两土司全境，一夜之间，便几乎将其全境占领，并向两土司官寨合围而来。见此情形，孔萨与麻书两土司自知再也无从抵抗，便收拾金银财宝和清廷颁发的印信①，抛下土地百姓，举家向西逃亡，渡过金沙江，进入西藏地面去了。

如此一来，瞻对北境有蒙古血统的霍尔五土司，便只剩下白利与朱倭两家。朱倭土司本是贡布郎加的女婿，见此情形，自然立即归附。这白利土司一家，自知无力抵抗，也只好向贡布郎加称臣投降。

战胜了霍尔五土司，今天甘孜和炉霍两县的地面几乎被贡布郎加全部占据，所辖人口与地盘都增加了一倍以上。战胜之后，

---

① 印信：印是印章，即以印为信。清代，凡册封一土司，除授予封赐文书以为执照外，还会授土司印一枚。根据土司品级不同，其材质多为铜质或银质。

他做了三件事,我还是引藏文文书中的原话吧:

"在甘孜建了一座前所未有的官寨,派索郎翁扎、扎西邓珠为头人。"

"古曲达官寨让夏古喇嘛当头人,所有险要之处都建了城堡。此外还任命了很多头领。把原来有权有势的人撵走他乡。"

这两件事情,都是题中应有之义,但接下来的第三件事,却能见出贡布郎加比之于过去那些互相频频争战的地方豪酋们有着更大的野心。

他移民。

"贡布郎加在他所收服的村寨中抽一两户到瞻对,从瞻对抽一两户上来补上,新旧部属混合在一起。"

混合在一起后又该干什么?发展生产?新旧移民的彼此交融与认同?除了整个青藏高原短暂统一的吐蕃时期,当时的统治者在青藏高原上做过这样的事情。自吐蕃王朝分崩离析以后,这片高原上的地方豪酋们,彼此争战不休,都只为有限的人口、财富与地盘。但夺得人口与地盘,似乎也仅仅是为了以此为本钱壮大实力,以期可以夺得更多财富、人口与地盘。土司豪酋间其实是可以通过商业交换彼此获利的,但所有那些高贵的脑子里似乎从来就没有出现过这样的念头。是的,历史本身正常前进的脚步就这样非常奇怪地在青藏高原上停顿下来。就这样,直到今天也以强悍自诩的藏民族其实是在频繁的争战中日渐衰弱:人口日渐稀少,财富日渐损耗,最后导致的是生产力与精神的双重枯竭。

占领了新的地方,贡布郎加比别人多做了一件事情,移民,但效果并不好。当地藏文记载中说:"自从归顺瞻对以后,这里大小头人,平民百姓无心劳作,整日惶恐不安,没有一个人能安居乐业。"

  因为他的移民是为了监视新征服的人口,而不是有意于以此方式促成民间更有意义的种种交流。

瞻对征服康巴最大土司

贡布郎加这位瞻对人的英雄，依然逃不出这片土地上演了千年之久的故事路径。他征服了霍尔五土司后，属下的人口与地盘都扩大了不止一倍，这样的空间中，足够他做很多事情。但上千年的故事路径，决定他脑子里能想到的，只是掠夺更多的人口，获得更大的地盘。

更大的地盘、更多的人口在瞻对的西北方向，那就是德格土司。

德格土司是康巴地区最大的土司。一是品级高：是清廷册封的从三品的宣慰司。二是地盘广大。通常，清代册封土司的策略是"多封众建以分其势"，今天藏区行政建制中的一个县，当时通常有几家土司，互相依止，也相互牵制。但德格土司一家却控制着今天属于四川省和西藏自治区境内几个县数万平方公里的地盘。有这么大的地盘，人口兵力也数倍于一般的土司。更何况，其境内还有不同教派势力强大的寺院集团，更增加了德格土司的威望。

今天到德格，说起过往的陈年旧事，当地人都会骄傲地提起一句流传了几百年的话："郎德格，沙德格。"意思就是，天德格，地德格。极言德格土司强盛时地面的广大与威望的崇高。在那个时代，即便是向称强悍无敌的瞻对人也不得不屈从德格土司的威势，在边界牧场纠纷中低头让步。一度，瞻对土司每年还要向德格土司进献厚礼，表示臣服。有材料说，即便狂傲强横如贡布郎加，未得势时，对德格土司也要施长辈礼，以示尊崇。

对贡布郎加这样性情的人来说，曾经被迫的谦卑都转化成心中的仇恨。只等机会一到，便要施行加倍的报复。

某一天，在要道上巡行的瞻对兵丁拿获了一位德格土司的信差。这信差正从瞻对西北方的德格土司境往瞻对南方里塘一带的毛垭土司地面上去。从这信差身上搜出一信，是德格土司写给毛垭土司的，约他发兵和德格土司南北夹攻瞻对。有文字记录了这封信的原文。

信件有浓郁的藏文书面语风格："瞻对出现了魔鬼的化身，瞎子威胁着周围的土司，希望我们能团结一致，在敌人较弱小的时候把他消灭。否则，小火蔓延成大火，小祸酿成大祸，到头来我们都会追悔莫及。"

这封信被截获后，贡布郎加隐忍不发，将抓获信差的事和德格土司信件的内容都隐匿起来。德格土司只知信差失踪，并不知贡布郎加已经得获信件的全部内容。而收信人毛垭土司，竟连有人致信于他这件事情都毫无知晓。

这下，贡布郎加更不会放过德格了。他也深知，在瞻对四周的土司中，以德格土司势力最大，不容轻视，调兵备战之时，明明兵锋所指是西北方的劲敌德格，却故意走漏消息，说是要南下攻打里塘土司，以此麻痹对手。

这时，道光皇帝已经去世。清廷的龙椅之上，坐的是咸丰皇帝。

公元1852年，也就是咸丰二年，贡布郎加将集结的兵马分为上、中、下三路步兵和南北两路骑兵，分头向德格发起了进攻。五路兵马都是秘密出行，利用地势地形，白天全部人马隐藏于密林之中，夜晚才衔枚疾进，快速行军。

大军行抵德格土司的门户玉隆地方，替德格土司镇守东部边境的玉隆头人一枪未放、一刀未动就投降了。因为贡布郎加允诺，他仍然可以保持他对玉隆地方的统治权。玉隆头人投降后，以大量的牛羊、金银犒劳瞻对兵马。

与此同时，瞻对南路骑兵已经扑入德格土司领地的腹心地带，到达离德格土司官寨很近的欧普隆村。贡布郎加派人送信给德格土司，除了告诉他已被瞻对大军包围外，还把前次缴获的邀约毛垭土司夹攻瞻对的信件一并附上，以示自己师出有名。

此时德格土司切麦打比多吉只有十一岁，土司职权由其母亲和管家共同行使，眼见瞻对人已经深入领地腹心，大股兵马四围而来，既无法调集人马抵抗，更无高人献出退兵之计，只好全家逃亡。而这一手，也早在贡布郎加的意料之中，当他们一行人西逃渡过金沙江，长舒一口气，以为脱了困厄之时，却在一个叫汪布堆的地方，被瞻对兵马追上，土司母子被俘。

贡布郎加指挥兵马长途奔袭，兵不血刃，俘虏了德格土司母子，占据了其统治中心，其广大辖地上的下属头人和主要寺院里的部分喇嘛看到大势已去，也纷纷四散潜逃。不及逃跑的，也都做了瞻对人的俘虏。

如此轻易，川边地区最强大的德格土司便被瞻对兵马击败，其领地大多被瞻对人占领了。得胜后，贡布郎加便委派手下强将勒乌玛为驻德格的大头人，甲日喇嘛泽仁、杰吾达吉为驻德格属地头人，并修筑坚固城堡，意在长期镇守。

当地史料中说："收服德格以后，贡布郎加威信倍增，甚至德格境外的大小头人，昌都喇章的头人全部敬献哈达并向其交纳税赋，连青海境内的头人们也向贡布郎加表示臣服，从各地通向瞻对的大道上，前往向贡布郎加表示拜伏和主动上贡纳税的人马络绎不绝。"

贡布郎加故技重施，把俘虏的当地僧俗上层人士全部押往瞻对境内，有民间资料记载："贡布郎加把扎溪卡地方的头人等许多户人家，昌台地方的多户人家，洼学地方的多户人家，以及玉科地方的多户人家集中到瞻对境内的麦科地方。还把德格境内寺院一些有影响的喇嘛活佛分别安置在觉觉寺、尼古寺和吴瓦寺三个寺院。贡布郎加把这些人作为人质。"

此前贡布郎加说过："不听话的人，可能造反的人，不杀肯定不行。我想的是除了杀人，还有没有把他们捏在手心的其他办法，我现在已经想到了一个办法。"

甘孜州政协所编《甘孜州文史资料选辑》第三辑有昔饶俄热先生所撰《新龙贡布郎加兴亡史》一文，梳理贡布郎加事件脉络最为清晰，此文如此记述贡布郎加占领德格土司领地后的处置手段甚详：

"德格既平，贡布郎加将俘获来的德格土司及其部属分别进行了如下安置和处理：

"将德格土司关押在瞻对甲日村，将土司的母亲关押在潦热官寨。将八帮寺的温云活佛和到德格讲经的后藏萨迦派果玛活佛送至昔瓦寺,将呷拖寺的知麦吉空活佛送至竹德寺,格泽活佛送至略空寺,将竹庆寺的奔洛活佛送至嗳枉寺。由于德格土司的管家更呷约勒伙同部分头人逃跑到西藏去了,贡布郎加对已向他投降的原德格土司下属头人很不放心,因而把甲考司郎、索莫聂巴、普玛布结、达本扎西格勒和汪堆泽仁多吉等分别关押在瞻对的绒洛、大盖、葛扎、切依、滂热等地。

"贡布郎加兵到德格时就已投降的头人曲登泽巴和喇嘛泽仁,他们曾当着贡布郎加的面咒骂德格土司统治无道。后德格土司在汪布堆被俘,送去瞻对时,两人又在途中私下在少土司面前诅咒贡布郎加是魔鬼。贡布郎加认为这种两面派的人不能留用,遂将二人抛入雅砻江处死。

"原德格土司下属头人中,只有最先投降的玉隆头人一人,由于迎逢勒乌玛和贡布郎加的女婿灵葱土司,没有被关押。"

一个僧人留下的回忆文字中说:"这一年的德格一点也不宁静,是个多事之秋。"

一千多年里,藏区社会中不变的重要人物,就是寺院的活佛喇嘛与世俗的头人两类,也就是说,这个社会结构其实相当原始而简单。控制了这两类人,就算控制了这个社会。贡布郎加深谙此理,于是,要把新征服地域的这两类人物都押解到瞻对加以控制。

第五章 民间传说中的多面布鲁曼

在昔日的瞻对，今天的新龙县，凡是民间传说，人们很少提及贡布郎加的本名，都用他的绰号布鲁曼。

布鲁曼，是瞻对人的英雄。

他的事迹也日渐引起当地藏、汉两族文化人的关注，不断被书写。不只是民间传说，这些书写也为我提示了很多线索。特别是或明或显地隐藏于这些书写中的观点，给我很多启发。这些书写者对这个历史人物的种种现代解读与定位，让我得以有更多的视角来观察这个特殊的人物。

我对从这幕大戏中发掘出一些新的意义充满希望。

希望从这一事件，或者从这个被传诵了近两百年的瞻对英雄身上发现一点能突破藏民族上千年梦魇般历史因循的东西。但是，不得不承认结果让我终于失望。

英雄如布鲁曼，终于也未能超越时代与文化，所以，最终也只是那种社会氛围所能产生出来的一代豪酋——当然，是最杰出的豪酋。在这片土地上，他比此前的所有豪酋更蛮横，更顽强，更勇敢，更有计谋，更残酷，却也一样不知天下大势，一样不曾有半点改变社会面貌的愿望,最终,一样地要在历史的因循中重蹈覆辙。

在新龙地面上行走,随处都可以听到他的种种奇异传闻。

有这样的故事说他的残暴:

贡布郎加待在官寨里闲来无事时,有一种特别的娱乐,就是命人随便从周围的村庄找来一个婴儿,往其肚子里灌满奶汁,然后,他亲手将婴儿从官寨楼上摔下,看着那小生命摔在楼下的石头上,鼓胀的肚子炸开,牛奶飞溅。贡布郎加会拊掌大笑,说,人死去时也可以不流血,而流出雪白的牛奶。

有这样的故事说他的强横:

贡布郎加不喜欢乌鸦,特别是乌鸦烦人的聒噪。

那时,在潦热地方,他嫌新修没有几年的官寨不够雄伟,又调集百姓,替他重修官寨。新修的官寨楼高七层,墙厚近丈。伐木采石,夯土筑墙,都是百姓被强服无偿劳役。新官寨修成后,贡布郎加决定,官寨上方的天空中不能出现乌鸦的影子。

十月份,新龙已入初冬时节,一个下霜的早晨,在雅砻江岸并不宽阔的台地上,过去潦热的官寨旧址上,收割后的庄稼地里有一层薄霜。人们指给我看江对岸山梁上的一座碉房,说,那是和贡布郎加新官寨同时修筑的建筑,贡布郎加在那里安置了一户人家。这家人唯一的工作,就是整天用火枪对着天空,如果有乌鸦胆敢飞过,就对它们开枪。然后,我们转过身,是江这边的山梁,参差的树影后,又是一座同样的碉房的废墟。贡布郎加特意在那里安置了另一户人家,其职责也是防止乌鸦从官寨上方的天空中飞过。夹江相对的这两座碉房直线距离应该不到一公里,形成的交叉火力足以控制这片天空。替我引导的乡政府干部说,迄今为止，这个地方都没有乌鸦出现。我几次往来此地，最长一次，在这个地方待了半天时间，似乎真的没有看到乌鸦出现。

但贡布郎加的官寨早已不复存在，已经辟为耕地的宽大地基旁，还有一两处低矮的残墙。紧靠着这块庄稼地，是一所小学校和新落成不久的乡政府。

这个乡政府很简朴，乡党委书记和乡长两人共用一间七八个平方米的办公室。我们挤在这间办公室里，听一个僧人讲贡布郎加的故事。

讲他对僧人，也就是佛法的大不敬，同时也讲他的狂妄。

这个故事也发生在眼下这个地方：

话说那个时候，流经此地的雅砻江水发出大声的喧哗，这也引起了贡布郎加的愤怒。在传说中，贡布郎加也是一个不敬僧人的人。他常常要那些宣称自己有种种神通的喇嘛当着他的面显示神通。自然，很多声称有神通的僧人都是假的，被揭发出来的没有神通的僧人都会受到他无情的嘲弄。而他考察僧人有无神通的一种办法，就是要他们制止雅砻江水在这段江流上发出的喧哗。一直以来，没有僧人可以做到这一点，但是，终于有一个僧人做到了。这是一位苦修得道的宁玛派僧人，在瞻对地面上，这位名叫白玛邓登的僧人是唯一一个几乎与贡布郎加齐名的人物。是他显示神通，使得从贡布郎加官寨旁流过的雅砻江水不再发出巨大的喧哗。不只是讲这个故事的僧人，大多数新龙本地人都会说，从此，惯于呵佛辱僧的贡布郎加，在瞻对地面上，有了唯一一个真心崇奉的僧人。讲到白玛邓登这位圣僧使喧腾的江水顿时喑哑时，给我讲故事的僧人伸出双手，口中发出由衷的啧啧赞叹。

他竖起耳朵，说，你听，江水确实很安静啊！

其实,雅砻江奔流到此,恰好进入一段相对平缓宽阔的河道,比在上游狭窄的河道奔流时,显得波宽浪缓,声音是小多了,但也不是一点声音都没有啊。

我是一个来听种种奇异故事的人,所以,我并不想客观地指出这一点。

我只是不想在这些魔幻故事中让自己也陷入魔幻的迷狂。所以这么说,是因为在藏区,很多听故事找故事的人原本也是清醒的,听多了这些传说,也会深深陷入这样的魔幻迷狂。

这位僧人离开了。我看着他走在狭窄的山道上,走过那些枯黄的秋草,走过那些正在飘零落叶的灌木丛,回到他在山上的寺庙。他是那座寺庙的住持。

我们也驱车离开。车上,陪同的人讲给我又一个故事。

还是那位高僧白玛邓登。说,贡布郎加重修的雄伟官寨落成时,这位高僧骑着匹瘦马突然出现了。他从马背上卸下来一块石头,这块石头来自他苦修的神山顶上。他要贡布郎加把这块石头放在官寨顶上的某个地方,贡布郎加看看自己雄伟坚固的新官寨,骄傲地拒绝了。这时,那块石头便从地上自己飞起来,呼啸着回到了所来的神山。讲故事的人说,要是贡布郎加接受了这块石头,他的事业就不会失败,可惜他没有接受。于是,就要让今天的人们叹息他的宿命了。

中午,我们回到新龙县城的布鲁曼酒店午餐。

又有人要讲贡布郎加的故事。讲故事的先生郑重地请女人回避,说因为这个故事不够雅致,在座的唯一女性就回避了。

故事说,贡布郎加有时会看人做爱。

大家笑起来。看人做爱!

讲故事的人一本正经，说真的，就是看人做爱。他就是让两个年轻男女在他面前做爱。上上下下，前前后后仔细端详后，贡布郎加拊掌大笑，说男人在女人身体里进进出出，就像一头羊吃一根胡萝卜一样！红的嘴巴吃一根红的萝卜！

依我的知识，那时，这片地面上还未曾种植红萝卜这种植物。但我只是一个来听故事的人，而且，一个人的英名随着故事四处流传时，这个故事中便自然会时时刻刻增加点什么，增加一个羊吃胡萝卜的比喻也是题中应有之义。

另外一天，也是在布鲁曼酒店，同一个用餐的房间，一位我认识多年的高僧给我讲了另一个故事。这个故事也是说，贡布郎加这个狂妄的人，一生只服膺一位高僧。但这位高僧不在瞻对地面，而是德格地面的竹庆寺土登活佛。

话说征服德格后，贡布郎加在那里盘桓了很长时间。

他几乎把德格土司的地面都巡游了一遍。所到之处，除了重新任命各处大小头人，贡布郎加还巡游了许多寺院。每到一个寺院，见到来迎的活佛，或者寺院里的住持，他第一句话就是问："你说我死后是去佛国净土，还是下地狱？"

在这些僧人看来，这位恶魔降世的人必定是该下地狱的，但他气焰正炽，而且，这个人对佛法僧三宝并不敬信的恶名他们也早有耳闻，所以不敢说出心里的实话。最后还是违心回答：贡布郎加大头领肯定是要上佛国净土的。这样，他们就已经触犯不妄语这样的基本戒条了。

问题是，贡布郎加听了他们这样的话，却不领情：你们这些徒有虚名的家伙，只晓得骗老百姓的财物。两条舌头的人不配待在寺院里！他告诉这些僧人，摆在你们面前有两条路，走哪一条自己选。第一条,离开寺院去瞻对地方,到那里依然有房子住,有吃有喝,就是不能随意走动。第二条,脱了袈裟回家,原先是牧民的就去放牛,原先是农民的就去种庄稼,不要再待在庙里丢人现眼。驱散了僧人,贡布郎加又命手下捣毁佛像,放火烧了这些寺院。

某一日,贡布郎加巡游到了著名的竹庆寺。这座寺院坐落在一个山弯里的小盆地里,背靠高山,左右是浅山环抱。寺院正殿背靠的雪山高大巍峨,冰川在阳光下闪烁银光,冰川下方是静默幽深的森林。远远的,贡布郎加就听见庙里钟鼓齐鸣,长号声声。僧人们的诵经声有如歌吟,不像他此前到过的寺院,寺院住持赶紧带着众僧出迎。贡布郎加心中不禁暗暗称奇,想明知是我这位捣毁佛像、火焚寺院的大魔头来了,居然还从容不迫地做着法事。他便下令将这庙包围起来,然后,自己骑马傲然走进庙里。

竹庆寺的土登活佛这才出殿前来迎接,却也只是站在他马前,并不言语。

马背上的贡布郎加高声发问:你就是人们所说的土登活佛了?

活佛淡然一笑,手持念珠,并未说话。

贡布郎加又提出了他的问题:我死了以后是去佛国净土,还是要下地狱?

土登活佛并不答话。

贡布郎加说,以前遇到的那些高僧大德,遇到这个问题,都说要念念经、打打卦才能回答。你也是这样的吗?

土登活佛说:我不知道你是想听实话,还是假话?

贡布郎加说，实话！

土登活佛点点头，朗声说：你是个不敬神，不礼佛，夺走了无数生命的恶人。你这样的人怎能去到佛国净土？最好连这个念头也不要有。从生下来的时候就注定了，你死后要下地狱！你在此生犯下的罪恶，使你没有变身为人的机会！

周围人想，贡布郎加这回肯定要拔出刀来取活佛的性命了。不想，他却从马背上跳下来，摘下帽子，说：我今天算是碰上一个真正的活佛了。尊敬的土登活佛，只有你以敏锐的目光看见了我的过去和未来。我的梦曾经告诉过我，说我只能是到地狱里去，这个我早就知道了！

说完，贡布郎加便倒退着朝寺外走去，出了寺门才上马，发出撤离的命令。同时，又下达了一条任何人不得骚扰此寺和打搅土登活佛的命令。

近三年里，我两度去过那个寺院。

第一次去，正当该寺举办法会，真是盛况空前。信众不只是当地藏民，有许多人来自内地，来自沿海各地，甚至港澳地区。给我留下最深印象的有两点，一是一次可以供应数千份快餐的临时厨房，还有就是寺中满院的莲花。刚看见那些莲花点点浮在院中的水盆之中时，我相当吃惊，因为这样的花朵不可能开放在这海拔三千多米的地方。难道真有奇迹涌现？仔细看后才感到释然，原来那些红莲白莲都是制作得惟妙惟肖的塑料制品。第二次去，未到寺院我就下了车，待在寺院前方的小山梁上，远远观看。这回寺院很安静，背后是深绿的针叶林，再背后，雪山顶下，是在太阳辉耀下熠熠闪光的冰川。

继续进行的老故事

讲这些零星得来的故事,我倒觉得比依据史料叙说贡布郎加征服一个又一个土司的过程更有意思。

征服过程中的那些故事,在历史中已经无数次上演过了。阴谋、进攻、对神盟誓然后又违背誓言、杀戮……种种手段都是老而又老的桥段,都在旧框架中习惯性运行。这不应该是津津有味的故事,起码对我自己而言不是。那我如何要来记录它们?我看电视里新当选的中共中央核心领导人建议大家读一本法国人的书。这个人叫托克维尔,我喜欢他的书,不止读过一本。因为他的书探讨历史如何进步,呼唤社会进化,而且还深入关心社会如何向好的方向进化。中央领导人推荐的这本书叫《旧制度与大革命》,讨论的是已经过去的法国大革命,出版于1856年。在中国,这是清朝咸丰年间。在瞻对,正是贡布郎加势力如日中天的时候。那时,法国人知道了中国,而且打到了中国的门上。清朝人也渐渐知道了法国,但瞻对人不知道。不但瞻对人不知道,青藏高原上我们的前辈们都不知道。不要说我们这样普通平民的先辈们不知道,那些生而高贵的世俗贵族不知道,那些号称先知般的宗教领袖也不知道。外国人革过命了，反过来又来讨论怎么样的革命对人民与社会有更好的效果。但是，在藏族人祖祖辈辈生活的青藏高原上，自吐蕃帝国崩溃以来，对世界的识见不是在扩大，而是在缩小。身在中国，连中国有多大也不知道。经过了那么多代人的生物学意义的传宗接代，但思维还停留在原处，在一千年前。

贡布郎加的崛起，也无非是老故事的重复。

但是，还是让我们继续讲述他悲剧性的英雄故事吧。

数年之间，瞻对北方的霍尔五土司和地域更为广大的德格土司都被他打败，数倍于瞻对的地盘与人口都归于贡布郎加麾下。

该是他把眼光转向南方的时候了。

首当其冲自然是里塘土司地界。那里是清初开辟的川藏大道上的重要节点，设有粮台储备军粮，还设有塘汛驻扎绿营兵，维持交通。清朝强盛时，土司间小打小闹，清廷皇帝可以假装不知，不予理睬。但一个土司接连拿下几个土司地盘，那是绝不允许出现的情形。早几年，他刚刚有所动作，便有四川总督琦善亲自率兵进剿。但大军刚撤，他又马上起兵，连续拿下几个土司的地盘。

这期间，还发生一件事情，我在搜访瞻对故事时曾多方打听，却未得任何线索，那就是前番前来征讨贡布郎加的琦善大人后来又出了事，不知那时的贡布郎加们知不知道。琦善从瞻对退兵后，又从四川总督任上转任陕甘总督。在新任上的他依然遇到少数民族问题。黄河上游河谷的撒拉人作乱，回民作乱，青海境内别一支藏族人，清史中叫作雍沙番族的也出来作乱。这也是老故事，对待这种事情，无论朝廷还是地方官，无非也是剿抚两手。能剿则痛剿，剿不动，才抚。长此以往，所谓"用德以服远人"，对双方都是一句空话。

是在道光皇帝死的那一年，咸丰皇帝登基那一年，也是贡布郎加出兵德格的那一年，陕甘总督出兵平了雍沙番族之乱。杀了一些人，还抓了一些人，关在狱中。新皇帝一上任，就收到参劾琦善的奏本，说他"将雍沙番族杀毙多名，实系妄加诛戮"。新皇帝立即下旨调查。一年后，调查有了结论："陕甘总督琦善办理雍沙番族，并无抢劫确据，辄行调兵剿洗，已属妄谬，且并未先期奏明，尤属专擅。著放往吉林，效力赎罪。"

这个事情贡布郎加不知道，但他们都听闻说，"清大人"的地盘上出了大事，正打着大仗，那是太平天国起义爆发了。那真是大仗，清人入关后，康熙年间打过大仗，那是平藩引起的吴三桂之乱。以其波及之广、破坏之大，就数这次太平天国的战事可以与之相比了。那个战场上，一次战斗造成的伤亡数量可能就超过瞻对的全部人口。"清大人"陷于这场恶战中，自顾不暇，贡布郎加知道自己可以放手一搏了。

里塘的"细菌战"

贡布郎加调集大军南下，直逼里塘土司地界，也就是往清廷联系内地与西藏的川藏大道要害处去了。

他以两个勇猛的儿子为前锋，还带了十三岁的孙子随他前往督战。

这一回，本就狂妄的贡布郎加更加狂妄，号称"瞻对八万"。一说其意是属下已有八万户人家；一说是他号称自己拥有八万亦兵亦民的勇猛壮丁。就这样，他带领兵马杀奔里塘土司地界而去。一路上所向披靡，不长时间，便将里塘土司官寨重重围困。一篇当地史料中有两句当时人形容贡布郎加贪婪的话，"喝干了海水也不满足，吃下大山也不嫌饱"。里塘土司自然也明白这一点，当他听到贡布郎加攻下德格后，就知道这个瞻对人在北方已无对手，接下来就要转身来对付自己了。因此早就积极备战，深沟高垒，广储火药粮草，还在官寨内掘井，防备被围时被断了水源。

贡布郎加没有想到，在征服了势力强大的德格土司后，康巴地面上还会有如此强劲的对手。每次对里塘土司官寨的进攻，结果都是己方人员在开阔地上，在护寨的深壕前被不断杀伤，躲在坚固堡垒中的对方却毫发无伤。好在贡布郎加此时正兵多将广，这批队伍受损后，又有新的队伍前来轮换。但如此这般换过了三轮，里塘土司的官寨依然坚不可摧。不时，趁瞻对兵马不备，还有外围头人率众杀入官寨，送去补给。

见此情景，贡布郎加只好改变战法，派一部分人继续紧围官寨，分兵到四乡清剿，意图是将其外围清理干净，中心官寨也就不攻自破了。但是，里塘地处高寒的草原地带，和主要从事农耕的瞻对不同，四乡百姓并无什么固定居住的寨子，牧人们都是一顶帐幕，一群牛羊，追逐水草，随时移动。这些牧人部落，见瞻对兵马袭来，一边抵抗，一边把卷起的帐幕放在牦牛背上，赶着牛羊迅速避往他处，摆脱追兵后，又扎下营盘，继续日常的游牧生活。定居的农民遇到游动的牧民，一时间也无可如何。

就这样，战局僵持，转眼就过去七个月之久。瞻对人刚到里塘时，草地刚刚返青，七个月之后，已是寒风阵阵，大雪漫天，瞻对兵马已是进退两难。这时，里塘土司的妻子想出了一条退敌妙计。她向土司提出，可用传染天花的办法退却强敌。

里塘土司当即命人搜集患过天花的人的结痂。他们将这含有病菌的结痂研为细末，分别掺入糌粑面和鼻烟末中，差人送到贡布郎加帐前，号称他们已经精疲力竭，弹药粮食将尽，无力再战，愿意向瞻对称臣投降，先送来糌粑鼻烟慰劳，以示诚意。贡布郎加不知是计，下令将这些慰问品分散下发，鼓舞士气。结果，不几日天花就在瞻对人的军营中发作起来，并日渐扩散，连贡布郎加带到前线观战的孙子也染病而亡。瞻对人的队伍因这疫病流行而失去战斗能力，贡布郎加只好含恨撤兵而去。

这是一场细菌战，没有科学的地面上出现了一场细菌战。

第二年，贡布郎加又派一支队伍杀向里塘。

这支队伍的主力都是前一年染过天花而得以幸存的人，一来，不怕里塘土司再施天花病毒；二来，心中都对里塘人切齿痛恨。这一次杀来，一路上便不分贫富老幼，放手掳掠，大开杀戒。

贡布郎加动员部属的话就是："为死者报仇，从里塘人身上找回我们失去的东西！"

他说："里塘是个大草坝子，我们要让它变成一个无水无草的空坝子！"

这一回，里塘土司料自己难以抵敌，趁瞻对兵马尚未对官寨形成合围之势，便携家带口，循以往那些失势土司的老路，渡过金沙江，逃往西藏地面去了。

里塘附近一个小土司毛垭，当初德格土司曾想联络他夹攻贡布郎加的，这时见大势如此，面对瞻对兵马，也就不战而降了。

攻占里塘后，进藏大道就被他掐断了。他烧毁粮台塘汛，甚至敢于拆阅驿道上往来投递的官方文书，连新上任的驻藏大臣也被阻于半途，不能前往拉萨上任。

不是每个藏人都心向拉萨

在清朝已处于风雨飘摇的境地时,贡布郎加对"清大人"的蔑视似是题中应有之义。但与其他敢于对抗朝命作乱的地方豪酋大异其趣的是,他也不把以达赖喇嘛为首的西藏地方政府放在眼里。

所以这么说,直到今天,在习惯性的非此即彼的政治思维中,藏区地面一旦有事,就必是离弃中央而心向拉萨,这也是今天所谓大藏区说法的一个心理根源。部分藏人内部自然有这样的狂想,外界也将此视为所有藏人必然的选择。但我们假想中的必然,未必就是真正的现实。贡布郎加这个例子,或许可对这种迷思来一次小小的破除。

至今,新龙县地面上还有很多贡布郎加有趣的言论在流传。

他讥讽西藏地方政府军队穿着黄军服的带兵官是"布色则吉马"——"牛粪上的黄包虫"。他说,用根草棍轻捅一下,这种虫就会把脚飞快地缩回去,喻指藏军贪生怕死,没有战斗力。

他说:"印度王子是人,清朝皇帝也是人,瞻对的我也是人!"此话已经流露出他更大的野心。

他更著名的话是:"我们瞻对很多人跑到西藏去朝佛,山高路远,千辛万苦,我们为什么不把拉萨大昭寺中的释迦牟尼佛搬到我们的地方来,使瞻对人在当地就可以修成佛?"

藏文史料中明确记载:贡布郎加授意属下德格头人勒乌玛致信拉萨的达赖喇嘛和摄政王:"拉萨的释迦牟尼佛是我们共有的菩萨,不应当仅让你们供在拉萨,我们要迎请到瞻对来。如若不然,我瞻对的兵马如菜籽一样多,武器如针一样锋利。"

并且随信还寄了菜籽、针和狗屎三样实物。瞻对人都懂得这三样东西的寓意,菜籽表示兵多,针表示武器锐利,狗屎则表示如果说话不算数,贡布郎加和我勒乌玛就如同狗屎。

当然,也有另外的说法,说贡布郎加对于达赖佛爷怎会如此不敬,那封信是被人使了奸计,冒用他的名义发往西藏的。使此奸计的正是原德格土司手下的玉隆头人。贡布郎加刚刚发兵征讨时,镇守德格东大门的他便投顺了贡布郎加。此后,他一直趋奉在德格的新头人勒乌玛左右言听计从,心里却无时不在意图恢复德格土司的霸业。当他看到贡布郎加志得意满,勒乌玛等一干部众都渐渐萌生攻打西藏之地的想法时,认为这正是促使其走向败亡的大好机会,便赶紧用计添油加火。

传说此人先假冒噶厦政府的名义给贡布郎加写信。

信中说,德格土司、霍尔五土司、里塘土司都是西藏各大寺庙的施主,其所属地区是西藏三大寺喇嘛的主要来源地之一,绝不容许你贡布郎加任意征服。现在勒令你立即撤兵,恢复各土司的统治。

这封假信到了勒乌玛手中,他拆看后,大骂噶厦政府无视贡布郎加的实力与威严,并即刻让这位昔日的玉隆头人代为复信。

这正中玉隆头人下怀，便提笔写下前面已经提到的那封信。信中还声称，"噶厦政府及其所属百姓，只有向我们投降，才是唯一的出路，否则我就要出动大军开赴西藏。那时候我们会强行迎走释迦牟尼佛像，将三大寺的大殿作为马厩，大昭寺前的石碑作为拴马桩。我还要使印度的王子害怕，清朝的皇帝发抖，你们那些'金包虫'更要丧魂落魄。这绝不是一句空话。如果我做不到，我勒乌玛可以充当你们的家狗。"

大昭寺前的石碑就是至今犹存的唐朝与吐蕃的会盟碑。

有僧人留下的藏文文书说，其实，那时早就有僧人对此不祥之事做了预言。这个预言说，"坏人勒乌玛当官，会将狗头放在盘中。"

西藏方面当时如何反应，我不掌握相关资料。

但查清代史料，却有新任驻藏大臣景纹行进到打箭炉，便因进藏大道被瞻对兵马阻断，不得前行的记载。这时，天下又换了皇帝和年号，时在同治二年，即公元1863年。

"景纹行抵炉城，土目构衅撤站，阻滞不能前进"。

清廷所以要换景纹新任驻藏大臣，是因为西藏地面也并不安定。"西藏喇嘛启衅"，驻藏大臣满庆处置失当，同治皇帝才派出新的驻藏大臣接替满庆，"于抵西藏后，将喇嘛启衅情由切实查明，秉公办理。倘满庆有办理偏私受贿情事，即行据实参奏，候旨惩办，以服众心"。

但景纹在路上去不了啊。

此时，贡布郎加得了里塘后，又向东面的明正土司境内发起了进攻。这一来，不但里塘一带驿道上的台站，连各土司中一向倾心内附的明正土司也穷于应付贡布郎加的进攻，无心保障其境内的台站正常运行了。对此情形,景纹也是清楚的,他在奏报中说,"中瞻对贡布郎加带领番众于土司所属各处滋扰,明正土司甲木参与贡布郎加等构怨,动即撤站,往来各差多有阻滞"。

同治皇帝似乎对此时川边藏区的严重形势并不确切知道,下来的旨令也是官样文章:"前据骆秉章奏该野酋扰及明正边界,当经谕令该督等剀切开导,并饬土司兵弁严扼边隘。"

骆秉章是此时的四川总督。

贡布郎加的兵马正向明正土司大举进攻,岂是可以"剀切开导"的。而明正土司兵正节节败退,好在其辖地宽广,有回旋余地,可以退往腹地纵深继续战斗,但此时又如何可以令"土司兵弁严扼边隘"。

在明正土司宽广的地面上,瞻对兵马渐渐陷于困境,这个困境也是前几次进剿瞻对的清军时常遭遇的。由于不熟悉路线地形,瞻对兵马常遭伏击,付出越来越大的伤亡。因此远征的首领便向贡布郎加报告说:"敌人已退到'树子抓人'、'石头吃饭'的地方了,请求进军办法。"

所谓"树子抓人",是指部队已进入原始森林地带,由于当地树木茂密,藤蔓牵绊,荆棘丛生,使瞻对兵马行进十分不便。至于"石头吃饭",是指他们到达的地方,人们在野外,支上三块石头就可架锅熬茶做饭。茶烧好了,饭做好了,按习俗先在支锅的三块石头上各撒一点茶和食物,表示敬神。贡布郎加的部属用这样两句话向他报告,意思是他们到了一个非常不适应的地方,遭遇到了很大的困难。

贡布郎加只好罢兵撤退。

贡布郎加又派兵对里塘以西的巴塘土司地面发起进攻,因遭到顽强抵抗，也无功而返。

据当地史料说，瞻对兵马进兵巴塘失败又是因为作战地区天花流行。其实，更重要的是，贡布郎加弄出如此巨大的动静，不只引起清廷中枢的重视，也让西藏地方政府高度重视，开始配合动作，以遏止贡布郎加势力的进一步扩张。同治二年三月，皇帝接到了驻藏大臣满庆的奏报："瞻对夷酋贡布郎加纠合德格土司扰及霍尔章谷等土司地方，不日由巴塘、江卡即到乍丫、官觉等处。其子东登工布纠众围困里塘正土司官寨，大路桥梁俱被拆毁，拆阅文报，捆缚通事。"从这奏报来看，满庆这样的驻藏大员并不真正清楚已经轰轰烈烈闹腾了十多年的瞻对和康巴藏区的事实真相。因为贡布郎加早就征服了霍尔章谷等土司地盘，然后又占据了德格土司地面，而不是纠合德格土司"扰及"霍尔章谷等土司地方。或者，他们清楚事情的严重性，但本着大事化小的一贯原则，故意轻描淡写，但被人断了川藏大道，这个后果却无从掩饰，只好将贡布郎加兵马破坏进藏大道上的桥梁，并擅自拆阅来往的官家文报，还把翻译——通事扣押控制的事情具实上报。

贡布郎加进攻巴塘，更是引起西藏地方政府的警惕。如果巴塘不保，噶厦政府直接控制的地区，也就在贡布郎加兵锋威胁之下了。所以，满庆奏报同治皇帝："现经达赖喇嘛等已派往番员多带土兵前往乍丫、官觉、江卡等处分投堵御隘口，并饬三十九族酌带土兵一千五百人驰赴巴塘驻扎，及令戴本期美多吉驰赴江卡，以为声援。"

解释一个词，"戴本"，西藏地方军队官职名，也是一级军事单位，今通常写作"代本"，每代本有兵五百名。从古以来，汉文文书用汉字写藏语官职、人名、地名的对音,直到今天,也没有统一规范,所以,同一藏语名在不同时期、不同地域,甚至不同人笔下出现多种译法,以致造成不通藏语和不懂得西藏文史人的误会。比如德格土司,清代的奏报中就有德尔格特、德尔格、德尔格忒等不同写法。贡布郎加的名字,更有工布朗结、贡布郎杰、贡布朗阶等不同写法。

同治皇帝下旨:"该酋贡布郎加任意滋扰,亟宜及早办理。"

贡布郎加道光年间起事,经琦善两度用土、汉官兵进剿失败,贡布郎加再起事,又经过咸丰一朝,到同治年间,已是三朝旧事。这时再来谋划剿办,只是亡羊补牢,实在算不得什么"及早办理"。

但办理起来,困难太大。这时,清朝已不复康、雍、乾三朝时的盛世景象——一方有事,立即就能调粮派饷,集合大军,前往镇压。同治皇帝此时下旨办理,同时也深知,"川省兵饷不敷分拨",好在还有"土兵尚属可用",也就是还有藏区各土司及噶厦政府军队可以调用。

皇帝还不忘总结贡布郎加造反造到如此规模的原因:"该逆前于道光年间滋事,前任川督琦善带兵往办,并未力攻,仅以敷衍了事,以致该酋毫无畏惧,将附近各土司任意蚕食。"

皇帝这一边,与驻藏大臣和四川总督驿报往还,准备着再剿瞻对,但贡布郎加并不以为意,继续四出动兵扰乱。

同治三年四月,皇帝又接到奏报:"该酋贡布郎加复令期美工布大股逆贼行抵三坝地方,劫去粮员行李,抢夺由藏发出折报公文,其格吉地方现有告急夷信。……现在川藏商贾不通,兵饷转运维艰,汉番均有饥馑之虞。设若巴塘再为吞并,则江卡亦难坚守。"

江卡不保,那就意味贡布郎加可以直接进攻噶厦政府控制的地盘了。

西藏出兵攻击瞻对

过去，噶厦政府对于各土司反抗清廷的战事，都乐得作壁上观。更因为与各土司同种同教的原因，抱有同情，甚至暗中相助的事例也自有之。但这一回，这个贡布郎加与之前的土司大不相同，不但对西藏的宗教领袖缺少应有的尊重，而且早就口吐狂言，要征服西藏。在康区得势后，并没有挥兵东向出掠汉地，而意图将兵锋转指西藏。这在噶厦政府中自然引起震动。结果便是与清廷合议，出兵会攻瞻对。

这一回，行事迟缓的双方会攻瞻对的具体方案很快出台。

这个方案是四路进兵。

"派委番员征兵借饷，并约会三十九族调集各处土兵防剿瞻逆西、北两面"。也就是说，西、北两路由西藏地方政府军队和在西藏、青海间游牧的三十九族负责。三十九族，不是说那里还有三十九个不同民族，这个族是部落的意思。甘孜州学者得荣·泽仁邓珠著《藏族通史·吉祥宝瓶》说，有清一代，噶厦政府直接控制的地方，下属行政区名为"宗"，约略相当于县。四川、甘肃、云南等地藏区，是土司制。另外在四川、青海、西藏境内也有未明确建制者，那些部落便称之为"族"，是部落之谓，而非今天通行的民族的意思。

东、南两路"必须由川省派员调集土兵"。这里的土兵来源，来自原川属土司地面，"明正土司及大小金川等处"。

藏军尚未出动，已提出要求："至藏中调集各处土兵已有一万三百余名之多，止能备办四个月口粮，该处库款既竭，火药、铅弹尤缺，亟须川中接济。"

皇帝下旨："速拨饷银四五万两并火药三四万斤。"因为川藏大道已被贡布郎加阻断，这些饷银火药又怎么送到藏军手中？绕道。这个道绕起来，真是非常遥远，"由会理州绕道滇省之维西厅，至藏巴交界之南墩，或至察木多所属之擦瓦冈地区，相继前进"。用今天的话来说，从四川盆地南下，穿越今天四川凉山彝族自治州，从会理这个地方过金沙江，到达云南省境内，然后西北行，到今天云南省所属香格里拉地方，再折而沿金沙江峡谷北行，先到西藏和川属巴塘土司交界地南墩，继续溯江而上，至察木多，即今天西藏自治区昌都地方。那时，噶厦政府设有昌都基巧，管理与川属土司地面相接的藏东各宗事务。

得到饷银弹药的藏军大举出动，往剿瞻对。

六月间，皇帝接报，藏军已经抵达巴塘。也就是说，马上就可以向贡布郎加占据的里塘发动进攻，打通川藏大道了。同时，皇帝也得到另外的消息，四川总督骆秉章奏："藏中所派土兵已到巴塘，甫经入境即肆抢掠，将火药局侧民房及桥梁并行拆毁，递送公文塘兵皆被剥衣夺食，又因需索夫马围攻巴塘土司住寨，开放枪炮伤毙人命，且防剿甚不得力。"

这支队伍中，还有一位驻藏大臣派出的叫李玉圃的监军。其实,这个监军一定有名无实,并不能真正节制藏兵。但皇帝拿藏军无可如何,只好迁怒这位汉官,传令驻藏大臣,先是要将其依法严办,后又改为命其"来京质对"。

其实,这时征不征瞻对,清朝地方大员们也有争议。四川总督骆秉章就比较消极。他认为土司之间相互构衅争雄,"本系蛮触相争,无烦劳师远征,惟有派员开导,使之敛兵归巢"。

骆秉章总督真是太天真了。

但我们也知道,封建官僚体制的运行机制,一个天真人要做个县官恐怕都困难,哪里还能做到总督这般位高权重的封疆大吏?只不过,这时四川本省,前有石达开一支太平军入川,刚刚平定不久,相继又有本地民变发生,本身财政已经支绌,现在又要进兵藏边,还要替藏军支付粮饷,力不能逮,心中自是十二分的不情不愿。

同治皇帝见出征瞻对的藏兵未对贡布郎加开战,却先在巴塘捣乱,怕藏兵即便战胜了,瞻对地面恐怕同样不得安宁,又改变了心思,于七月初下了新的谕令:"本日已谕令将土兵撤回,保守藏地。如瞻对夷酋入境,即为剿办,不得滋扰内地。"也就是说,要藏兵撤回噶厦政府实际控制的地面,只有当瞻对兵马攻入西藏地面,才能防守作战,而土司地面属于"内地",就不请他们代劳了。

之后,四川总督骆秉章还派出道员[①]史致康等去瞻对"前往开导"。

---

① 道员:清官职名,正式名称为道台。另有"观察""监司"等别称。协助一省布政使、按察史办理政务或主管道级行政机构(如学道、盐道)的高级官员,正四品。嘉庆后,道员又负有巡察之责。

小半年后的十一月，似乎同治皇帝并未得到瞻对前线来自川、藏两方面大员的情况报告。便找来军机大臣等商议："迄今数月之久，土兵曾否撤回？瞻对情形如何？道员史致康等前往开导，能否遵命解散？未据该将军等复奏。"

但藏兵一经出动，西路到达巴塘的同时，北路也向德格发动了进攻。

这时清廷早已进入多事之秋，中央政府的威权降低到极点，企图号令四方时，早已不能令行禁止了。同治四年初，皇帝自己就列数当时国内大的动乱：一是"上年石达开巨逆窜扰川省"；二是"甘省回氛急切"；三是"新疆贼势蔓延"，清军四处弹压扑火，再也无力用兵瞻对。但同治皇帝也深知一旦藏军深入川属土司地界，恐怕将来会有更大麻烦。他唯一良好的愿望，就是藏军退回西藏本境，而靠川省各土司土兵进剿平定瞻对之乱。

皇帝还与军机大臣等回忆起各土司兵在他上位后立下的功劳，"咸丰年间向荣督师江南，曾檄调四川屯兵，临阵冲锋向称骁勇。嗣以南方水土不服，该屯兵①等均多物故"。这是说，第二次鸦片战争时，川属大、小金川，杂谷和瓦寺土司属下土兵，奉调远赴浙江定海、镇海前线力战英军，付出惨重伤亡，加上气候不适，数千远征官兵，大多未能再回故乡。其中最靠近内地的瓦寺土司境内曾有一座巨大的坟茔，当地人称"辫子坟"，其来历就是当地土兵远征浙江参加抗英之战时，战死病死者，只能割下他们的发辫，带回家集中安葬。这个地名至今犹存。

---

① 屯兵：清代，在川属土司地实行改土归流。如乾隆年间在今理县废杂谷土司，在其地域内设杂谷、甘堡、上孟、下孟和九子五个屯。委任投诚之原头人充任土守备。清时四川共有守备十六员。寓兵于民，屯中壮丁持有武器，平时耕作，战时出征，称为屯兵。

皇帝还想起，石达开窜扰川省，"为各土司兵诱入绝地，官军卒获歼擒"。他是想用这些早经内属的土司兵来平定瞻对。

但是和他的祖先乾隆皇帝大不相同的是，同治皇帝本人似乎对这些土司及其土兵的情形所知无多。所以，对军机大臣等提出很多个关于这些土兵的问题。

先问，远征浙江与参与平定石达开的，"是否即系此种？"也就是说，他们是同一个地面上同一种族的土兵吗？

再问："如调派千名出关剿贼，一应军装器械需要费如何？其按月支放口粮，较之内地兵勇赢绌奚似？"其实，清朝征用川省土司兵助战官军，非止一例。而且，口粮饷银军械等支项早有成例，翻翻前朝档案就可一目了然。

同治皇帝不仅想他们参与平定瞻对，而且，还想调这些土兵远赴甘肃新疆帮助平乱。所以，他还问："又此兵调赴他省是否同于雇募？须先给身价银两若干？"

川内助剿作乱土司不下十余战，出到省外，远征西藏、贵州、江浙等省也有多次，这些成例都有前朝档案详细记载，但这样的问题，皇帝不查旧档，却去问远在千里之外的四川总督。要"骆秉章查明从前檄调屯兵成案及现在应如何办理情形，详细具奏"，"将此由五百里各谕令知之"。

这边，还在商量着如何出动川属各土司兵进剿瞻对。

那边，藏兵却不听皇帝在本境驻防的命令，早东渡金沙江，不止西路占了巴塘，北路也早发兵深入川属土司境内，到了道坞地方。在瞻对北面，从西向东一路排开，先是德格土司，然后是孔萨、麻书、朱倭等霍尔五土司。霍尔五土司，最东面是炉霍章谷，过了此地，才是道坞——今写作道孚，此处距打箭炉不过几百里地了,四川总督骆秉章上奏:"藏兵已至道坞,将近明正土司地方,声言欲攻瞻对老巢,其为藉图需索、骚扰内地已属无疑。"

皇帝再下旨,重申前令,要藏军撤回西藏。因为四川总督骆秉章报告:"瞻对已与明正土司具结息争,现未出巢。"这固然是一方面的事实,还有另一方面的事实,骆秉章却隐匿未报,那就是贡布郎加与明正土司停战媾和实在是迫不得已。因为他的人马正与万余藏军在西北两线激烈交战,再也无力东顾了。过去,浅尝辄止接触这段历史,那些书写都是粗线条的,说是川、藏两方联合进剿瞻对,现在深入历史细部,才看到当时的真实情形。过于粗疏的历史,总是把复杂的情形简单化。因袭相沿,以致造成后来思维和决策中一厢情愿的简单化。

后来,还是已经被阻于川省地面一年有余不能到任的驻藏大臣景纹在奏折中说明实情:"瞻酋侵占各土司边界,扰塞川藏大道,久为边患。今经被害难夷约会藏兵,收复土司各地,围攻瞻酋老巢,剿办正在得手,碍难遽行撤回。"

皇帝接到此奏报,已是同治四年的七月间了。这时,藏军出兵瞻对已经一年有余。

所以皇帝又下旨动问:"骆秉章前奏瞻对已与明正土司具结息争,景纹又称藏兵攻打瞻匪正在得手,不日可以剿灭,所奏情形互异。"所以,皇帝特别想知道真相:"现在瞻对究竟是否尚在构兵?"

其实,这时候藏军已经快要攻下瞻对了。

藏军剿灭瞻对英雄贡布郎加

这也算是一宗咄咄怪事。

和过去的吐蕃军队不同,政教合一的噶厦政府辖下的藏军其实没有什么战斗力,也没有太强的战斗意志与求战欲望。有清一代,西藏境内发生的一些重要战事,比如准噶尔蒙古入侵藏北并直下拉萨,尼泊尔廓尔喀人两次入侵后藏,抢掠格鲁派重要寺院扎什伦布等重大危机,藏军都无法抵御,最后都是靠清廷派出官兵和川属各土司的土兵驰援西藏,才将入侵者尽数驱除。加上西藏地瘠民贫,有限的财力除了维持地方政府运行,还要优先用于数量众多的僧人与寺院的供养,维持一点有限的兵力,财力上已是捉襟见肘,训练与装备都原始低劣,再要参与战事,更要花费大笔银子,所以西藏有事,都不积极作战,等待朝廷大军来援。

这一回瞻对用兵,藏方却一反常态,非常积极主动。根本原因还是清朝这时在内忧外患中,风雨飘摇,西藏地方不论宗教首领还是世俗贵族对此自然心知肚明,日渐显出不服清廷号令的疏远之心。瞻对乱事起来,刚刚在历次对外战争中败北,又经历了太平天国战争和甘肃回民起义等内部战事的清廷,实力大损,国库空虚，无力再对已经四度用兵的瞻对再举大兵征讨，只好以藏军为主力并动员川属土司合围瞻对。但战事刚起，藏军不听节制，又让同治皇帝改变了主意，要求藏军撤回西藏本境。他只好将希望寄予原本一向能征善战的明正、大小金川、杂谷和瓦寺等处土兵，可此时四川总督骆秉章又在剿抚之间犹豫不决，以至于所谓东南西北的四路进剿，只有西北两路藏军积极进攻，而东南两路川属土兵开到前线便裹足不前，陷入了奇怪的沉寂。

藏军这次一反常态，积极作战，其实暴露出西藏地方政府也暗怀野心，要趁清廷衰弱之时，趁机扩大在藏区的影响。

在今天的新龙民间，关于藏军如此主动向瞻对进攻，却有自己的说法。

贡布郎加对佛、对佛法、对僧人都不是一个虔敬之人。民间传说他曾致信噶厦政府，威胁要把供奉在拉萨大昭寺的释迦牟尼十二岁的等身像搬到瞻对。这尊佛像是文成公主和亲吐蕃时从大唐长安带往西藏的，藏区信众相信，这尊佛像是释迦牟尼驻世时亲自监造。

贡布郎加如此声言，以达赖喇嘛为首领的噶厦政府自然认为是对教法尊严的狂妄冒犯，为了维护教法尊严自然要兴兵讨伐。

只是民间传说中，已经没有藏军中还有清廷官员监军这一事实了。

只说，噶厦政府在举兵之前曾卜卦降神，看神意是不是同意讨伐瞻对。

传说西藏方面还专门制作了一个贡布郎加的偶像，立于拉萨城中某寺院，集中了许多擅长密法的喇嘛，对着贡布郎加偶像施咒作法。在密集的诅咒下，那个立着的偶像轰然倒下了，这被视为贡布郎加必然败亡的预兆。

今天的新龙人都相信，这事真的发生过。

他们言之凿凿，说这些年去拉萨朝佛或做生意的新龙人，在拉萨的庙里就看到过这座贡布郎加的偶像。他们说，这座像至今还被铁链紧锁。

我问过不下十个人，这座像被锁在拉萨哪座庙里，却没有人能答得上来。他们说回来的人没有说过这像到底在哪座庙里，但肯定是在拉萨的某座庙里。

他们笑说，大概是西藏人直到今天还害怕，要是打开铁链，瞻对兵马就会杀到拉萨。

藏文文书《瞻对·娘绒史》如是记载：

"由于贡布郎加占据了康区的许多地方，加上勒乌玛多次去信威胁等原因，西藏甘丹颇章政府问神打卦，要求甘丹、色拉、哲蚌三大寺念经诅咒，都显示了收服瞻对的好兆头。因此，藏历木鸡年，便派兵马来到了德格和呷杰（今白玉县境）。"

藏历木鼠年，即同治三年，公元1864年。

甘孜当地学者昔饶俄热撰写的《新龙贡布郎加兴亡史》如是记载：

"那些被贡布郎加侵犯、威胁而逃到西藏的土司和头人们，更从中煽动，请求噶厦政府出兵，清政府也提出愿同噶厦政府共同出兵。于是噶厦政府经过商讨和问神打卦，决定：一方面由三大寺僧众对贡布郎加进行念经诅咒；一方面从后藏增调部队，集结大军；再从康区逃亡的头人中选出向导，择吉出兵。

"1864年噶厦政府的军队到达金沙江边。贡布郎加见状，也赶紧集结兵力，构筑工事，加强防御。同时，对原德格和霍尔五土司辖区内较为富裕和有影响的人,以及对贡布郎加有过不满言行的人,分别移地监管,集中关押,防止他们策应藏军,造成混乱。不料藏军一发动进攻,瞻对武装即在江达、白玉战斗中遭到失败。其主要原因,除了藏军熟悉地形和有当地知情人带路,当地群众由于信仰关系,认为西藏来的军队是'佛爷'派来的神兵而不敢抵抗外,最重要的一点,就是瞻对驻军平时欺压百姓,引起百姓对贡布郎加的不满。因此,藏军一到,有的暗中接应,有的公开支援。"

此时,一个人的背叛动摇了德格防线。

这个人就是前文已经提到的德格土司属下的玉隆头人,瞻对兵马几路围攻德格时,玉隆头人率先投降。其时,他随奉在贡布郎加派驻德格的大将勒乌玛左右,却一直用计在瞻对和西藏间煽风点火。此时,这位原德格土司属下的玉隆头人,见藏军大兵进攻德格,再次叛变,率兵从瞻对守军背后发动偷袭,动摇了瞻对守军的防线。

瞻对驻德格头人勒乌玛节节败退,只好向贡布郎加告急,请求援兵。

贡布郎加立即派另一得力战将普雄占堆带领骑兵三百前往增援。普雄占堆追随贡布郎加多年东征西讨,富有作战经验。前往德格救援途中,他侦知藏军首领赤满率兵驻扎在德格附近的汪布堆地方,即率所部向石渠开进,并施放烟幕,说是要去保护他家的亲戚灵葱土司。实际目的却是采取迂回包抄战术,意图从北方南下,会同保卫德格的勒乌玛守军,将藏军包围,加以聚歼。但他并不像在瞻对本土那样熟悉地理情况,在翻越拿纳玛大山时便迷失方向,未能与勒乌玛如期会攻藏军。反而在行踪暴露后,被藏军识破阴谋，避开了他的兵锋。普雄占堆在汪布堆地方扑了空，只好退回石渠。

此计不成，普雄占堆不检讨自己如何失策，反而迁怒于防守金沙江的当地武装，责备他们抵抗不力，并将领兵头人扣押，解送去甘孜一带看管。这些当地武装，本是慑于贡布郎加的威势，暂时屈从，见普雄占堆如此行事，自然大为不满。现在不惟不思如何抵御藏军，反而期盼藏兵早日到来。

瞻对一地素有四处"夹坝"的传统习性，长此以往，养成强悍民风。贡布郎加自然深知这点，只在瞻对本境严厉约束部属不得滋扰百姓，随意抢掠，但一出瞻对之境，便纵容他们大肆抢掠，并明确规定，抢掠所得，都归个人所有，不用上缴充公。这也是瞻对兵马作战积极勇猛的一个重要原因。这回，普雄占堆骑兵退回德格北部石渠的草原地带，复又大肆抢劫，连当地著名的色须寺、莎西寺等寺庙也不能幸免。当地人怨声载道，面对藏军进攻时，人心向背，已一目了然。普雄占堆对此却并不觉察，重新踏上南下回归之路时，他和他的骑兵人人得意扬扬，满载而归。

普雄占堆率兵回到德格东面，率部翻越雀儿山与勒乌玛会合。此时，藏军已占领德格南山，直逼德格。普雄占堆便从德格北山发起进攻，与藏军激战。普雄占堆不支，队伍溃退。他想率兵进驻德格的中心，勒乌玛驻守的更庆地方。不想，同是瞻对兵马，勒乌玛却不许他进入更庆寨中，普雄占堆也无可如何。

第二天，普雄占堆又利用有利地形，居高临下再次向藏军发起冲击，终于击退了藏军，暂时解除了对德格中心更庆的威胁。

勒乌玛驻守更庆，却不许前来援助的普雄占堆部属进寨，造成双方互不相助的分裂局面。勒乌玛如此对待长途奔袭前来救援的普雄占堆，的确匪夷所思。我一直努力为此寻求答案，但民间传说，热衷的是贡布郎加本人的种种传奇，对于具体战事的经过并不关心，而我搜集到的几份书面记载，均大同小异，并未说明勒乌玛此举的原因所在。荒诞的事实已然发生，原因却晦暗不明，我也不能妄加推断。

问题是，藏军败走后，勒乌玛自己也面临很大困境。普雄占堆击退藏军，同时也把他的队伍截为两段，使其首尾不能相顾。在藏军大兵压境的情况下，本已归顺的德格本地武装也起而反抗，频繁向勒乌玛部属发动袭击，使得勒乌玛部属穷于应付，日夜不安。

在此情形下，勒乌玛依然恣意妄为，面对藏军进攻，不得已收缩防地时，将他弃守的那些地区村寨尽行烧毁。他对待抓获的藏军俘虏也相当残忍，有当地史料记载：

"俘虏许多藏兵，有的被投江处死，有的被关押虐待。将每十八名俘虏的手掌戳孔，贯以毛绳，彼此串联为一组。在扒光他们身上的衣服后，在空房中关押一夜，每次只有一两个人活着，以外的人全部死去。"

甚至对于俘虏的藏军战马也不放过："他们把藏军的战马关入空房，不准出来。这些马匹由于饥渴啃食屋内柱子和泥土垃圾后全部死去。他们用大炮轰击城堡房屋，使之成为一片焦土，打死很多人马。寺院周围全是人和马的尸体，腐臭使人透不过气来。"

勒乌玛此举除了激发更大的仇恨与反抗，并不能改善其不利的战争态势。不久藏兵再次将他驻守的更庆地方包围起来。勒乌玛多次突围，没有成功。

来自瞻对的援军普雄占堆就在近旁，却没有出兵助战。

倒不是因为他忌恨勒乌玛，而是因为另外一件事情。

普雄占堆病了，竟至卧床不起。

按那时的习惯，有病不是寻医问药，而是找喇嘛打卦。喇嘛说："你打了拉萨来的神兵，所以得了恶报。西藏三大寺念的咒经，在你身上得到了应验。你要免除灾难，只有快向神兵认罪。"对此，普雄占堆半信半疑，便按兵不动。观望之际，他病情好转，身体渐渐复原。普雄占堆便以为喇嘛所言不虚，决定再不和藏军对抗。不仅如此，他又暗中通过此前归附瞻对，后又投向了藏军的玉隆头人与藏军取得联系，立誓不再与藏军作战。对方自然求之不得，说要报请噶厦政府在战后对他委以官职。

如此一来，贡布郎加失去占据不过几年的德格的时候就来到了。

勒乌玛在德格力战不支，致信贡布郎加请求退回瞻对。

贡布郎加见此情形，只好允准。而且命令勒乌玛撤退前，要将更庆地方的官寨、村落、寺庙和驰名整个藏区的德格印经院全部烧毁。

贡布郎加的儿子松达贡布，并不像其父亲那样藐视佛法，听说其父下了这样的命令，马上也给即将从德格退兵的勒乌玛去信一封，口吻严厉："不准你烧毁更庆寺和德格印经院，否则你我一定不会再有主仆关系，绝不会饶恕你！"

因此，勒乌玛撤离德格时，才没有烧毁德格印经院。

因此，我们有理由感谢松达贡布。一百多年后，更庆已是川藏边界上一个繁荣的城镇，是今天的德格县城所在。县城旁边,那座印经院依然静静耸立。我到更庆镇的第一个清晨,便前往探看。出了县城的大街,古老的白杨树和高原柳丛中可以听见溪流的声响。山腰一块台地上,便是四方形的印经院建筑。当地百姓绕着印经院赭红高墙转经祈祷。早饭后,我又在当地朋友导引下前往参观。四方形的建筑中央是四方形的天井,一个个幽深宁静的房间门窗都开向这个天井。和藏区那些弥漫着陈年酥油味和浓烈藏香味的宗教建筑不同,这座古老建筑中氤氲着墨香与纸香。打开一个个房间,架子上整齐排列着手工刻制的藏文印版,这些印版是全部《大藏经》和藏族文化史上有名的文献经典。所以,人们说这里是藏文化的宝库。在朝向天井的回廊中,匠人们在研磨新墨,把这些新墨刷在古老的印版上,铺上新纸,碾压拍打,揭开后,那些古老的智慧就化成文字,清晰地落在纸上。把这些字纸晾干,装订一番后,便走出这座宝库,去往藏区的四面八方。

印经院的天顶上,阳光明亮,我向当地朋友提起那个名字:贡布郎加。不像在新龙地面,这个名字无人不知。在这里,人们眨眨眼,相互望望,为不熟悉这个名字而对我露出抱歉的笑容。

我说松达贡布,他们就更不知道了。

我们只是在阳光下相视微笑。

当地朋友指给我看对面山崖上一些隐秘的山洞,上千年来,那里都是一些出世僧人闭关隐修之地。

印经院下方,河流正在两山间奔流不息,西流几十里地,注入金沙江,然后再浩浩荡荡,往东南方向,奔流入海。

也是民间传说,勒乌玛接到松达贡布信后,还是要坚持焚毁印经院。并说,撤离之时,他要望见德格印经院燃烧的火光。

但他派出去的人,并未敢对印经院举火,只是点燃了旁边几座民房,用那烟雾障眼,把勒乌玛蒙骗过去了。

离开更庆时,勒乌玛在马背上频频回望,果然望见了印经院方向燃起了冲天的烟雾,这才挥鞭东去。

还是传说,勒乌玛率兵向东翻越屏障德格的雀儿山时,玉隆头人率当地武装处处拦截,使他的兵马受到巨大伤亡。

"撤退的路上因为没有马,全部徒步而行。用枪和剑当作拐杖,像乞丐一样狼狈不堪。藏历木牛年一月他们才回到瞻对"。

勒乌玛撤走后,普雄占堆也相继撤离。

藏军随即兵不血刃,占领德格。

所向披靡的"神兵"

贡布郎加失去了德格地面的消息传开后,其占领的霍尔五土司地面立即骚动起来。

藏文文书《瞻对·娘绒史》记载说:

"前线打了败仗,后方很快就混乱起来。"

"原来被贡布郎加关押在霍尔五土司地面的人纷纷组织越狱逃跑。其中,被关押在甘孜绒坝岔地方的人犯,在越狱逃跑时,被头人扎西邓珠发觉,以致全部被杀,或被投河处死,引起人犯和群众的愤恨,相继起来反抗。头人扎西邓珠被愤怒的群众肢解泄愤。"

"由于以前头人扎西邓珠多次欺压大金寺和四周村寨,大金寺喇嘛抓了扎西邓珠父子,被愤怒的人们肢解后当作枪靶泄愤。在这里的所有瞻对守卫和从瞻对搬来的住户都被撵了回去。"

关押在瞻对地面的人也在组织逃跑。

"从前,自炉霍章谷土司管辖地向德格方向去的一百五十个土兵,被贡布郎加抢了武器后当作人质关押在尼古寺。几个月后一半的人质准备逃跑,因走漏消息,四人被杀,其余逃跑者,被跟踪追赶有三十余人被抓回,砍了脚,四人被杀后将头挂在桥上,没有出逃的都放回各自的家乡。"

勒乌玛和普雄占堆回到瞻对后,藏军在北线向今天的甘孜县地面,即霍尔五土司地方发起进攻。而瞻对南面的里塘,同时受到另一路藏军的攻击。面对这样的严峻形势,贡布郎加召集几个倚为股肱的大将商议对策。其中两个,即勒乌玛和普雄占堆我们已相当熟悉。另外两位,一个是镇守里塘的头人尤布泽丁,一个是做了贡布郎加手下大头人的泽仁喇嘛。

面对藏军凌厉的攻势,是战是和,贡布郎加手下四位干将分为两派。勒乌玛和镇守里塘的尤布泽丁主战,普雄占堆和泽仁喇嘛主和。

"贡布郎加在娘绒雪塘召集普雄占堆、勒乌玛等大将商议对策。

"普雄占堆建议说:'您可以暂时放弃炉霍章谷等五土司的地盘,最好想一个保住瞻对的万全之策,分散兵力对我们不利,会使我们一事无成。'

"勒乌玛听完哈哈大笑着说:'只要阿贡(贡布郎加)给我多补充点兵员,藏军根本不算什么,我会将他们击败。'并狂妄地说,'如果不能把达科以下土地收复的话,阿贡你所有杀人的罪过由我来承受。'

"贡布郎加十分赞赏勒乌玛的勇气,说:'你是一位无惧的勇士,你所说的很有道理。'当场奖给他布匹和兽皮,补充了兵员后将他派往甘孜。同时,贡布郎加对普雄占堆说:'你这木匠、孬种、胆小鬼,灵魂是否被吓走了?'说完还吐了普雄占堆一脸口水,给了一条茶后赶到了麦科。"

从种种传说看,贡布郎加十分信任的勒乌玛是个有勇无谋之人。他在德格已经败于藏军,却依然轻敌狂妄,说:"金包虫胆小怕死,德格兵是吃圆根的蛆,霍尔五土司的兵吃的是豌豆糌粑,打仗都是不行的。和这些人打仗,心里不要有一点畏惧。"

圆根,是川属土司地面普遍种植的一种蔬菜,根、茎、叶都可食用。糌粑,是藏族人的主粮之一,其实就是一种炒面,上等原料是青稞,豌豆是很次的东西。这样说,是出于藏语修辞习惯。以讥讽敌人吃得很差,来暗喻其人也低劣不堪。金包虫则是一种依靠分解牛粪为生的甲虫,喻指穿黄色制服的藏军。

于是,普雄占堆被夺去头人职务,发配到麦科地方。贡布郎加此举大为失当,既然已不信任普雄占堆,便不该夺其职务后,又让他去到麦科地方。这个地方,与霍尔五土司之一的炉霍章谷土司交界,是瞻对东北边境的一片高地,战略位置相当重要。

贡布郎加厚赏勒乌玛,并为他补充兵力,要他率兵北上甘孜,镇守霍尔五土司地面,并伺机收复德格。

同样主战的尤布泽丁则重返里塘前线。

可惜,这边勒乌玛的瞻对兵马还未出动,藏军已经进驻甘孜。

当地史料记载:"当地群众像迎接菩萨一样,熏烟迎接藏军。勒乌玛曾多次试图向藏军反击,都没有成功。"

看看南边的里塘:

"藏军占据德格后,分兵向里塘攻击。贡布郎加命令派驻里塘的头人尤布泽丁进行抵抗。激战下来,藏军大败,瞻对部队取得胜利。他们将俘虏的藏军,全部投入勒曲(里塘河)。但是贡布郎加认为:里塘地域开阔,难以固守,为集中兵力,保卫瞻对,他命令撤退。因此,藏军又占据了里塘。"

梗阻经年的川藏大道又打通了。

同治四年，即公元1865年十月间，皇帝得到奏报："里塘夷案办理完竣，所辖台站均已安设，并饬藏兵暂缓折回。"在川省境内盘桓经年的驻藏大臣景纹才得以上路前往西藏任所。

里塘善后举措是：

"招回各土司所管百姓复业"；

"饬令里塘正土司与堪布格桑喇嘛等，公举头人另充副土司……并将勾结瞻酋之副土司拉旺策里发往前藏充当苦差。"

对于深入川属土司地面的藏军，同治皇帝此前严令撤回西藏，但眼见并不能令行禁止，也只好听之任之了。下旨说，"藏兵如由该将军饬令会同众土司剿灭瞻对，则藏兵借口向内地索饷自是意中之事，诚不可不预为之防……""与各土司现已逼近瞻酋老巢，若即行撤离，瞻酋恐又鸱张"。真是纠结不堪啊！所以，还命令川督骆秉章，派员"驰赴瞻对境内体察情形，妥为驾驭，毋令别滋事端"。

瞻对战事虽然发生在川属土司地面，但四川方面却消极避战，进攻瞻对，从始至终，差不多都是藏军独立进行，事情到了如此境地，哪还有四川方面派员插手的余地？但皇帝高高在上，并不知道前线的真实情形。而在中央集权的政体之下，下级对上级，地方对中央，报喜不报忧，几乎是各级官员一种本能，盛世时尚且谎话连篇，更何况中央政权日益衰微之时，地方大员捏报事实，更是肆无忌惮。皇帝也许不知道地方上的具体情形，但必也深知奏报中所言一定"捏饰甚多"，但国势如此，只好睁一只眼闭一只眼，权当不知，下些这种不着四六的旨意，自也不足为怪了。

这些奏报中,只有一件事情是真的,贡布郎加多年征战占据的南北两路各土司地面几乎被藏军攻占殆尽,此时贡布郎加能控制的只剩下瞻对本境和最早攻占的章谷土司地面。

风声鹤唳之中,一夕数惊。

一个地方枭雄走向败亡时,故事也就又回到老套路上。少数人忠心耿耿,却无力再挽狂澜,更多人本是趋炎附势,危机来临时便注定众叛亲离。

在故事的结尾处,对两位主战的大将勒乌玛和尤布泽丁,各种版本的书面与口传史料都未叙及他们在接下来的战事中有何积极举动。最后,主战最力的勒乌玛也投向了藏军。他幻想着保住性命之外,或许还能得个一官半职,但他在瞻对境内外多行不义,民怨汹汹,投降后被藏军砍头示众。

故事中说,"忠于贡布郎加,并同藏军像从前一样抗争的只有几个人"。

更多的却是通敌与背叛。

第一位便是因主和被贡布郎加罢夺兵权的普雄占堆。

甘孜被藏军占领后,普雄占堆便从麦科潜往章谷,与藏军联络,希望藏军东向攻取章谷地面。这事被贡布郎加知悉,派一名叫次登罗布的前去命令普雄占堆将可能通敌的人清查后集中关押,然后带领妻子回瞻对接受新的任命。普雄占堆一眼就看穿了贡布郎加这拙劣的计策,一面与次登罗布虚与周旋,表示依然忠于贡布郎加,愿意服从命令,并派其儿子随同次登罗布先回瞻对;一面派人在半路设伏将次登罗布杀死,救出其子,随后便率一干人众投向了藏军。

"独有将领阿曲罗科坚守章谷一带,后来全军覆灭"。

于是，贡布郎加占据的最后一个土司地面也被藏军攻占。

藏军随即从麦科地方进兵，居高临下威胁瞻对。

"瞻对人心动荡，大盖头人格然滚投靠藏军，喇嘛仁真假装得了腿肿症，并到处宣扬，说自己是个不知明天死还是后天死的人了"。

贡布郎加气焰正炽时，不只是大大小小的地方豪强前来投靠，就是各个寺院也慑于声威归附于他，此时，也纷纷弃他而去。其间有一个寺院的遭遇值得一说。

某天，那位装病的喇嘛仁真和另一个同伙带上钱财逃跑了，半道遇到一个头人家女佣，问他们去哪？两个人说，事到如今，也没什么可隐瞒的，我俩去投降藏军。女佣多嘴，向人说了此事，又有人把此事传到贡布郎加耳朵里。听到此消息，贡布郎加十分气愤，说："这些人，有好吃的给他们吃，有好用的给他们用，当我最需要他们为我出力的时候，他们却投降了敌人，这些无情的寺庙和喇嘛，我要坚决清除。"

他马上派兵追捕，却已经晚了，喇嘛仁真早已逃得无影无踪，寺僧们也四处逃散，追兵们就把他所住的降空寺抢了个一干二净，还杀了寺中一个小僧人。

喇嘛仁真逃出生天，半道上遇着藏军，便献上钱财，返身引导他们潜往瞻对。藏军接近降空寺，不想却在这里受到瞻对伏兵袭击，伤亡很大，藏军怀疑喇嘛仁真投降是假，一把火烧了降空寺，还将喇嘛仁真捆打监禁，后来查证他的确是真投降，方才将其释放。

就这样，当藏兵分三路攻入瞻对腹心地带，合围而来时，贡布郎加身边只剩下他的几个儿子，一位是松达贡布，一位是其米贡布,还有一位叫邓登贡布。

贡布郎加的另一个儿子东登贡布,是他手下的得力大将,当初南下攻击里塘土司的战斗就由他亲自指挥。但到后来,他觉得父亲在统治新征服的地方时过于严苛,贡布郎加又不听进言,便带领属下单独居住在另一官寨。当地史料说,当藏兵四围而来,他眼见得父亲众叛亲离,势力迅速土崩瓦解时,禁不住对他人叹息:"那是我父亲做事太过分了,以致众叛亲离,连百姓都站到了敌人一边。"所以,当他的官寨陷入藏军包围,东登贡布感到继续死战已失去了意义,便派一位喇嘛前去藏军营中谈判。这位喇嘛对他说:"看来,眼下的确只剩下这一条路了,但谈判结果如果对你不利怎么办?"他回答说,"不必考虑我个人的安危,只要妻子儿女和百姓能得到安全,什么条件我都可以接受。"

对东登贡布的事迹,《清史录》也有记载:"藏兵攻剿瞻逆,叠次获胜,生擒瞻逆长子东登贡布父子,次子僧人四郎生格等。东登贡布等自愿寄信与贡布郎加,(敦促)带领番众投降,先将萨迦喇嘛、德格土妇母子等放回。贡布郎加得信后,将德格长子长女等放回,将萨迦喇嘛、德格土妇等仍留在寨,亦未率众投诚,是其怙恶不悛,即准投诚,难保不意存反复,著即饬令史致康督催藏兵,即速进攻。"

史载,投降后的东登贡布还献出全部家财,被藏军充为军费。

这时的景纹,已经从新近开通的川藏大道,过里塘、巴塘,到了西藏境内的察木多,并在那里暂驻,一面慰问藏军,一面督促他们继续进攻。《清代藏事辑要》中载:"业经景纹犒赏茶包等件,并筹款添补军火,俾番兵等踊跃进攻,迅图剿灭。"

一代枭雄的最后时刻

藏、汉文史料，对贡布郎加最后时刻的表现有更详细的记载。说他面对重围而来的藏军，常常仰天长叹，为了此时的众叛亲离。松达贡布对父亲说："现在后悔已经晚了。我们曾一再劝你不能过分信任勒乌玛，可你却把他当成唯一的知心人。有人说真诚的话，你感到刺耳；花言巧语吹捧你的人，你却十分偏爱。我们占领了很多地方，但没有得到人心。我们把那么多活佛头人抓到瞻对来充作人质，结果压而不服。"这样的话，贡布郎加现在可以入耳了，儿子们也敢讲了，但讲了也没有什么用处了。

贡布郎加叹道："事到如今只好跟藏军谈判了！"

关于谈判条件，贡布郎加依然不明大势，心存幻想，他说："我们是住在自己家乡，必须要保住我家管辖百姓八万户的地位和权力，这是凭我们自己的力量得来的，他们没有理由从我们手中夺走。"

其实，瞻对地面那时至多就五六千户人口，所谓八万户云云，都是从暂时占据了别的土司地盘时得来的人口，这时不要说这八万户，连瞻对境内的几千户，他也已经失去控制了。

贡布郎加的官寨地处雅砻江东边陡峭的江岸之上，地势险要，楼高七层，墙厚近丈，粮食储备甚为充足，还有水道暗通寨内。藏兵虽然重兵围困，轮番进攻，一时间却很难得手。

在此情形下，藏军前线带兵官赤满也愿意谈判，但他其实是要设计生擒贡布郎加。

松达贡布愿替父亲前往，但贡布郎加坚持要自己亲自出马。

藏军带兵官赤满在双方约定的谈判地点，搭起帐篷，并选了三十名武士埋伏下来，自己高坐帐中，等候贡布郎加到来。

在民间故事中，瞻对的布鲁曼，也就是一只眼的贡布郎加此时依然充满了英雄气。

当地史料一说他生于公元1799年，一说他生于公元1800年。有此两说，想来应是藏历与公历换算上产生的歧义。也就是说，这一年贡布郎加已在六十五岁以上，却依然雄风不减。

那一天，他只带一个随从，辞别家人，飞身上马而去。

这时的贡布郎加，又显得有勇有谋了，快到谈判的帐篷跟前时，贡布郎加从容下马，并悄悄吩咐随从："我下马后，你要把马掉头牵好，等我出来。"

说毕，便只身进了帐篷，还未坐定，见帐篷周围有人影晃动，知道对方设了埋伏，便出其不意，一手将藏官赤满脖子捏住，一手拔出腰刀喝道："今天你敢动我一根毫毛，就没有你的活命！"

赤满慌忙说："我赌咒，不会杀你。"

贡布郎加并不松手："说你的条件？"

"你要释放德格土司母子。"

"可以！"

"你扣押的萨迦活佛等也要一起释放!"

"好!"贡布郎加问,"你不是想抓我吗?"

说完,贡布郎加撒开手,飞步冲出帐篷,等到埋伏的三十名武士回过神来,贡布郎加已经上了马,口中发出尖啸飞马而去了。

贡布郎加回到寨中,遵照诺言,将德格土司母子和其他押在寨中人质共二百余人,予以释放。

藏军却并未撤除包围,贡布郎加告诉两个儿子:"我们和藏军的谈判还没有结果。虽然赤满已赌过咒了,人不吃咒,正如狗不吃铁。现在,我们和藏军伤亡都很大。也许还可以再去谈判。"

儿子松达贡布虽然知道如此情形下,谈判不会有什么用处,但还是愿意代父亲前往。

临行时,他和全家人告别:"我此去肯定回不来了。现在的局势很不好,我做梦也预示不祥。但我并不后悔,请放心,我不会给我们家丢脸。"

贡布郎加的女婿,霍尔五土司之一的朱倭土司洛色愿与松达贡布同行,并说:"我们要走一同走,死一起死,回一起回!"

赤满前番谈判没有能生擒贡布郎加,十分气恼。他责备那三十名武士没有尽到职责,致使藏军蒙受耻辱,将那三十名武士用皮鞭抽打后,另换了三十名武士,布置在帐篷四周,定要在谈判时,将贡布郎加生擒。

当地民间传说,这位赤满命人在地面上铺满新剥下的十分滑溜的杉树皮,这样,前来谈判的人站都站不稳,更不要说持械反抗了。

但赤满等来的不是贡布郎加,而是他的儿子松达贡布和女婿洛色两人。

谈判并不艰难,因为赤满同意了松达贡布提出的一切条件。但当松达贡布起身告辞时,埋伏的藏军一拥而上,先将洛色制伏。松达贡布拔刀拼杀,当场砍死几个藏兵,想趁势冲出帐篷时,却在滑溜的杉树皮上滑倒了。他见帐篷门被严严实实地堵住,便想从帐篷侧面逃走,不料刚一伸头即被藏军将他的发辫揪住,当下便被五花大绑。

赤满押了松达贡布去官寨诱劝其父投降。

这时,贡布郎加已将全家撤到官寨中心,将其余的附属建筑一把火点燃。

故事中说,当松达贡布到了官寨前,看到浓烟时,哈哈大笑说:"财物不与敌人,饮食不给魔鬼,这就遂了我的心了!"

到了寨前,他连喊三声"阿爸"。

贡布郎加从窗口探出头来。

松达贡布对父亲喊道:"我落到这种地步,您已经看见了!接下来怎么办,由您自己拿主意吧!"说罢,回头对洛色说,"我们现在该念六字真言了!"

两人便高声齐诵"唵、嘛、呢、叭、咪、吽"。

赤满见状,下令将两人刀劈于官寨跟前。

贡布郎加一家见二人惨死,痛恨万分。

"当晚,官寨顶上太阳落下之后,他们在楼下埋置火种,到了半夜整个官寨楼房开始燃烧,连同一切财宝被大火吞噬。大火过后在废墟之中发现贡布郎加儿子其米贡布和妻子等人的遗骸。贡布郎加和儿子邓登贡布等人,活不见人、死不见尸,不知去向。正如空中飘浮的云朵，消失的彩虹一样。"

另一则当地史料说：

"当晚整个官寨燃起大火，外面只听见贡布郎加的儿子其米贡布大吼一声，打了一枪，就没有动静了。第二天，大火熄灭，官寨已经烧毁。藏军在废墟上只发现其米贡布和他妻儿的遗骸。据说当大火燃烧起来后，贡布郎加和邓登贡布便带着妻儿和随从逃出了官寨。后来贡布郎加在雪山背后气愤而死，邓登贡布则经玉树潜逃往蒙古去了。这些都是传说，没有得到证实。"

这则史料又说："最近听说，青海有贡布郎加的后裔，尚待查证。"

《景纹驻藏奏稿》中所载略有不同："迨我兵进攻之时，该酋父子三人子嗣，家丁三十余名，人财房屋，全行烧灭，只有其米贡布及伊女三人从窗内飞绳下地，亦已擒获。"

至此，瞻对几百年来强悍民风所养育成的一代枭雄贡布郎加和他称雄一时的霸业，与他的官寨一起灰飞烟灭。

英雄故事余韵悠长

在大清朝内外多事，风雨飘摇之时，贡布郎加于公元1849年起事，逐步控制瞻对全境，又相继外侵相邻各土司地面，其间琦善组织汉、土兵进剿又无功而返，更助长了他的野心。官军退去后，更是放开手脚，大肆进攻，先后侵占和攻打掳掠霍尔五土司、德格、里塘、崇喜、明正等十三家土司，以及当时青海西宁及西藏所属的数十个游牧部落，其势力"迤东至打箭炉地界，南至西藏察木多，北至理番厅，西至西宁所属二十五族，横亘万余里，无不遭其荼毒。同治元年，又复围攻里塘，扰害川藏大道，阻塞茶路，各土司及康巴西藏一带，动荡不宁"。

最后，野心勃发，宣称要做"汉、藏、蒙古人的王"，终至覆亡。

其失败的原因，除了中央政府和西藏政府的合力进攻，重要的还是民心向背。我所以对有清一代瞻对的地方史产生兴趣，是因为察觉到这部地方史正是整个川属藏族地区，几百上千年历史的一个缩影，一个典型样本。

川属各土司地盘不大，人口稀少，平时没有常备兵力。

没有战事时,人们都在家农牧,或为土司头人无条件驱使,应付各种差役。一有战端,凡十八岁到六十岁的男子都在应征之列。以村寨为单位编伍,各村寨头人充任领兵官。遇到激烈战事,又从一般兵丁中挑选年轻力壮、勇猛强悍者编为先锋队,在战斗中冲锋陷阵。先锋队兵丁被称为"打生",意为可以吃老虎的兵。获得这一称号的人,有战功后被提拔为军官和头人。除当喇嘛出家,这是土司社会中下层百姓进入权贵阶级的仅有通道。

土司武装的训练并无一定之规,瞻对的土兵训练项目有摔跤、赛跑、赛马、打靶、拔河、爬树、拼刺、射箭、刀劈草人等。

作战所用的武器,每户人家都要自备。在贡布郎加时代,瞻对地面家有男丁者,富裕户自备火枪一支,好马一匹,长刀一把,火药一百瓶,铅弹一百个;一般户自备长刀一把,长矛一支,马一匹。贫困户自备斧头一把,俄多——用牛毛绳编成的投石器一具。此外,几户人家要共造云梯一架,作为攻克寨楼之器。出征时,还要每人自备一月口粮。

军纪也简单,主要是以下四条:不准投降,特别是"打生",如有投降行为,除本人处死,没收其乘马、枪弹,家属也要受到处罚;不许失马掉枪;不许私藏缴获和抢劫所得财物;不许遗弃阵亡尸体及轻重伤员。

不许私藏缴获和抢劫所得一条,在瞻对武装中,从未执行。甚至,贡布郎加为了提高土兵作战的积极性,明确宣布抢劫所得都可以为个人所有,不必上缴。以致造成瞻对兵马出征,便四出掳掠,以致其新征服的地面百姓不安于室,四出逃亡。

更重要的是,每当新征服了地方,统治方式也只是老方法的简单复制,征服此地立下战功者即为当地头人,依然向百姓收税纳贡,派支差役。其势正盛时,能维持表面的安定,但一有风吹草动,当地百姓与头人便起而反抗。

受把一部中国史改造为农民起义史的学风影响,一段时间里,一些学人也将贡布郎加指认为藏族农民起义的领袖,追踪这段史实时,我感到这也过于一厢情愿了。

在贡布郎加被烧毁的旧址,有这样的传说,官寨被烧毁前,已经积累了大量财物,光是其中储藏的酥油数量就超过一般人的想象。人们传说,官寨被烧毁后,那些融化的酥油从山坡上漫流下去,经过上百米的河岸,一直流入雅砻江水之中。

与这种用今天的意识形态解读历史大异其趣的是,当地民间,今天更盛行的却是以宗教的宿命论来解释贡布郎加的败亡。藏文文书《瞻对·娘绒史》在结尾如此感叹:

"贡布郎加及他所拥有的名誉、地位、权力和财宝等等,得而复失,仅几个月就应验了因果报应和世事无常。"

世事无常是讲人的宿命。

因果报应指他失败最大的原因,是不敬佛法。

新龙人说贡布郎加一生只信奉一个叫作白玛邓登的隐修密法的僧人。我去了高僧白玛邓登当年的隐修地,新龙县城西南方雄龙西乡境内的扎嘎神山。这座神山的峰顶,是寸草不生的赤裸裸的陡峭悬崖。崖下洞窟向来被视为修炼密法的圣地。这座高峻陡峭山峰的悬崖上,有两处遗迹,在当地传说中,和贡布郎加与白玛邓登有关。

人们说,这里就是白玛邓登尊者让狂妄的贡布郎加对自己生出敬信之心的地方。

贡布郎加在这里遇到正在山洞中隐修的白玛邓登,他说,都说你有许多神通,但我不相信,因为我遇到那么多僧人喇嘛声称自己有种种神通,我要他们显示给我看,他们都不敢。

白玛邓登镇定自若,问他要看什么样的神通。

贡布郎加抬头看看直刺蓝天的悬崖,把登山时用为拐杖的木棍交到白玛邓登手上:真有本事,把这棍子给我插到崖顶之上吧。

白玛邓登接过木棍,腾身而上,越爬越高,看得抬头仰望的贡布郎加头晕目眩,呼唤白玛邓登赶紧下来。

这时白玛邓登刚刚攀到悬崖的半中央,隔峰顶还有一段距离。听到呼喊,便把那木棍插入石缝之中,化身为一只猛虎,从半空中一跃而下。今天,这山峰下的岩石上,还有几个形如虎掌的印迹,传说就是白玛邓登化为老虎跃下石壁时留在岩石上的。山崖上的石缝中也真斜插着一根木棍,人们相信那就是贡布郎加的拐杖。

在那面悬崖下,我用相机的长焦镜头仔细搜寻,果然看见那根传说中的木棍,上面还系着彩色的经幡。

传说白玛邓登又从老虎化身为人,使得贡布郎加当即便拜伏在地。白玛邓登对他说,看来你最终难成大事。贡布郎加询问缘故。白玛邓登告诉他,要是你不一惊一乍,让我把木棍子带上峰顶,你的事业就会成功。而现在这种情形,说明你的事业会中途败亡。

听到这个故事,我并不吃惊。这是在藏区常常遇到的情形。

不几天,我找到一本已译为汉语正式出版的《白玛邓登尊者传》。书中第十六章《调伏土司》,将此传说作为信史记载:

"大土司贡布郎加被部落头领和奴仆们簇拥着,来到雄龙西神山朝拜。这位腩胸叠肚的大土司站在一块石板上,向四处张望着。忽然,他骄横傲慢的目光发现了凝神静坐的尊者。贡布郎加捋着胡须向身边的人问道:'听说在这座神山上,有一位懂得法术的瑜伽行者,是不是坐在远处那个人?'

"有个小头目俯身凑了过来:'土司老爷,他正是远近闻名的大修行者白玛邓登尊者。'

"贡布郎加听罢,带着众人向尊者修行的地方走去。

"这时,尊者已经发现来到自己面前的人群。贡布郎加抬起头,喘着粗气对尊者说:'人家都说你是个出了名的大修行者,而且还懂得法术。我倒觉得别人替你吹牛吹得太过火了。今天我想亲眼见识一下,什么叫作神通变化。如果你不能让事实证明那些草包们所说的谎言,那你就是徒有虚名的成就者,而且我们以后再也不相信修行者会有什么成就和神通。'"

书中说:"为了让傲慢骄横的土司放弃邪见,也让他们明白万物是法性中显现的幻象,尊者在镜子般光滑的峭壁上,如履平地走了二十五臂丈(长度单位,相当于四十三米)远。

"贡布郎加和周围的人被眼前发生的奇迹惊得目瞪口呆,一个个像木雕一样站着发愣。这时,贡布郎加仰面对尊者喊道:'太吓人了,求您快点下来吧!'尊者将一条白色的哈达和一尊铜质佛像放在岩石上,走回原处。他对贡布郎加说:'土司啊,由于你刚才叫我下来的缘起,将来在你事业达到顶峰的时候,会遭遇突然的失败。'

"由于贡布郎加对尊者产生邪念并说了一些恶语,霎时间,空中堆起了厚厚的乌云,贡布郎加面前的平地上顿时响起了震耳

康定（打箭炉），1930。
摄影：阿诺德·海姆

理塘，1930。
摄影：阿诺德·海姆

八角碉楼，1930。
摄影：阿诺德·海姆

碉楼下的康巴汉子,1930。
摄影:阿诺德·海姆

中瞻对俯瞰,1930。
摄影:阿诺德·海姆

瞻对土司官寨,1930。
摄影:阿诺德·海姆

跨雅砻江木桥桥面,桥垛两面有射击孔。
摄影:阿诺德·海姆

碉楼环抱下的瞻对土司官寨,1930。
摄影:阿诺德·海姆

雅砻江边台地为昔时贡布郎加官寨所在处，两边山上至今可见守护的碉房。

贡布郎加官寨残墙

贡布郎加碉楼残墙

碉楼遗迹，据称当年贡布郎加专用于守护饮水。

碉房遗迹，据称当年贡布郎加用它防止乌鸦从天空飞过。

瞻对烽火台遗迹

欲聋的霹雳声。从呆滞中惊醒的贡布郎加惊慌失措地匍匐在尊者脚下：'大慈大悲的圣者，在我离开神山以前，您可千万不能让雷声继续下去啊！我从小到大最害怕的莫过于该死的雷声啊！'

"尊者对情、器世间已达到了随心所欲控制的境界。他将半空中盘云绕雾、飞腾闪烁的小龙伸手抱在怀里。贡布郎加等人眼睁睁地看到尊者怀中的小龙，银色的鳞片亮光闪闪，明珠般的双眼令人胆寒……贡布郎加结结巴巴地仰面对尊者说：'尊者，您是我这一辈子应当五体投地的圣人，名副其实的大成就者。'"

说明一下，土司是由朝廷册封的，贡布郎加起事的时候不是土司。我们该记得，琦善后来要封他，但他没有接受。

是的，在藏区，现实的世界之外还有一个神异的世界。

无论在今天的新龙，还是在藏区的其他地方，一个人常会感到自己生活在两个世界。

一个世界是那些县城、乡镇，人们说着与北京一样的话语，贯彻着自上而下的种种指令。人们住上了楼房，看着电视，谈论着种种世俗的话题，焦虑着种种世俗的焦虑。那些天，我所住的新龙县城布鲁曼酒店，县里各级各部门干部，正忙于应对上级派来的检查组、项目验收组。其中一个验收组要验收的是这些年藏区各级政府花了大气力正在实施的"牧民定居计划"。我遇到的县里领导很高兴，说验收组为新龙县的这一项目打了九十多的高分。

在新龙，人们还在兴奋地传说，从新龙通往甘孜和理塘的公路改造工程，即将开工，届时，公路等级将再次提高，从新龙往甘孜、理塘、康定和成都，所用时间将再次缩短。

在贡布郎加的官寨遗址旁，是一座新修的小学校，校舍宽敞整洁，一面国旗在蓝天下飘扬。学校旁边是新修的乡政府，一楼一底的建筑办公加住宿，比起旁边的小学来，稍显局促。但乡里干部们都很满意，说学校应该好过政府。

新龙地面，传统的碉楼式建筑，往往是黄泥筑成平顶。这些年，普遍加盖了斜坡形的屋顶。这些屋顶颜色各异，却都非常鲜艳夺目。听当地朋友说，有领导把这叫作屋顶革命。

如果革命是指种种新的变化，那我更期待人心内部的革命。

新龙的另一个世界是广阔的乡野，人们的精神世界似乎依然停留在古老的时代。到处都有寺院，好多寺院都在大兴土木，人们仍然在传说种种神奇之极的故事。关于高僧的法力，关于因果报应，关于人的宿命。

我去往新龙，人还在半道，还未进入新龙县境，就听人们说扎嘎神山又出了神迹。

传说扎嘎山神属龙，今年是龙年，所以，今年去绕行扎嘎神山比平常转山有十二倍的功德。更神奇的是，人们都传说神山的悬崖上出现了两头雪狮。青藏高原上没有狮子这种动物，藏人崇奉的这种动物其实源于印度的佛教经典。但这种本土没有的动物，却在海拔四千米的悬崖上神秘出现了，而且，传言者都不怀疑，都言之凿凿。我在那赤裸的岩石山峰下待了两三个小时，反复观察，却什么也没有看见。但人们仍然说，雪狮就是出现了，就在那悬崖之上。

关于雪山狮子这样的杜撰或宗教狂想，在西藏被斥为"疯僧"而身陷囹圄的更敦群培大师早有辩驳。他在《论喜马拉雅山》一文中说，"所谓雪域并非仅指雪山"，"再看看印度以雪域为题材的诗歌，很多都是描写雪域境内的森林、鲜花盛开的草原和牦牛的。所以说，被雪域的名称所迷惑，认为雪域山区一切均生存于冰雪之中的观点，与认为萨迦的一切均生存于灰色泥土当中的观点别无二致","所谓'雪山狮子'的名称的由来亦与此同一道理"。"通常，幼稚者因喜听奇闻，对任何缺少虚构夸饰的直陈表现冷漠。听到雪狮这一名称，本应如上所述，知晓雪狮与雪域大象一样生存于雪域林莽当中，但却被说成'鬃毛碧云绿、全身雪白的狮子栖息在洁白晶莹的雪山之上'。正如榜岗大译师所指出的那样，这一说法纯属藏人所臆造"。我想补充两点：一、这个臆造肯定不是出于全体藏人，臆造而传播者，是那些食印度经典不化的喇嘛；二、大师所说"雪域林莽"也不在西藏本土内部，而是指喜马拉雅山脉南坡那些倾斜向印度的热带亚热带森林。可惜，这样道出真相的拳拳之言，还未被今天的人所记取，尤其没有被受过比大师更现代化教育的族人所记取。

我以为，观察宗教的存在方式与影响力，就可以知道这个社会正不正常。

藏区社会不正常，寺院太多，僧人太多，宗教影响力太过强大。

内地社会也不正常，寺院都开发成旅游景点，俗人去庙里上香祈求，都只为满足现实中一些过于实在的愿望。官员和商人面对僧人神佛，内心的企求更是不可告人。

关于宗教生活的最新现实，是那些心中不安的官员商人不去庙里，而有僧人们上门服务。如今好多藏区僧人远走官员富商密集的京城与东南沿海，广纳信徒，传说一个这样的信徒一次布施都是几十万上百万。我在新龙，去一个待开发的风景区，本是去看看风景，看看那里的良好生态，看到的却是寺庙正在大兴土木。不只是雄伟的大殿和护法神殿等主体建筑，还有若干僧舍，都修得如别墅一般。可惜在那么漂亮的地方，随意破土动工，漂亮的房子却把漂亮的风景给破坏了。中午，我们在草地上坐下来，吃携带的干粮，几张饼，一些熟牛肉，几个苹果。我奇怪那么多宗教建筑却看不见几个僧人，替我做向导的新龙本地人士说，他们都很忙，都在内地作法化缘，不然哪有这么多钱盖这么多漂亮的房子。饭后，那位当地朋友又笑说，先是有名的活佛高僧出去化缘，现在，什么学问没有的人穿上袈裟就敢出去云游，而且，都赚了大钱回来。他还对我说，你走的地方多，见的汉族人也多，他们笑我们信教是愚昧，可是他们连真假喇嘛都分不清楚，就给那么多钱，不是比我们这些人还愚昧吗？

我回答不上来这样的问题。或者，不用我回答，人家心里也自有答案。

所以，我还是回来，继续讲述我所知悉的瞻对故事。

瞻对善后不善

贡布郎加被剿灭了。

他儿子东登贡布投降藏军后，便被押往西藏。"达赖喇嘛及藏属僧俗人等"通过景纹上奏皇帝，说东登贡布在藏兵进攻时，多次劝说其父退出所侵占的各土司土地人口，"并献家资，充作兵饷，不无一线可原"，"著从宽贷其一死，由景纹发交一千里外，严饬营官照例圈禁，以示朝廷法外之仁"。

但瞻对的事情并未就此完结，同治皇帝此前曾担心过的事情发生了。

藏兵占据瞻对后不愿退兵，理由是索要兵饷。"出师瞻对，给发兵丁钱粮军火，并抚恤阵亡番官头目家属各款，共用银三十余万两，均由商上垫办，现经达赖喇嘛认捐十五万两，所余亏项尚多……"

认真说来，这要求也真很奇怪。

清朝几次用兵西藏，调派官兵和川属土司土兵前去西藏帮助驱逐准噶尔人和廓尔喀人入侵，一样有兵丁钱粮军火的开销，一样要抚恤阵中伤亡，没见有记载说，曾向噶厦政府收取兵饷，怎么他出兵助战一次，就要开价索要军费，而且显得理直气壮。想必这就是僧人心理，我这里是一方福田，你是施主，不帮忙你要拿钱给我用，帮了忙自然更要拿钱。

皇帝当惯了施主，见此要求也不为怪，中央财政不想拿钱，下旨由四川省来负担这些涉藏费用："著崇实、骆秉章即由川省筹拨银数万两，解赴景纹处交纳。"

成都将军崇实、四川总督骆秉章不干，回奏皇帝说，不该我出钱："藏兵进剿瞻对，本非川省调派"，何况战后，还发给茶叶总共一万包，作为对藏军的慰劳与奖赏。现在，我们四川实在是拿不出那么多银子了。

这时国内变乱四起，"现陕、甘逆氛未靖；滇、黔贼势正炽"，一个四川省，东南北三面就没有一个安静的地方。中央指令四川派兵援助贵州平乱，自备弹药口粮，加上刚刚结束的瞻对战事，虽不如藏军深入瞻对，但屯汉土官兵上万人在东、南两路，粮饷花费也是不小，以致四川一省，"库项支绌，积欠各路军饷台费等项，数已百万有奇，尚不知如何支持"，所以说啊，皇上您还叫我们付那么多银子给藏军，实在是手长袖子短，没有法子可想了。

皇上还是坚持："仍著量为筹拨。"这已不像是皇命，而像是讨价还价，"多少还是出一点吧"。

于是，成都将军和四川总督就给皇帝出主意了："请旨将瞻对地方赏给达赖喇嘛掌管。"这样一来，一方面是"藏兵不为徒劳"，没有白干；一方面四川省也不必为筹措银子费心了。

不仅付藏军兵费没有银子，就是把贡布郎加儿子东登贡布一行人犯押往西藏地面的差旅费用也付不出来了，这有驻藏大臣景纹的奏折为证。他报告皇帝说，理藩院的一名官员叫恩承的从里塘起程，把东登贡布等人犯押到西藏。但路上这么多人吃喝拉撒的费用，"均系自行垫给，并未在各台支领"。怎么办呢？提拔一下吧，"可否将恩承赏加知府衔，以示奖励"。

清朝晚期，国家财政困难，干脆就出卖官衔。得了知府衔，只是得了个可以当知府的资格，真要当知府，还得排队等候。可惜官衔越卖越多，排队时间越来越长，好多人等到死，都是个虚衔。那时的川藏道上，辛苦奔走的低级官员中，许多人头上都顶着候补知县之类的头衔。

光景败落到如此田地，皇帝自也没有不准的道理。

这时景纹在西藏又查出藏军代本期美多吉和其下级工却丹巴两人在瞻对战后，"将逆产财帛牛马等物，全行侵吞入己"，事情败露后，又受到噶厦政府四位噶伦之一的彭措策旺多吉包庇。稍加调查，发现这位噶伦和期美多吉是兄弟关系。景纹上奏请求将其革职回籍，并把两位侵占战利品的藏军军官革职监禁。

皇帝"著照所请"，就按你说的办。

这景纹，后来连达赖喇嘛从布达拉宫山上下来，参加拉萨一年一度有四万五千僧人参加的传召法会，"开坛诵经，发放布施"这样的日常事务也上奏文，要皇帝知道"奴才妥为照料达赖喇嘛回山"，"地方照常安静"，完全是表功的意思了。

皇帝口气平淡，说："知道了。"

地方官们常常都是聪明绝顶的人物，但表达的冲动在他们心里永远是无从遏止的。其实景纹也没有揣摩一下，皇帝这时会不会想，川藏大道阻塞时你待在打箭炉裹足不前，真有问题时也没见你有什么奏报，现在，天下太平了，你却把这些日常事务频繁奏报。

这样的折子太多，皇帝是会不耐烦的呀！

景纹这位驻藏大臣，因为贡布郎加之乱，待在路上的时间比在拉萨任所的时间还长。转眼间，任期到了，新任驻藏大臣前往接任。景纹觉得剿平瞻对，自己没有功劳也有苦劳，却未得恩赏，便心生一计，又上了一个折子，这个折子是转述达赖喇嘛的意见。他告诉皇帝，达赖喇嘛他们说，瞻对战事结束后，有功的人，无论是藏官汉官，都得到了皇帝的奖赏，只有驻藏大臣没有得到优叙，现在，我们大家共同请皇帝给景纹应得的奖赏。

皇帝终于生气了，"览奏甚为诧异"。

并斥责："景纹身为驻藏大臣，办理藏务，本属分内之事，乃以俯顺番情为辞，自行乞恩，向来无此体制。"而且，皇帝说，你也可以做得高明一些啊！眼看新的驻藏大臣就要到任了，要是达赖喇嘛他们真认为你该升官得赏，那也该等到新的驻藏大臣到了由他上奏也不迟呀！混了这么多年官场，连官场起码的规矩都不明白吗？！如此"自行呈请，实属卑鄙无耻"！结果，兵部拿出处理意见，将景纹连降四级，还挨了"杖八十"的刑罚。

第六章

　　1889年秋天，撒拉雍珠和本地僧人巴宗喇嘛等领导的反抗藏官的暴动全面爆发。暴动前夕，撒拉雍珠集众宣誓："我欲为民除害，勿杀好人，勿掳财物，封其府库，以待汉官。有违者吃吾刀！"

新形势下的族与国

有清一代,川属土司①所辖藏区或安定或动荡,一直是主政四川的地方大员工作重心所在。乾隆朝前后,大清国力强盛,土司叛服不定,都是内乱,期间清廷出重兵镇压瞻对土司班滚,及大小金川土司等战事,在皇帝看来,主要还是关系"国家体面",除此之外,并没有什么特别的政治意味。但鸦片战争后,情势剧变之下,少数民族地区的动荡便渐渐带上了别样的色彩。

当时,不只海疆在洋人的坚船利炮下大门洞开,本不平静的内陆地区此时就更加动荡。无论西藏、新疆、蒙古,本来就是"化外之地",当地少数民族首领不时起而反抗朝廷,当此之时,更有英、俄、法等列强环伺,从南、从西、从北各个方面,要求通商,要求传教,要求游历,进而要求割地,影响甚至煽动边疆民族与中央王朝间渐生离心,造成乱局后又恃强插手干预清朝中央和少数民族间各种纠纷冲突,使得边疆地带的问题日益复

---

① 川属土司:清时,四川省总督辖地内所封少数民族土司都可称川属土司。今四川省甘孜、阿坝和凉山三州及川东南土家族、苗族地方当年均有土司分布。但在本书中,主要是指今甘孜州境内各土司。其形成与分布详见本书本章《川边藏区土司制的前世今生》一节。

杂化。

藏区的情形也是如此。

1875年，英国一支小部队从缅甸侵入云南，被当地民兵阻击，打死了军中一名英国驻京使馆的翻译马嘉理。这么一个小小事件，却导致中英间签订了又一个不平等的《烟台条约》，条约主要内容是开放云南和一些新的通商口岸。同时，《烟台条约》正文之外，还附有一个专门的涉藏条款。该条款规定，英国人为了探访印度和西藏间的道路，可以派员自北京出发，遍历甘肃、青海等地的藏族地方，也可由内地四川等处自由出入西藏。

丁宝桢到了四川总督任上刚刚两个月，经川藏大道去西藏"游历"的英国人就到了。《烟台条约》规定他们是探求印度到西藏的道路，那么，四川藏区便只是他们的途经之地，但各地汉、土官员纷纷来报，发现这些人沿途绘制地图，"遍访要隘"，不像是一般游客的简单路过。

这个时期，一向作为西藏屏障的哲孟雄（锡金）和不丹等与英属印度相邻的小国，已相继被英国人控制。英国人又进而试图越过西藏和哲孟雄的边界隆吐山修筑道路驿站。在此之前，西藏地方与哲孟雄及不丹等邻国间并不曾设立边防。西藏噶厦政府面对如此情形，于1886年在隆吐山建立关卡。这样一件事情，却引起英国驻北京公使的抗议，说藏军设卡之地是哲孟雄地界，意在阻止通商，要清廷制止西藏噶厦政府这一捍卫领土的举措。

清廷又一位新任的驻藏大臣文硕，人还在川藏大道上的里塘就接到命令，要他赶紧赴藏处理这一事件。上面的意思是要他答应英国人的要求："英国正议边界通商，而藏众反设卡禁绝通商之路，是显与定约背驰。"所以"飞咨"文硕，要他"传齐各番官，将此旨严切宣示，饬令迅将卡兵撤回，慎毋再有违延，自贻罪悔"。

文硕却不是个唯命是从之徒，到拉萨后召集汉藏官员弄清情况后上奏朝廷："查藏番并无越界戍守，隆吐山卡兵碍难撤回。"

"地为藏地，民为藏民，退无可退。"

他还把藏南地形绘图寄往京城，以证明噶厦政府是在自己领土上设置营垒关卡。

文硕在奏报中指出，如果朝廷强要藏军弃卡撤退，会使藏人觉得被清廷出卖，因而对中央政府生出背离之心。应该说，文硕这个分析是有预见性的，此后英国人步步进逼，噶厦政府动兵抵抗。但这时，却不是雍正乾隆年间，他们抵御外侮的战争再也不能得到清朝中央的支持，以至于一致仇外的西藏僧俗内部渐渐生出对英国人强力的倾慕之心，加上中央朝廷一路走弱。到20世纪初，一部分上层人士的亲英倾向最终演变为谋求"藏独"的思想与实践。

自然，此是后话。

对于此点，英国人也看得明白。后来于1904年率英军一路攻击打到拉萨的英国人荣赫鹏所著《印度与西藏》（中文译本名《英国侵略西藏史》）中就说："……条约已证明毫无效用，西藏人民从未承认之，而中国当局又完全无力强制藏人也。"

"中国当局自认为无力控御藏人。藏人既不听命，彼等亦未敢命令之。中国之统治西藏，仅拥虚名……盖中国当局尽可同意于任何建议，然不能代藏人负责承诺，如向藏方交涉，则或一切诿之中国当局，或称未奉拉萨训令，彼等不敢擅自承诺，只能转达一切云尔。"

你有空子,就被人看见。被人看见,而自己看不见,或者看见了却未能弥补,这空子就要被人大钻特钻了。

自然,这也是后话。

清廷重视藏区问题,但晚了一点

到了光绪年间,危机重重的大清国回光返照,那因循怠惰成为习惯的官僚系统中,出现了一些心忧国运,殚精竭虑,希图有所作为的地方大员。

新上任的四川总督丁宝桢便是其中一位。

丁宝桢就任四川总督后,充分注意到无论是噶厦政府直辖的西藏,还是川属土司地面,无论地理还是文化,都是一个联系紧密的整体。西藏面临危机,四川也不得安定,所以到任不久便上奏说,"川省与藏卫唇齿相依,不能稍分畛域"。因此,西藏和川藏问题,"实与海防相为表里","颇有更重于海疆者"。

有此认识,丁宝桢上任伊始便下手整顿川属各土司事务。那时川属各土司地界,战乱频繁,究其祸源,从来就是各土司势力此消彼长时,互相争夺地盘,并不是后来基于国家民族层面的清晰诉求而实施反抗。为消弭此种冲突,丁宝桢派员会同各土司勘定边界,立碑标记。光绪十年,丁宝桢有一折上奏,就是为勘定边界有功的官员请赏:"瞻对、里塘划界立案,请将出力道员丁士彬等奖励。"

多年来，我频繁出入当年的各土司地面，曾寻访过何处有无当年标出各土司边界的石碑或碑文，都不可得。不想，今年去新龙访瞻对旧事时路过甘孜县，即当年的霍尔五土司地面，县里领导请我吃四川火锅，并请了地方志办公室主任和文化局长作陪，饭间自然聊起土司时代旧事。文化局长说，前些年他们局新修宿舍，于院中挖出石碑一通，请成都大学的博士看过，说是土司间的界碑。我大为兴奋，马上提出要看此碑。

第二天早上，我便被引到县文化局。在一个单元门里，楼梯拐角下，那石碑横着靠在墙边。拂去尘土，上面碑文清晰可见。当即伏在地上读过，正是当年丁宝桢主政四川时，勘定各土司边界时所立界碑。

我问他们得到此碑的经过。说是20世纪50年代，县文化馆的人在新龙与甘孜交界处的山梁上发现，便移到山下，存放在文化馆。"文化大革命"时期，有人把石碑无字的一面刻上毛主席语录，立在院中，后来荒草蔓生，人事更迭，这石碑再无人过问，倒下后埋在土中多年，前些年修建楼房，才又重见天日。

石碑上文字申明，此次"划清界址，分立界碑"，"如有彼此越界滋事，即惟所辖之番官、土司是问，以息纷争"。

因此知道，丁宝桢任内勘定各土司边界，以防纷争不是虚文。

丁宝桢任上，还在四川设立机器局，制造新式枪炮，并以西洋方法编组与训练新军。英国人从缅甸进入云南，从哲孟雄威胁西藏时，他便调派新练成的军队三千人进驻里塘、巴塘。在这个位置上，南下可以攻防云南，西进可以驰援西藏。丁宝桢自信这样的军队，只要朝廷一声令下，"足成一战，不致甘心让人"。

可惜天不假年，疾病缠身的丁宝桢力渐不支。史载，病逝之前，他还写成《叩谢天恩遗折》，其中念念不忘的还是西南边疆，"英人俄人又均有入藏之议，将来必肇兵端"。他认为，不久的将来，和英人在西藏必有一战，因为"外洋和约，万不足恃"。最后，他还恳请清政府千万不要裁撤四川等地编练的新式军队，制造新式枪炮、壮大武备的机器局也要继续开办。

后人感叹，这样的能臣天不假年，"后任庸碌之辈，无一能逮其志者。非独西藏之不幸，亦中国之大不幸也"。

其实，清廷"大局已败，大厦将倾"，纵有一二能臣也不能挽狂澜于既倒了。

文硕和前任一味压制藏方向外敌妥协不同，他一到任，就积极支持噶厦政府备战。京城里因此下旨斥责他"不识大局"，命令他"现在总以撤卡为第一要义"。从实际情形上讲，清中央政府的说法也不无道理，藏人想以一己之力抗御英国人，勇气可嘉，但真正打起来，"强弱殊势"，唯一的结局就是失败。那时再丧土失地，"将来难于转圜"。不是不想打，而是打不过啊！

但文硕在西藏，感动于西藏军民抗英保土的决心与勇气，上奏抗辩不能让藏军从隆吐山撤离。

公元1888年2月，失去清廷支持的藏军仍独立与英军开战。其间，支持西藏兵民抗英的文硕以"不顾大局"的罪名，被朝廷下旨革职。换上服从旨意的升泰接任驻藏大臣，坚决贯彻清廷"严束藏兵，不准妄动"的旨意，在此情形下，以原始武装作战的藏军于当年8月，屡败屡战，在付出了一千多军民的牺牲后，终败于隆吐山之役。

结果是签订《中英会议印藏条约》和《中英续订藏印条

约》,无非是割地通商。

条约签订了,但还赖藏方执行,但他们总是以种种方式抗不遵行。你随便割他的地,他怎么遵行?他不想通商,你一定要前去强开商埠,他怎么会遵行?整个中世纪,藏传佛教各派不同时期执掌西藏政教大权,靠的就是地理与人文上的重门深锁,现在有人想用强力撞开这个大门,掌权者当然会感到危机来临,怎么会遵从?前面所引荣赫鹏的话,就是针对此时的情势而言。

从此,西藏方面慑于英国人声威的同时,对清廷驻藏官员日益怨恨又轻视,对中央政府日渐离心,噶厦政府的僧俗官员也就越来越难以节制了。

清廷在这重重危机前,也较前更重视西藏或藏区问题。光绪年间甚至在科举考试中,把西藏问题列入了策试内容。

光绪十六年,"策试天下贡士夏曾佑等三百八人于保和殿",策试内容就是关于历朝与西藏茶马互市的政策:"茶税之征起于唐代,其初税商钱在于何时?独开茶税在于何时?茶官之设在于何时?税茶之法其后增减若何?茶马之法始于唐,宋有茶马司专官,元明因之。宋之三税法、贴射法何法为便?明之茶马司批验茶引所设于何地?远番重茶,以资其生,茶市之通济及海外,能极言其利弊欤?"

这个策试题今天也可以用来考考那些热衷于开发茶马古道为旅游资源的官员和商人,不要求他们作出正确答案,能读懂这题目就阿弥陀佛了。

光绪十八年,策试题又是关于藏区或西藏,这回是关于藏区行政沿革及地理。

"西藏屏蔽川滇,为古吐蕃地,何时始通朝贡?地分四部,由中国入藏有三路,幅员广狭奚若?试详言之。元置吐蕃宣慰司及碉门等处宣抚司,复置乌斯藏郡县,以八思巴领之,其沿革若何?唐时吐蕃建牙何地?阿耨达当今何山?其相近大山有几?雅鲁藏布江为藏中巨川,而澜沧江、潞江之属亦发源藏境,能究竟其原委欤?"

这样的问题,也可以用来问问在藏区行政、维稳、建设的各级干部官员。今天,很多汉藏官员都是学士、硕士、博士,但有多少人能读懂这道考题?又有多少能得出正确答案?

或可反驳,说这不过是死的知识,但死的知识都不能知晓,更何况藏区那多样的文化,多变的现实?无识而言治,难免虚因故事,欺下罔上。

说回当时,光绪年间这种对西藏和整个藏区问题的重视,实在是来得晚了一点。

川边藏区土司制的前世今生

到此,有必要回顾一下四川康区各土司分据的历史由来。

明代已经在藏区初步实行土司制度,清人入关后,便沿袭了这种羁縻重于治理的制度。顺治五年,公元1648年,就做出决定:"各处土司,原应世守地方,不得轻听叛逆招诱,自外王化。凡未经归顺,今来投诚者,开具原管地方部落,准与照旧袭封;有擒执叛逆来献者,仍厚加升赏;已归顺土司官,曾立功绩及未经授职者……论功升授。"

康熙三十九年,公元1700年,清廷派四川提督率兵到打箭炉和周围地区,镇抚大小部落,置明正土司,辖地包括今天甘孜州康定、九龙、道孚、雅江、丹巴、泸定等县全部或一部,辖民六千余户。

康熙五十八年,公元1719年,准噶尔蒙古入侵西藏,清廷派军入藏平乱,名将岳钟琪进藏途中,到达里塘、巴塘。藏方派驻里塘营官[①]与里塘长青春科尔寺堪布,阻止清军进藏。岳钟琪将营官革职,堪布就地处决。并在里塘、巴塘等地建立驿站,设兵镇守,转运军需,开辟自打箭炉至拉萨的川藏大道,同时在平伏的各藏族部落地设置里塘正副土司,辖地为今甘孜州理塘、乡城、稻城、雅江和新龙几县的全境或一部。往西再置巴塘正副土司,辖有今甘孜州巴塘、德荣、白玉,今西藏自治区盐井和今云南维西、德钦、中甸全境或一部。

雍正六年,公元1728年,德格归附,置从四品衔的德格宣抚司。1773年,因德格土兵从征有功,升德格为从三品宣慰司。辖有今甘孜州德格、白玉、石渠、甘孜等县及今西藏境内江达等县全境或一部,和今青海境内玉树地区一部。

同年,今甘孜、炉霍和道孚县境内的霍尔孔萨、霍尔麻书、霍尔咱、霍尔朱倭、霍尔章谷等几大部落投顺清朝,被授从四品安抚司职衔,并颁布印信号纸。这几个土司都在瞻对北境,也就是前文中常说的霍尔五土司。甘孜州本地学者洛吾志麦和丹增泽翁所撰《霍尔章谷土司史》说,霍尔五土司为同一个祖先。元初,成吉思汗之孙西凉王阔端,与萨迦法王凉州会盟后,派他的护卫军进入康区,打败当地信奉藏族原始宗教本教的白利王,又令人护送萨迦派高僧八思巴入康区传教。霍尔五土司之祖,就是那时护送八思巴入康后留在当地的蒙古贵族。后来,子孙繁衍,成为各部落首领,并与当地藏文化融为一体,是为霍尔五土司来源。

[①] 营官:本为清代军中营一级长官。一般以五百人为一营。但在此文中,不是这个意思。在这里,是西藏地方政府委派的地方官员之统称。大约相当于县一级机构的行政首长。藏语一般称为"宗本"。

所有受封土司，都颁给印信号纸。印信，大家都知道是什么；号纸，其实就是由清朝中央下达给某某新任土司的一纸批文。

受封的土司，要编造户口清册，以此为基础，确定向清廷缴纳贡赋的数目。土司给朝廷的贡赋一般都是地方特产。这地方出名马，则贡马；出珍贵药材，则贡赋药材。数量不大，象征性的。也就是说，送点东西，多少不论，朝廷要的，就是个俯首称臣的意思。后来，因收受实物贡赋麻烦，就折成银两。以本书的主角瞻对为例。雍正六年，上瞻对土司所辖户数428，纳赋额折银16两。乾隆年间，中瞻对土司因户数稀少，不纳贡赋，也颁给印信号纸。

里塘土司辖地广阔，户口众多，雍正年间勘定其辖有百姓6500余户，纳赋折银"3362两4钱7厘9毫8丝"。还不用全上，因为地处川藏大道之上，官差甚多，朝廷还要颁给土司养廉银、口粮银443两，"准由在赋粮折银中自行扣除"。

土司社会内部，除德格等地面广大、人口众多的土司有稍微复杂成熟的管理体制外，大多数土司管理都很简单。大土司是大豪酋，大豪酋下面还有很多小豪酋。大豪酋当了土司，各村寨小豪酋就是隶属土司的大小头人。这些大小头人，有一部分也受到清廷册封，是为比土司层级更低的土百户、土千户，仍受所在地域的土司管辖。

土司辖下百姓，主要的负担是各种无偿的兵役与劳役。因为生产还停留在粗放的自给自足阶段，即便有商业贸易，也为寺院或土司头人垄断，农牧民除了农牧生产的原始产品，并无其他收入。所以，对土司头人的贡赋，也是呈缴粮食或畜产品等实物。

土司们被隔绝了，在一块块不规则的，犬牙交错的领地上。

他们作为至高无上的王被隔绝。

实物税，无偿差役，对几千口子人生杀予夺的特权。

而这时，哥伦布们开启的大航海时代以后的世界正在越来越快地前行，越来越多地发生着联系。但土司们仍然被拘束在一块小小的土地上，不知今世何世。每天升起的太阳和五百年的这一天升起的一模一样。每天，土司脑子里冒出的念头，和几辈之前坐在这个位置上的那位土司的念头一模一样。无论是忧虑还是欢乐，都一模一样。

他们是贵族？是的——在某种程度上是的。贵族是精英阶级，但他们只是权贵阶级，而不是精英。不要说精神生活，即便是物质生活也粗粝而贫乏。在精神领域，他们也只是跟属下的所有百姓一样，被喇嘛们引导到宗教世界。那个世界，非关现世，遥远而又晦暗不明。能期望这样的贵族阶层所领导的社会有所进步？没有丝毫指望。

在瞻对，贡布郎加统治期间，百姓负担主要是兵役与劳役，除了出兵打仗，还要服无偿劳役替其耕种土地。此外，有土地的自耕农民每户每年向贡布郎加家族交纳烤酒用青稞四批。批，藏式计量单位，相当于二市斤，由各村寨头人收齐上缴。牧民每年以所养牛群一天的产奶量，制成酥油、干酪经头人上交。如果不是长年对外用兵，瞻对地方这样的负担还可以承受。但一旦战争发动，每户都要出人、出马、出枪，自带口粮，远离家乡四出征战，因而负担沉重，以致破产逃亡。

藏军占据瞻对后，由拉萨派来的官员，并不顾瞻对经过十几年战争，当地人口，尤其是丁壮人口锐减，民生凋敝的现实，一面在现新龙县城所在地新修官衙和寺庙,都由当地百姓支应劳役,一面摊派各种苛捐杂税,将所得银两,押解西藏。既然"清大人"的皇上不给银子,拿瞻对地面充抵军费,那他自然要想尽办法,把花掉的军费加倍收回。

当年,驻藏大臣和川藏大道上塘汛粮台等费用,每年六万两白银由四川省拨付。所以朝廷要四川再出藏军征瞻军费,自是很不情愿。中央不愿拿或拿不出这笔银钱,便将瞻对地面"赏给达赖喇嘛",噶厦政府在这里征收各种捐税,用以抵还兵费。问题是,瞻对地面到底能有多少捐税,并无统计。藏军该占据瞻对多久,也就难有确切期限。我看到的资料,多说是三十年,也有一说是十年。

有资料说,以当时瞻对地面的人口与生产情形,每年可收的银子不过万两。

藏军大兵撤退后,还留下小部队镇守瞻对,并迅速派出官员管理地方事务。对当地百姓来说,无非是新换一个土司,基层社会结构并未有触动。藏官到任后,也未谋划生产方式与生产组织方式的改变,原来各村寨有势力的家族,摇身一变,又成为噶厦政府的基层官员。对百姓来说,变化的只是捐税一项。过去只要一些实物上纳土司,现在则必须真金白银,自是苦不堪言。加上噶厦政府和所有封建集权的政治一样腐败无度,送礼纳贿,都是公开行为。

这个腐败政府委派的官员,在瞻对这个深入川属土司,远离西藏的飞地上,天高皇帝远,手握对百姓生杀予夺的重权,便是得了一块宝地。除了完成应上缴拉萨的指标外,自己为官一方宦囊也得装得满满当当,自然更加需索无度。当地百姓一旦不能满足其贪欲，或者表露不满，驻瞻对藏官便滥用刑罚。瞻对地面民不聊生，怨声载道，这样的情形一下子就持续了二十多年。只要地方豪强不犯上作乱，百姓生活如何，无论清廷中央还是噶厦政府都无人关心。于是，当地百姓忍无可忍，最后只得起而反抗了。

阶级斗争观念盛行的年代，贡布郎加作乱一方，被视为农奴起义的领导者。在我看来，这一回瞻对人起事才称得上真正的农奴起义。

这时，距西藏边界终归失败的隆吐山之战硝烟散尽不到两年。

一次真正的农奴起义

这次瞻对起义的领导者,名叫撒拉雍珠。

光绪十五年,公元1889年,藏兵占据瞻对后的二十六年,驻藏大臣升泰上奏瞻对番民谋叛。

当时派驻瞻对的藏官青饶策批无比贪婪,对当地百姓勒索无度,而且残暴异常,百姓怨声载道。加上其儿子坚参扎巴和瞻对本地头人四郎旺堆横行四乡,百姓负担沉重,稍有不满便动辄得咎。

瞻对地面情形如此不堪,西藏方面也有所了解,却依然听之任之,并不打算出手整顿。1889年,驻藏大臣就把瞻对情形上奏朝廷:

"唐古特(西藏)派来大小番官,不理公事,只知贪诈银钱,近来苛索愈众,视百姓如牛马,鞭笞索取,无所不至。"

而且,不是青饶策批这一个派驻此地的藏官才如此行事。"唐古特自有瞻对以来,所有派来番官,惟以剥削为事。近来新派之番官青饶策批刻酷尤甚,视百姓若马牛,横征苛敛,殆无已时"。

不仅如此，瞻对藏官还插手相邻土司事务。青饶策批到瞻对后，邻近的土司地面发生民变反抗土司统治，青饶策批立即驱使瞻对壮丁出境援助，"替土司攻其百姓"。战争中，瞻对百姓耗去生命和财产，藏官非但不加体恤，还要趁乱渔利。史料有载，仅其中一次助战，青饶策批"其子与随员扎阿色、夺结扎对及传号等互相为恶，杀人抄家，总计赚银二万数千"。

瞻对百姓见藏官行如此苛政，便派人到西藏申诉苦情，同时也派代表前往打箭炉向清政府衙门投递"夷禀"，要求瞻对脱离西藏管辖，再归四川。但"清大人"高高在上，说这些事由都属"蛮触相争"，些许小事，非关国体而不予置问。又十多年后，有新任清廷驻藏官员路过康区前往西藏，在打箭炉查阅旧档，才发现光绪年间那番官"肆为无道，民不聊生，因而叛藏归川，诉呈至百余件之多"。但那些诉呈积压在清朝的地方衙门中十多年，无人过问。

康巴地区人民一方面号称强悍，但经过上千年佛教思想的熏染，深信天命，对于封建等级制度从来逆来顺受，不思反抗。此时，投诉苦情的"夷禀"都如石沉大海，忍无可忍，才由一个叫撒拉雍珠的铁匠带领，起而反抗。

撒拉雍珠的身世，在瞻对人上给清朝官府的"夷禀"中保存下来。

他本不是穷苦人，出身于一个小头人家庭。

他父亲叫作阿噶，"在前任藏官彭饶巴任内小心当差，并无过错。后任藏官索康色因与彭饶巴不睦，迁怒于阿噶。又因阿噶之兄松郎觉美手摹藏官图记，被索康色抛河溺死，抄没全家"，并将小头人阿噶带同儿子撒拉雍珠拘囚三年。

这位索康色任满回西藏前,才把他们父子从牢中提出来,令他们在神前赌咒发誓,此后不准到汉藏官员面前申诉冤情,又诈取银钱若干,才将撒拉雍珠和其父亲释放。到此,全家人一贫如洗,形同乞丐。

撒拉雍珠做了一个身份低贱的铁匠。

在我心目中,这位撒拉雍珠才是真正的瞻对英雄。他心怀深仇,除打造些日用器具出售谋生之外,"每一刀成,不售,择其亲戚之有才艺者予之,嘱其好好收藏。即使有以重价购买者,也不理会"。他其实是心怀大志,借此集聚反抗的力量。

1889年秋天,撒拉雍珠和本地僧人巴宗喇嘛等领导的反抗藏官的暴动全面爆发。

暴动前夕,撒拉雍珠集众宣誓:"我欲为民除害,勿杀好人,勿掳财物,封其府库,以待汉官。有违者吃吾刀!"

瞻对全境,参加暴动者达六千余众,藏兵各驻扎地和藏官官寨都受到攻击。很快,驻瞻对藏兵即被击败,或死或逃。被围困于官寨中的藏官青饶策批这时只好哀求说,既然你们不愿归我西藏管辖,我回西藏好了。

暴动百姓要他先交还搜刮的银钱,可是大部分钱财早已运回西藏,只剩下新搜刮而不及运走的很少部分重归义军手中。

暴动百姓本欲将此藏官杀之而后快,这时,瞻对境内各寺院有头脸的喇嘛出面调解,说杀了藏官,就是违犯王法,只需将他留下姓名,准其回藏,还给以盘缠,鞍马并枪刀,往西北方礼送到德格土司地面。

这位青饶策批并未老实回藏,而是南下潜逃到里塘土司境内,伺机反扑。

撒拉雍珠和巴宗喇嘛领导瞻对百姓暴动胜利后,"上、中、下瞻对均各动兵",分头把守出入瞻对的各个隘口关卡,"无论何人不容进出"。

同时,撒拉雍珠等继续向清廷呈递"夷禀",控诉藏官,要求内附。

时任成都将军歧元,在所上奏折中说:"臣等前接该暴动首领的信折,陈述藏官种种贪虐,不愿隶藏之意,尚无悖谬之词,其派兵守隘,亦在瞻境,并未扰及邻界。"

驻藏大臣的奏文中,虽然也承认此次民变起因是"番官苛敛",却诬蔑撒拉雍珠等"勾结野番谋叛西藏,并围困官寨,肆行焚掠"。

其实撒拉雍珠只是激于义愤,率众起事,消灭了驻瞻对藏兵,驱逐了藏官后,就迭次上书清廷,请求脱藏内附,而且也没有像从班滚到贡布郎加等暴乱首领那样要做瞻对以致更大地域的"王"的野心。

他们起事成功后,听说贡布郎加的一个儿子邓登贡布,兵败后潜逃到了果洛地方的游牧部落中,便和大家商议要迎他回瞻对,拥立为义军领袖,并派义军二号人物巴宗喇嘛亲自前去果洛迎请。

巴宗喇嘛果然在果洛游牧部落中找到了邓登贡布。这时的邓登贡布已经须发半白,在当地也能号召数千人众。而且,邓登贡布经过二十多年前的惨败,知道无论如何不能与清廷为敌,便对巴宗喇嘛说,他要"奉大皇帝谕旨,赏给翎顶,准回瞻对",有"字样可凭",才敢率其属下"野番"回归瞻对。他转而推荐其兄弟东登贡布之子,也就是贡布郎加之孙贡布确邛出山,"彼在山中牧羊，先将此人迎回瞻对，暂立为主"。

于是，巴宗喇嘛便先带了贡布确邛回到瞻对，撒拉雍珠等便将其拥立为主。《清季外交史料》中载有撒拉雍珠等上呈清廷的"夷禀"译文："现经瞻民迎回贡布确邛为瞻对头目，誓不归西藏管辖，愿归大皇上为良民，不能滋事，求照各土司例归内属。"

其实，这位新主贡布确邛就是一个象征性的存在，撒拉雍珠和巴宗喇嘛还是暴动民众的实际领导者。

这时的清廷当然已经清楚知道瞻对暴动的发生，只是反对贪官苛政，和此前几次反抗朝廷统治性质大不相同，却不顾瞻对方面的一再申诉，一面命令驻藏大臣要噶厦政府将"办理不善之代本青饶策批革职查办"，一面又谕令成都将军歧元、总督刘秉璋，"派兵镇抚，设法解散"，"亟应查明为首各犯擒拏惩办"。

总督刘秉璋奉旨后，立即派试用通判王延龄、候补知县张炳华、巴塘都司李登山等"密带兵勇"进剿瞻对。

清廷第五次用兵瞻对

是为有清一代，第五次对瞻对用兵征讨。

于是，清廷调派的汉、土官兵又一次向瞻对地面合围而来。

和前几次用兵瞻对时那些欺下瞒上的清朝官员不同，这次领命的几位，官位不高，对于清廷来说，倒确实是几位"实心任事"的干练之员。

他们率清军由章谷土司地面到达瞻对边界，陈兵此地，一面防备邓登贡布率果洛"野番"从北方草原南下；一面征调瞻对东面的明正土司，瞻对南面的里塘、巴塘等土司"率土兵严堵要隘"。

做好这些准备后，张炳华和李登山也深知瞻对此次民变并不是反抗朝廷，所以敢轻骑简从，借勘查瞻对和各土司界线为名，深入瞻对各地，大做分化瓦解的工作。而撒拉雍珠和瞻对百姓，终于盼到朝廷命官，对他们并不戒备，任其在瞻对全境自由行动。张炳华和李登山等在瞻对民众中声言"有大皇帝做主"，定要废除藏官苛政，欺骗起事群众放下武器，以此孤立暴动首领。很多群众果然中计，便收起刀枪，回家生产。

张炳华还通过一名叫李朝的通事（翻译）收买了撒拉雍珠的侄儿，也是暴动领导人之一的撒拉阿噶和一些大小头人，利用这些叛逆之人"与以机宜，自相劝解，俾其藩篱自开，自释众惑，继解胁从，党羽散去，瞻对势孤无助"。

做好这些准备后，1890年3月间，驻防打箭炉的阜和协副将徐联魁率汉土官兵急行军潜入瞻对，将撒拉雍珠及所率民兵重重包围。至此，撒拉雍珠才明白"清大人"不是来替瞻对百姓做主的，反而要对他们痛下杀手。他知道自己上了大当，便率众拼死突围。战斗中，撒拉雍珠奋勇作战，不想却在冲锋时让已被清军收买的亲侄子撒拉阿噶从背后放枪击中，死于突围战中。

突围不成，巴宗喇嘛接过指挥权，率众在寨中坚守。

后来，又一任驻藏大臣长庚在《瞻番就抚首恶次第歼擒折》中这样追述当时的战斗情形："寨外墙高数仞，围房数层，中有大碉高插空际，寨外小碉回环相应，巴宗喇嘛分布胁从，在内持枪死拒。"这样，战斗持续了半月有余，清军终于攻抵寨前，"命精锐各顶方板，掘挖寨墙，用柴薪堵塞寨门"，准备放火攻寨。

孤立无援的巴宗喇嘛见寨破在即，只好率众突围，力战被俘。从果洛迎回的贡布郎加之孙贡布确邛也于突围时被枪击而死。

于是，瞻对地面这次真正意义的民众起义被清廷镇压了。

到此为止，清军已经是第五次用兵瞻对。对于那些真正反抗朝廷的战斗，每一次都代价巨大，虎头蛇尾，不得善果。倒是这回镇压一心要归附朝廷的瞻对起事百姓，如此迅速就得了完胜。这是瞻对百姓的悲哀，在一直声称要"用德以服远人"的清廷，则是一个荒诞无比的巨大讽刺。

　　清廷此次用兵，不是不明白民变情有可原，而是出于所谓"大局"的考虑。这个大局，就是清朝中央与噶厦政府之间此时已相当微妙的关系。镇压瞻对起事百姓，意在安抚西藏上层。所以，事后对俘虏的巴宗喇嘛毫不容情，"瞻对叛番巴宗喇嘛首先造意煽乱，勾结野番夺寨逐官，情罪重大。现经长庚等审讯明确，即著正法枭示，以昭炯戒"。这个炯戒是什么呢？那就是噶厦政府官员，无论僧俗，无论如何以一己之贪残，虐民于水火，老百姓都得各安天命，不得反抗。历朝历代，所谓治藏安疆，都是笼络上层僧俗权贵，而于民意民情则无所体恤。这样的治藏政策，于今思之，仍不无教训的意义！

　　有此指导思想，瞻对第五次乱平后，清廷一些善后措施，比如所谓列出"应禁苛政酌议八条"，"以安地方"等，也都是官样文章。

　　两年后，驻藏大臣升泰上奏，是关于那位促成了瞻对撒拉雍珠事变的藏官青饶策批的处理意见："讯明已革瞻对番官青饶策批参案苛虐情状，皆其头人四郎旺堆勾同其子坚参扎巴所为。"也就是说，这个人回到西藏后，不知又使了多少从瞻对勒索而来的银子，大事化小，终于申明自己没有苛虐之罪，至多是失察之过，所以，驻藏大员要上奏"请免治罪"。

　　得旨："允之。"

　　此时，新的藏官已经在瞻对上任，重演旧事了。

　　哀哉，铁匠撒拉雍珠！

　　哀哉，巴宗喇嘛！

　　呜呼，瞻对百姓！

可以补充一点的是,这段历史事实也被西方人以他们的方式加以独特的关注。在意大利人毕达克所著《西藏的贵族和政府》一书中,对这件事情是这样记载的:"1889年,那个地方爆发了动乱,驱赶首席西藏地方长官……形势要求四川总督再次加强汉人的直接统治。面对这一困难局势,拉萨政府派霍尔康赛和堪布洛桑扎西前去调查。不久,霍尔康赛接任高级地方长官职务,成功地平息了这场叛乱。四川总督将一位首领——巴宗喇嘛当众处死,并依法对他主要的追随者起诉。"

需要指出一点,这时的中国,是清朝满族皇帝的江山,不是"汉人的直接统治"。

这是一本很有权威的学术书,那样的血雨腥风在优雅的学术文体中是多么平静啊!但倾向性还是难于掩饰的,只是同情没有落在最该得到同情的撒拉雍珠和巴宗喇嘛们身上!

第七章

清朝六征瞻对，数这次最干净利落。大获全胜的原因也很简单，经过洋务运动，清军有了一些现代化的武器。攻瞻之战中最厉害的，就是炸药。但最顺利漂亮的战事，却导致最荒唐的结果。

养痈者遗患

清廷如此息事宁人，听之任之的结果，是六年后，瞻对地面又有事情发生了。

光绪二十一年，公元1895年，朝中又接到上奏："瞻对番官对堆多吉等以追逐瓦述三村百姓为由，起意吞并明正土司，胆敢率兵一千余人长驱深入，互相杀伤，商上多方袒护。"前文说过，"商上"，藏语译音。本为管理达赖喇嘛财务和行政事务的专门机构，清代史书中有时用来称代噶厦政府。

瞻对藏兵越界，当朝者自然感到愤怒："……率兵越界，意图吞并明正土司地方，实属横恶异常，肆无忌惮。"下旨将番官对堆多吉，僧官夷喜吐布丹均著革职，并令驻藏大臣将此谕令译为藏文，交与噶厦政府，要他们"另派贤员接管"。后来，这要求噶厦政府撤换驻瞻对官员的命令也不了了之。因为这时恰好新任驻藏帮办大臣讷钦从四川往西藏赴任，正要路过番官出界滋扰的地方，番官听闻，也怕事情闹大了不好收拾，"遂即退兵"。于是，京城又下旨说："该番官等尚有畏惧之心，即可相机开导。"

还是在西方人所写的《西藏的贵族和政府》一书中,这场冲突被这样描述:"1895年后期。明正土司侵犯瞻对。西藏高级地方长官对堆多吉……提出抗议,抵抗、反击明正土司。四川总督鹿传霖将此视为对中国领土的侵犯。因他的请求,驻藏大臣奎焕要求达赖喇嘛将对堆多吉和他的僧官同事堪穷夷喜吐布丹召回,并提出起诉,达赖喇嘛拒绝执行。两位官员仍留在瞻对,组织抵抗,并任命孜仲则忠扎霸为他们武装力量的指挥。"

这时,洋务运动和清末新政一些举措也开始及于藏区。

先是四川总督鹿传霖主张开办四川矿务。但"川省矿产皆在番夷土司之地",那些"距省较近,土司驯良之区,即著派员详细履勘,认真举办",至于"打箭炉毗连藏地,甫经开导土司试办,即有纠众闹哄之事"。而这些地方,沿河金矿都极易开采,正好补充清朝空虚的财力,所以,清廷还是要求四川方面"体察情形,酌量开采"。

光绪二十二年,考虑到"川藏文报迟缓,拟由成都至打箭炉先接电线"。

电线架好了,可以打电报了,但乘电报到京城来的几乎还是坏消息,烦人的消息,只是来得更快。

随便摘引几段:

"廓、藏失和,派员航海取道印度前往查探解散,请宽给公费。"

"据堪布巴勒党吹木巴勒呈称,近年贡使到京,屡被白塔寺等处居住之喇嘛、商人等串同诓骗银两,请饬传讯。"

"鹿传霖奏瞻对番官现复带兵出巢越界侵扰,不服开导。"

"瞻对番官上年与明正土司越界构兵,经鹿传霖等将驻瞻僧俗番官先后撤参,均经降旨允准。乃该革番官并不遵照撤换,近复带兵越界滋事,干预章谷土司案件,勒令书立投瞻字样。"事情比原来更大了。不仅是出兵侵略明正土司,还干预章谷土司案件。

地处炉霍的章谷土司我们已经很熟悉了。

贡布郎加为乱康区时,首当其冲的就是章谷土司。清史记载,藏兵平定瞻对后,章谷第九代土司又回到辖地,官复原职。这时,藏军不仅占领瞻对,也占据着章谷土司地面。甘孜当地史料《霍尔章谷土司概况》记载,瞻对事平后,藏军恢复了章谷土司权力。第九代章谷土司去世后,扎西汪加出任第十代章谷土司。藏方同时委任一名僧官担任章谷宗本,掌控章谷地面。当地史料说,扎西汪加自幼身处战乱之中,缺少教养,没有执政能力,加之藏方宗本的节制,继位后基本不问政事。1896年,扎西汪加去世。因没有子女,章谷土司绝嗣。土司的空位,引起章谷内部各实力头人相互争斗。而邻近的朱倭土司和麻书土司等,也觊觎章谷地盘与人口,介入围绕土司权位的明争暗斗。

而据《清代藏事辑要》记载,第九世章谷土司死于光绪十八年,死后无子继位。继位第十代章谷土司的是麻书土司扎西汪加,入主章谷为"兼祧"。在封建宗法制度下,这是一个男子同时承担两个家族的传承。有考证说,"一子两祧,为乾隆间特制之条"。

麻书土司"兼祧"了章谷土司,引起了直接与章谷接界的朱倭土司不满。朱倭与麻书两家,传说中本是同一个蒙古祖先。这时又是翁婿关系——麻书土司之妻为朱倭土司之女。第九代章谷土司病故后,朱倭土司就唆使他女儿把章谷土司的印信号纸"携回朱倭收藏"。麻书土司不满,把官司打到打箭炉的清朝衙门,"打箭炉文武屡次催交,朱倭土司不特不肯交出,且敢声称往投瞻对番官理论"。光绪二十二年,朱倭土司调集土兵,"勾结瞻番添兵相助攻打章谷土司地方"。其实是瞻对藏军出境,帮助朱倭土司攻击麻书土司。

这就是四川总督和驻藏大臣上奏中所说的"干预章谷土司案件"。

与此同时,瞻对藏官还在干预霍尔孔萨土司家族的内部纷争。那时,第七代孔萨土司与妻子感情不和,以致手下大小头人也分裂为两派。两派互相争斗,造成好几起血案。最后是土妇一方围攻官寨,土司逃亡。土妇拥金掌握了土司大权。孔萨土司地面,本是藏军从贡布郎加手中收复的。复位后的土司自然便疏远清廷,而尊崇瞻对藏官,有事都是向瞻对藏官报告。孔萨土司家族内部的这场争斗,也由驻瞻对藏官出面调解。调解的结果:土妇与土司结束婚姻关系,土司土妇双双退位,传位给第八代孔萨土司。

这些土司家族,在其先辈之时,还能保境安民,聚众农耕住牧,以原始部落而接受佛教文化,并助其传播,在历史上起过进步作用。但从此陈陈相因,因循守旧,想要厚积财富,增加实力,却不能通过革新生产方式与生产组织形式,发展工商来加以实现。其唯一的手段无非就是争夺地盘人口,结果却是内争外斗之下,民生凋敝,人口萎缩,土司家族自身也日渐衰弱。

光绪二十二年夏,瞻对藏官则忠扎霸直接领兵到章谷,插手土司间的冲突。鹿传霖派督办夷务知府罗以礼率兵前往弹压。清军与瞻对藏军发生武装冲突,则忠扎霸战败,退回瞻对。接到奏报后,光绪二十二年秋,清廷下令向瞻对开战。"瞻番既迭经开导,抗不遵从……竟敢开枪轰击官兵,衅端已开,自非大加挞伐不可"。

这是清朝在如今只是一县之地的瞻对第六次用兵。

清廷第六次用兵瞻对

一直主张收复瞻对的鹿传霖早已做好准备,得了命令马上进攻。

"将朱倭逆寨、瞻番新寨攻破,惟瞻逆则忠扎霸乘间逃遁。"鹿传霖随即下令提督周万顺率军追击,同时调集明正、里塘各土司兵马,"听候调遣,以为后继"。

这时,下了进剿命令的清廷又担心起来,好在有了电报,消息传递就快多了。三天后清廷又"电寄鹿传霖,瞻对之事干涉达赖,恐掣动藏中全局。现在添营进剿能否得手?著鹿传霖随时电闻"。

而鹿传霖思考的已是瞻对的善后事宜,主张"保川图藏":"拟俟收复三瞻后议设流官"。也就是说,这位励精图治的四川总督已经在筹划战后驱逐藏官,在瞻对等地"改土归流",建立由朝廷委派流官的行政机构。

此时的清廷对鹿的主张是欣赏与支持的,表扬他"总期自固藩篱,消弭隐患"。

清军攻进瞻对后发现,一年前已由清廷下令革职的驻瞻对藏官对堆多结和夷喜吐布丹仍留在当地，正带领藏军抗拒清军。但在提督周万顺三路齐攻面前迅速败退。而在章谷，夺了章谷土司印信的朱倭土司也战败了，带着章谷土司和自己的印信潜逃。

战事进行顺利。鹿传霖直接向朝廷提出："统筹川藏情形，瞻对亟宜改设汉官。"

朝廷此时却又犹豫起来，电告鹿传霖："瞻对用兵系暂时办法，事定之后应否仍设番官，当再斟酌妥办"，"不能因此严责喇嘛，转生他衅也。藏事棘手，该督等当通盘筹计，切勿鲁莽"。

奏报往还之间，周万顺所带汉、土官兵正一路苦战，逼近了如今新龙县城所在的中瞻对，藏官官寨所在之地。此地在雅砻江西岸，东岸一山壁立，直逼江边，有一座跨江桥梁通往对岸。我到当年这爆发恶战的旧地，与当日不同的是，当年的藏式木桥，已被一座可以对驶卡车的水泥拱桥所代替。桥变了，地理状况并未改变。江西岸山势稍缓，江岸边一片倾斜台地，藏官衙门和藏军堡垒就位于这片台地之上。藏军深沟高垒，要在此与清军决战。战事是新的，对手也是新的，情势却与此前几番攻瞻过程几乎雷同。"逆巢有新旧大寨两座，形势毗连，均极高峻险固，新旧大寨之外，三面环列小碉十七座，贼自焚其三，其余棋布星罗，互为犄角"。除此之外，寨之右山有哨碉三座，形如品字，为新寨之屏蔽。其新旧两寨之前，复有水碉四座，相为犄角，真是易守难攻之地。更困难的是，清军在东岸，藏军败退时，已拆毁了通向对岸的桥梁。前线清军一面赶造牛皮船，"以洋枪沿岸轰击"，掩护强渡，一面从上游距中瞻对近百里处的波日桥渡河迂回，终于将中瞻对藏军围困起来。

在前线领兵的周万顺战术娴熟,"赶造极厚木牌以御枪石",并开挖地道,深抵寨墙后,才激励将士发起进攻。鹿传霖在其奏章中详细记载了战争过程,给我们留下了彼时战争活生生的细节。

光绪二十二年八月二十八日黎明,攻击驻瞻对藏军中心据点的战斗正式开始。

"周万顺新督各营开队前进,直攻第一水寨,贼用枪石轰击,我军以木牌自卫,鼓勇直前。旋前旋却,直至昏夜,始抵寨根"。鹿传霖还留下了那些低层军官的名字:"曹怀甲、朱兰亭、马骥、李朝富、鄂明庆等,各率所部勇丁四面攻击,哨弁陈有珍督率勇丁、矿夫开挖寨墙,寨上枪石如雨,继以沸汤,附近贼寨复以枪炮环击,我军颇有伤亡。新大寨复出悍贼数十,直前援救,陈有珍挥戈陷阵,奋勇抵御,阵斩悍贼多人,贼始败退。"但清军挖掘地道却没有成功,因为遇到了巨石,"时天已将明,我军始退避坎下,朱兰亭及哨弁张玉林均受石伤,并阵亡勇丁一名,受伤者十一名"。

白天休息,二十九日夜,又对这个水寨发起进攻。同时佯攻其他寨子作为牵制,换了一个叫李飞龙的军官带领继续开挖地道。"大寨复来援贼数十,直犯我军,经马骥与哨弁艾荣华、马象乾等分兵迎击,斩贼三人,贼乃遁去。惟寨上炮石如雨,鄂明庆、陈有珍均各受伤,迨至四鼓,始将地道掘成,哨弁陈长信急负洋药二桶装入洞中,燃火轰发,寨墙立圮,我军乘势攻入,立将寨贼焚杀无遗,擒获逃出番妇一名,工曲大头人一名,朱倭大头人一名,乍丫大头人二名,我军亦阵亡一名,勇丁五名。"

这才攻克外围四座水碉中的第一座。

三十日夜，又如法炮制，攻击第二座水碉。不同的是，直到水寨再次被地道中的洋药轰毁，大寨里再无兵出援了。

九月初一，清兵见瞻对藏军注意力都集中在剩余两座水碉的防守上，便出其不意，筹划攻击大寨右山上的哨碉。当天晚上，"令鄢明庆等乘夜率队前往攻扑，曹怀甲、李飞龙及明正土兵同往埋伏接应，是夜二鼓，衔枚急进，直抵贼巢，贼以长矛飞石，直犯我军，李飞龙所部哨弁陈守信伏兵突出，贼不得逞，我军亦多受伤。此碉直立岩际，路极陡险，与新寨互为犄角，时以铜炮轰毙我军，猝难前进，正在相持，忽闻新寨铜炮炸裂，哭声震天，哨弁杨荫棠急放大炮轰击，我军一涌而前挖成地道，急以洋药填入，轰塌碉墙，乘势攻入，将碉内悍贼歼除净尽。哨弁丁玉堂、刘长胜奋勇先登，均受重伤，阵亡勇丁三名，受伤十二名"。而右山三座哨碉这才去了一座。

以后，藏军"守御愈严"，战事陷入胶着，僵持了差不多半月时间，再也未有新的进展。

九月十三日，又有副将陈立纲率援军两营到达，清军士气高涨，周万顺当即命令于白天大举进攻。"分派寿字后营、长胜中营、长胜副中营、新健营分路猛扑，碉内放枪轰击，哨长余凤鼎勇丁一名当时阵亡，游击丁玉堂、龙迎廷均受重伤，众欲退避，哨弁陈有珍，躬冒枪石，奔赴墙下，鄢明庆复自后督队，众始奋勇扑拢，力挖墙脚，各营枪炮环施，他寨之贼不敢出援。相持两时之久，碉壁挖穿。陈有珍急负洋药安放洞内，滚岩而下，俄顷火发，碉墙齐摧，守碉悍贼数十人无一脱者"。

周万顺又转而命令攻击水碉。

"此碉本为镇桥而设，极为高厚，左筑深池，右筑围墙，墙外掘有深濠。濠外梅花桩密布，杂以荆棘，韩国秀亲督弁兵，将梅花桩奋力拔去，而墙内伏贼枪石如雨，相持时许，阵亡守备王胜美、把总张仁臣、六品军功马才品三人，勇丁亦多有伤亡，势且不支。周万顺急令外委梁长泰用开花炮轰击，时已亥刻，贼复出队救援。各军奋勇接战，毙贼甚多，纷纷败退碉内，逃出六人请降，余为炮火轰毙，枪炮渐稀。陈有珍即督率勇丁乘势猛扑，跃登围墙，复督令急挖碉墙，大寨之贼迭出救援，均经击退。时至五鼓，碉墙挖至八尺，尚未洞穿，急以洋药轰放，仅去碉墙一角，我军乘势攻入，斩杀殆尽"。

清军暂停进攻，劝藏兵投降。

九月十六日，藏兵放弃外围剩余哨碉和小碉，相继撤入中心大寨。周万顺见劝降无果，"复饬各营进兵取其附近之碉，各营遂率所部四面包抄，齐声呐喊，贼众惊惶无措，坚守老巢。鄢明庆遂率奋勇数十人傍山而行，扑入一碉，始知悍贼逃入大寨，仅余妇孺三人，此碉即为我有。韩国秀、李飞龙各率所部猛扑大寨，寨内枪石如雨，时阵亡把总王怀三并勇丁一名，猝难逼近。李飞龙见附近一碉，枪声稀少，谅无多贼，即率健勇数十人破门直入，碉内仅有数人，跳窗而下，立为我兵轰毙，此碉亦即夺得，正拟进图大寨，适大雨如注，当即收队。计先后夺取五碉，共阵亡弁勇十七人，受伤七十三人，攻瞻之役，此次最为恶战"。

统计战果："合围两月有余，先后攻破贼碉八座，现仅存逆巢新旧大寨两座，小碉五座。"

藏兵方面，带兵官则忠扎霸兵败章谷后，并没有回到瞻对，失去踪迹。驻守瞻对的是前一年已由清廷下旨要求噶厦政府予以革职的原驻瞻对俗官对堆多吉和僧官夷喜吐布丹。俗官对堆多吉在清军渡雅砻江形成包围前已经逃走，留下其子楞殊与僧官夷喜吐布丹坚守官寨。

楞殊于十三日战死，只剩僧官夷喜吐布丹一人率残兵顽强抵抗。

鹿传霖见此情形，命令周万顺"开导招降，剿抚并施"。

周万顺得令，"派令降番屡次入寨开导，令其献寨投诚免死，贼尚负固不服"。同时还在积极备战，于是"开挖曲折明濠，为攻取逆巢旧寨之计"。

"九月十七日，濠已开成，寨内之贼倍形惶惧，将旧寨器物移入新寨，犹抗不出降。周万顺知其已无固志，十八日清晨，传令各营四面进攻。一面仍派降番入寨，切实开导，晓以利害祸福，许以献寨乞降，准予免死，如敢抗拒不服，即当进攻，破寨定在今日。逆番夷喜吐布丹见事机已急，始派二等番官洽桑巴出寨求见汉官，周万顺当令彭鹤年、周启藩、张志琦及李飞龙、鄢明庆、李朝福与之相见，洽桑巴初犹狡辩无罪，词尚倔强。彭鹤年等历数其苛虐瞻民，蚕食土司，参撤不遵，而复敢带兵越界滋事，拒伤官兵种种罪状，严词诘责，并谕以事已到此，利害祸福，惟其自取，洽桑巴始惧罪战栗。谓以前之事，皆系对堆多吉、则忠扎霸所为，两人早已在逃，夷喜吐布丹不敢抗拒官兵，近日守御，亦系对堆多吉之子楞殊之谋。其人已中炮毙命，夷喜吐布丹现知悔罪，恳求罢兵。彭鹤年等复勒令限三日之内，陆续献出碉寨，不准迁延，可从宽贷。

"洽桑巴往返数回，始于午后大开寨门，将旧大寨献出，寨内番众均已逃亡新寨，财物器械搬运一空，韩国秀一军，当即入居寨内。"

其间,还发生一件事情,清军抓获前来送信的藏兵,搜出一纸"传牌",内中声称增援瞻对的藏兵一千五百名正在向瞻对进发。但这纸"传牌"印文模糊,也未说明这援军是何人带领,又是从何处而来。清军判断这是伪造,"希以虚声摇惑军心"。后来,这支纸上援兵直到瞻对战事结束,也未见踪影。

闲话表过,再说中瞻对战事。

双方谈判,本来说定十九日藏军要献出五座碉堡,但时限到了,"五碉仍复固守如前"。

周万顺立即命令韩国秀、曹怀甲两营兵排队列阵,摆开进攻架势,再派已降番目分赴各碉继续开导劝降。这时,"守碉各番慑于兵威,知难相抗,亦即陆续缴出器械,先后投诚。即派勇弁分往各碉,共计招降番众男女一百余人,分别资遣散去"。

二十一日浲桑巴再次出寨到清军营中,称迁延不降,是害怕被清军诱杀,并且"因结怨瞻民,深虑报复,恳求酌派兵勇护送回藏","周万顺当即宣布皇仁,概为允许"。

"而夷性多疑,终畏诱杀,迁延乞缓,至二十六日夷喜吐布丹率同喇嘛番众妇孺三百余人开门而去,呈缴大炮五尊,放出羁押明正、革什咱、德格、霍尔五土司番众七十六人,当即讯明分别资遣,分派各营移驻寨内,三瞻地面一律肃清。"

不久,朝中就收到前线传来的好消息:"电奏瞻对碉寨全克,逆目遁逃。"

后来又得到消息,逃出的番官则忠扎霸已病死于察木多地方。

鹿传霖尝试改土归流

关于瞻对如何善后,鹿传霖先后上奏十数次,力主改土归流,设立汉官。并具体提议将瞻对改设为"瞻对直隶厅",同时,在章谷土司和朱倭土司地设立屯官两员。

此时,清廷又担心在中央政府与噶厦政府关系已经相当紧张的情形下,瞻对改土归流势必将使局面进一步恶化。"三瞻虽已全克,或收回内属,或赏还达赖,均于大局颇形窒碍,实属势处两难。……倘达赖因此觖望,诸事掣肘,将来印藏勘界一事,更难著手,是收回一说,谈何容易"。但是赏还达赖,清廷也不甘心,"又恐藏番生心,威胁邻境各土司,以致入藏路阻,将来驮只无人供应如何入藏?"

此时新任驻藏大臣文海尚未到达任所,清廷命令驻藏帮办大臣讷钦说服达赖,让藏方退出瞻对,由清廷给予赏银,也就是付清原来所欠征瞻军费,但藏方坚决不同意。

于是,瞻对战胜后,善后事宜却成为一件悬案,久拖不决。

鹿传霖再奏文催促,上面就不耐烦了:"总之,保川固要,保藏尤要,筹善后,设流官,此保川之计,非保藏之计也。"

鹿传霖只好耐住性子,等待清廷决断。等了一年多,清廷还是举棋不定,难下决断。

驻藏帮办大臣讷钦,虽不能说服达赖喇嘛放弃瞻对,但还是支持鹿传霖的主张,专门上了一折,说"瞻对撤归川属无可疑虑"。时在光绪二十三年九月。此后不到一月时间,清朝中央专门管理蒙藏事务的理藩院报告,达赖喇嘛派人到京游说,请求代为上奏,"恳求赏还瞻对"。

此间周万顺所领征瞻对清军,"先派攻剿之四营,弁勇既多伤亡,亦甚疲乏,关外严寒,军士思归",而瞻对地面"瞻民欢欣听命,从前逃亡者多已归来,惟纷纷控诉番官之凶暴苛敛,民不聊生,求归内属"。在此情形下,鹿传霖以为瞻对地面并不需要留下太多兵力,便奏请把先到瞻对四营撤回,临时委任张继为瞻对弹压委员,统带后来进援瞻对的四营清军,留三营"驻扎瞻对,筹办善后。韩国秀一营驻扎道坞,兼顾章谷、朱倭善后"。

等待清廷决断之时,德格土司派人来到瞻对,向瞻对弹压委员张继陈述冤情。

当地史料说,"切麦打比多吉在位期间,与下属头人发生矛盾,不能行使土司职权,曾请求四川总督派乔姓统领带兵剿办"。

《清代藏事辑要》载有鹿传霖当时上达清廷的奏报,因为记于当时,应该更为确切:"查该宣慰司侧旺多尔济罗追彭错克,其妇本西藏之女,生子昂翁降白仁青,向与瞻对番官对堆多吉交通,因而妇禁其夫而别居,子废其父而自立……苛虐土民,一如对堆多吉所为。"也就是说,清廷册封的老土司,已被由瞻对藏官支持的妻子和儿子夺位,失去土司大权了。清军瞻对战胜后,老土司又听说藏官死于察木多,于是"该老土司迭次派人赴瞻弹压委员张继行营诉陈冤苦,而所部头人等亦均纷纷诣营恳求"。

又查《德格土司世系》,前去告状的应该是德格第十九代土司切麦打比多吉。十一岁时,他和其母被贡布郎加掳到瞻对南面扣为人质多年,贡布郎加兵败后,才被藏军解救回德格复职。切麦打比多吉被掳往瞻对的时间是1852年,派人到瞻对弹压委员处告状应是1897年。也就是说,这一年,切麦打比多吉才五十六岁。如此壮年,就被其妻、其子夺了大权,心里自是不甘。

鹿传霖接报,命令张继前往"相机妥办"。

"张继即率师深入险阻,土民牛酒迎劳,因宣布朝廷恩惠,复感激涕零。惟小土司昂翁降白仁青,梗顽如故,尚欲奋其螳臂,纠谋抗拒,不意张继已派营据其腹心"。光绪二十三年四月十一日,"该员轻骑驰抵土寨,遂将其母子一并缚获"。

鹿传霖早有在川属土司地面改土归流的设想,此时见德格土司家族因争权内讧,正好借机把德格土司地面也纳入改土归流的范畴。随即上奏:"该老土司自揣衰病之躯,情甘乞退。请将悍妻逆子尽法惩办,谨率全部献地归诚,并将印信赋税册籍等项呈缴。"这到底是事实,还是鹿传霖为实现自己抱负而杜撰的一面之词,已经难以考证。或者他保川固藏心切,虚构老土司情愿献土缴印,自废为民的事实也未可知。但他看川藏大势却清楚明晰,一定要将川康地区北部各土司改土归流,也确实是从国家利益着想。"打箭炉关外诸土司,以德格为最大……袤延于川藏之交,南北五百余里,壤接西宁,东西两千余里,界连三十九族,乃茶商入藏之北路,路途较捷而地势极要,又据金沙江上游,若扼险设防,则边疆愈固。""该老土司献地归诚,自应俯从所请,由川拣派文武,改设流官,措置周详,深有裨益于全局。现在朱倭、章谷两土司亦系改设屯员,办理已有规模,与此事同一律,而壤地之广大,边防之吃重,尤为过之。"

清廷也同意:"德格小土司昂翁降白仁青母子,恣行不义,业经委员张继擒获押解炉厅收禁,该老土司头目人等献地归诚,现拟改流设官。"

反对变革的成都将军

鹿传霖征瞻对,又收德格,雄心勃勃,风头正健。便引起同为一方大员的成都将军恭寿的不满。成都将军一职,是因为川属土司地面向来多事,乾隆朝平定大小金川土司之战后专门设置。其职责明文规定:成都将军不管内地州县营汛,专门负责川属各族土司,尤其是川属藏区各土司军政事务。成都将军设置以来,都由满、蒙大员担任。但清廷贵族集团,统治愈久,腐败愈深。以致后来出任成都将军的满、蒙贵族,越来越名不副实,不能胜任其实际职权。琦善之后,瞻对或川属土司地面有事,都是由四川总督刘秉璋、丁宝桢、骆秉章和鹿传霖等出面主持。总督们处理藏区事务时,有时与成都将军通通声气,有时便索性自行处理,只在上奏时署上成都将军的名衔,这差不多已成惯例。那些成都将军住在成都满城之中,吃喝玩乐,也自乐得清闲。

可是,鹿传霖挥兵瞻对,大获全胜,风头正旺,使得时任成都将军的恭寿越来越不满意。查骞所著《边藏风土记》载:"时成都将军恭寿庸且懦,鹿传霖藐之。此次夷务改流诸大计,鹿未尝筹商恭寿同一会衔。恭寿意不解,幕僚咸不平。"

这是说，鹿传霖看不起恭寿，上奏在瞻对德格等地改土归流的设想时，并未与恭寿协商，却署上了他的名衔。恭寿不舒服，他手下的幕僚帮闲们更不高兴。

尤其在得知清廷同意德格改流后，恭寿便发作了，责怪鹿传霖"何以事前并不商知，竟将奴才衔名列入折内，事后始行移知，从来无此办法"。自己也向清廷上了一道《密陈德格改流川边动折》。其实是封告状信。说"张继急于邀功"，鹿传霖"不查虚实"，并因此明确反对改土归流，"各路土司闻之，难免不疑虑生心，潜萌异志，利未必得而害恐滋甚"。

一向怠惰的恭寿，身为成都将军，瞻对一境动荡多年，未见他有什么动作，这回却积极起来，连上奏折，控告鹿传霖对德格土司家族纷争处置失当。

驻藏大臣文海也站在了恭寿一边，上奏说："鹿传霖饬令将该土司母子解省审办，道路传闻，莫不骇异，以致各土司皆有不安之象。"

鹿传霖抱负宏大，建功心切，举措上可能真有失当之处。但从川藏长远安定稳固着眼，他的做法顺应大势，无疑是符合历史前进规律的正确之举。

变，各土司失去世袭数百年的尊贵地位与土地人民，自然要感到"不安"。又岂止是感到"不安"！

不变，有清一代，从盛世到衰微，两百多年间，各土司地面又何尝安静过一天。如果不变就能求得安定，也就没有这本书中一再重演的老套故事了。

变，"不安"后尚可期待社会进步，长治久安。

不变，无非陈陈相因，继续那些剿抚的老故事，一任土司地面自外于日新月异的世界大势，整个世界步向文明，而土司属民仍在蒙昧穷困之中，民何以堪，情何以堪！

清廷通过洋务运动和清末新政，虽稍有振作，但终究还是以皇家一族之私，面对任何改革的要求，都瞻前顾后，权衡再三，这也是"大局"。为了这个大局，还是反对变革的保守声音更对上面的胃口，更容易在中央引起共鸣。恭寿与文海之流几道奏折下来，光绪二十三年九月，进剿瞻对胜利后一年，清廷下旨将鹿传霖革去总督职务，召回京城。不只收瞻对归川的计划被中止，在德格、章谷、朱倭三土司地面改土归流的设想也化为泡影。

同年十一月，清廷下旨："前据达赖喇嘛在理藩院①呈请赏还地方，并览该署督经次所奏各节，是该番官并无叛逆情事，尚属可信。朝廷轸念番僧，岂肯以迹近疑似，遽议收回其地，所有三瞻对地方，仍著一律赏给达赖喇嘛收受。"

鹿传霖不但被罢官，连征剿瞻对都成错误了——"该番官并无叛逆情事"，自然是师出无名了。至此，清朝六征瞻对，数这次最干净利落。大获全胜的原因也很简单，经过洋务运动，清军有了一些现代化的武器。攻瞻之战中最厉害的，就是炸药。但最顺利漂亮的战事，却导致最荒唐的结果。

公元1898年，光绪二十四年，戊戌变法失败。

一个曾经盛极一时的王朝，一步步走向覆灭而不自知。

---

① 理藩院：清朝中央机构。主管蒙古、青海、新疆、西藏和四川土司地方的少数民族事务。民国时期的相应机构为蒙藏委员会。

进退失据，在瞻对，也在西藏

鹿传霖去职，清廷再次把清军收复的瞻对"一律赏给达赖喇嘛收受，毋庸改土归流"。当然也要做足官样文章，下旨说："达赖喇嘛当仰体朝廷覆冒之仁，知感知畏，力图自新，即著慎选番官，严加约束，毋得再有酷虐瞻民侵扰邻境情事，至干罪戾。"

这也难免太一厢情愿，自作多情了。尤其要求噶厦政府"力图自新"，更是可笑之至。自己放弃改土归流，就不是力图自新之举，怎么可能以此来要求更为保守以自固的噶厦政府？

失去瞻对，对清廷来说，也许不过是一个小妥协，但对噶厦政府来说，却是一个大胜利。须知噶厦并不是一个世俗政权，其最高领导同时是所有信奉藏传佛教，特别是信奉藏传佛教格鲁派的藏区人民的最高宗教领袖。即便在九至十二世达赖没有机会亲政的情形下，也都是由这一教派的著名活佛出任摄政王，所代表的也是达赖喇嘛这个最高宗教领袖。所以，长期以来，噶厦政府一方面在行政上管理西藏事务，一方面通过其宗教上的巨大控制力，特别是通过各个寺院系统，长期对西藏之外的藏区发挥着越来越大的影响。在川属藏区土司地界，这个影响力也同样是日渐扩大的，以致渐渐发展到一些有影响的格鲁派寺院，插手当地政治经济事务，从而完全改变了地方政治格局。这种情势的形成，与清初以来便一力扶持藏传佛教格鲁派势力的政策有很大关系。乾隆年间，两征大小金川胜利后，行政上废除了土司制，宗教上废禁当地流行的本教，强令当地本教寺院一律改宗藏传佛教。大金川土司家庙雍忠拉顶也被强制改为格鲁派寺院，寺院历任堪布都由格鲁派中心三大寺之一的色拉寺派遣而来。在与瞻对相邻的霍尔土司地面和打箭炉附近地区，明末清初便逐步建立起属于格鲁派的十三个寺院。这些寺院中的灵雀寺、寿宁寺、大金寺后来都发展成为拥有数千僧人的超大寺院。发展到后来，这些寺院的经济与军事实力都远超于当地土司。这样的情形，也发生在瞻对南边的里塘与巴塘地方。分处于这两地的长青春科尔寺、丁林寺等也都是这种情况。清末，国势衰微，庸官当道，有治世抱负的大臣屡被革斥。那些传承了十代、十几代的各土司家族也日益衰微，寺院势力更加膨胀。

这些寺院和那些互相孤立的土司不同，他们是一个严密的系统，中枢在西藏拉萨，此时的中枢首脑就是第十三世达赖喇嘛。

这个寺院系统与土司势力的此消彼长，使得川边藏区发生的事情再也不像过去只是孤立的事件。

其实，清廷这种妥协也并非真的顾念体恤西藏，只是国势衰弱，腐败无度的官僚体系中各级大员因循守旧，不愿也不能有所作为的一个结果。对内妥协如此，对外关系中，其妥协的程度就更加荒唐了。

公元1888年，光绪十四年，英军入侵西藏。西藏军民同仇敌忾,严守隆吐山边防,清廷并不顾念西藏军民捍卫领土的强烈决心与情感,"体恤西藏",予以军事上的支援,反而百般阻挠,并将同情并支持噶厦政府抗英的驻藏大臣文硕解职。藏军守卫隆吐山兵败,结果自然是向入侵者妥协,签订更加符合英人意图与利益的《中英会议藏印条约》。

这个条约中,就有关于划定西藏与哲孟雄边界的条款。但英国人自己并不打算遵守。

1902年,英国驻哲孟雄行政长官怀特,即率英军再次入侵西藏。在甲冈地方拆毁定界石堆,驱逐守界藏兵。

次年底,荣赫鹏上校率英军偷越边界山口,进驻西藏境内仁进岗,继而又占领帕里,驻兵于宗政府中。并将噶厦政府的交涉官员无理扣留。帕里当地百姓,激于义愤,闯入宗政府,救出交涉官员。英军立即向藏族民众开枪开炮。此时的驻藏大臣,却严禁清军参与战斗。更有甚者,一位清军军官,竟收受英国人的金钱贿赂,向英军泄露藏军的布防情况。

1904年,英军继续在西藏境内挺进,藏军以原始武器对抗用大炮和机关枪武装的英军,先败于曲米新古,伤亡七百余人。再败于骨鲁,又伤亡七百余人。藏族军民的英勇抵抗,连英军中也有人在致朋友的信中说,"我佩服他们的勇敢和豪放,希望人们不要因此而认为我是亲西藏的"。

在此严峻情形下,清廷对西藏军民却并未有"顾恤"。驻藏大臣有泰在对荣赫鹏的照会中说:"查前藏代本,不遵约束,竟在骨鲁地面,始祸称戈,大国之威,败其徒众,咎由自取。"

有泰在向清廷报告时,说得更加露骨:"倘番众果再大败,则此事即有转机。"也就是说,只有让藏军再经历大败,他们才肯跟英国人谈判，"譬如釜底抽薪，不能从吾号令也"。为了让藏人听从他的号令，不但不派驻藏清兵助战，还要"釜底抽薪"，迫使就范。

西藏军民继续拒战英军，因武器装备落后，官兵缺乏训练，再败于康马地方，牺牲三百余人。

藏方集聚藏军和各地民兵万余人，节节血战抵抗，于1904年展开江孜保卫战，再次兵败后，西藏门户洞开，英军直入拉萨。十三世达赖喇嘛逃往蒙古，结果是驻藏大臣有泰和达赖逃亡前指定的摄政和荣赫鹏在布达拉宫会谈。

在英国人咄咄逼人的攻势面前，坚决抗英的噶厦政府方面面对危机又是怎样的认识与应对呢？

中国社科院民族研究所和西藏档案馆联合编辑的《西藏社会历史藏文档案资料》中一些材料如今读来对人颇有启发。

1888年，英国人第一次对西藏用兵。战争爆发前，西藏方面面对边界危机已有相当警觉。

1886年初，便下令备战。命令中有这样的话："宗教之敌——英国，对我西藏佛教圣地图谋颠覆之企图，有增无减，对此应有准备。"也就是说，在噶厦政府的当政者眼中，西藏并不是一个"国"，而是一个"佛教圣地"。这道命令接着说，"为使官兵们到达亚东、锡金军营处时间不延误，可以征派乘马、驮畜，应随时做准备。凡不明宗教大义之人，若像以前，进行阻止或轻慢，哪怕时间很短，根据盖有四方印的文告及此地僧俗二者之理由，按军法处置。"也就是说，对备战积极与消极，是以明或者不明"宗教大义"来归咎主观原因的。也就是说，英军侵犯边境，在彼时当政者眼中，遭遇危机的是宗教，而不是"族"与

"国"。

"族"或者"国"自然是古已有之的,但作为一个整体概念被清晰表述,并以此主张种种权益,其实是一个现代概念。在英国人图藏的时代,这样两个概念已经越来越成为国际间政治诉求的主体,但在西藏,积极准备的还是卫教之战。而且,卫教之战的决心还是非常坚定的,同年一件由噶厦政府下达的文告中就有这样的表达:"兹有外方心怀叵测之英吉利,欲来我西藏佛地贸易,扬言止须开放商路,不得阻拦,否则将以兵戎相见等等。对此,应予以阻止,不可开例。按以往历次会议之甘结,即便西藏男丁死尽,妇女亦愿坚决抵御到底,矢志不移。"

那时,西藏地方藏军的常备兵力才三千多人,而且装备落后,训练水平低下。在用现代化武器武装,并有良好训练的英军进攻前,决心再大也难以抵敌,于是只好动员民兵参战。临时召集的民兵装备之落后,从噶厦下达的征兵令中便可看得一清二楚。

"七月一日政府颁发盖有官印之书面命令全文如下:

"为驱逐外国侵略者——英国军队,须增加兵力……兵额一定按政府中规定的数目征派,而且为了打击民族的敌人,应选派身强力壮之人,不必带武器,但须要五个人带一把铁锹和一把锄头,每十个人带一把斧子,每人带一根绳子和一个口袋,除此而外,须自带两个月的口粮。"

这份命令有两点值得注意。

一是文书中出现了"民族"这个字眼。

二是,临时召集的民兵要自带口粮,自带修建工事的工具,这怎么可能抵挡现代化武装的职业军人的进攻?

另一份命令则是向地方征集武器："哲康地区出枪三支，得康地区出枪一支，火药袋一套，子弹二十发，火绳三托。"

这样才征集了一万余人，去前线抵抗英军。而那个时候，西藏遍地寺庙，据当时驻藏大臣的统计："达赖所辖寺三千一百五十座，班禅所辖寺三百二十七座，册上有食粮喇嘛八万四千。"真是一个佛教之国啊！其实，说是佛教之国也并不确切，不能说僧人多就是佛教之国吧，还是一个美国藏学家的命名更恰切：喇嘛王国。

西藏问题国际化的开端

战争结果自然可想而知。

战胜的英国军队进驻拉萨,拿出早已拟定的条约。这个条约史称《拉萨条约》,共十条。

内容无非还是鸦片战争以来外国强制中国签订的诸多条约的一个翻版:被侵略者向侵略者赔偿军费,英国人提出赔款额五十万镑;开辟新的通商口岸;削平西藏通往印度要道上的一切武备;要求西藏开放,但是只对英国开放。

在英军大兵压境的情形下,所谓谈判其实就是在别人定好的文本上签字画押。荣赫鹏签了字,达赖喇嘛任命的摄政甘丹赤巴也签了,驻藏大臣有泰也准备签字盖印,但被他的秘书何文燮力阻,理由是没有清政府外务部批准,他无权签字盖印。

有泰这才把条约内容呈报清廷。

清政府认为此条约有辱大清主权,复电有泰,拒绝签字。"藏约十条,尚须妥酌,第九条尤为窒碍,其有损中国利益。"

英国人自己谈到这个条约时说:"条约虽不能使大英帝国确立为西藏的宗主国,至少也居于西藏保护者的特殊地位。"但英国人也知道，这个只有噶厦政府签字，而没有清政府代表签字的条约是一个无效条约。

荣赫鹏《印度与西藏》（中文译本名《英国侵略西藏史》）对在布达拉宫签约时的情形有详细记述：

"驻藏大臣坐于中央，摄政王在其左方，余则坐于右方。就座后，藏人以香茗进客，中英官吏各送一杯，并以矮几罗列干果，置诸中央官吏之前。茶点毕，余即开始请命驻藏大臣，进行公务。"

这个公务就是条约的签字仪式。

"余先命人用藏语宣读条约全文，并询藏方官吏对于签字一层有无异议，答云无有。于是出示条约稿本，中、英、藏三种语言同时缮写一纸，盖依藏人之习惯也。余请藏方先签，藏人遂依次履行手续。当噶布伦、三大寺及国会代表先后用印完毕时，与摄政同趋案前，驻藏大臣及全场官员亦同时起立。摄政遂代盖达赖喇嘛之印章，余最后签字盖印。手续既毕，余将约章递交摄政，并言今既实行媾和，望能永守弗渝。"

这里有两点引起我注意。一个是荣赫鹏提到的"国会"，那时的西藏地方政府遇到一些大事，会召集一个更多僧俗官员参加的扩大会议，有时这个扩大会议也被称为"民众大会"，或"扩大的民众大会"，藏语叫作"春都杰错"。美国人梅·戈尔斯坦详考过"民众大会"是哪些人参加，他指出这个大会分成大小不同的两种规模。他说，对扩大的民众大会外界"可能有些误解，因为其组成人员并不是来自西藏各地"。他详列了会议的出席者为：一、格鲁派三大寺即甘丹寺、色拉寺和哲蚌寺的全体现任堪布和卸任堪布；二、西藏地方政府管理宗教事务的机构译仓的四位名叫"仲译钦莫"的僧官和西藏地方政府管理财政税收的四位名叫"孜本"的官员；三、召集会议时正在拉萨的全体官员；四、西藏三大寺以外一些重要寺院的代表；五、驻扎拉萨的藏军代表；六、在拉萨征收住宅税和安排差役税的大约二十名低级官员；七、西藏地方政府一般职员大约三十名。这样的会议"都是应噶厦的请求而非正式召开的，会议的宗旨是对噶厦所提供的特殊问题进行协商并发表意见"。

"最小型的'民众大会'的固定出席者包括译仓的四位仲译钦莫和孜康的四名孜本。通常由噶厦召集，目的在于对达赖喇嘛所提供的特殊问题进行协商并发表意见"。参加这个小型"民众会议"的人，可不是一般民众，而是地位仅次于四位政府噶伦的重要办事机构"译仓"和"孜康"的行政首领。

想必出席条约签字仪式的应是这八位官员组成的"民众大会"。荣氏把这当成"国会"，是别有心裁的有意提升，还是无心之过，就不得而知了。

再一个，驻藏大臣未在条约上签字，却出席了签字仪式。

在清政府的坚持下，关于这个条约的谈判改到加尔各答进行。这回，清廷派唐绍仪作为全权代表与英国人直接谈判，噶厦政府没有再参与谈判。加尔各答的谈判也没有结果。英国方面其实也清楚单独与西藏方面签署的《拉萨条约》是无效的，所以如此重视，按荣赫鹏的话说是"完成藏印直接交涉"。这个"印"，不是今天的印度，而是那时由英国殖民地总督所统治的印度。荣赫鹏知道接下来就是"进而要求清政府正式承认《拉萨条约》之有效"。

但"唐绍仪奉使印度，毫无结果，未几因病回国"。直到

1906年4月27日始在北京签订《中英条约》六款。英国应允不占并西藏领土或干涉西藏内政，但有权在西藏各商埠敷设电线，联络印度。清廷经过力争，主要争得的还是一个条约的签字权，最重要的意义就是以此方式重申了对西藏的主权。

1904年西藏军民抗英战争失败，西藏地方政府这次直接与英国人进行的条约谈判，成为"藏独"意识与行动的发端，也是西藏问题国际化的一个开端。

荣赫鹏的书中说："《拉萨条约》缔结后，藏人对我态度和好，逾于寻常。"

自此，西藏地方部分僧俗上层见清朝因国力衰微而无力再如康雍乾时代那样，有强力保护西藏，便渐渐疏远清廷，而亲近英印。此前藏区地面种种动乱，多是因为藏区社会内部不同宗教派别，不同地方势力为争权夺利而发生。他们不听中央节制，甚至武力反抗，也不过是地方豪强和寺院势力，为扩张地盘争夺人口而发生的局部冲突，背后并没有什么明晰的政治理念支撑。但从此开始，藏区发生的很多事情，就跟整个世界大势有了更深广的关联。西藏乃至藏区地面发生不安定的事件时，民族、国家等概念开始包含其中，因此便具有了深长的政治意味。

西藏军民第二次抗英失败，十三世达赖喇嘛在英军进入拉萨前，慌忙出逃。其原因与目的，至今各种说法不能达成一致。

比较多的说法是说达赖此行，因为对清廷无力庇护西藏大感失望，企图从外蒙转投俄国，寻求沙皇支持，以此抗衡英国。只是因为沙皇俄国和日本在争夺大清朝"龙兴之地"东北的战争中失败，自顾不暇，达赖喇嘛无奈放弃了打算。

据近年发掘整理的藏方史料，达赖离开拉萨前，曾接到正率军前往拉萨的英军统帅荣赫鹏信件,言明进兵拉萨是要签订新的条约,"一经达赖签字,即当立即退出拉萨"。

达赖说:"我与洋人的观点行为截然相异,实不能聚首会谈。"这肯定不是虚伪之言,不然,此前就不会有一败再败而坚持抗英的举动。现今谈论往事,历史学家们提倡要抱"同情之理解",以此知人论事。十三世达赖喇嘛身为西藏宗教与行政的双重领袖,固然具有很大的事权。但清朝节制西藏地方的权力,除达赖、班禅等宗教领袖的名号封赐予转世的认定,达赖未成年时摄政与地方政府官员任免外,就体现在军事与外交方面。过去,清朝国力强势时,几次对西藏用兵,多数是为驱除侵略,保卫西藏疆土。战后条约缔结,也是清廷驻藏大臣作为中方的当然代表。荣赫鹏是知道这个定例的,但他偏偏致信达赖,要迫他签订城下之盟,自然怀有疏离清廷与西藏关系的打算。而达赖喇嘛既不愿与英国人媾和,而且即便愿意,也无权在条约上签字,只有一走了之,才能回避这尴尬的局面。

达赖出走外蒙,或许也有借助俄国力量抗衡英国入侵的打算,但他自己似乎并没有什么明确的说法与举动。驻藏大臣有泰上奏说"该达赖违例远出,并未咨报,究竟有无狡谋,实难悬揣"。当时,西藏地方的政治现实是复杂的,达赖喇嘛恐怕很难像日本人山口县君在其《西藏通览》中所说那样,一下就做出非此即彼的选择。日本人这时也开始觊觎西藏,他们这样说,或许是基于某种事实根据,更大可能还是基于当时日俄关系和日本自身的利益。

近年来,渐渐有西藏当地的藏文史料披露出来,给我们提供新的参考。

2007年民族出版社《西藏文史资料选辑》中《第十三世达赖喇嘛年谱》就属于这样的史料。该文长达数万字，没有作者或译者署名，但从行文风格可知是从藏文译出，或是基于藏文史料整理而成。

该文对达赖喇嘛出走一事也有详细记载："入侵英军到达曲水铁索吊桥渡口，基巧堪布帕西·阿旺欧珠受达赖喇嘛派遣，带着六月八日达赖喇嘛签发并盖有内府印章的指示前去与英军军官荣赫鹏谈判，但是英军坚持要到拉萨与达赖喇嘛直接谈判。达赖喇嘛考虑，如果会见英国军官，谈判时只能屈从于英方条件，这样本人难以承担由此而给政教大业的现今和未来带来危害性的责任。于是产生了出走内地，向皇太后和天子以及内臣面奏佛业遭难的念头。六月十二日，突然中断修行，直赴布达拉宫，任命甘丹赤巴·洛桑坚赞为摄政王，并对政事详尽叮嘱。十五日后半夜时分，向所依靠和供奉的护法神做嘱托后，带了少量随从人员离开拉萨。"

六月三十日，在那曲往唐古拉山中的半途中，达赖喇嘛又致信给他指定的摄政王甘丹赤巴，其实还是在诉说他内心的委屈："正如我以前告诉过代噶伦的一样，对于重要官员的派出和边境问题，应由全藏大会负责处理。但是，过去我个人为公事竭尽全力，现在又先后收到英国官员要求我亲自做出决定的信件，他们仍然把责任推给我一个。"也就是说，他觉得荣赫鹏要和他直接谈判并签约，是他个人不能也不应承担的责任，所以只能选择出走。

十一月，外蒙古。

还是《第十三世达赖喇嘛年谱》记载，光绪皇帝和慈禧太后

"专派一位钦差大臣带着赐给达赖喇嘛的织有九幅彩云盘龙图案的名贵黄缎僧衣和各种礼品以及颂扬册封敕文来看望达赖喇嘛。

"达赖喇嘛接受皇帝赏赐后,面朝北京方向行九叩礼。

"第二天,钦差大臣和满族大臣前来会见,达赖喇嘛谈了此次去京向皇帝面奏政教前途一事。"

同时,达赖喇嘛也接到西藏方面关于"英国官员同驻藏大臣会见并进行磋商等情"。复信摄政的甘丹赤巴说,"我抵此地后,皇上和皇太后特派一位钦差大臣带来皇上问候,同时还恩赐给满族服装一套和十匹锦缎及六千两银子,目前正请钦差大臣向皇上详细禀奏西藏情况……待接到圣旨后准备速返拉萨"。达赖此说看起来并不是虚应故事,因为他还要求噶厦政府准备相关材料。他索要的材料计有:一、藏英战争期间,噶厦政府各级致英方的信件;二、向驻藏大臣通报的文件副本;三、全藏大会发表的意见书等。同时,还要求递送银票一万两,作为"重大活动经费"。由此看来,达赖喇嘛有心与清廷中央政府认真讨论西藏问题。

同时,不由噶厦政府管辖的川属土司情况也在他关注之中。

1907年,达赖喇嘛给霍尔五土司地面上的甘孜寺执事喇嘛复信,表示知道了"朱倭地区的苦乐情况","今后,同样要保卫本土,安居乐业"。

又有答复道孚灵雀寺信件。1905年,灵雀寺在地震中毁坏,伤亡僧侣二百余人。这时正在"上下各部募捐钱财,用于新建寺院、经堂",其间,为寺院服劳役的"三百脚力驮畜听信外道人的欺骗,随其前往,未能追回"。外道人是谁,我们并不知道。

达赖喇嘛没有表示态度,只答复说,"已知晓"。

这说明在川属各土司管辖下的寺院，特别是格鲁派寺院，虽然在川属土司地面，但跟政教合一，以达赖喇嘛为最高领袖的噶厦政府有着非常深广的联系。

然后，达赖喇嘛经五台山准备转道北京。在此达赖喇嘛"接见美国驻京外交官主仆二人……美国官员离席告辞时用藏语说：'请达赖喇嘛摸顶。'并表示愿意为释教效劳。达赖喇嘛高兴地为他们摸顶加持"。

在这里，他也与俄国人见了面，"接见了一名俄罗斯巡视军官，并和他们举行了友好的会谈"。

瞻对藏官也出现在了五台山。这位藏官是"来自多康地区瞻对的扎林巴代本"——"呈送呈文者"，达赖喇嘛为他们摸顶加持。

后来，十三世达赖喇嘛到达北京。

"八月二十日，是最吉祥的日子，达赖身披金红袈裟，头戴通人冠，于晨鼓二响时分，乘上黄色大轿，在军机大臣、理藩院大臣陪同下，到午门下轿，进入紫禁城，在仁寿殿觐见慈禧太后。向慈禧太后献哈达请安，献善逝佛像一尊。太后回敬洁白哈达后，赐座。慈禧太后垂询达赖喇嘛离藏有多久，沿途劳顿否，来京后接待如何等语，达赖一一奏对。慈禧太后赏赐达赖喇嘛宝石念珠一串，达赖喇嘛谢恩告退。"

"然后由理藩院京堂引导达赖喇嘛在别殿休息片刻，再到仁寿殿觐见光绪皇帝。达赖喇嘛献哈达、佛像，皇上回敬黄色哈达。光绪皇帝询问了达赖来京途中的起居情况，藏中大事，来京是否安适等，达赖喇嘛均一一奏对。"

"六日，皇帝和皇太后在中南海宴请达赖喇嘛。"

"宴会设大桌,茶菜丰盛,气氛欢乐。宴会上数名汉族演员演出蒙古族舞蹈等节目。"

当然,达赖喇嘛此行不是去吃宴会和领礼品的,他向皇帝和皇太后面禀噶厦政府的要求:

一、为了西藏的政教和臣民,应帮助西藏抵抗外道国家的侵犯,保全西藏。

二、西藏一切重要大事,达赖喇嘛自己可向朝廷上奏,也可由驻藏大臣和噶厦政府联合上奏。

清朝以往定制,达赖喇嘛本人和噶厦政府有文书上达中央,都需经驻藏大臣转呈,这是强化驻藏大臣权力的一个措施。但到清末,驻藏大臣与噶厦政府官员间关系日渐疏离,互不信任。西藏方面往往怀疑,他们递呈给驻藏大臣的奏文未被如实转奏,也怀疑驻藏大臣所施行种种举措,是不是真的出于皇上皇太后的谕旨。达赖喇嘛此次流亡途中就曾致信藏区某寺院堪布说:"皇上不会不对我们赐以圣恩。不要害怕汉人大臣播弄是非。"

但是,这一切都太迟了。

皇帝、皇太后赐宴后不及一月,光绪皇帝死去。两天后,皇太后死去。

十月九日,清朝最后一位皇帝宣统登基,达赖喇嘛参加了登基大典后两月,出京回返西藏。关于他提出有事可以直接上奏中央的要求未获批准。

1909年11月9日,失望的达赖喇嘛,真实看到清廷已处于风雨飘摇中的达赖喇嘛回到拉萨。距他1904年6月离开西藏,已是五年多时间。

这份年谱还明确记载,当年十二月,噶厦政府设立外事局,这就意味着，达赖喇嘛与噶厦政府已打算抛开驻藏大臣，自行处理对外事务。

这时，隔清王朝覆灭只剩两年。

而在正史记载中，噶厦政府设立外事局是在1942年，这时，十三世达赖喇嘛早已经去世多年了，而意在取得独立地位的频繁外交活动也是这个时候方才出现。但地方史料中既有如此一笔，也写在这里，以备专业人员考证。《第十三世达赖喇嘛年谱》确实如此记载："十二月二十七日，从罗布林卡返回布达拉宫，观看了年终驱魔送祟跳神会。当年新设外事局，任命堪穷坚赞平措和四品官凯墨仁钦旺杰二人负责。"

第八章

赵尔丰又率兵南下去了瞻对,驱逐驻瞻对藏官藏军,将被噶厦政府占据几十年的瞻对地方收归四川。

瞻对,这个铁疙瘩就这样融化了。

终于要革新了

清王朝最后几年的时光里，还有几位地方大员在其将近油尽灯枯时，想在藏区有所作为，而且，其中两位还都与瞻对地方发生了关联，所以值得细说一番。

一位叫作凤全。

先说说凤全没有出台前，清廷这时也逐渐意识到，靠沿袭清代开国之初依靠地方豪酋和扶持宗教势力，而对社会形态不予任何改变的老方式，要维持川康藏区社会稳定已经没有任何可能。整个藏区，由清朝着意扶持的宗教势力尾大不掉，越来越难以节制。在川属土司地界，特别是与瞻对相邻的各土司地面，相对土司力量的衰微，宗教势力，特别是格鲁派寺院的力量却空前增长。一些地方，寺院凭借和西藏宗教集团的特殊联系，其实力与影响已远超土司的世俗权力。清廷官员中，也有越来越多的人认识到，要改变藏区这种局面，唯一的途径还是施行新政，发展工商，改造社会。而在川边藏区，无论是土司还是寺院集团根本没有自我进行社会改造的任何愿望。内部没有自新的意识，只好由外部力量主张社会改良，以图挽救藏区社会的危局。

光绪二十九年，1903年，有人向清廷献策：改变川藏危局的办法，是在川属土司地面"因垦为屯，因商开矿"。

朝廷随即降旨四川总督锡良，要他"察看情形，妥筹具奏"。

不久，锡良上奏说："川藏急务非屯垦商矿所能解其危迫。"意思是说，无论西藏，还是川属土司地面上很多火烧眉毛的事，并不是长时间才能见效的垦殖土地开发矿山这样的举措可以解决的。也就是说，地方大员对这种不能立竿见影，施行起来又有百般困难的事情没有积极性。锡良在清末新政中还算是个颇有作为的人物，在四川总督任上，他在汉区积极兴办现代学堂，选派青年学子留学国外，颇有政声，然而面对川属土司地面的乱局，却也缺乏信心。

不久，一个积极的人出现了。这个人就是凤全。

1904年，凤全被任命为驻藏帮办大臣。几个月前，朝廷面对英国在西藏方面咄咄逼人的攻势，和西藏地方政府越来越难以有效节制的情形，预见到或许还会有迫不得已对西藏用兵的一天，便下旨将本来和驻藏大臣一起驻在拉萨的帮办大臣移往川藏间的察木多，以便于在川藏之间"居中策应"。

当年八月底，凤全前往察木多赴任，到达打箭炉时，又接到清廷的谕旨。大意是说，我大清朝据有藏地已经两百多年了。近来英军入侵西藏，意在胁迫我朝订立分疆裂土，强制通商的条约。形势发展到这样的地步，接下来西藏的局面如何已经很难预料。朝廷以为，此时稳定川藏的关键只有练兵兴武，才能稳固边疆，但这一切都需要有充足的财力。因此要凤全到任后对当地土地进行切实勘探，选择合适的地方屯垦畜牧，所招垦民亦兵亦农。并要他酌情招工开矿，以使军饷来源充足，并期望他"尽力筹划，不避艰难，竭力经营"。

那时，正是英军一路奏凯，进军拉萨的时候。清廷不知道英军真实意图何在，不得不做如果失去西藏而以川属土司地区为四川、云南等省屏障的打算。

凤全接到谕旨很受鼓舞，认为朝廷的决策正与自己的设想一致，下决心要在任上大干一场。

人还在赴任途中，凤全就开始组建一支新军。这支新军要配备新式武器，以现代训练方法操练。一来可以此力量制衡地方上土司与寺院势力，以便专心屯垦等事务；同时，一旦西藏有事，可以就近增援。

打箭炉同知刘廷恕在川属土司地界任职八年，对当地社会状况相当熟悉，建议凤全招募明正土司辖地内的藏民为兵，说他们土生土长，吃苦耐劳，又因靠近内地而比较开化。凤全当即下令明正土司选送两百名藏族青年，集中训练。十一月，凤全上奏："行抵炉厅，酌量招募土勇，克期出关。"

得旨："著即认真训练，务期得力。"

在打箭炉做了这些准备，凤全才离开打箭炉，往里塘、巴塘而去。此时，已是青藏高原上横断山区的严冬，一路随处可见冰霜寒林，满目荒凉。只有巴塘在一个小盆地中，气候温暖，土地肥沃，地势宽阔，还有很多未开垦的荒地。此前，四川总督锡良已命人在那里试垦荒地三百余亩。凤全到巴塘时，虽然地里的小麦已经收割，但蔬菜还一片翠绿。他驱马察看一番，发现仅此一处，可垦荒地即有五六千亩。于是上奏朝廷，说他正在巴塘筹备屯垦，如果这时到察木多，路远很难兼顾，请求先在巴塘留驻半年,"以期办事应手"。

清廷不同意:"著仍驻察木多妥筹办理。"

但他还是在巴塘留驻下来。经考察后,请四川总督锡良将驻扎打箭炉以西的清军两营中的老弱病赢者裁汰,将余下的精壮士兵合为一营,加上他招募的新军,共计一千人,分驻炉霍、巴塘、里塘和察木多四处地方,七分力量用于防务,三分力量用于垦殖,并下达当年开垦荒地一千亩的任务。在他计划中,这样逐年增加垦地数量,几年之后的收入,便可支应这支军队的粮饷。

布置完垦务和新军训练,凤全又前往里塘考察。里塘是高原上的高原,川藏大道常被"夹坝"梗阻的地方。当年,朝廷设置的正副土司二员,此时早已衰弱不堪重任,其中一个原因,就是当地寺院势力日渐强盛。

那时的里塘全境,总人口才6500余户,寺院喇嘛数却达到了3800之多。当年里塘缴纳给政府粮税折银不过450两。同时,境内百姓却要供给寺院衣单银600两、粮1750石、牛470头、酥油近千斤。平时各种无偿劳役差使还不计算在内。在里塘这种气候严寒、生产方式极其原始的游牧之地,这样的经济与劳役负担真使当地百姓到了民不聊生的地步。寺院势力膨胀后,还干预地方政治,挟制土司,进而包庇纵容"夹坝",使一度安静的川藏大道抢案频发。往来商旅,想安全通过里塘地面,要向寺院上供,寻求保护。官兵追捕"夹坝",半数都逃往寺院中躲藏。凤全到任前一年,甚至发展到当地寺院聚众闹事,要挟撤去驻守各驿站的官兵,"打箭炉厅同知刘廷恕带兵剿办,将为首滋事之堪布歼除,其势稍敛"。

"其势稍敛",也是奏文中的说法,其后不久,这条路上又出事了:"近又有法司铎①蒲德元被劫之案,幸未伤人。"

这回"夹坝"的对象是外国人,在清代就更是了不得的大事了。

早在咸丰年间,法国天主教传教士就在打箭炉修建天主教堂一座,继而又深入巴塘,以及与巴塘相邻的云南维西一带活动。同治年间,即已在巴塘地区建成两座天主教堂,继而又在与巴塘相邻云南藏区的维西、茨中、盐井等地建起天主教堂。所以,巴塘、里塘一带川藏大道上常有法国传教士过往。

凤全在奏折中说,"该处黄土岗、干海子一带,为夹坝出没之区。"

大家应该记得,我们的瞻对故事就是从这一带地方的海子塘开始的。一队换防的官兵在此被"夹坝"抢劫,引起清廷在乾隆年间第二次征剿瞻对的战事。时在乾隆九年,公元1744年。之后,时间已然流逝了一百多年,但社会状况似乎还停留在原点。时间白白流逝,老套的故事在一个封闭的圆圈中不断循环。话到此时,当事各方孰对孰错,是是非非,其实都不是最重要的问题,真正充满悲剧感的,是历史的停滞。有宇宙之时,就有了时间。有时间就有了地球的历史,有了人类的历史。时间的意义不在于流逝,时间的意义是其流逝之时,社会的演进与进化。但在我们这个故事中,几乎充满人类有史以来所有戏剧要素,但单单缺少一个主题词:进化。

也许,当初康熙乾隆们的设想,就是让这个世界永远处于社会进化的历程之外,永远是落后与荒蛮的状况,以便于王朝的统

---

① 司铎:罗马天主教的宗教职位。常尊称为神父或神甫,是一座教堂的负责人。其位介于主教和助祭之间,在天主教神职人员中位列第七级。

治。乾隆在阐述其对藏政策的《喇嘛说》一文中说，这种政策的核心叫"修其教不易其俗，齐其政不移其宜"。却没有想到，与世界大势不相协调的落后封闭局面，也自有一种破坏性，堕而向下的力量。

凤全上奏："拟请申明旧制，凡土司地方，大寺喇嘛不得逾三百名，以二十年为期，暂停剃度。嗣后限以披单定额，不准私度一僧，其年在十三岁以内喇嘛，饬令家属领回还俗。奴才一面严谕土司堪布，将大寺喇嘛令其各归部落，别建小寺散住梵修，以分其势，请一并饬下理藩院核议施行。如此办法，二十年后喇嘛日少，百姓日增，何至比户流离，缁徒坐食，有土有人之效，可立睹也。"

对凤全此奏，京城里的皇上皇太后没有表示态度，依然不慌不忙，只让"该衙门议奏"。也就是把这个问题交给相关部委，要他们拿出意见。

①	④
②	⑤
③	⑥

①碉楼上的图腾
②瞻对旧时民居内部，左侧有抵御外敌用的射击口，右下为独木梯。
③行军杵藏茶用的石盎旧迹
④碉楼上的瞭望射击口
⑤祭祀坛
⑥新龙境内遗留的旧时征战石鼓，看上去只是普通石块，但至今敲之鼓声依然，与皮鼓声无二。

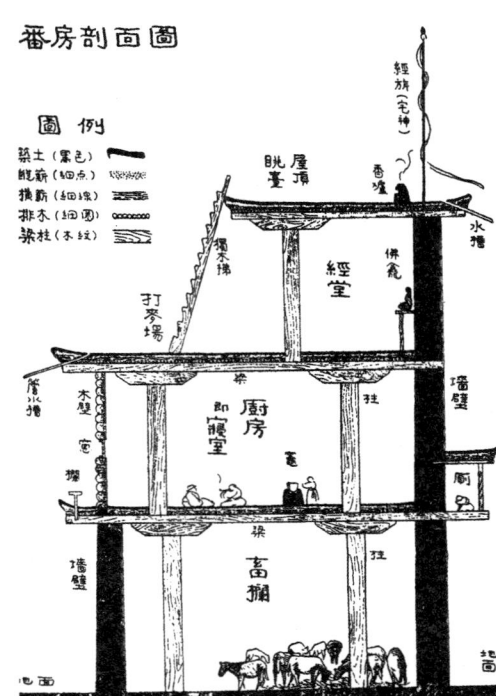

藏式民居剖面图（引自《任乃强藏学文集》，中国藏学出版社2009年版）

藏族房舍，1930。
摄影：阿诺德·海姆

瞻对旧民居

波日桥,跨雅砻江两岸,杰出的藏式伸臂桥,始建于清代,今仍在使用。

雄龙扎嘎神山

1960年新龙县全景

今新龙县城

改造前的新龙拉日马石板藏寨

皇庙也造反

凤全在打箭炉停留时，听说附近惠远寺旁泰宁地方河流中富有沙金，雍正初年抚边大将军年羹尧出兵驱逐入侵西藏的准噶尔人，途经泰宁时就曾在那里招夫开采，所得颇丰，便与打箭炉同知①刘廷恕会商"招工开厂"，采淘黄金。同时，四川总督也催令打箭炉开办金矿。凤全到巴塘开始垦殖时，打箭炉厅派员到泰宁踏勘金矿。此举招致惠远寺堪布不满，便以开矿破坏风水为名煽动当地民众阻止。都司卢鸣扬前往开导，被击毙。骚乱进一步扩大，乱民烧毁民房三百余间。清廷派四川提督马维骐率军进剿。

这座惠远寺本是清朝雍正年间所建的皇家寺院，这时却率民反对朝廷新政。

雍正年间，蒙古准噶尔部入侵西藏，藏区秩序十分混乱。雍正七年，为保障从里塘地方选出的七世达赖喇嘛的安全，清政府专门拨出库银，建成该寺。寺院占地五百亩，修建僧舍一千余

---

① 同知：清官职名。"同知府事"之简称。清代直隶厅级之行政长官。此文中之"同知"刘廷恕，即为打箭炉厅之行政长官。打箭炉厅，原属雅州府，为县级机构。后于光绪年间升为直隶厅，府级，治所在今康定。

间。寺庙建成后，雍正皇帝钦定寺名，亲书匾额曰"惠远寺"，并迎请七世达赖喇嘛来该寺暂时居住。七世达赖喇嘛驻锡该寺达七年之久（1728—1735）。西藏安定后，雍正皇帝才特派其御弟，时任理藩院主事的果亲王和国师章嘉呼图克图，将七世达赖喇嘛护送到拉萨。行前，七世达赖喇嘛要求惠远寺由他继续管理，得到朝廷允准。七世达赖遂留下堪布一名，喇嘛七十多人礼佛诵经。清廷又从明正土司辖下划百姓数十户为寺院差民。此外，清政府每年支付白银七百七十两，作为该寺的香火钱。以后历任惠远寺堪布都由西藏方面委派。

我们的瞻对故事，也与该寺发生过关联。乾隆年间，清代第二次用兵瞻对，战败的瞻对土司班滚潜逃多年后，就出现在这个寺院，并由该寺堪布代为向清廷表示悔罪，乞罪免死，得到允准。

五年前，我从德格到康定，因公路翻修，阻于道孚县境的八美镇。我得暇前往几公里外的惠远寺。那一天，风和日丽，草地青碧，寺院安静无声，大殿后方的蓝空中停着白云团团。我在寺门前读碑，是雍正年间该寺落成时的御赐碑文。经历了一百多年的时间，碑上字迹已经模糊漫漶。然后，又驱车到对面小山冈上，在一片白桦林中享受阴凉。小山前，一片沃野平畴，麦子正在熟黄。麦地中央是一个宁静村庄，十一世达赖喇嘛就出生在眼前这个村庄。可惜这位达赖喇嘛活到十八岁，刚到亲政年纪就神秘暴亡。历史没有假设，但我还是忍不住要想，假如这位出生于皇寺所辖村庄中的达赖喇嘛得以亲政，会如何行事，影响所及，西藏乃至川属土司地界，又会有怎样的情形。

清廷以扶持藏传佛教格鲁派始，其势力得以深入西藏以致藏区全境，接下来，维持对藏区的统治，也以扶持格鲁派为主要手段，开始阶段自然收到了事半功倍的效果。但两百余年后，世界大势与社会状况都发生巨大变化时，后继者毫无觉察，只知陈袭旧规，却因教派势力的雄强而渐渐失去对藏区的有效控制。惠远寺此案，就是一个例子。寺院反对采矿，自有其行事与情感逻辑。但对清廷来说，自家修建的寺庙，使着自家每年颁给的香火钱，而倡民作乱，反对自家开矿，当然是清廷治藏政策失当的一个小小的，但却是十分清晰的佐证。

而驻藏区清军，纪律松弛，鱼肉乡里，骚扰百姓已非一日，进剿泰宁，战胜后也在惠远寺大肆抢掠。所以，乱平后清廷一面下旨赏助战有功的明正土司以总兵头衔，一面将"纵兵抢掠之靖边营管带已革知县穆秉文发新疆充当苦差"。

泰宁金矿乱平后，又查得这事不但关涉惠远寺堪布，还有驻瞻对藏官在背后唆使，这不得不引起清廷的警惕。噶厦政府控制瞻对一地，但其影响所及却远远大于瞻对。此时清廷担心英军入侵后，失去西藏的同时，也就失去了瞻对。更有理由担心，到了那时，瞻对于四周的土司地面，怕是会有更大更坏的影响。于是，为稳固川边，下旨四川总督锡良、驻藏大臣有泰和驻藏帮办大臣凤全三位地方大员："西藏地方危急，请经营四川各土司，并及时将三瞻对收回内属。"

凤全行动迅速，当即派员前往瞻对考察民情，了解当地头人、百姓和藏官对于改土归流的态度。调查结论是当地头人和百姓都情愿回归川属，藏官则表示去留只听从噶厦政府命令。也就是说，没有噶厦政府的命令，他们绝不会撤离瞻对，而噶厦政府是绝对不会下此命令的。想当年清兵征瞻对，藏军大败，清军完胜，噶厦政府都从清廷手中收回了瞻对，重新派官统治。现在清廷危机四现，处于风雨飘摇的境地，噶厦政府岂会甘心将此地拱手送还？

见此情形，凤全便敦请四川总督锡良，希望他派兵强行收回瞻对。锡良却并不急着动兵，只是告诉凤全，正在筹集二十万两银子，准备偿付藏军当年出兵收复瞻对的军费。

凤全又致书驻藏大臣有泰，请他在拉萨就近多做工作，说服噶厦政府放弃瞻对。

殊不知有泰此时在拉萨正焦头烂额，面对英国军队入侵、十三世达赖喇嘛出走等种种复杂局面无所措手，哪里还有心管瞻对的事情。所以，有泰回复凤全说，他赞同垦荒练兵，以此威慑西藏，却不赞成收回瞻对，"以大局而论，示以天威则可，失此大信则万万不能"。

凤全并不因为驻藏大臣有泰是正职，而自己只是帮办而屈从听命，致信有泰时针锋相对，说收回瞻对不存在失不失信的问题，因为瞻对划归西藏，原是为偿还兵费，藏官"岁收瞻民赋税九千余两，迄今三十余年"，早超过应收军费了。所以，"瞻对应收不应收，惟问贵大臣。西藏自主之权能终保不能终保？若能终保，则瞻对之收回可缓议也"。也就是说，他和朝廷此时力主收回瞻对，是因英兵已抵西藏，"一经立约，枝节横生，再议收回瞻对，噬脐之悔无及也。瞻对四旁皆川边土司，赏还达赖，譬如幅帛抽心，不成片断，一旦有事，不惟门户不清，亦且防守无据"。

结论自然是："藏亡而瞻对亦亡。"

泰宁金矿事件后，四川总督锡良上奏，说到金矿事件的原因，将此事件看成与朝廷欲在瞻对改土归流有关："瞻对改土归流，泰宁寺（即惠远寺）喇嘛煽乱，枪毙弁兵。"

朝廷下旨却奇怪，不让四川总督办理，而是"著凤全就近剿办"。对凤全来说，手里的新军还没有练成，朝廷又不派兵，如何就近剿办。

更严重的问题是，不是他去剿办别人，而是他的改革必然触动到旧制度的命门，人家要起而反抗，来办他了。

巴塘死了凤大人

当时的实际情形是，四川总督观望不前，驻藏大臣有泰明确反对，凤全计划中的新军还远在康定编练，他身边只有一支百余人的卫队，自是孤掌难鸣。瞻对改土归流，事情没有真正着手，他就把动静闹得很大，未免有些操之过急了。

吴光耀《西藏改流本末纪》中说："当是时，收瞻对改流议传遍草地，夷人咸愤怒，凤全不知变计。"

吴光耀清末时也在四川为官，曾任职于四川总督衙门，和凤全是同时代人。所著《西藏改流本末纪》，虽然态度趋于保守，但所记事实应该还是可信的。他说凤全"强抗开爽，能吏也。苦不学，好谑侮人"。意思是说，凤全性格强悍爽快，是个能干事的人。但学问和修养差，不尊重人。不尊重人这个缺点，到了藏区，加上他的大汉族主义思想，就更加膨胀。吴光耀记他"在巴塘亦以旱烟杆热窝击土司头，曰：'此头在尔身能几时？'土司或受朝廷一品封红顶花翎，夷人之小君长也。大臣向务柔远人，恒以均礼。凤全独廷辱之，于是夷人益怨愤"。

"明年正月春，夷人流言愈狂悖。"

他要垦地开矿,当地就传言,"夷人服事大皇帝数百年,大皇帝故爱厚夷人,何来钦差夺我矿地,夺我垦地?"

他在巴塘操演新军,当地又传言,"大皇帝兵何来洋装,是洋钦差,非大皇帝钦差。"

并公开扬言:"夷人当为大皇帝杀此人。"

巴塘丁林寺更提出,要他收回每寺只给三百名喇嘛名额等限制寺院的命令。

凤全自然不会听从。

于是,从1905年,巴塘乱发。三月,"丁林寺始抢垦场兵","杀法教士"。

丁林寺,是格鲁派在巴塘的最大寺院,时有僧人一千五百余人。

"四月二日,烧载石洞垦场,遂烧教堂。凤全居粮台……夷人三千余围攻粮台,枪石如雨,彻夜不绝。知县秦宗藩知事已不救,独出粮台开导,死之。参将吴以忠领炮队亦死之,卫队伤亡二十余。夷人伤亡百余"。

凤全退居正土司官寨,"使告夷人解散赦罪"。

凤全更不知道,巴塘正土司罗进宝和副土司,也怕他在巴塘的种种举措危及自身利益,见此情形,只是一味劝他离开巴塘。这时凤全身边只有一百多名兵丁,事变发生之前,他见巴塘局面一天坏过一天,就多次向四川总督和打箭炉催请调兵,但直到乱发,局面不可收拾,也未见一兵一卒前来增援。凤全见状,不得已只好答应离开巴塘。

四月五日,凤全一行动身离开。行至距巴塘五里处一个叫鹦哥嘴的地方,便中了早已设下的埋伏。"伏发,夷人隆本郎吉枪凤全中脑后，喇嘛阿泽就而戕之。取其顶珠翎管。巡检陈式钰、县丞王宜麟、赵潼、千总李胜贵卫队五十余人同时被戕。"

之后，又上演一番官场故事。

巴塘案发，清军近在打箭炉等地，凤全也曾请求援兵，但打箭炉同知刘廷恕因何按兵不动？这一件公案当时就莫衷一是，至今也各有说法。还有一则公案，凤全到巴塘，无以为居，便驻进粮台。当地粮员吴锡珍让出住房后，另择民房居住。所以事发之时，这位吴粮员匿身于寄住的藏民家中，没有陷入包围。这也是情理中事，没有什么不正常的地方。但事变之后，死去的凤全从生前颇有争议的人物摇身变为一个死于国事的英雄，吴锡珍作为巴塘乱后少数的幸存者，需要出来说明自己在事变中的表现。

大部分记巴塘事变的书都说，凤全临离巴塘前，吴锡珍推窗望见凤全正要离开土司官寨，便不顾房主劝阻，冲出房屋，拦住凤全的轿子痛哭劝阻，但凤全不听。于是吴锡珍要求随行护送，凤全见他衣冠不整，命他回去穿戴整齐，戴上官帽再来。等他收拾妥当后，凤全一行已经去远，而他又被用作乘骑的骡子踢伤，以致不能前往追赶。

这个故事中，凤全要粮员正了衣冠再一同上路一节，在一个英雄故事中正是一个动人的细节。所以，很少有人质疑，而是作为一个传奇故事中的生动细节一再被人重复提起。

但作为这个事件的见证者，吴光耀在《西藏改流本末纪》对此却有质疑。他说，"吴粮员实无土司官寨挽留之事"。根据是"予在营务处，见吴粮员报凤全死事，前后两禀歧异，皆极力摹写急迫不及救护之状"。

初禀曰："跣一足，提一袜，造钦差之所居挽留，钦差令且著袜。"

后禀易为:"钦差所居,夷人攻毁,痛哭不得往见,派人为钦差请安。"并明言"前数日已为夷人隔绝,汉官不得往来相见。是时夷人巴塘劫杀,横暴市间,睚眦之怨不能免"。这是说,变乱一起,乱民横行,不但劫杀汉官,就是平常民间积累的仇怨,也在这时趁乱报复。这样的情形,吴粮台孤身一人,怎么可能跑到被乱民包围的钦差跟前?

吴光耀说:"吴粮员习气油滑见于文牍,非赴难之人也。"

中国社会,一个人要成就一番事业,干一番大事,往往得不到理解与支持,反而时时被吹毛求疵。但这个社会同时又极欢迎别人成为烈士,一旦成为烈士,又唯恐其人格不完美,愿意随时替这个传奇增添动人的细节。

于是,吴粮员送钦差的故事又有了完美版,从凤全要求吴粮员穿袜子变成要求他正衣冠。往事已矣,巴塘事件已经过去一百多年了,哪个故事最接近真实的情形呢?我已无力判断。但吴光耀所批评的现象,在今天却是愈演愈烈了:"近世公牍,上下相欺如此,未尝有长官诘责之者。"

不仅如此,染有凤全那种只求事功,藐视民众,藐视少数民族作风的,在各级政府官员,恐怕也不是官样文章中"少数人"一词可以指代的。

凤全死难,其在巴塘藏区尝试实施清末新政的举措彻底失败,朝廷收回瞻对的想法也随之流产。

清廷命新任驻藏帮办大臣联豫不再驻巴塘或察木多,仍到拉萨就任,这意味着朝廷已放弃了由驻藏帮办大臣在康巴一带垦殖练兵的打算。

此次巴塘事变中,乱民趁势烧毁天主教堂,杀死法国传教士牧守仁和苏列,此外打死打伤教民多人,并挖了此前死在巴塘的两位司铎的墓,弃遗骨于野外。在此前的1900年,当地人也杀过天主教堂的传教士,当地有史料说,"将法国神父捆在河西村木桩上,胸画黑圈,活靶射死"。有史料说,这是"巴塘人民在义和团反帝运动影响下,闻风而起",这我就存疑了。

与此疑问相比,我想知道的是,此时逃亡在外的达赖喇嘛是否知道了巴塘事变的情况,他又作何反应。但查《第十三世达赖喇嘛年谱》,只说:"四月中,三次会见钦差大臣和库伦办事钦差大臣,交谈有关西藏苦乐安危等事,增进相互间友谊。"不知道"有关西藏苦乐安危事"是哪些事。这时中英间正在就西藏问题展开艰苦谈判,他自然会关心谈判的结果,这算是"安危事"。再者,在他逃亡路上,经驻藏大臣有泰上奏,清廷已革去了他达赖喇嘛的名号。这应是他的"苦乐事"之一,但他一直说,这是驻藏大臣的阴谋,不是朝廷的真实旨意。所以,他与皇上和皇太后派来的钦差大臣见面,对此事也定会谈及。而巴塘事变,与清政府正面冲突的主要力量是奉他为最高领袖的格鲁派寺院,对他,对西藏地方来说,就既是"安危"事,也是"苦乐"事。但年谱中既然未着一字,我也就不能妄加推测了。

凡操心"苦乐安危事"的人,心情都不会轻松。在外蒙古,达赖喇嘛还遇到了更不愉快的事情。外蒙古的格鲁派最大活佛哲布丹增巴,见宗教地位高于自己的达赖喇嘛久居不走,便一改当初热情欢迎的态度,时时显得倨傲无礼,这就让和自己同一教派的最高领袖感到不愉快了。《第十三世达赖喇嘛年谱》明确记载:"哲布丹增巴日渐不愉,逐步产生厌离之感,捣毁了达赖喇嘛法座,当着达赖喇嘛的面吸烟,做了各种有失体统的事情。"几个月后,达赖喇嘛就离开库伦,转往他处。

这也说明,即便是一个教派的最高领袖,身处同一教派中,实力不济时,其权威也会下降,甚至受到挑战。

如果说这时清政府已经衰弱不堪,但这个庞大帝国相对长期积弱的噶厦政府,还是具有相当强大的力量。所以,达赖喇嘛此时更为关注的还是清廷在藏区的种种举措。

瞻对,也是他关心的事务之一。

1906年,他在途中收到噶厦政府送来的"就条约本事的报告",同时收到的还有"瞻对总管禀报的汉藏文信函"。达赖作出的指示是:"瞻对总管禀报之事,应根据时局变化,无遗漏地掌握基本事实,争取毫无过激,毫不推迟地逐步解决为要。"年谱文字没有涉及瞻对总管具体上报了什么内容,但达赖在瞻对问题上的态度却十分清楚,一面要求"毫无过激",同时又要求"毫不推迟地逐步解决"。

应该说,即便事情到了这样的地步,川属藏区包括瞻对局面如何变化,主动权还是在清廷的手里。土司制度,成形于清朝,但在元明两朝已经发端。许多土司家族在被清朝册封前,作为地方豪强已在当地称雄多年,中央王朝死守陈规时,大体上可以彼此相安。但清末新政也影响到川属土司地区,改土归流的呼声高涨。于是,变与不变,自然就形成难以调和的冲突。

放到历史大势中考察,巴塘事变不像过去的瞻对之乱,可视为偶然的孤立事件,而是时势到达历史关口时的一种必然。

对于反对变化的一方,这是一次拼死反抗。而事变的发生,对于急欲图变强国的清廷来说,这种反抗正为变革治藏方略提供了更充足的理由和更大动力,刺激清廷下决心加大变革的步伐。以和平方式求变招致失败,就只剩下武力的手段。有清一代,几乎从无在藏区内部培植进步力量的任何举措——甚至意愿,其所求者只是这片疆域的臣服与平安。一旦有事,无非就是剿抚两手。剿,花钱。抚,也花钱,所谓花钱保平安。今天中国人喜欢说康乾盛世时中国疆域如何广大,但在所开拓的疆土上,不促进社会进步,没有新思想的萌生与发展,不在这些疆土上培养起码的国家认同,朝廷拿不出银子维稳时,这些广大疆域,往往便只剩下得而复失一条道路了。中国历朝历代,边界版图或大或小的变化,都和边疆民族的认同和背反息息相关。以藏区而论,今天中国领有的藏文化区疆域,较之康乾朝时,其实也已经缩小不少了。

赵尔丰来了

四月五日,凤全死难。四月二十二日,清廷下旨"委明干晓事大员,添派得力营伍,飞驰前进,查察情形,会同马维骐分别剿办"。和过去的迟缓迁延相比,反应真是够迅速了。

马维骐,云南人,参加过1883年的中法战争,多有战功。时任四川提督。得令后,马率新军五营出打箭炉,于六月中旬就进到巴塘。

同马维骐进剿的"明干晓事大员"就是建昌道赵尔丰。

此次巴塘战事,时任成都将军的绰哈布奏报平定巴塘的奏文描述甚详:

"维时巴塘喇嘛土司等誓众祭旗,出而抵御,节节关隘,扼险设伏,圮桥掘堑,拒我师徒。马维骐以为歼寇必贵神速也,亟于六月十一二三日亲率五营,次第开拔,分道前进。十八日师次二郎湾,其山后头殿喇嘛寺地势高峻,已有悍匪啸聚,竟图横袭我军。马维骐先派中营黄启文、马德昌带队往攻,炮石雨下,我军张病奎等受伤。次日,马维骐亲往应援搏战,军士攀木猱升而上,毙匪数十名,阵斩首要喀殊达哇、恻忍、吉村三名,而照珠等二名亦属魁酋，并为枪毙，余匪始各逃散，夺获枪械，并有开垦官物在内。是日，后营马汝贤，甫至三坝关，诸营会围兜击，勇气百倍，酣战两时之久，阵斩逆目日根彭错、喇嘛因句夹伙等四名，遂夺其关。二十日，副中营马德，又在喇嘛寺突遇贼队三百骑劫取官粮，该营夺其精锐以败之，于是群匪皆退据大所关，并力扼守。关本石壁峭峙，盛夏犹积冰雪，尚恐仰攻不易，密遣马德暨帮带江定邦、马荣魁等，绕道六十里，以拊其背。马荣魁于二十三日丑刻，途遇匪粮，夺获糌粑八驮。是日午刻，诸营前后夹击，匪等拥众扑犯，把总陈天恩等，连发巨炮，冲分中道，因各突驰而上，克取雄关，要逆喇嘛工布汪阿那等俱被歼。是役也，毙匪数百名，我军亦有伤亡。由此迭破要隘，直捣奔察木。二十四日，各营克复巴塘。喇嘛本踞丁林寺为巢穴，及是势不能支，举火自燔，率众渡河，拆桥而遁，我军追逐江干，枪毙淹毙者百余名。"

二十六日，马维骐抵达巴塘。这时，建昌道赵尔丰还未到前线。

马维骐当即着手调查巴塘事变的前因后果："诘究倡乱本末，安抚被难商民，解散胁从，分别良莠，立将正土司罗进宝、副土司郭守扎保，一并从严拘禁。查知戕害凤全之喇嘛阿泽、番匪隆本郎吉，并寺中堪布坝哥未格，以及稔恶最著之阿江及格桑洛米、阿松格斗等，犹多窜逸。且肇乱之由，原因沟内七村之番烧毁垦场而起，该番现犹散伏象山一带，若不痛加惩创，将虞灰烬复燃。马维骐分派营员，带队四出，期于剪巨憝而清余孽。七月初三至初十等日，马汝贤搜匪于阿奶西，生擒格桑洛米、罗戎却本二名，惟林箐深密，马汝贤搜匪遇伏，受伤甚重，裹创以还。而张鸿声则于三岔路擒获阿江,李克昌则于象山擒泽昌汪学,马德则于河西吗呢热山生擒阿泽与汪定邦、贾廷贵等,均多斩获。各营搜剿殆遍,日有俘获,共拿缴九子枪七十余杆,并在阿江身旁搜获凤全顶珠翎管。泽昌汪学身旁,亦有殉难各员衣具。又在土司处,搜获教堂银物,两司铎尸骸,均经寻获,辨视无误。主教倪德隆单开最要之匪玠休硬不,及往盐井调兵打毁教堂之喇嘛格桑吉村,先后弋致。共有擒到各匪孰为凶逆,悉经当时目击之粮员吴锡珍等指认的确,缉获隆本郎吉,供认枪中凤全脑后不讳,而阿松格斗等亦就获。"

说到巴塘事变,奏文中说:"伏查凤全遵旨筹办边务,虽欲振兴屯垦,亦未尝以峻急行之,只因拟请限制寺僧人数一疏,喇嘛闻之中怀怨怼,飞诬构谤,蛊惑愚顽。正副土司初不过潜预逆谋,继则公然助恶,屡投印文于奴才等署,竟称凤全操练洋操,袒护洋人,应即加之诛谬,若川省派兵压境,惟有纠合台众,联聚边番以死抗拒等语,狂悖实为至极。"

马维骐将巴塘正副土司及丁林寺参乱喇嘛等人在巴塘处决后,"酌留所部,凯旋回省","善后诸务暨应归剿捕匪犯,即饬赵尔丰统兵留驻,详加审度,妥筹办理"。

再用文字记录这个过程,已经很老套了。清军几次进兵瞻对不就是这样吗?不就是得胜以后,再册封一个愿意听命于朝廷的地方豪强为土司,事情就结束了吗?不就是等待下次什么地方再有同类事情发生,再把同样的故事重复一遍吗?

不,历史是严峻的。

历史的教训是严峻的,历史提供的选择也是严峻的。

历史让你必须做出选择。

清廷错过了许多选择机会,但终于做出了新的选择。噶厦政府与川属土司们则放弃了更多的选择,或者说,在世界格局发生了天翻地覆变化的时候,依然拒绝选择。土司们、喇嘛们还在人性消极的惯性中继续下坠着,而不自知。

马维骐镇伏了巴塘,得胜回省。

留下赵尔丰善后经营。

赵尔丰上任时,就已胸怀"治边六策",其内容为:

一、设官,就是改土归流;

二、练兵;

三、屯垦;

四、通商,就是开发当地资源,促进商业流通;

五、建学,兴办新式学校,开启民智,培养建设人才;

六、开矿。

兴边六策中,所有事情,都需要以第一条为基础。要无意改变现状的土司们腾出地面来,做他施行藏区新政的舞台。不只是土司,还有势力更为强劲的寺院。

巴塘事变发生时,周围各土司寺院也骚动不宁。"云南维西厅属番夷勾结叛乱,焚教堂,戕教士,围困官军"。居于打箭炉到巴塘要道上的里塘土司也拒绝为进剿巴塘的马维骐运送军粮,供应柴草。而雍正年间岳钟琪请设里塘土司正是为了保障川藏大道运输流畅。

任乃强《康藏史地大纲》载:"赵尔丰诛里塘抗差头人,拘其土司……遂清查户口粮赋,准备改流。里塘正土司四朗占兑,杀看守兵,逃至稻城贡噶岭,啸聚土民作乱。乡城乱民皆应之。中乡城桑披寺僧普中扎哇者,怙恶不法,曾叛里塘土司,诱杀守备李朝富。川督鹿传霖派兵往讨，游击施文明被生擒，剥皮实草，供岁时逐祟刺击。赵定巴塘，使人招之，回书侮慢。十一月，赵派兵攻乡，并剿稻城。稻城平，而乡师无功。三十二年（1906）正月，赵亲攻桑披寺，至闰四月，破之。"

史料之中，说赵尔丰雄才大略，建立勋业者多，同时也说他手段残暴，嗜杀过度。与赵同时代人吴光耀《西藏改流本末纪》对此就有记载："赵尔丰报克服桑披寺，尽抄没所有，令屠降夷七千余。行刑百人，有坠泪者至于罢极。"就是说，他用百人的刽子手杀几千人，这些刽子手中，有人杀到后来杀不下去了，流着眼泪而放下屠刀。"富顺知县熊廷权时管粮台，为夷人请命不得，而出坐石上，见行刑如此"。

不只是对"降夷"残暴，对自己的士兵也相当酷虐。攻克桑披寺后，自然取得了相当多财物，他下令官兵上缴后，全部摆放一起，对官兵说，可以按自己的功劳大小，随意拿走与自己功劳相当的财物。"黠者知其性情不敢取，愚者遵令自取物。明日，尽斩自取物者官兵数十人"。

吴光耀说："张俊生统师归，为予言暴骸骨遍野。"

桑披寺战后，赵尔丰即在原巴塘土司和里塘土司地面重新规划行政区域，请设巴安、定乡、理化三县，派出流官，管理民事。

民国年间，一位湖北的中学教员叫贺觉非，于日本侵占东北后入国民党中央军校学习，结业后被派往四川，1941至1944年，出任原里塘土司地面的理化县长，有《西康纪事诗本事注》一书传世。其中对清末至民国年间，川边地面的重大事件及民情风俗多有记录。他在该书中说："赵尔丰之治边也，先之以兵威……

而遂其改流大计。"

"边地既定，赵即从事各种建设。"

贺觉非在理化县长任上，研读史志，遍访高僧老吏，修成该地第一部地方志《理化县志》。他编县志时，距赵尔丰主政川边不过三十多年，由他记叙赵尔丰事迹，应该是比较切实的。贺总结赵尔丰从事边地各种建设举措，也颇为精当。

"以言内政：则慎选官吏，改良礼俗，规定支给乌拉章程，颁发百家姓氏，延医购药。

"以言教育：则奏派吴嘉谟为学务局总办，于改流各地，遍设学校，并购印刷机至巴安（巴塘的新名字）印课本。

"以言交通：则修建关外台站，平治康川道路，敷设川藏电线，雇比利时工程师建河口钢桥。

"以言实业：则招募垦民，改良农业，踏勘矿藏，购置纺纱机、磨面机器等。"

这时的清廷，已把川属土司地面看成一个战略性的整体。随着这种新思维的出现，一个新词出现了："川边"。这是一个地理名词，囊括了康巴地区所有川属土司地面。从清初开始的土司时代，清廷在这个地面上只求平安无事，所以"多封众建以分其势"，从此开始，却要将这些地方视为一个整体，加以经营开发了。

在此新思维下，一个新官职也随之出现："川滇边务大臣"。为何设置川滇边务大臣，清廷说得明明白白："四川、云南两省毗连西藏，边务至为紧要。若于该两省边疆开办屯垦，广兴地利，选练新兵，足以固川滇之门户，即足以保西藏之藩篱，实为今日不可缓之举。"

1906年，赵尔丰出任新设的川滇边务大臣。

清廷有旨："四川建昌道赵尔丰著开缺，赏给侍郎衔，派充督办川滇边务大臣，居中擘画，将一切开垦防练事宜切实筹办。"

并拨银一百万两，作为开办之费。

新政，不只在川边。

1906年，在印度进行了一年多的关于《拉萨条约》谈判没有结果，又改到北京举行，终于签订《中英续订藏印条约》。其主要内容除减少了对英赔款数量，主要还是中国对西藏主权的重申："英国国家允不占并藏境及不干涉西藏一切政治。中国国家亦应允不准他国干涉藏境及其一切内治。英藏所立之约第九款内之第四节所声明各项权利，除中国独能享受外，不许他国国家及他国人民享受。惟经与中国商定，在该约第二款指明之各商埠，英国应得设电线通报印度境内之利益。"

同年，清廷任命曾在印度参与《中英续订藏印条约》谈判的张荫棠从印度直接入藏，任驻藏帮办大臣。

张荫棠到西藏就任，第一件事，就是整顿吏治。他十月到达拉萨，十一月十八日便上《为沥陈积弊，请旨革除惩办，以维边圉人心》一折，道出了驻藏官吏的腐败不堪，对藏人作威作福的情形。

"查驻藏大臣历任所带员弁，率皆被议降革之员，钻营开复，幸得委差，身名既不足惜，益肆无忌惮，鱼肉藏民，侵蚀库款。"时人总结西藏以及朝廷派驻藏区官员的这种情形，叫"贤者不往，往者不贤"。朝廷认为自己对藏人施恩甚多，而彼方却离心离德，甚至有官员说这是"藏人畏威而不畏德"，其实，这种局面的造成，除了是由清朝国力衰微的大势所定外，这些贪官酷吏在藏区胡作非为，也是一个非常重要的因素，有时甚至是唯一的因素。

不唯下层官吏如此，驻藏大臣往往就是贪腐之首。

噶厦政府在达赖或摄政王下，有四位噶伦管理全藏政务，每有缺额，都要由达赖喇嘛会同驻藏大臣上奏朝廷提名新人，这就给了驻藏大臣卖官鬻爵的机会。据张荫棠调查，一噶伦官职"陋规一万二千两"是半公开的行市，"额外犹需索不止"。其他官职也明码实价："挑补代本、甲本各官，陋规二三千两至数百不等"。而这些费用藏官们并不自己出钱，"皆摊派于民间"。所以，张荫棠慨叹，"民之何辜，罹此荼毒！"

驻藏大臣如此作为，致使"一切政权得贿而自甘废弃"。

英军第二次入侵西藏，驻藏大臣有泰的作为更是自毁长城。英军抵拉萨，有泰往见荣赫鹏，"自言无权节制商上，不肯支应夫马等情，以告无罪，媚外而乞怜，荣赫鹏笑颔之，载入蓝皮书，即以为中国在藏无主权确证，庸懦无能，误国已甚！"

更令人可气可笑的是，英军到了拉萨，有泰忙着"犒赏牛羊柴薪"，而且出手大方，用去银子一千五六百两。最后，张荫棠查出，有泰报销的这笔接待费用是四万两！

首官如此，下属可知。少支出多报销有之，向西藏官民索贿受贿者有之，侵吞驻藏清军兵饷者有之。当时，有泰信任驻藏大臣衙门的门丁刘文通，"以之署理前藏游击，领带两院卫队，又总办全藏营务，凭权纳贿，卖官鬻爵，其门如市，各台汛员弁，纷纷借端更调，下至挑补兵丁台粮，需索银四五百不等"。张荫棠奏书中举了一个例子，一个叫李福林的都司被撤职，向刘文通行贿五千两，不降反升，做了游击。

英军入侵，前线战事紧张时，"警报屡至，催赴敌前开议"，有泰不肯去前线处理危机。这时，刘文通便来给主子散心："购进藏姬五六人，献媚固宠，白昼挈随员等赴柳林子召妓侑酒，跳唱纳凉，该大臣醉生梦死，一唯其所愚弄。"

清朝历代皇帝，对西藏以致整个藏区，恩威并用，但始终提倡的，还是两个关键词，曰"惠远"，曰"德化"。而派驻当地官员，行事糜烂骄横如此，都走向这两个词的反面去了。想要因此"以服远人"，自是痴心妄想。

我没有统计过有清一朝派驻西藏的大臣和帮办大臣的准确数字，但肯定已有好几十位，而对西藏日渐糜烂的吏治大力下手全面整治的似乎只有张荫棠一位。

他呈报了清朝驻藏官吏种种腐败情事后，上奏"可否请旨将刘文通、松涛、李梦弼、恩禧、江潮、余钊、范启荣七员先行革职，归案审办，分别监追，以警贪黩"。至于有泰，"系二品大员，应如何示惩之处，圣明自有权衡，非臣所敢擅拟"。

不只中央派出官员贪腐，这个问题也是噶厦政府的痼疾。

张荫棠也查出："噶布伦彭错旺丹，贪黩顽梗，勒索百姓，赏差银两，任意苛派。浪仔辖番官阳买，贪酷素著，民怨沸腾，均请先行革职查办。"

对张荫棠的处置，清廷一概同意。本来清廷已下令有泰"来京当差"，此时下旨将有泰"先行革职，不准回京，停候查办"。

张荫棠此举，受到西藏各阶层的拥护与欢迎，对贪腐成风、怠惰成习的汉藏官场，也震动不小。张荫棠自己也说，"全藏极为震动，屏息以观我措施，以为臣系奉旨查办藏事人员，与寻常驻藏者不同"。这句话反过来说,就是在藏人眼中,寻常驻藏官员都是大同小异。

对清朝驻藏官场稍有整顿后,张荫棠又提出新治藏政策大纲十余条,上报清政府外务部。

第一条,就是对达赖喇嘛优加封号,厚给岁俸后,另立俗官为藏王,专管地方政府事务,而以汉官监之。其要义是结束西藏政教合一的政权。

第二条,改革噶厦政府体制,重新设置官职,分理内治、外交、督练、财政、学务、裁判、巡警、农、工、商、矿等局事务。也就是要将旧政府改变为一个现代政府。

第三条,添拨北洋新军驻藏。

第四条,以现代方式训练藏兵。

以下若干各条,兴学筑路,架设电线,教藏民在当地种茶等,都体现开化与强盛西藏的意图。清廷照准之外,并无具体支持措施。而噶厦政府首先就成为张荫棠治藏新政的改革对象,自然也是消极应对。英国人柏尔在其《西藏之过去与现在》一书中说:"此最高委员所行改革,不适合拉萨大多数官吏之脾胃……故初甚得人心,其后计划未有结果。"

更何况,他在西藏查办贪腐,触动的岂止是一个二品大员有泰,而是触动一张大网。正如时人所说:"朝中枢纽腐败,官员互为攀缘,结党营私,同蚀国本。"不是如此的话,有泰这样的人,又怎么可能做到二品大员?张在西藏大张旗鼓行事时,清政府已接到密奏,诬告他在拉萨"有令喇嘛还俗,改换洋装之事",以及种种举措失当,"深恐激成事变"。

1907年五月,张荫棠奉清政府外务部电示,要他前往印度西姆拉与英国人会商英国在西藏江孜开办商埠的具体事宜。

有材料显示，上密奏使得张荫棠离藏者，是新任驻藏大臣联豫。但在挤走张荫棠后，这位出过洋的驻藏大臣还是努力推进张所设计的治藏新政。

他向清廷提出将原有驻各驿站的文武官员全部裁撤，仅留传递奏折、公文和管理驿站的吏卒，每年节约银十万两，以此为经费训练新军两营，"以练兵先行，以树声威"。同时，还奏请从广东、四川拨银各十万两，用以扩练新军。而朝廷批来的银子，比他要求的多了一倍有余。于是，他当即一面在外采买新式武器，一面开办陆军学堂，从驻藏清军中挑选二十余人，又从驻藏大臣直辖的藏北三十九族中调青年十名，再由噶厦政府调派藏人十名，加上廓尔喀人十名，同入陆军学堂学习，为将来的新式军队培养军官。

接着，他又在拉萨设立巡警局，训练了步巡警一百二十名，骑巡警二十四名。

联豫也与张荫棠一样，把兴办教育、开发民智放在极其重要的地位。在西藏开办两所初级小学堂，汉、藏人子弟一同授课，一律不收学费。学制六年，计划这些学生毕业后，送往四川继续深造。两年后，全藏办起了十六所初级小学。

联豫又筹办藏文传习所和汉文传习所，派汉人学习藏文，藏人学习汉文，为西藏培养翻译人才。

如此一来，川边赵尔丰，西藏张荫棠、联豫励精图治，遥相呼应，使得藏地一改上千年的沉闷郁闭，局面焕然一新。但这种焕然一新的表象下，却又动荡不安。除新旧歧见之外，更关涉汉藏间族际关系，稍微操作不当，事情便因治而乱，走向其反面。

1909年11月,十三世达赖喇嘛率一众随从回到拉萨。驻藏大臣联豫亲自到郊外迎接。达赖喇嘛早已获悉赵尔丰在川边改土归流废除土司世袭权力,限制寺院特权,以及张荫棠、联豫在西藏实施治藏新政的种种情状,心里自是相当不快。在归藏途中,更听说联豫为稳固治藏新政,上奏朝廷,请调川军入藏,心中更是极其不满。遇到亲自迎到郊外的清朝驻藏第一命官联豫,视若无人,不曾有一言一语,恼怒之下,连起码的表面礼节也不顾了。

联豫更将此视为奇耻大辱,气愤难平之际,便失去一个朝廷命官的应有风范,不顾全局,只想施以报复,找回驻藏大臣的颜面。当下就指控达赖喇嘛私购俄国军火,亲自带人到布达拉宫搜查,结果一无所获。继而又派人北上那曲,检查达赖喇嘛尚未运到拉萨的行李,也没有搜到所说军械。

达赖喇嘛也是睚眦必报,马上命令噶厦政府停止向驻藏大臣衙门供应柴草、粮食、人役和驮畜等。

如此一来,清廷驻藏的第一命官和噶厦政府首脑两人见面,不要说共商西藏改革大计,见面后连话都没有说过一句,便互相视为仇敌。西藏局面,因此渐渐失控。看此情形,清廷便委任赵尔丰为新任驻藏大臣,并派出两千多川军前往西藏。这支军队进军之初却不顺利,在察木多波密一带受阻,后赵尔丰亲率所编边军助战,击溃藏军和地方民兵,才又重新整顿队伍,前往拉萨。藏方不但反对川军进藏,更坚决反对在川边藏区改土归流而声名大振的赵尔丰任驻藏大臣。为此,西藏方面除了在藏东武力抗拒,同时上书清廷吁请阻止川军入藏。在给清政府的信中说:"我们受压迫的西藏人向你们呈上这封信,尽管表面上看来一切都好,但是内部却在大鱼吃小鱼……军队已开进了西藏,这正引起西藏人巨大的恐慌。我们已经派了一位信使到加尔各答去详细电告事情的细节。恳请召回最近到达康区的清朝官员和军队,如果你们不这样做将会带来不幸。"

同时,西藏方面又致信英国人请求外交斡旋:"虽然大清与西藏亲如一家,但是清朝官员赵尔丰和驻藏大臣联豫却在策划共同对付我们的阴谋,他们没有把我们表示抗议原件副本呈送给大清皇帝,而且他们还加以篡改,俾使其罪恶目的得逞。他们正在派军进藏,企图消灭我们信仰的宗教。恳请你们电告清朝皇帝,要求他阻止现在正在进入西藏的军队。我们对目前的局势非常担心,请求列强们进行干涉,敦促清朝军队撤出西藏。"

清廷接受了西藏方面的一半请求,解除了对赵尔丰的新任命,令其继续留在川边经营,军队则继续向西藏前进。同时,清廷对英国方面说明,派川军入藏,是为了强制达赖服从条约,保护新开商埠,维持治安。

1910年2月,这支川军进抵拉萨。

这时,距达赖结束逃亡返回拉萨不过两个月时间。见英国人斡旋无效,川军长驱直入,达赖喇嘛才肯与驻藏大臣衙门洽谈。但直到此时,达赖喇嘛仍然不愿与联豫相见,便邀驻藏帮办大臣温宗尧相见。答允不再以武力阻止进藏川军,恢复对驻藏大臣衙门的一切物资供应。温则许诺:川军抵达后,不骚扰地方,改革藏政诸事和平办理,不侵犯达赖喇嘛教权,不危害喇嘛。不过,允诺归允诺,入藏川军军纪松弛,刚刚抵达拉萨,即在一个叫琉璃桥的地方枪杀喇嘛,进而在经过布达拉宫时胡乱射击。达赖喇嘛惊惧不安,趁夜再次出逃。只是出逃方向与前次不同,他一路向南,逃往英国殖民地印度去了。

川边改土归流

赵尔丰在川边的改土归流，尚称顺利。

康南地方巴塘、里塘改土归流初具成效。而康北的德格和霍尔五土司及明正土司等，还未着手进行。

此时，德格土司家族内部不和，正好给赵尔丰一个插手的机会。

前面讲过，鹿传霖任四川总督，派军进击瞻对藏军得胜后，曾派委员张继处理过德格土司家族内部争夺土司权力而起的纠纷。当时，鹿传霖有意在瞻对和德格实行改土归流，便借机将老土司切麦打比多吉夫妇和两个儿子先解往打箭炉，再后又解往成都软禁。鹿传霖改土归流未成，德格土司一家被释放回本土。官方正史中对此事语焉不详，但地方史料对此过程则有详细描述。

鹿传霖去职后，四川方面裁定，由切麦打比多吉的长子多吉僧格随老土司"襄理政事，如能称职，则准承袭"。不意切麦打比多吉夫妇在归途中相继病逝。经驻藏大臣文海审定，又经成都将军恭寿允准，由多吉僧格代理土司职务，并颁给印信一枚。

多吉僧格性情柔弱，继承土司职后，大权落在了负责协理土司日常事务的大头人手中。

他的同胞兄弟昂翁降白仁青则个性强悍，当年，在其母亲和驻瞻对藏官的支持下，曾经实际控制过土司大权。其父不甘心大权旁落，清军平瞻得胜后才有赴瞻对告状之举。有此前因，昂翁降白仁青对其兄承袭土司职位本就不满，见其大权旁落，便用武力迫其兄退位。川省派章谷屯委员前往调解无果，多吉僧格被迫交出土司印信，逃往西藏出家为僧。时在1903年。昂翁降白仁青上任后，为摆脱忠于多吉僧格的大头人的控制，另辟官寨居住行使土司权力。1906年正式呈请清廷，准许其正式承袭土司职位。驻瞻对藏官也派出武装进驻德格，支持昂翁降白仁青。

此举激起原多吉僧格手下任事头人的激烈反对。他们派人从西藏迎回多吉僧格，同时组织武装进攻昂翁降白仁青官寨，杀死和驱逐了部分支持昂翁降白仁青的头人，多吉僧格重新执政，并将其弟囚禁。后来，昂翁降白仁青逃走。德格土司属下头人分成两派，各拥一方，相互争战不止。最终，多吉僧格战败逃亡，昂翁降白仁青再次掌握土司大权。

此时，多吉僧格走投无路，眼见在其兄弟相争中，驻瞻对藏官并不站在自己一边，而是明明白白地支持其弟弟，所以失败后便不愿也不敢再到西藏，剩下一条路便是从清廷方面得到支持。于是派亲信南下巴塘，控告其弟反对"天命皇帝"，要求赵尔丰出兵镇压，并情愿交出土司印信，在德格改土归流。

赵尔丰平伏康南后，想在康北地区改土归流，正愁无从着手，德格土司兄弟相争誓不两立，对他而言，正是天赐良机，当即亲率大军分多路自南向北挺进德格，多吉僧格也组织土兵八百余名以为内应。昂翁降白仁青兵败逃往西藏。

民间传说，昂翁降白仁青先是率败兵逃到青海，经某寺著名活佛介绍，便和正返回拉萨的十三世达赖喇嘛一起到了西藏。他和其追随者被噶厦政府安置在那曲地方，并给予四品职衔。

战后多吉僧格"多次要求呈缴印信号纸，自愿辞去土司职务"，赵尔丰求之不得，自然允准。

公元1909年，清廷下旨，授予多吉僧格世袭都司职，保留二品顶戴花翎，每年发给膳银三千两。同时，将多吉僧格迁离德格，安置在巴塘。将巴塘前土司官寨和寨外马场、水磨及菜园数亩和草场一片，归其居住使用。也就是说，改土归流，也不是一味将土司职权剥夺了事，朝廷还是要维持他们较高的地位与生活，地位由有品级的虚衔保证，生活嘛，就是给银子和一定的生活资料。多吉僧格被迁往巴塘后，向赵尔丰兴建的新学堂捐银两千两，充作修建男女学堂的经费。为此，多吉僧格受到清廷褒奖，赏给一品顶戴和"急公好义"匾额一道。德格土司被废，附近一些小土司无力抵抗，也相继缴出印信，纳地改流。赵尔丰便在这片地方设邓柯府、德化州、麻陇州、石渠县、同普县。设置流官之外，又"集百姓议定赋税，改善差徭"。

1911年，赵尔丰接到任命，出任四川总督。他便和其推荐的新任川滇边务大臣一道率兵绕道康北，一路将孔萨、白利、朱倭等土司缴印归流。

《西康纪事诗本事注》载有赵尔丰改土归流时的文书数件。

著者贺觉非说："兹录赵在边文件数则于后，藉见改流情形之一斑。"我将之抄录于此，想大家知道所谓"传檄而定"是什么意思。需要说明的是，这是在平巴塘、里塘、德格后的"传檄而定"。

第一则:《赵和新任边务大臣傅会衔札》:

"为会札事,照得各省土司地方,现经民政部禀请改流,奉旨允准咨行前来,自应钦遵办理。本署督部堂大臣已将朱倭、白利、灵葱、东科、孔萨、麻书六土司印信号纸一并收回,改设汉官管理。除孔萨、麻书两土司因案革除不议外,其余各土司拟禀请大皇上天恩,别给汉职世袭,永保其业。尔崇喜、曲登、毛丫各土司,应即将印信号纸呈缴来案,以便缴部销毁,并为该土司禀请改为汉职,合行札饬。为此,札仰该土司遵照,札到之后,即将印信号纸克期亲带,定于六月二十六日到打箭炉行辕呈缴,听候分谕,勿得怀疑观望,迟延干究。切切特札。"

这里出现了一些前文未有的新土司名字。

我们以前说的都是互不隶属的大土司或中土司。除此之外,还有一些小土司,清朝的土司制度,更多地狭民少的小土司是由大土司管辖的。任乃强先生《康藏史地大纲》记清代川边土司颇为详尽。例如里塘宣抚司,就"外辖长官司三",分别是瓦述毛丫长官司、瓦述曲登长官司和崇喜长官司。

鱼科土司也是一个小土司,接到赵尔丰和新任边务大臣傅华封的"会衔札",不敢反抗也无力反抗,但还是试图观望拖延,便上了一个"夷禀":

"钦差大臣台前,小的鱼科土司具恳禀事,情因小的自先年以来,不比他们牛厂,小的于大皇上属下,每年上纳银子,大臣均是知道的,哀恳大臣准小的照前一样居住,赏张执照,沾感不浅,如难允准,要缴印信号纸,恳先饬绰斯甲、革什咱两土司呈缴印信后,小的亦随即缴呈。"

赵当即在这禀文上批示:"禀悉。该土司恳求照前居住,赏给执照，均如所请。应缴印信号纸，乃奉旨之件，各处土司一律办理，岂有绰斯甲、革什咱不令呈缴之理。惟尔恳求先饬该两土司缴印之后始呈缴等情，定属荒谬，同是缴印，何分先后？本督部大臣，岂有偏私，如朱倭、白利、灵葱均已缴案，该土司何不以朱倭等比较，而以绰斯甲、革什咱为衡？似此野蛮无知，本应惩办，姑从宽宥。"

严责之下，鱼科土司也只好缴印了事。

川边土司中也有携带印信号纸逃跑，以逃避改土归流的。霍尔孔萨第七代土司拥金堪珠就以进藏朝佛为名，携带土司印信，率领属下头人喇嘛等共三百余人，趁夜出逃。赵尔丰派兵追截，将其阻回，并于1911年3月，召开大会，公开收缴印信，宣布废除世袭数代的土司权力。

铁疙瘩的融化

然后，赵尔丰又率兵南下去了瞻对，驱逐驻瞻对藏官藏军，将被噶厦政府占据几十年的瞻对地方收归四川。

很容易吗？

太容易了！前面的那些瞻对故事，都那么曲折多变，那么富于戏剧性，那么枝节横生，那么不可思议，那样轰轰烈烈，那样以一隅僻地一次次震动朝廷，死伤那么多士兵百姓，那么多朝廷命官丢官丧命，就这样，不费一兵一弹就收回瞻对了？真的收归了！

瞻对，这个铁疙瘩就这样融化了。

如何解释这一现象？只有一个答案：势。大势所趋。

时人和后世对赵尔丰的评价各式各样，歧义的产生是他过于残酷的铁血手段。但没有人否定他在短短几年间改土归流的巨大功业。重要原因，还是在于这是顺大势而为的结果。

只是，变革太晚，几个能臣即便有所作为，也难挽清朝大厦倾倒。

史料有载，赵尔丰率军进驻瞻对，一路没有受到驻瞻对藏军任何抵抗。赵尔丰到达中瞻对，命令驻瞻对藏官巴登郎加五日内回藏。巴登郎加没有抗拒，只说五天时间不够他处理善后事务。赵尔丰允准又展限五日。巴登郎加于宣统三年五月二十二日起程离开瞻对。

西藏地方政府控制瞻对三十余年，从瞻对地面搜刮的税赋早已超过当年征服贡布郎加所耗军费，但此时，清廷还是从四川调白银十六万两作为赔偿。

赵尔丰驱逐了驻瞻对藏官，委任米增湘为瞻对委员，将瞻对设为怀柔县。后因与河北省怀柔县重名，又改县名为瞻化。我们记得，瞻对在藏语中是铁疙瘩的意思，那么，瞻化这个汉语名字，在赵尔丰心目中，有将这个两百余年来在清廷眼中坚硬无比的铁疙瘩终于融化的意思吗？

我一直想知道赵尔丰是个什么样的形象，但存世的文字中却很少有他形象的直接描绘。先是看到一则材料，是说他平巴塘后攻乡城桑披寺，持续了半年之久，战事最为紧张危急时，赵尔丰一头半白的头发，一夜之间全数变白了。再后来，想起几年前读过的陈渠珍《艽野尘梦》中有对赵尔丰形象的描写。翻出书来，果然有此一段："是日，余随队出迎，候甚久，始见大队由对河高山疾驰而下。有指最后一乘马者，衣得胜褂，系紫战裙即是赵尔丰。既过桥，全军敬礼，尔丰飞驰而过，略不瞻顾。谛视之，兹貌与昔在成都时迥殊。盖尔丰署川督时，须发间白，视之仅五十许人也，今则霜雪盈头，须发皆白矣。官兵守候久，朔风凛冽，犹战栗不可支，尔丰年已七旬，戎装坐马上，寒风吹衣，肌肉毕现，略无缩瑟之感。"

赵尔丰为1846年生人。陈渠珍在察木多见到他，时在1909

年，这时赵尔丰六十多岁，马上长途驱驰，矫健如此，其形象跃然纸上。赵尔丰前往收复瞻对，轻骑疾进，也该是这样的形象吧。陈渠珍同文还说，赵尔丰所率边军，"虽为旧式军队，然随尔丰转战入边极久，勇敢善战，其军官兵体力甚强，日行百二十里以为常"。

回程往成都赴任路上，赵尔丰把历来忠于清廷的明正土司也废了。

有清一代，康熙雍正两朝设置川边各土司，将这些土司纳入四川管辖。也是自雍正朝起，土司间为扩大实力，互相争夺村落人口，便时有战乱。始作俑者中，便有瞻对土司。乾隆一朝，又出兵瞻对，继而两次用兵大小金川，从此，改土归流的改与不改，就成为清朝治理藏区一个重大而纠结不清的问题。直到近两百年后，方才尘埃落定，由赵氏主导，大刀阔斧，几年之间，便将川边各土司改流殆尽。

1911年8月2日，赵尔丰回到成都，这时，作为辛亥革命前奏的四川保路运动正如火如荼，局面逐渐失控，不久武昌城头一声枪响，辛亥革命爆发，各省纷纷独立。11月22日赵尔丰与四川咨议局议长、保路运动领袖之一的蒲殿俊等签订了《四川独立条约》。根据该条约，赵尔丰将民政托付咨议局议长蒲殿俊，军事托付驻军司令朱庆澜，他本人则准备带兵回任川滇边务大臣。

四川随即成立"大汉四川军政府"，都督蒲殿俊，副都督朱庆澜。

1911年12月8日上午9点，军政府在成都东校场外进行阅兵。中途发生兵变，检阅台上的都督蒲殿俊、副都督朱庆澜仓皇逃离。乱兵从校场中蜂拥而出，在成都城内四处抢劫，"一时遍地皆盗,草木皆兵。其被劫情形,自一而再,自再而三,甚至有被抢五六次者"。其惨状据说自张献忠屠川以来未曾有过,"锦绣成都,遂变为野蛮世界矣"。

一片混乱中,赵尔丰又被人请出来,以"卸任四川总督"名义出面刊发布告,维持秩序。

1911年12月21日,新任四川都督尹昌衡设计捕捉赵尔丰,在都督府前将其斩首。此时摄影术早已发明多年,并进入中国。所以,赵尔丰被处死临刑前还留下了一张照片。一个须发皆白的清瘦老人,正被人摁住,要他跪下。这是他的生命消失于这个世界的前一刻,那张照片模糊不清,但可以看出他的表情并不惊恐,却显出无奈与苍凉。这是为个人,还是为国家?应该是两者都兼而有之吧。

读晚清史,不只是赵尔丰这样的当事人,就是作为读者的我,也常被这种苍凉贯透身心。

细读晚清史料,破除了过去读二手书被灌输的错误印象。

印象之一,是说那时候清廷进行的都是假改革,做样子给人看的。但看晚清与治藏有关的这些人,赵尔丰、张荫棠、联豫,他们是要搞真改革的,而且在短短几年中,在清朝国力最为衰弱的时候,真还身体力行,做了不少事情。做了从雍正朝以来就想做而一直没有做到的事情。在国力最羸弱时,做了国力最强盛时未能做到的事情。

只是,这样的改革来得实在太晚了一些。

看中国历史,于国计民生都有利的改革,总是不能在最容易实行时进行,原因无非是官僚机构的怠惰和利益集团的反对。最后,终于到了不得不改的时候,可是,已经太晚了。哗啦啦,大厦倾倒了。

赵尔丰这样的人，事业的高峰却因清朝的崩溃而人亡政息。接下来的民国时期，川边藏区经历了更多的动荡，中央与西藏的关系一再恶化，两者间的矛盾也渐次上升为国族矛盾了——至少是被噶厦政府方面的一些人上升为国族矛盾了。

更可惜者，是藏政改革。

本来张荫棠关于改革西藏政治与社会的构想是很好的，而且，他也颇为细致地处理着与噶厦政府的关系，种种举措虽未及施行，但其主张与态度却受到西藏僧俗贵族的欢迎，或者说，至少没有引起他们的强烈抵制。但他又很快离任，继续进行藏政改革的驻藏大臣联豫，一方面继承了张氏的改革思路，另一方面，却以朝廷命官自居而高高在上，又时时流露出高高在上的文化优越感，使得与藏方关系日益紧张。本来是富国强兵的举措——包括增强噶厦政府与军队能力的改革，却被藏方所抵制，最后与西藏地方政教两方面的最高领袖十三世达赖喇嘛弄得势不两立，不通音问。川军入藏后，又不知节制，军纪败坏，耀武扬威，而致达赖第二次从拉萨出走，从数年前的坚决抗英者一变而投入英国人的怀抱。

应该说，这个教训非常深刻，至今没有过很好的总结。

这个教训就是，治藏文略，有好的动机，有好的构想，但实施过程中却出现种种问题。偏狭的地方主义与民族主义固然是一个巨大的障碍，但主导的一方本就占着巨大的优势，故其执行者的行事风格与方法，在很大程度上便成为决定事情成败与效果优劣的关键。

当然，更可叹者是西藏。时代巨潮的冲击下，这个闭锁千年的社会依然没有觉悟而行动者，仍然意图以旧的方法维系其统治，以旧的方法处理周边种种事态。

事关瞻对一地的归属就是一个明显的例证。

四川总督鹿传霖用兵瞻对后，主张将瞻对收归川属。鹿收回瞻对的方案，不是再分封新的土司，而是通过改土归流，进行社会政治结构的变革。其最终目的，是建立有效的行政体制，发展教育，提高生产力，以防止英国人染指积弱积贫的藏区地方。虽然这个方案最终因为不思进取的清廷大员如恭寿、文海等的反对而流产，但对这种变革的指向，如果噶厦政府对时代大势稍有敏感，自然会受到足够的刺激。但从噶厦政府的反应与应对来看，他们的处理方式一如从前，其间透露的新信息，的确是被完全忽略了。

光绪二十三年十一月，清廷将提倡收回瞻对的鹿传霖开缺，"瞻对地方，仍著赏还达赖喇嘛管理，毋庸改土归流"。次年三月，驻藏大臣文海代达赖喇嘛上奏，感谢皇上赏还瞻对。奏文中这样说，"……蒙大皇帝圣明洞悉，将总督鹿传霖开缺，商上地土差法三项并不更改，仍复赏还"。赏还是一事，更重要的是，地、土、差法这三项并不更改。地是地盘，有地盘就有后面两项：有土，有人。土即田地，有田地就有粮食与有限的赋税。有人，就有人支差。差，就是各种劳役。在那个社会结构下，百姓都对官家有着服劳役的义务。帮官家种地，帮官家放牧，帮官家修建那些宏伟碉房，帮官家送信，更要出兵差，帮官家打仗。地、土、差三项，早已达到土地与人民可以承受的极限。如果没有新的社会结构，没有新的生产方式与生产组织方式，不要说社会进步，就是简单的财富积聚，都已无新的可能。

文海替达赖喇嘛代上的谢恩折中,并没有包含试图改变与振作的新内容,只说:"此次奉到谕旨,大众生灵听闻之下,莫不欢欣鼓舞。我达赖喇嘛同护法……僧俗番官等,在于布达拉山释迦佛前摆设供献,望阙焚香,三跪九叩,敬谢天恩。"

而当时的上谕中,还有这样的要求:"饬文海就近与达赖约定善后办法。"折中却并未回应。只有送礼是知道的,折中说:"今备叩谢天恩哈达及佛尊、珊瑚珠一串",这哈达、佛像和珊瑚珠三样,是达赖喇嘛的礼物,此外还有以护法名义送的哈达和护心镜。

清廷接了这样的折子,自不满意。别的不说,起码得保证一下藏官返回瞻对后不"挟嫌抱怨,愈肆苛虐"吧。文海等又与噶厦政府几经交涉,两月后,才"递来约章一纸,原载五条,译语间有支离",其实意思也很简单,"大意约束番官,不准侵扰苛虐,亦属遵旨办理"。也就是说,你要我这样保证一下,我拗你不过,也就随你的意思保证一下罢了。

第九章

瞻对设县后，第一个举措就是改名怀柔县。这其实很是名实不符。有清一代，对瞻对，先后数次强力征讨，战后，又没有什么真正于民生有利的怀柔革新之举。设县后，却发现河北省已经有了一个怀柔县，为避同名的麻烦，又将县名改为瞻化。

瞻是旧地名中的一个字，"化"，全然是个汉字，组合起来，其意思是十分明白的。但如何"化"来，却是一篇复杂的头绪繁多的大文章。

民国来了

民国了!

我们的瞻对故事似乎到了该结束的时候了。

瞻对终于收回了。

辛亥革命胜利了。

但是,且慢,革命的初衷,按孙中山先生的三民主义讲,是民族、民权、民生,而在当时更激动人心也更为响亮的口号恐怕还是"驱除鞑虏,恢复中华"。若以清政府的倒台为标志,革命是胜利了。若是用上其他标准,倒可用孙中山后来的话,叫作"革命尚未成功"。因为革命的结果,肯定不应是军阀割据,以及因之产生的频繁内战。

而且以民族主义为号召的革命,必然也会激发多民族国家中其他民族的民族主义。所以,一个国家内部,特别是一个多民族构成的国家,还未曾有一种国家意识将所有这些民族有效整合时,民族主义这个武器是需要慎用的。道理很显明,看看今天的中国现实,就可以看到,我们在并没有弄清楚民族主义对这个国家到底意味着什么的时候,就祭起这个武器来对付外部挑战,却忽略了这同时会唤起国家内部的民族主义,从而削弱了共同的国家意识,从社会内部产生着动荡与不安。而这个过程,从民国初年,就已经开始了。

从川边藏区来说,随着清王朝覆灭,赵尔丰们的藏区新政也就人亡政息,种种社会改良刚刚初显效果便烟消云散。赵尔丰回任四川总督前,推荐自己得力助手傅华封继任川滇边务大臣。1911年,辛亥革命爆发,赵尔丰密电傅华封率边军三营驰援成都。傅率部到达雅州,被新军彭光烈部击溃,傅被俘解成都听处。当局劝降,傅华封不从。监禁期间,写成《西康建省记》一书,记述清末康区各地改土归流经过,涉及政治、经济、军事、文化、宗教、民情风俗等史实较详。留在藏区金沙江两岸的边军,也都易帜拥护革命,推顾占文为临时督军,驻巴塘。并将边军改为三标,分驻察木多、德格和江卡。攻势改为守势,各据其地,任务也不再是声援西藏,防御英国图谋西藏,而改为防备藏军进攻了。

接下来,先是数年前被赵尔丰大兵镇伏的乡城变乱,当地武装占据乡城后,又攻陷了里塘等地。刚被废除不到一年的明正土司聚兵于川藏大道上的河口,也就是今天康定和理塘之间的雅江县。道孚灵雀寺喇嘛拘押设治委员,整个康区陷入大乱。不久前才被赵尔丰废掉的土司们趁民国初年内地军阀间频繁的内战,驱逐汉官,自行恢复各家对于原来属地属民的统治。金沙江以东赵尔丰所设波密等十余县,也相继被藏军攻陷。

这就是川边地区的民国元年。

1912年6月,尹昌衡得中央电准,将四川都督一职由他人代理,并请得中央接济军费四十万两,自任西征军总司令,率大军西进，加上原驻藏区的边军策应，很快将大部失地收复，领军到达察木多。云南都督蔡锷也出兵，收复了盐井等处。这其实只是尹昌衡西征军的第一步，他真正的目标是拉萨。蔡锷领导的滇军也愿意与他合兵继续西进。

这时的西藏是什么情形呢？

1912年2月，清朝皇帝宣布退位，三天后，袁世凯就任中华民国大总统。4月，在拉萨的清军向藏军缴械投降，连同清朝驻藏官员被全数驱逐出境。5月，流亡印度三年之久的十三世达赖喇嘛回到拉萨。不久，达赖喇嘛接到了改朝换代后的袁大总统的电报，恢复他被"前清"第二次剥夺的达赖喇嘛封号。

袁世凯的电文中说："现在中华民国已经牢固地建立起来，五族和如一家，达赖喇嘛自然被一种深厚的依附祖国之情打动。在这种情况下，他从前的过错应当得到宽恕，他的封号'诚顺赞化西天大善自在佛'也因此而得到恢复，以期望他能够支持黄教，帮助中华民国。"

袁世山凯在电文中还对辛亥后在拉萨作乱的清军的行为表示了歉意。

但达赖喇嘛却不领这个情了，说他不向中国政府请求原来的官位与封号了，只是"希望履行在西藏的政教统治权"。继而达赖喇嘛在西藏发表声明，梅·戈尔斯坦在其巨著《喇嘛王国的覆灭》中说，这是"一个单方面重申他对全藏统治的声明"。

这个声明中有这样的表述："几年前，四川和云南的汉族当局竭力使我们的版图殖民化，他们借口保卫商埠，把大批军队派进了卫藏"，"这时清王朝帝国也已垮台了。西藏人受到鼓舞，起来驱逐了卫藏地区的中国人，我也安全地回到了我公正而神圣的国家，我现在正着手把东藏朵康的剩余的中国军队赶出去"。

但这时，尹昌衡大军西进，非但"东藏朵康的剩余军队"不能驱逐，拉萨也将成为他们的进军目标。

任乃强先生《康藏史地大纲》中说："达赖闻川滇军西征，惧，向英使乞救。英借口保护商务，派兵进驻江孜，为藏声援。"

我们记得，宣统年间，川军进藏，当时的理由也是保护江孜等通商口岸，也是"为藏声援"。这时，却一变为英军进驻，保护西藏了。到此时，十多年前藏方坚决抗英时，清廷任用有泰这样的昏聩大员阻止西藏方面抗英的恶果便显露无遗了。与此同时，噶厦政府还以盐池作为抵押，向英国借款四万英镑，充作军费。英国驻中国公使朱尔典向中华民国外交部提出"中国不得干涉西藏内政"，并以不承认中华民国政府相威胁。中华民国中央因此下令尹昌衡停止西征。西征军司令部撤销，改设川边镇抚使府，尹昌衡任川边镇抚使。

尹昌衡在此任上时间不长，民国二年秋，即被解职。

影响至今的西姆拉会议

民国二年,西姆拉会议开幕,这回,英国人扮演主角。实际上,谈判的双边以中华民国政府为一方,英国人和西藏噶厦政府为另一方。中华民国政府做出的最大让步,就是中国承认西藏自治。但英藏方面,认为这已是一个既成事实,并无讨论的必要,而把谈判重点确定为边界问题。边界问题重点又不是英国殖民地印度与西藏间的边界,而在于明确所谓中藏边界。梅·戈尔斯坦在《喇嘛王国的覆灭》一书中说:"西藏最初提交的文件在政治和领土问题方面都划出了一条非常令人难以接受的界限,不仅要求所有操藏语的人(包括安多以及远至打箭炉的康区的所有藏族)都重新统一在达赖喇嘛的管理之下,而且还要求独立的政治地位,汉族官员禁止进入西藏。"

需要说明,"重新"这个词不对,因为历史上从来没有出现过"所有操藏语的人"统一在达赖喇嘛管理之下的局面。

在《元以来西藏地方与中央政府关系档案史料汇编》第2459号《藏案交涉经过》中,附有噶厦政府参加西姆拉会议提出的条约草案六条:"民国二年十月十三日藏议开始,藏方要求条款计有六事：（一）西藏独立；（二）西藏疆域欲包括青海、里塘、巴塘等处，并及打箭炉；（三）光绪十九年暨三十四年之印藏通商章程，由英藏修改，中国不得过问；（四）中国不得派员驻藏；（五）中蒙各处庙宇向认达赖为教主，均由达赖委派住持。"

也就是说，"藏独"的主张，在民国初年已经明确提出。而且，这个西藏不仅是噶厦统辖下的那个西藏，而是包括了所有藏族文化区所谓的大西藏，也就是今天所说的大藏区了。

噶厦提出的这个条约草案第六条，即最后一条，与瞻对有关："中国政府要尽快赔偿从西藏政府那里夺取的钱财和用武力勒索的瞻对税款。"

这里说的是两笔钱，一笔钱是"从西藏政府那里夺取的钱财"，这实有其事。辛亥革命后，到西藏不久的川军以革命的名义杀了统帅，指挥权被军中哥老会控制，在拉萨烧杀抢掠，先劫去驻藏大臣衙门存银十八万两，又勒索噶厦政府白银八万两，声言是做回川的费用。但得到这两笔巨款后，他们并未回川，继续在拉萨肆意作乱，激起藏族僧俗民众公愤，群起反抗。川军大败，被全体解除武装，遣送出境。这笔钱索之有据，但"用武力勒索的瞻对税款"就不知所为何来了。

而民国政府在西姆拉会议上提出的川藏边界，远到金沙江以西，自然也不会被藏方所接受。

最终，英国人操纵谈判而拿出的条约，未被民国政府批准，加上第一次世界大战爆发，英国人自顾不暇，谈判中止。

以后三十多年的中华民国，多年内战没有打完，又打抗日战争，抗日战争结束，是更大规模的内战，川藏间边界既无条约明文规定,那就只得靠双方实力说话,谈谈打打,打打谈谈,双方实际控制线几经变化,最后,战线以金沙江为界,稳定下来,直到今天,还是西藏自治区与四川间的省际边界线。

某年,我沿国道317线从甘孜到德格,抵达金沙边时,赫然看见对岸江边一面岩石上,两个红色大字"西藏"。大字下面,江流浩荡,大字背后,是河岸台地上正在熟黄的青稞地,倚山临江,是安静的土房组成的村庄。书写这样的大字,我不知道是不是一种确定边界的方法。须知行政区划的边界也是变动不居的,有清一代,对岸那一带地方,就是川属德格土司的属地。

"五族共和"口号下的边局糜烂

民国初创,虽说是以"五族共和"为号召,但在内地,各地方实力集团拥兵自重,争战不休,并没有政令军令的统一。少数民族所在的边疆地带,如蒙古、新疆、西藏,更是各图自保自立。在此情形下,川边藏区也乱象丛生。政府方面武装有赵尔丰时代留下的边军,又有民国后新编练的川军,还有那些被废除的土司于清代覆亡后自行恢复了在其领地的统治,他们也各自拥有自己的武装。

民国六年,还有赵尔丰创建的边军一营,以赵的旧部彭日升为统领,驻扎在金沙江西岸的察木多,并以此为中心,控制着金沙江以西相当于今天几个县的地面。其中一个炮兵连西出驻扎在类乌齐,与藏军处于对峙局面。类乌齐在察木多西北边。清人所撰《西藏志》,对察木多到类乌齐的距离有明确记载:"自察木多五十里至恶洛藏分路,六十里至杓多,四十里至康平多,五十里至类乌齐。"共四站二百里地。这个记载应该是准确的,我走过这个地段,并特意用车上计数器测过公路里程,从类乌齐县城到昌都,显示数字为一百零五公里。今天,察木多叫昌都,是西藏自治区昌都地区的首府，类乌齐则成为昌都下属的一个县。昌都地处澜沧江边。再往东二百多公里，是江达县。江达县，清代为川属德格土司属地。也就是说，民国初年，金沙江以东，今西藏昌都地区大部，实际上不是由噶厦政府控制。

1919年，两个藏军士兵越界被边军驻类乌齐那个连的士兵俘虏。那两个藏军士兵不是故意越界挑衅，只是割马草不小心越界被擒，但送到昌都后却被统领彭日升下令斩首。藏军前来谈判索回士兵，得到的却只是两个人头，被激怒的藏军于是向边军开战。此时的边军已不是赵尔丰时代的边军了，他们得不到内地新编川军支援，帅老兵疲，势单力孤，连战连败，后被藏军围困于察木多，最后向藏军乞和缴械。彭日升被送往拉萨关押。从此，赵尔丰经营川边时在金沙江东改土归流的地区全部丧失。藏军一发而不可收，越过金沙江继续进攻。相继将赵尔丰时代所设德格、白玉等县攻克，继而兵分南北两路进逼甘孜与巴塘。川军集中九个营，在甘孜地方苦战四十余天，才抑制住藏军攻势。

后经正在这一带探险的英国人台克满居中调停，边军统领刘赞廷与噶厦政府官员降巴登达在甘孜绒巴岔缔结停战协定。停战协议共十三条，主要内容是重新划定了川藏界线。条约承认，清末由边军实际控制的类乌齐、恩达、察木多、宁静、贡觉、德格、白玉、邓柯、石渠等地都由藏军占领。

清代的瞻对，这时是民国的瞻化县，在这份停战协议中，依然划归川省管辖，但如果瞻化人民"安靖如常，无虞出境扰乱之时，汉官应不驻军于该县境内"。也就是说，在该协议中，瞻化虽然划归川省管辖，却不能驻军于该地。瞻化在川藏关系中的特殊地位，也因此得以显现。

此协议虽然未得到民国政府批准，而且协议中也写明"本约及停战退兵条件，非正式议和条约"，但协议中划定的川藏两军实际控制线，一直维持到20世纪30年代初才有所改变。这一条约的签订，使赵尔丰时代改土归流的地方，又失去十二个县。

以五族共和为号召的中华民国，开创初期非但未能与别族共和，在驱除了满族统治者后，内地军阀间展开混战，于边疆地带的事务早已无暇关注了。那时的川边镇守使陈遐龄，当彭日升在察木多率兵陷于苦战时，非但不从打箭炉派兵西援，反而把驻守川边的军队调进川内，参加军阀间的内战。刘赞廷时任巴塘边军分统领，他在1921年出版《边藏刍言》中说："自1917年7月至1918年4月，边军与藏番激战，中间九阅月，陈遐龄既不发兵，又不济粮饷，聂帮统死，彭统领俘，边军八九营覆没，官佐士兵阵亡数千，十二县失守，知事为敌所掳者，割鼻插耳，为国之玷，稍有血气，莫不震动。如陈于此时出兵两三营，援助边军，则前敌士气百倍，十余县疆土，不难一鼓恢复。乃拥兵八营，坐视边局之糜烂。"

这时的西藏方面，却因为两次抗英战争失败和辛亥革命的刺激，出现了一些意图改革图强的官员。一个重要方面，就是对藏军进行现代化的改造。台湾学者冯明珠所著《中英西藏交涉与川藏边情》中说，自西姆拉会议以后，藏军以过去装备落后的三千零六十二人扩建为由一万余人组成的英式武装的常备兵力。冯明珠的书中还说，英国还在江孜开办了一所军官训练学校，以驻江孜商务委员会署的英籍指挥官担任教官，以英式战争方法，训练藏军军官。噶厦政府自1914年起，增收盐税和皮革税，以这两项新增税收购入英式现代武器，同时在西藏设立机器厂，制造枪支弹药。因而藏军迅速成长为一支准现代武装，战斗力大大增强。

西藏噶厦政府方面为扩军强军而增加税收，还造成近代史上一个重大事件，即九世班禅于1923年出走内地。藏文版《第十三世达赖喇嘛年谱》中对此事如此记载："日喀则基宗、四品官穆夏从江孜打来电话向达赖喇嘛禀告，说明班禅大师师徒一行于11月15日突然离开扎什伦布寺出走。临行留有一信。信中说：'下属官员违背达赖喇嘛意愿，不信守前例，摊派四分之一军饷。因无着落，只好赴汉、蒙各地向信徒募化筹款'云云。"

光绪年间陈观浔所撰《西藏志》有专章《西藏兵制》，其中说到那一时期藏军武器装备，还是一支相当原始的武装："藏人兵具，当时仍用古代旧物。一曰大炮。每支重三四十斤或五六十斤不等，有铜铸者，有铁铸者。长三四尺，能容之药十余两，铅弹三四十两。二曰土枪。以熟铁制造，子药均由前膛装入，即内地鸟枪之类。其枪托上有饰以金、银、珠、玉者。弹用铅铸，其形圆。三曰快枪。有独子、五子、七子、九子、十三子等类。尚有青海购来之俄国式快枪。四曰戈矛。木柄缠以铁丝，其长不过一丈。五曰钢刀。其锋甚利，虽快枪亦能斫断。六曰弓矢。七曰铁盔铠，用以护身者，能御枪弹。"

又一章记《西藏人御敌之法》。讲有深林埋伏、夹谷包围、高坡滚石、窄路劫粮、黑夜扑营、阻挡关隘、掘险断路、据守坚碉等，这些都是从古典小说里常常看到的。

面对这样的军队，先行改善了武装与战法的赵尔丰所领边军，才能以区区数千兵力便纵横川边三十万平方公里的土地而所向披靡。从赵心愚与秦和平教授所编辑的《清季民康区藏族文献辑要》中,我读到一则赵尔丰所领边军《平定德格赠科行军规则》,其中详细规定边军的战法,让人想起外国影片中的战争场面,抄录几则,我们便可以想见那时的战争场面及细节:

"一、临阵时,我兵分作四十人一排,共列五排;卫队四十人,作为第三排;其余十人,看守两营械对象,并瞭望后路有无包抄之匪。

"一、临敌时,如战地宽,则平列两排为一行;窄则以一排为一行,余四排,以次递列。虽系平列,总宜疏散,不可太挤,免受敌枪。若地方过窄,则以半排为一行,或分两排为雁翅形,以张两翼。是在该营官审察地势、敌情,神而明之。

"一、临战时放枪,第一排先放,放毕蹲身;让第二排接放,以次递蹲,递放;放至第五排毕,第一排又复轮放。倘敌人攻扑太急,则前排蹲放,后排立放,敌未攻扑,则不准乱放一枪。

"一、各排放枪时,营官弁长,须留神察看。若打至两轮,而不能中伤人者,是即毫无准头及手颤者,必胆已摇。似此者皆勿令再放,尚可节省子弹备用也。

"一、临敌时,马队以四百人,分扎我兵左右,敌如远一二里外,令马队毋庸开枪击贼。贼败则纵马队追之,我兵紧随其后,保护马队。若贼退入村内,而我马队亦追之入村,我步兵即应缓缓而过,去马队两三箭远,防其村内设有埋伏,我兵犹可在后放枪,击其伏兵救援我马队也。村中有无埋伏,临时一望可知,敌被枪击死者过多,或战时已久,彼已慌乱逃窜,此真败也,可以乘之。若敌死无几,或少战即退,或应战之兵不多,退时复有整齐间暇之意,是必有诈谋,须谨备之。

"一、马队只用四百人,夹我兵而立,马步相距,须一丈,不可太近。其余一百人,留在我兵后路,一二里外逡巡,以防敌人包抄。如遇敌来包抄,该马队一面力战,一面飞报前敌。

"一、敌人如果包抄,即有后路马队与战,复有我瞭哨之十人,可以旁击。前敌闻信,切勿惊惶,包抄如已在二里之内,只将末尾四五两排,转而向后,贼来则开枪击之。再拨马队一百名,赴后路助战,其前面之一二三排,仍轮流前敌攻打,不必管后路之事,不准擅自移动,贼若扑前渐近,方可令马队一同开枪,仍以安闲从容自若为主。

"一、临敌时,如欲诱匪,则以蛮兵马队在前,我兵步队伏后,勿使匪人望见。该匪与马队战酣之际,我即发号令,马队左右分开,我兵从中冲出开枪。不惟毙匪必多,且使匪骤见惊惶,未有不慌乱,败阵者也。惟此条几须与马队学习熟练,临阵方不致忙敌。

"一、打散仗,将步队分散三人一堆,五人一簇,或前或后,或左或右,或藏山坳,或在石后,或站或跑,或蹲或伏,不论行列,不拘先后,人自为战,对准敌人,发枪而已。"

这是赵尔丰所统边军一次战斗所作的战阵预案,临战下达,同时申明:"惟此次敌所,闻系山沟,且我马队多于步队,或散队,则有碍马队冲突,或步队尽在山脚、山腰,马队列于平地,庶不相妨,惟地势未曾目睹,难于遥度,姑备录之。以待该营官等,临时相机调度可也。"

为该战所定行军规则还有许多条,关于后勤,关于战胜后的善后等,就不一一抄录了。

由此可知,赵尔丰改土归流之时,所有用兵之处,战无不胜，与所辖边军已采用西式火器，并西式战法有很大关系。而民国以后，藏军经过英式训练，并用英式武装，战法与武器，如果不在边军之上，也该是旗鼓相当，更兼占有地利，形移势易，孤立无援的边军战败失地，也就是题中应有之义了。

民初的瞻化县

赵尔丰驱逐瞻对藏官后情形如何？

瞻对设县后，第一个举措就是改名怀柔县，这其实很是名实不符。有清一代，对瞻对，先后数次强力征讨，战后，又没有什么真正于民生有利的怀柔革新之举。设县后，却发现河北省已经有了一个怀柔县，为避同名的麻烦，又将县名改为瞻化。

瞻是旧地名中的一个字，"化"，全然是个汉字，组合起来，其意思是十分明白的。但如何"化"来，却是一篇复杂的头绪繁多的大文章。

整个民国年间，甘孜德格一带的康区北部变化频仍，地不当要道的瞻化没有什么大事，就不大见于官方史料的记载了。1992年编修的《新龙县志》，对民国时期记载也相当简略，如下：

"民国元年，1912年8月，改怀柔县为瞻化县。

"民国二年，1913年，驻县军队开采甲斯孔、麦科沙金矿。

"民国五年，1916年8月设上瞻、下瞻、河东、河西四个总保。"

最后一条因为关涉民国初期社会组织情形，值得细说一下。

在藏官统治瞻对的三十余年中，西藏方面除派来少量驻军和有限的几位官员外，还是依靠地方豪强施行统治。其方法是百户人家左右划为一个行政单位，委派一名当地有影响有势力的头人征收赋税，催办差役，并负责地方治安。这些头人还有一个重要职责，就是到藏官驻瞻对衙门轮流当差，一面保证衙门安全，一面向下传递驻瞻藏官的种种命令。民国后，除了县政府有一名知事主持和少量驻军，政令施行还是依靠当地有势力的豪强。主要措施就是将全县划为四个行政区，行政首脑叫作总保。这四名总保都委任当地有势力有威信者出任。

如此地方上绵延千百年弱肉强食的局面并未获改观，很多时候，老百姓仍然不能安居乐业，从事农牧生产。"民国七年，1918年8月，麦科哇西麦巴与然勒阿戈两部落发生纠纷，哇西麦巴头人麦巴龙洛率五百户，畜三万余集体迁逃阿坝今红原一带"。

"民国十一年，1922年，川边镇守使署改四总为区，即河东区、河西区、上瞻区、下瞻区。并以区为保，各委保长管理"。出任保长，依然是当地豪强。

"民国十九年，1930年4月，改瞻对县知事为县长。张楷任第一任县长"。

关于此时瞻化县的各方面情形，任乃强先生给我们留下了一份当时当地的详尽记录，可以使我们一窥民国后瞻化一县的具体社会状况。1924年，任先生受刘文辉主持的川康边防指挥部之邀，以边务视察员身份，以一年时间对原川边土司地面新设各县进行考察。所到各县，绘制实在测绘地图一幅，编写视察报告一篇。其调查报告第七号，即为《瞻化县视察报告》。

先说生产。任乃强先生以治藏区史地著称于世，却毕业于北平农业专门学校。所以，所过之处，特别留意当地生产状况。视察报告说，瞻对地方地处雅砻江河谷，地质与气候条件适合许多植物生长。他说，瞻化当地人"顽固守旧，饱则酣嬉，饥则劫掠，从无趋时厚生之志，故地利不能尽也。诚使诸夷向化，劝农得人，则此县产业，有可改善者三事"。

第一是"为治果园"，如梨、胡桃、葡萄、苹果等类。"以瞻化地候土宜言，并极相宜。目前瞻化竟无果种，此可叹也"。

第二条关于牧业。略过。

第三条，"为增加农产品。瞻化山地，甚宜马铃薯。河谷宜果、瓜、葱、薤、菘、蓝之属。凡康区所能种者，瞻对无不宜。然马铃薯及葱，购自道孚，余物购自甘孜，始得入口。昔番人简陋，糌粑、酥油、牛肉外，一无所需。农作简单，固无不可；近年诸番渐染汉习，口腹之欲日侈，则增加农产品，实满足人生第一要义也"。

不只生产极其落后，商业也极不发达。

任先生报告中说："瞻化县治，仅民户五十家，又无喇嘛寺在其附近，故无商业。民户少则货品滞销，无喇嘛寺则小贩无从借贷资本也。前数年此处扎有汉军，各种小贩亦较多。近则仅存茶布店二家，营业亦甚寥寥。此处各村落，概无商店，亦无市集。……每年仅恃绒坝岔（其地在甘孜）之挑担行商，游走各村，贸易日常用品。又有汉商一二家，游走各乡，零购麝香等山货而已。"

手工业，"瞻化亦无工业，县治仅有铁匠一家，兼铸金银饰品，成器拙劣"。

在此条件下，当地人"自奉甚俭。虽大富贵人家，被一布面羊裘,饮食亦酥茶、糌粑、牛肉而已。除茶叶外,甚少使用外来货品,无治生增财之欲。男子闲放终岁,急则劫人。得余一日用,则沽酒沉醉以为常。女子理家政,善织羊毛。少有积蓄,则布施喇嘛"。

社会生产生活状况如此,新设不久的县知事又如何管理这个地方?

"然瞻对征服未久,西康吏治已坏。历任官吏,言行阘茸(低劣、卑贱),渐为诸番所轻。渐复纵肆不受约束。官吏多欲无刚,因循日甚,延至近年,已成千疮百孔之局矣"。局面到了什么程度呢?任先生记有一位叫张绰的县知事,在瞻化任一县之长三年,却弄得自己时常担心断炊,"诸事委之四瞻头人,划诺而已"。

但这样的官还算是好官,因为这个县官"悉夷情",了解当地民情风习,"能以小惠结诸夷酋欢,亦不曾枉取民财,故虽威令不行,而夷无间语。其长在官守无伤,其弊在官权日替,此固近世边吏之通病,未足责张一人也"。这是说,不贪不腐,不欺压百姓,已是好官了。至于说,在其位却不能有所作为,这是普遍现象,不只是瞻化一县的官长而已。

不过,任先生到瞻化时,这位县知事已经离任。新任知事张楷,"豪宕有干才,在边日久,亦悉夷情,而驾驭手腕,超越前张知事百倍,莅瞻数月,百废俱举"。

首先,命令此前委任为总保的四位当地豪酋"轮值县署候差",其意自然是让他们明白权力所来,树立政府权威。

其次,以前因官吏因循无能,更加当地民风强悍,应缴粮税历年都不能征齐,张楷到任后,除一个叫大盖的地方因案件纠缠未缴外，"余皆于十月以前一律扫纳"。当时瞻化全县4区48村4578户，年征粮1300余石，对牧民征收牲税折藏银6492元。民国十六年，又新增两项税收。屠税年收入300藏银，酒税年收200藏银。

再次，"县署旧虽养有土兵，全属徒手，张至饬各区总保借快枪五支，子弹百粒，发土兵使用，军容整然"。

更重要的是，"大小案件不假头人办理，虽其间亦有不能办动者，尚无委曲迁就、堕损官威之迹"。

也就是说，以前那些县官，并不亲自办理境内大小案件，以致政府形同虚设。原因其来有自。"昔藏官管理瞻对日，择各村豪强枭杰者，予以代本名义……藏官鱼肉百姓，全借代本力。代本亦借藏官威势，钳制其村民。瞻对村落散漫，民性慓狡，欲以一官管理之，非此法不能有效也"。

民国以还，"设治以来，仍选四区中代本之尤有势力名望者，任为总保，使管诸百姓。废代本名义，另委村长。然各代本势力养成，非空言所能剥落，村长供其役使而已。只因无名分接近官府，初不能不屈身总保之下。积之既久，前各代本或变为总保之小头人，或因渐得接近官府，遂与总保抗立……官府反或为其所制也"。

文化教育方面，更处于艰难的初创时期。

民国后，在瞻化设立国民学校一所，但仅有县治所在地的汉人子弟数人就读。

张楷知事到任后，召集四区区长和一些头人商讨兴学办法。那个时代，民风未开的当地百姓不愿上学读书，尤其把上学认汉字读汉书视为苦差，情愿雇人代为上学。张楷因势利导，商定每区每月缴藏银五十元,县政府用此钱雇人读书。具体做法是,把收上来的这笔钱,变为上学学生的津贴,每月发粮一斗。用这个因地制宜的办法,招到学生六十余名,分为高级、初级两班。任先生记叙:"校地为县治之关帝庙,曾经培修,尚称合用,建设筹备员陈焕章为校长。教员悉由县署聘请,员额并足,教授合法。全体夷汉各生,皆识汉字,勉通汉语。中有数夷生,成绩反在汉生之上,此北道各县所未有也。"

与此相映照,是寺庙众多,"瞻化每村有一喇嘛寺,全县共四十余座(小寺不计)"。

瞻化一县此种情形,也可视为川边地区大多数改土归流后新设的那些县的大概情形。一些喇嘛寺实力强劲,孱弱的县政府更难控制。瞻化县知事张楷是一员能干官吏,到任后便能将十余年积欠的应缴粮税全部征齐,但还有一个叫大盖的地方,因有案件未了,不能清除积欠。

这件案件,就与当地的大盖喇嘛寺有关。关于这个案件的情形,任乃强先生所著《西康札记》中有两篇文章与此案相关。一篇叫《瞻对娃凶杀案》,这个"娃",不是我们寻常话语中的小孩子,而是什么地方人的意思。"瞻对娃",就是瞻对人。另一篇叫《大盖夷禀》。

大盖喇嘛寺是瞻化境内的第一大寺,寺中有一个叫乌金夺吉的大喇嘛,向来与住持该寺的喇嘛阿登赤乃关系不好。这个不服寺院住持的乌金夺吉喇嘛还有一个哥哥叫作阿噶,性情恶劣,一向横行乡里。此前,也在这大盖寺出家,后还俗,也经常到庙欺凌住持,寺院住持自然怀恨在心。某一日,大喇嘛正为信众摸顶赐福,突然同一寺院的二三十个喇嘛一拥而上,将其乱刀杀死。那时，阿噶和其母亲也正跪受其弟摸顶，不及反抗就被五花大绑，并被立刻枪决，其母亲也被囚禁起来。两兄弟死后，寺院不罢休，又派人远赴麦科牧场，将其另一个弟弟枪杀，并将三兄弟的财产牛马全部抄掠为寺院的财产。案件发生地，在上瞻总保的管辖范围。但到案发半月后，总保才向县署报告。张楷知事传案首阿登赤乃到县问讯，这位喇嘛拒不前来，反而上"夷禀"到县，历数阿噶兄弟多年横行不法的罪行，说自己这样做是为民除害，请求奖励。张楷不允，再传不到，只好派人到当地断案。这断案也不是按照民国法律，杀人偿命，而是照当地习惯性，赔偿"命价"，即杀一人命，赔多少钱。县署派员断案的结果是："判放出家属，三人命价三千藏银，缴凶枪三支，县署外罚银一百秤。"喇嘛寺不服判决。县署便威胁要调兵镇伏。

当此之时，任先生作为视察员正好到达瞻化，行经大盖喇嘛寺所在地方，他们把视察员也当成握有事权的政府官员，"该寺僧侣来诉：'命价赔到千元一人，瞻对向来没这规矩'"。他们还向任先生又上了一道"夷禀"，以今人的眼光看来，就是一篇奇文，多谢任先生将其记录下来，让我们可以一窥那个时代奇异的风貌。

该"夷禀"译为汉文是这样：

"自赵帅（赵尔丰）到瞻化以来，各地杀死人命，命价高矮大小有例，阿色牛厂卡加家杀死七人，赔命价五秤，罚款一秤，以铜器作抵；拉日麻杀死六人，命价每人五秤，完全以铜器作抵；墨巴杀死热噜代本又要约共九人，每人赔命价四秤，完全以铜器货物作抵，罚款未缴分文；朱倭杀死七人，命价四秤，罚款五百元，以铜器货物作抵；马营长的兵杀死三人，罚款命价，每人三秤，均已货物作抵；前任张监督任内，杀毙土兵泽翁，命价二秤，以货物作抵；投李旅长的扎松工布被杀，又杀死家属老少五命，命价罚款分文未与；今监督任内，谷日杀死二人，命价罚款，分文未得；康立村日加马家杀死一人，带伤一人，命价罚款，分文未得；日须牛厂甲家儿子被杀，命价未赔。以上命案甚多，并未派兵去打。大盖喇嘛寺所杀原是匪人，为地方除害，不唯不奖赏，反要出兵来打，实不公平！"

秤，藏银的一个计量单位，相当于藏银五十两。需要说明的是，藏银并不是真正的纯银，而是一种含有大量白铜的银铜合金，不及纯银值钱。

从这"夷禀"中可以看出，不只当地人互相仇杀，政府军士兵也杀人。当地人互相仇杀，不能施以国法，以当地习惯方式处理还情有可原，但政府军士兵犯了命案，不依国法处理，那就难以理解了。瞻化的"化"，意思就是化野蛮为文明，结果去"化"别人的文明人，为了方便行事，却被野蛮所化。而且，政府军士兵处罚偏轻，所以"夷禀"中敢于大呼不公！

不久，任先生又接到大盖寺所上的又一件"夷禀"，述说他们杀阿噶三兄弟是为地方除害的理由：

"第一条，喇嘛乌金夺吉不该将茂古喇嘛郎卡独吉大马斫死。其在格拖喇嘛寺毒死坑博白马一喜，掌教喇嘛麦浪、札巴嘉恩兄弟，被他将鼻子割了，这几人一命抵一命。第二条，其兄阿噶在大盖寺当札巴时，麦科神庙及塔子被毁了，大盖寺会首为此罚了他四百八十元；又抢大盖寺会首七百元；竹庆寺会首泽翁等因闻阿噶要治死他，又送了五百元；又有老陕在寺，被他偷去麝香，房主被罚了一千多元；又抢去札巴阿泽四百元；又到东谷去抢人快枪一支,大盖喇嘛寺为此事赔了五百元;又抢劫宗堆坝马寺,又赔了一千八百元;又偷人麝香,喇嘛寺赔了二百元;初十又抢喇嘛寺会首名下二百四十六元;又欠铁棒喇嘛十一元。大盖寺阿噶偷人抢人欠账,共赔去七千七百元,应以家财作抵。第三条,此外甲该家阿噶弟兄所为不法之事,喇嘛寺已拿得有凭据者,凡有私造义兴茶票印版与私宰银元截抽中段之器具共二件。甲该家实系为非作歹之人。我们处死盗匪,不加奖励,反要处罚,请求委员大人做主!"

此案件后来如何处置,未见记载。

不久后,川藏之间,因为地方细故又发生激烈战事。战事初起,藏军节节胜利,瞻化一县又被藏军攻占,县府首脑张楷也被藏军俘虏,押往昌都关押。这案件恐怕也就不了了之。

我不惮烦琐,抄录这些史料,自是因为这些材料可作民国初年瞻化一地社会状况的生动说明。更是因为,这样翔实细致的材料可以破除两种迷思。一种迷思是简单的进步决定论。认为社会历史进程中,必是文明战胜野蛮。所以,文明一来,野蛮社会如被扬汤化雪一般,立时土崩瓦解。再一种迷思,在近年来把藏区边地浪漫化为香格里拉的潮流中,藏区被认为是人人淡泊物欲、虔心向佛,而民风纯善的天堂。持这种迷思者,一种是善良天真的,见今日社会物欲横流,生活在别处,而对一个不存在的纯良世界心生向往;一种则是明知历史真实,而故意捏造虚伪幻象,是否别有用心,就要靠大家深思警醒了。

大金白利再起战端

辛亥革命前后,西藏社会面对种种深刻的危机,一些觉悟到世界大势所趋者,开始锐意改革。改革的结果,是藏军战斗力大幅提升,所以在民国七年对边军之战大获全胜。

后来,英国人陷于第一次世界大战的泥潭,新成立的民国各地实力派陷于内战深渊,加诸西藏地方的内外压力顿时消弭。西藏地方便感到已渡过危机,以宗教僧侣集团为核心的保守势力再次抬头。更因为生产力低下,靠增加一两项税收所得银钱毕竟有限,藏军想要继续现代化,西藏地方财力难以支撑。因此,这支军队的现代化也就停顿下来。

更重要的是,当时西藏地方整个社会还处于中世纪的蒙昧时代,一切以宗教集团的利益为最高利益。所以噶厦政府内部,也只是少数官员觉察到政治改革和社会改良的必要性,意图以军队现代化为开端,希望致力于西藏这个封闭社会的开放与建设,而任何进步的意识与力量必使宗教集团感到反感与担心。于是,以藏军司令擦绒为首的一些官员,包括重要的藏军军官被解职,整个社会又陷于停滞。从某种程度上说,这也是川边地区在十多年里得以相对稳定的一个重要原因。

直到1930年大白之役,川边战事再起。

民国十九年,即1930年6月,国民政府蒙藏委员会接到来自甘孜白利的一封告状信。

这封信载于《康藏纠纷档案选编》一书中,内容如下:

"小的白利村,系弹丸弱小民族之地。自前清以来,对于中央政府无不竭忠效命。上年汉藏交兵时,无不尽力援助汉军,汉军方面文武长官均在洞见之中,乃小的白利村所属噶札寺内有罗噶依珠,自上年屡次来欺压白利村之人,强行攘夺我僧俗民众之财产,且于各寺院及地方上下官长之间常以挑拨寻衅为能事。但白利地方向有历辈承袭之官长治理,乃罗噶依珠屡次觊觎白利官长之位据为已有。又去岁擅自逮捕青珠佛爷之管家,其受辱不堪。故此双方突起争持,几将决裂之际,幸有官长等居中调停议和,始能订立和约,事遂寝息。后又以噶珠同党那珠等徒不遵和约,排斥白利寺院之人,复施诡计,怂惠岭仓寺诈称将白利寺属那札寺院之田地、房屋及十五家户口,早已允许送给伊寺,而借此题目,不怀好意,欲以强行霸占之势。复以藉故指小的白利于上年汉藏构兵之际,以援助汉军之故,至达结寺之寺僧罗喜因抵御汉军带伤毙命,勒逼赔偿命价,实属无理取闹,欺人太甚。伏查白利村及那札寺地土、人民,向隶中国政府统治之下,而人民均系安分守己,乃那珠依仗达结之势,屡次借端行衅,逼人太甚,实难隐忍。再四思维,惟有仰恳钧会鸿恩,曲体下情,赐予援助,制止达结,不准以势欺压,强夺白利村田地、房屋,并不准在汉藏之间播弄是非,以免酿成祸患。兹不得已,冒昧渎陈,伏乞俯赐鉴核,赏准施行。"

这封控诉信署名为"小的白利村寺僧及地方体民众,那札寺公众和谷龙寺公众"。

从信的行文方式,可知这封信不是由藏文翻译的,而是由一个汉人代笔,不然不会有那么多等因奉此的陈词滥调。这个代笔人文笔不够好,说事情夹缠不清。加上有史以来,藏语人名地名的汉译并未产生一个规范标准,藏语中同一发音,转写汉字,因为转写者有雅俗之分,有不同汉语地方口音之分,或者是书写习惯之分,不同时期,不同人书写的人名地名就有很大差异,使得阅读这份原始材料时更显得云遮雾罩,头绪纷繁。比如察木多这个地名,藏语中发音未变,现今却已写为昌都了。再比如这份文件中的达结寺,今天通行的写法是大金寺了。

所以,得把这件事的原委从头道来。

赵尔丰时代,康北霍尔五土司之一的白利土司已被改土归流,但清朝覆亡,民国建立后,白利土司和川边地区众多土司一样,便自行复辟,重新掌握了失去不久的封地与政权。信中写得委婉:"白利地方向有历辈承袭之官长治理。"白利土司地面有一座藏传佛教萨迦派寺庙,规模不大,名唤亚拉寺,属于白利土司家庙。在其一世活佛住持该寺时,白利土司将其辖下的十五户人家和相应的土地,划予亚拉寺,作为供养,并立有字据。一世活佛去世后,其二世活佛出生在大金寺辖下属民家中。二世活佛叫作确拥,他成年后即将过去白利土司划给亚拉寺的十五户百姓与土地,一并送给了大金寺。

大金寺是拥有数千僧人、有钱有武装的大寺,是康区有名的格鲁派十三大寺之一,虽然地处川边土司地界,这时更属赵尔丰改土归流后设立的甘孜县管辖,却因宗教上的原因,与西藏方面有着很深的关系。民国七年川藏冲突时,大金寺便公然支持藏军。休战后这十多年里,依仗其雄厚财力和数千僧人,及相当规模的武装,并不把势力日渐衰弱的当地土司放在眼里,与白利土司间的矛盾也日渐加深。在此情形下,白利土司见亚拉寺二世活佛把自己划给亚拉寺前世活佛的百姓与土地赠予大金寺,自然十分不满,便向亚拉寺二世活佛索回原先与一世活佛立下的字据,被确拥活佛拒绝。

白利土司又提出借用字据,复制后归还。确拥活佛再要索回字据时,白利土司便拖延不还。意图当然是借此做证向民国政府控告,索回土地百姓,不然在民国政府档案中,就不会出现那样一封控诉的信件。

民国年间,川边土司地面设立了流官,白利和大金寺就都在甘孜县知事管辖的范围。但县政府却是政令难行,遇到双方控诉,甘孜县政府不能也不敢秉公评判,解决事端,只好调解了事。调解没有结果,县知事只好袖手旁观。

白利土司见状,便收买亚拉寺其他僧人,意图架空二世活佛。

亚拉寺二世活佛确拥见自己在白利土司地面日渐孤立,便索性将寺院和那字据一起,全部献给大金寺。大金寺本不是世外洞天,送上门的礼物,其自然照单全收不误。

这一来,白利土司与自己家庙间的矛盾便演变为与势力雄强的大金寺间的矛盾了。

读者会说,怎么这个地面上从来就是这些琐屑不堪的争端啊!

是的,川属土司地面,土司与土司间,土司与寺院间,再或者寺院与寺院间,许多冲突都源于这样琐细的利益争夺,了无新意。但一旦执政者控驭失当,便演变为大的变乱。但这样的琐屑争端层出不穷,事端既多,也不能确定哪一件会演变,哪一件不会演变,以致这样的事变一再发生。法国一个历史学家把这样的现象叫作"历史归零",意思是说,一个停滞不前的社会,所有事件的上演,就像一把中国算盘,打满了那有限的几档,便复了零,再来一遍。

息事宁人的调处,就是让自己置身于一座不知什么时候用什么方式爆发的火山上面。

火山终于要爆发。

这一回,爆发的导火索是一匹马。

白利土司丢了一匹好马,在敌对的气氛下自然怀疑是被大金寺属下的百姓偷去了,便派人前去索要。不管是不是真有这事,在这种敌对气氛下大金寺自然不会认账,便将寻马人驱逐了事。白利土司自然要报复,如何报复呢?他家女儿跟大金寺一个喇嘛相好,本来是任其往来,未加干涉,这回白利土司一气之下,便将这不守清规的喇嘛赶出了自己的地盘。喇嘛受此委屈,回到大金寺控诉。大金寺僧众群情激愤,便于1930年6月18日对白利土司发动突然袭击,白利土司抵敌不住,逃往东谷地方,其属下头人和一些百姓也相继逃亡。一夜之间,大金寺占领了白利土司全部地面。事件经过,二十四军军长刘文辉呈国民政府电报中有较详描述:

"西康辖境甘孜县地方达结(大金)、亚拉两喇嘛寺,于本年六月因争产发生纠葛,达结恃其强横凌逼白利,调集该寺全数喇嘛,荷枪实弹,声称非将白利扑灭不可。据白利僧侣民众请求拯救,派员制止达结暴动,以全领土。呈由西康政委会及驻军转报来部,当即严令该地营县查明公平处理。达结不受劝导,复加派朱参议宪文驰往开谕,嘱其设法召集白利僧侣人民暨达结众喇嘛和平宣导,妥为调解。殊达结竟于六月巧日擅开衅端,率队猛攻,开枪轰击,将白利高地占领,焚毁民房数十间,继又占领白利村,全部掳去男女数十人,缴去快枪及叉子枪共二百余支,公然插狮式黄旗,自著黄色军服,与我军对峙警戒。"

这封电文写得闪烁其词。

"狮式黄旗"是藏军军旗。"黄色军服"是藏军军服。这或者是说驻在甘孜邻县的德格藏军已潜入甘孜参战。又或者,大金寺的武装僧人打着藏军军旗,穿上藏军军服,以此方式标明把自己视为属于西藏地方政府的一支武装。

对此,电文中并不明言。这说明对于新入川边不久的二十四军来说,还是想息事宁人,不想轻起战事。这种态度自然还是跟当时国际国内大势相关。省内,刘文辉虽据有川边地方,但经营的重点还在川内富庶地区,与四川境内各军阀明争暗战。国内,对主政不久的蒋介石的国民政府来说,内地统一尚未完成。国际方面,早已进入中国东北的日本人正磨刀霍霍,此时已是九一八事变前夜,面对此种严峻形势,自然不愿再在边地新开战端。

藏军方面对这些情形,自然也十分明白,正可有意借此事件在川边扩张势力。

这时的川边地区已经划为国民革命军二十四军防区,二十四军军长刘文辉以川康边防指挥部名义辖制这一地区。但那时,二十四军主力都在四川内地,刘自己也长驻成都,出任川康边防总指挥后,便委派马骕为川康边防军旅长驻康定,镇守川边。

甘孜地面出了事情，县知事畏首畏尾，束手无策，眼见得小事变成大事，只好请求派兵弹压。当时甘孜驻有川康边防军一个营，二十四军方面便令驻甘孜当地的罗营武力调处。罗营兵临大金寺，罚寺院白银一万两赔偿白利土司损失。高压之下，大金寺表面答应赔偿，暗地却派人到德格，面见驻扎当地的藏军德门代本，请求西藏方面支援。不久，大金寺获西藏方面赠送英式步枪三百支。有此背景，大金寺态度转趋强硬。

我读过德门·云中卓玛刊于《西藏文史资料选辑3》中的回忆文章。作者是当时参与大白之战的藏军代本德门·郎吉平措之妻。文中说，当时大金寺总司库"前去拉萨禀呈噶厦及十三世达赖喇嘛"，"切望莫将'婴儿抛出慈母怀抱'祈请给予庇佑"。云中卓玛在文中说，不久，其任藏军代本的丈夫就接拉萨十三世达赖喇嘛批文云："就白（利）大（金）纠纷，命德门代本率骑兵五十，速赴大金寺。……招白利代表，嘱其不得让寺僧介入争端。尔需从中斡旋，充当中介人，智谋善处。大金寺乃本府属寺无疑，倘若任其四川汉官偏私之举，唯伤及本府名誉利益。是故从军政方面予以有力回击。"

也是在这篇题为《德门·郎吉平措赴朵麦情由及岗托渡口战事》的藏文史料中，关于大金白利之争的原因有另外的说法：甘孜地面一个百户头人与人合铸了一尊与人等高的千手千眼观音菩萨铜像，原来说好是要献给大金寺的，"但后有变化"，不送大金寺，而要送给白利亚拉寺了。"为此，私下几经协商未谐"，也就是说，一座佛像，两座寺院都想要。只好找人公断。"上告四川刘自乾（刘文辉）。刘即发出偏私之信函，声称'此事宜遵信徒施主之自愿，大金寺不得寻衅。倘若滋生事端，将视情节施以文武制裁'"。

事情果真如此的话，刘文辉的这个处置没有什么偏私之处。难道信徒造了一尊菩萨像，送到哪座庙里供养还不能随自己心愿？

这篇文章中，德门代本当即便领了骑兵从德格驰往大金寺，要召那位造佛像的头人来见，调解两寺纠葛。但那位造了菩萨像要敬献寺院的头人，见不意间惹出这样的事端，吓得自然不轻，只好一跑了之，说是"启程进川"了。

据这则藏文史料，当时在川藏前线的藏官是反对再开战端的。两位德基经商酌，曾上书达赖喇嘛："大白争势起因，乃一尊一人高的千手千眼观世音菩萨像。倘若本府念及佛法与众生利益，新铸同样一尊上好塑像，赐予其中任何一方，两寺即能言和修好，不啻云散日出。反之恐因百户长阿波向四川刘自乾谗言而挑起战事，则康藏路遥，涧深谷狭，山丘众从，且沿途百姓十分贫困，所需军援、军火、军饷等，断乎不能如期运至，势必打一场孤军无援之战。倘若如此，官兵丧命自不待言，本府军火亦会成为敌军战利品，本府定将名利两空。是故吾辈诚禀如上，而绝非望风生畏之所为。"

达赖没有直接答复，而是"捎寄一箱名谓'金刚铠甲'的护身符，系用黄布包裹的阎王金刚泥印像"。后来，更接到新命令："倘若白利恃四川刘文辉做后台，恣意武力进犯大金，则该寺乃吾府属寺无可争议，历任堪布向由西藏委派，是故即便终致战局，亦唯有全力迎击，本府焉能无辜服输！"

而"四川刘文辉"这边也在动作。

第一次调处失败，马骕旅长便派42团团长马成龙为先遣军司令,率兵四营,从康定开赴甘孜,意图以武力迫使大金寺就范。加上原驻甘孜的一个营,川康边防军在甘孜地区已有五个营,两千多人枪。

援军到达后,甘孜县韩知事和马团长再次前往调处。事前,顾虑藏军乘机干预,还先致信驻德格的藏军德门代本探询态度。德门代本回信说,大金寺处于汉界,藏方不会干预其事。得到此保证,马旅长和韩县长放下心来,兵临大金寺,提出六条处理意见:一、寺院缴出枪械;二、拆毁大金寺军事堡垒般的高大围墙;三、罚白银四十万两;四、赔偿白利土司和下属百姓所受的损失;五、交出肇事祸首;六、写出今后不再生事的保证。

对这样的调处,大金寺自然毫无接受的可能。

面对大兵压境的情势,大金寺一面请藏军代本出面调处,一面武装本寺僧人和辖地百姓,积极备战。藏军借调处之机,公开进入甘孜境内。双方构筑工事,挖掘战壕,在甘孜形成对峙局面。至1930年8月30日,二十四军一位排长在前沿值勤时被藏军击毙,于是,马成龙所部立即炮击大金寺,藏军也公然加入战斗。历史上所谓"大白之战"正式爆发。

战争过程中,互有胜负,但国民政府方面总期息事宁人。国民党中央政府蒙藏委员会电令二十四军军长刘文辉"毋再进攻并和平调处,以维藏局"。并把命令二十四军部队停战的消息电告达赖。西藏地方政府也表示愿意接受调处。

曾经激战的甘孜前线暂时平静下来。

唐柯三，久候不至的调处大员

谁来调处呢？

蒙藏委员会上报国民政府行政院，请求以中央名义派出人员前往调停。1930年12月17日，行政院以院长蒋中正之名义下达指令："所请选派熟悉康藏情形人员赴康调查，妥慎处理，应准照办。仰即由该会遵员请派可也。"

前线局势紧张，蒙藏委员会的工作却进展缓慢，直到1931年1月31号才上报行政院由一位叫孙绳武的委员前往调处，又至2月12日才正式下达委任令。同时委任蒙藏委员会委员、此前在康区任边军统领多年的刘赞廷加以专门委员头衔作为孙的副手随同前往。

但这位孙委员并未立即领命前行。又过了一个多月，3月23日，蒙藏委员会又有了新的命令，说"孙委员另有差委，不克前往"，改派唐柯三委员和刘赞廷"前往调解"。

4月11日，这位唐柯三特使才从南京到达湖北宜昌，而且不能再前进了。原因是"共×贺龙大股窜据巴东一带，二十一军正分别剿堵，航路阻滞，在此留待"。4月18日，唐到达重庆。5月3

日,唐柯三电告蒙藏委员会,"今日抵蓉",到成都了。唐在成都并不马上前赴康区,他要等待西藏方面派出谈判代表的名单和抵达康区的时间,才动身前往。蒙藏委员会的意见是让他不必等待,"即希先行前进,以免久延"。

这时已是5月中旬,距国民政府要求前线停战,听候和平调处已过了半年时间。

问题是,前线军队并未因为中央有调处之令而放下武器,静候调处。甘孜前线经过短暂停战,复又开战,二十四军部队节节败退,藏军不断进攻取胜,已经占去了甘孜全境和炉霍、瞻化两县的大片地面。

战事情况,藏文的《德门·郎吉平措赴朵麦情由及岗托渡口战事》一文也有记载:"一天,接到情报说,亚热桥头出现百余汉军,正在修筑工事。闻此即遣大金寺僧兵五十人携武器到江岸守桥。该寺能如此迅疾调派僧兵,系因霍尔地区除个别寺院外,大多数均在新僧人入寺时须携马一匹、刀一把、火枪或自动枪一支交寺之故。"这哪里是寺院度化僧人,完全是部队征兵。"代本部署反击,决定首先夜袭对岸桥头,即在北山布下第8代本所部藏兵150名,中山设僧兵200名,正面驻留第8代本其余藏兵、僧兵80人和德门本人。即于该月底夜袭桥头川军工事,将其全部逐出。尔后从以上三个阵地大举进攻,尤其正面阵地的居本赤巴多吉等藏兵,挥舞大刀直冲川军战壕,短兵相接,抓获川军官兵112人。如斯三面夹击,杀伤多人。川军畏葸,未敢顽抗。战斗以后,向赤巴多吉居本部众分与缴获之银钱,并改善膳食。"

这篇文章还对那些畏战被俘的川军形象有正面描绘:"笔者在江惹目睹川军士兵均为二十岁上下的青年,两名军官大约五十开外,一律身着黑色或蓝色衬衣,淡黄色衣裤,粗布白大衣,脚穿白布补袜、黑布鞋,腰系茶缸,头缠黑布,身背布面棉被。"这样子,看起来像是民团。

由于甘孜地处由川入藏的大道之上,战事一起,商路断绝,商人们自然损失惨重,"西康商业全赖北路之道孚、炉霍、甘孜、瞻化各县贸易为中心力量……为大金变乱,商务凋零,损失甚巨"。于是,2月间,在康定的西康总商会自愿派出代表,前往调解,并与大金寺活佛哈登约定于2月8日在甘孜见面。但"守候竟日,哈登爽约不来"。后来,哈登活佛给商会代表来信一封,谈的却不是大金寺与白利土司的纠纷,而是要求赔偿。一是赔偿藏军出兵的军费,二是赔偿战事中死伤的喇嘛。"此次退兵则藏人兵费如何给付?伤亡喇嘛及一切损失如何赔偿?"

信中更有进一步不可能达成的要求:"并须将十三喇嘛寺归彼管辖始有调解之望。"

那时的民间文书,在今天的我们看来常常并不清晰明白,这句话就很不明白。这十三喇嘛寺,应该是指康区的十三个格鲁派大寺,而这个"彼"就是指西藏方面了。这也跟西姆拉会议后,藏方希望控制整个藏区的意思相吻合。在川省地面的大金寺,此时也完全以西藏方面的代表自居了。

后来,哈登活佛终于来甘孜跟商会代表见面。

"哈登来甘,官方备极优待,殊敝会派往代表甫经转身,即向开枪射击"。

这是说,谈判无果,商会代表刚刚离开,对方便重新开战了。这封西康总商会呈蒙藏委员会的电文,说的是谈判代表刚刚离开,他们便"分路反攻"。商会谈判代表"见其专横如此,和平弗望,当即纷纷归去"。

后来,"西康各法团民众发起西康公民调解和平会,公推前参政院参政姜郁文,暨士绅杨海廷、倾贞白马三君为代表",前往调处,也以失败告终,时在1931年3月间。这时,做了调处决定的国民政府却还未能确定前往调处的人选。

寺院与土司相争。

藏军与政府军相争。

多数历史,都只是书写他们争雄的过程,似乎这就构成了全部历史。

让我感兴趣的,因为发生在近代而留下丰富档案材料的这次战争,把战争中的商与民推到了我们面前。寺院与土司是要争斗的,藏军与国民政府军队的争战更不可避免。但商与民呢?他们从历史深处浮现出来,他们真是不要战争。所以,政府派出的调处大员姗姗来迟,他们就自动走上前线劝和去了。

中国第二历史档案馆和中国藏学研究中心所编选的《康藏纠纷档案选编》中有一份档案更是呈现了商民如何在战争中受到伤害的具体情形。

这份档案中说的是白利土司地面上一个富商的情况。这位富商叫德主郎吉,开有一个商号叫甲本从。这位富商从名字看就是藏族人,他给一位在蒙藏委员会工作的藏族人格桑泽仁写信申诉自己的遭遇:"此次大金寺因庙产小事,不听地方长官调停,擅动干戈,抢劫白利人民,焚毁白利房屋。本人虽与大金寺友善,既属白利乡之一分子,因团体行动不能不加入此方之自卫。因事属二十四军防区内一县地方上之争执,初无关乎西藏方面。且敝号甲本从数世经商,以前后藏为最大之营业处所,为自己利益计,亦绝不敢丝毫开罪于西藏。不意此次前藏政府借口大金白利之争,系本号所挑拨,将敝号在藏所有财产没收,伙友监押。据闻此事系部属所为,并非达赖佛爷之命令。"

事实是这位在川藏大道上经商的白利商人,被西藏方面"诬以暗通消息",遂将其在西藏打理生意的伙计占巴、阿罗二人捕入狱中,抄没财产外,并罚银百万余两。

这位藏族商人有些天真之想。他想,有个康巴老乡在中央政府里做官,就写了信去投诉,"函请发还财产,释放伙友"。他这是心疼自己巨额的财产损失,病急乱投医,却没有想一想,藏军都向国军进攻了,还会听国民政府的话,发还他的财产?

在蒙藏委员会工作的格桑泽仁把这位商人的要求转呈上峰,并提出建议两条:"一、请由本会委员长名义电请达赖发还,或令知达赖驻京办事处转达;二、请呈报国府,以主席名义电饬达赖发还。"

蒙藏委员会真下了一个"训令"给西藏驻南京办事处,"令仰该处迅电达赖喇嘛,将所扣甲从本商号伙友财产分别释放发还,以恤商艰。"

从档案材料来看,对方根本未予答复。

不要说一个商人的小问题,即便对蒙藏委员会提出的大问题回答也极为敷衍。

这期间的大问题是两个。

一个是真正停战。一个是藏方早定谈判代表。

清廷覆灭后,新成立的民国政府未能在拉萨设立管理或办事机构,倒是在1930年3月,十三世达赖喇嘛任命原驻北平雍和宫的喇嘛棍却仲尼为驻京总代表,负责和民国政府沟通关系,并筹备办事处。大白战事开启时，西藏驻京办事处刚成立不久，国民政府正好通过这个办事处与藏方不断沟通。

这些经过办事处转致达赖喇嘛的"训令"和电文似乎没有什么效果。以致时任蒙藏委员会委员长马福祥致信办事处"棍代表"："政府一面径电双方停止军事行动，一面令饬本会和平了结。祥仰体政府意旨，劝告早日息争，函电往复，几将盈尺。"

此时，川康边防军受到中央调处令节制，缩手缩脚，藏军与大金寺却借此有利形势，步步为营，不断蚕食进攻。

蒙藏委员会还是只得函电拉萨达赖喇嘛。

3月20日电："顷接刘文辉及西康民众各电，藏方三代本率藏兵四千余猛攻甘瞻各要隘，觉母寺已被占据。希飞饬前线立停进攻，退回原防，以维大局，否则公谊私交均难顾及。盼复。"这里的三代本，不是第三代本之意。而是说，藏军出动了三个代本的兵力。也是藏文史料《近代藏军和马基康及有关情况述略》一文说："除警卫部队第一代本一千名兵员外，其余代本均为五百人左右。"也就是说，这四千余人中，有藏军一千余人。

3月28日，蒙藏委员会又"训令"西藏驻京办事处，"再电达赖饬前线退守原防静候调解"。

3月30日，为藏军"进犯甘孜，所至掳掠一空，并分兵南窥巴（巴塘县）、盐（盐井县）"致电达赖喇嘛："似此节节进逼，殊乖和平本旨，恳飞饬藏军立停军事行动，退守原防，静候调处。"

5月4日，蒙藏委员会又"训令"西藏驻京办事处，"请转电达赖饬令前线军队退回原防，并派重要人员与唐委员商办"。

5月26日，蒙藏委员会的"训令"又到了西藏驻京办事处：

"为藏军攻占瞻化迅转电达赖饬令退回大金原防以凭调处。"

5月29日,蒙藏委员会又对西藏驻京办事处连下了两道内容相同的"训令",内容还是要攻占了瞻化的藏军"退回原防"。

……

前线情形如此,中央派来的调处大员唐柯三却还盘桓在路上。面对藏军的步步进逼,二十四军马骕旅长承受着重大压力,终于忍耐不住,直接致电蒙藏委员会,"前线官兵停止军事行动,殊彼方不体中央暨我公和平意旨,陆续增兵,着着进逼。我军一让白利、再让甘孜,现已退至炉霍,彼仍进逼无休。此时一线之望,惟冀派员早至,或可和平解决。否则,稽延旬日,则国防所关,骕亦不敢负其咎矣。"

在此情形下,前方指挥官无所适从,百姓流离失所,更是处境悲惨。这也有档案材料可查,是白利官民向蒙藏委员会申诉苦情的呈文:"驻康汉军自奉命后,节节退让,听候调解。殊知代表未至,而藏军则违犯命令。乘我不备,率领大军倾力来攻。此处官民无他援助,只得死守抵御,奈彼众我寡无济于事,终为所败。于是,白利、甘孜、瞻化等地相继失陷。此时白利官民随同汉军拟往丹葛避难,然瞻化早为藏军所得,无法过越。不得已,现暂居于色利科地方。

"当我方败退以前,官民等均以为有中央援助,不致发生意外,故对于所有财物等件,并未想他移或藏埋。而藏军突来时求生之不得,焉有顾及财物之暇,故我等所有财物尽充于彼方。即随身带得一二者,亦在中途被追兵抢掠一空……现手中仅有一枪一马,目下官民等将有变卖枪马而就食衣之势,所受痛苦,可想而知矣。"

这封呈文中还对政府发出怨愤之言："此次因一小纠纷乃扩大而为康藏之争。康民受藏军之蹂躏欺辱，亘古未有。早知有今日之呼救不应，不如当时投降于藏军，此时恐未必有如斯之痛苦矣。"

唐柯三似乎并不着急，6月3日，报告蒙藏委员会。到达雅安。

6月11日，唐柯三到达康定。

这时，藏方也确定了琼让代本与唐柯三会商。但他们并未见面，而是函电往还，讨论会商地点。"琼让函请赴甘孜会商，但该处仍为藏军占据"，唐不愿去，他要"改在炉霍，得其复即行"。

蒙藏委员会的意见是"即在甘孜亦无不可"。

唐柯三仍然不愿亲赴甘孜，派副手刘赞廷前往甘孜与藏方代表琼让见面商谈。

这时已经是7月12日，距唐柯三到达康定又过去一个多月。

一周后，7月19日，唐柯三致电蒙藏委员会："得刘赞廷信，琼让态度尚好，惟禁与土司喇嘛见。自谓甘案难负责，已请噶伦来甘。"也就是说，刘赞廷到了已被藏军占领控制的甘孜，对方态度还可以，但他想见见导致这场川边之战的土司和喇嘛双方，都不可以。而且，这位谈判代表自称没有临机处事的权力，实质性的谈判要此时正在昌都通盘指挥的噶伦出席才行。

7月30日，唐柯三又报：原来说好要来甘孜谈判的噶伦不愿来甘孜，要他前往昌都谈判，他则坚持对方来甘孜谈判。

对方噶伦见状，让了一小步，说愿到甘孜和昌都之间的德格和唐谈判。8月22日，唐柯三致电蒙藏委员会，说"无法交涉，调解更谈不上……未便久羁"。这是说,来了这么久,不要说谈判,连对方的面都没见着,那我老待在这里也没什么用,该回去了。

大白之战中的瞻化

国民政府中央做出和平调处的决定,调解大员还在路上时,藏军却在节节进攻,川康边防军不战而退,不久甘孜县全境及炉霍县一部陷落。

1931年5月8日,旅长马骕致电军长刘文辉:"据古路、通宵两村专人飞报,藏番由德格出发之前穹雅代本已于日前率兵五六百人,先后到达昌太夺古寺,随遣人持传牌到古路、通宵,命两村头人办站,两三日内定当进犯瞻化。"这里的古路、通宵两村今天都属于新龙县,也就是彼时的瞻化县。

5月10日,马骕又报:"接瞻化张县长楷函称,藏番已于三号由古路、通宵进据瞻城,特此飞报请示。"

5月12日,一个民间请愿团致电蒋介石、蒙藏委员会、刘军长等:"顷接瞻化急报,藏派穹雅代本率兵数百,进围瞻城,肆行掠索,迅即恳政府立派大兵,救民水火。"

5月21日,刘文辉致电蒙藏委员会:"藏兵分道猛攻,瞻化被围,当经飞令罗营往援,至麦理山,与敌激战数小时,已将敌击退,占领疆格村,并经马团长成龙率兵由马邱厂前进。殊上瞻桥梁被敌破坏,并将加拉沟及顺山之线扎断,各方道路,均被挖断,敌骑复增加至七八百之多,敌众我寡,进展困难,瞻城遂失陷,罗营因此被敌包围。经赏拉格总保,冒险由深山砍柴小道,顺谷背山沟底引导出险。"

任乃强先生在《康藏史地大纲》一书中说:

"康军(二十四军)收复白利失陷地,进占申科、汤古、维堆,围攻大金寺,久不能克。达赖电请中央制止康军前进。中央电刘总指挥发令制止。饬蒙藏委员会派员赴康调处。康军遂停攻。

"藏军乘康军懈弛,协同大金寺僧,于民国二十年(1931)2月9日之夜,猛袭康军。康军仓促应战,大败溃。退入甘孜。见后方援军尚远,复退炉霍。朱倭土司素怨汉官,及是迎藏军。藏军遂占领甘孜全县及炉霍之朱倭一区,驰报达赖。达赖令更取瞻化。瞻化县长张楷,纠民兵固守至5月,援军不至,城陷被俘。藏军遂占瞻化全境。"

不只瞻化一县,藏军还顺势占领了瞻化南境外属于里塘县的穹坝、霞坝两处地方。

前方情形不断上报中央。而这时的中央政府更是焦头烂额,一面是东北方面日本人步步进逼,已在九·一八事变前夜;一面在南方正与几个红色根据地的红军作战,所以,还是希望经过调处,和平解决大白事件。二十四军军长刘文辉这时任四川省主席,又任川康边防总指挥,但四川军阀间彼此争雄,二十四军的主力拱卫在今泸州、自贡、乐山等富庶之区,驻川边军队只有马骕所领一个旅下属的一个多团。所以,也乐观中央调停。

西藏地方政府自然也明了这时中央政府陷于何种困局,回电中央政府，说："甘、瞻原属藏地，应由藏军占领。唐特派员屡提撤兵，殊属非也。"

6月18日，唐柯三报告"准备出关"，也就是出康定，前往已是前线的炉霍。

7月8日，唐柯三电报："今日抵炉霍。相偕刘赞廷赴甘与琼让商妥和议地点，并催噶伦前来负责谈判。惟琼让函中竟谓瞻系己地，已将张知事及署员眷属四十余人解昌都矣。"

这个张知事，正是任乃强先生瞻化视察报告中提到过的那位能干的瞻化县知事张楷。

此后，中央致达赖电，唐柯三致驻昌都的噶伦信，从要求对方退兵，又加上一条，释放张知事，把这两条作为谈判条件。但藏方只争论谈判地方，而对撤兵和释张两条不做答复。

8月15日，唐柯三又致电蒙藏委员会："瞻化上瞻总保多吉郎加密派人来称：瞻境藏军增至八百。德门代本召全瞻头人宣布中央已将瞻让藏，彼等不相信，特来探询。如中央武力收瞻，愿做内应，可出快枪千五百支。"

17日又电："刘赞廷赴甘月余，琼让毫不见。阿丕（驻昌都噶伦名）复刘信谓，占瞻乃收回原地，与达赖语如出一辙……自刘到甘后，由藏兵保卫，外方消息隔绝，有同监视。"

唐柯三这位调处大员本负和平使命前来，此时也建议中央："愚见中央若主张强硬，电饬川省速拣精兵数营出关，并利用民兵表示收复决心，再饬滇青两省武装警告藏军，或不战自退。"

刘文辉也通过唐柯三向中央表示："已电商刘军同意，如中央授予筹边全责，补助饷弹，并饬青滇协助，不但收回甘瞻，并可恢复全康。"

9月，中央的答复仍然是要和平解决："中央慎重边务，处理仍取和平。"

10月11日，唐柯三再电："阿丕来函，每自称神圣国家、敝政府、拉萨国等语，妄自尊大如此，兵决不撤，亦不来甘。"

几天后，西藏驻京办事处也给蒙藏委员会上了一函："达赖喇嘛早经派代表到康静候中央专员接洽。现当日本侵占辽吉情形紧急，我国人精诚团结一致御外之时，爱国热情谁不如我。宜亟泯国内一切纠纷，集中全力以赴之。"具体怎么办，没有说。没有说撤不撤兵，没有说放不放人，也没有说纠缠了几个月之久的谈判地点和人员问题，但说清楚了一点，知道你们遇上了大麻烦。

10月20日，唐柯三以母亲患病为由，请求终止使命回京尽孝。

蒙藏委员会还是请他留任，继续和平使命。

这时，事情似乎有了转机。那就是藏方的谈判代表琼让态度好转了。刘赞廷从甘孜回到炉霍，"据称受琼让托，请其回炉解释，表示好感，并谓诸事易解决……张县长等行抵大金寺，不日释回"。这位张县长，就是瞻化的张楷知事。张楷主政瞻化时，正逢一县首长从知事改称县长，所以，史料中会有两种称谓交叉使用。

唐柯三于1933年曾刊行《赴康日记》一种，即是调解大白之战那段时间的日记。于10月22日记叙："晴。张知事楷差其士兵何某来见，据称渠等三十余人，阿丕本允送回，所给马牌，即系填写甘孜字样。讵行至德格，忽不放行。现在天气已寒，恳速赐交涉，早日释回等语。"藏方为什么把答应释放的人又扣在半路呢？实质是要钱。那时藏方手里除了瞻化俘虏的张楷县长等三十余人外，还有一百多名川康边防军的俘虏，加起来共有二百人左右。藏方认为，释放俘虏要用钱来酬谢。民国七年川藏冲突释放俘虏时就得到过"巨款报酬"。唐柯三日记中对此也有记载："藏方以民二、民七两次放回川军，均获有巨款之报酬，颇思援前例要求。经余力驳，谓既系垫付粮款，以二百人计算，每名月食粮价藏银十元，十个月中，不过二万元耳。再四磋商，始以藏银二万元定议。"并"议定分期归还办法"。钱不到手，对方便不肯放人，张楷一行，走到半路，又被扣留在德格。

最奇的是，琼让竟要求互相并不友好的谈判对手"托购杭缎、线春各五匹"，并且指定"新花样，其色要古铜、酱紫、深蓝、菜灰"。唐柯三当然要理解为这是索要礼品，专门致电蒙藏委员会，"请购妥邮寄西康政委员会收转，作为我馈送彼之物，祈速办"。对敌双方谈判未开，而谈判大员向对方提出这样的要求，即便不是委婉索贿，也足以成为一桩奇闻。

11月7日，唐柯三报闻，刘赞廷与琼让议订解决大白事件八项条件：

一、甘瞻暂由藏军驻守，俟另案办理；

二、大白事由琼让秉公处理；

三、双方前防各退后二百里；

四、穹坝、霞坝、朱倭均退还；

五、大金寺欠汉商款速还；

六、被掳汉军放回；

七、马骕、琼让互派员致谢；

八、恢复商业交通。

这个协议,过于委曲求全是一定的,等于变相承认了藏军对甘孜、瞻化的占领。所以,身为川康边防总指挥的刘文辉当即致电蒙藏委员会,"声明不便赞同"。最不赞同第一条、第三条、第七条,以及政府采买东西馈送琼让。

在南京的西康籍人士为此更是群情激愤,"特组国防救亡会"对蒙藏委员会发出强烈要求:一、撤职查办唐柯三;二、公布康藏交涉真相;三、甘孜、瞻对划归西藏,到底是蒙藏委员会的意思,还是唐柯三个人妄断?

问题是,这样的条约,西藏方面还有人反对,"有藏官上书达赖,反对退还穹霞、朱倭一条"。

蒙藏委员会无权决断,把这个协议上呈行政院定夺。

蒙藏委员会这时可能也意识到采办杭缎作为礼品送给琼让颇为不妥,致电唐柯三:"杭缎昨交邮已追回。"

1931年12月10日,行政院同意了这个条约:"查唐委员与西藏代表琼让议定解决康案条件八项,揆诸现在情势,尚合机宜,仰即电知该委会即照此办理。"署名是"院长蒋中正"。

但到了12月21日,蒙藏委员会又致电唐柯三:"所订八条,外间颇多非议,旅京康人反对尤烈,本会及执事将为众矢之的,望暂勿签字,徐图转圜。"

12月22日,唐柯三日记:"晴。得成都友人电,谓当道始因省城各界对所订条件不甚满意,遂来电反对诘难……余非不知此案结束之日,愆尤必丛集于一身。但既遵奉中央意旨办理,只有牺牲一切,外界责难,在所不计也。"

唐柯三主持下的这个协定,本是遵从中央旨意,却遭到二十四军方面和康区地方各界强烈反对。在此情形下,国民政府中央又收回了成命。其实，一部分在甘瞻地方的当地百姓头人，眼看协定签署后就要归属西藏地方管辖，也找到唐柯三申诉。

唐柯三日记就记载："白利头人来谒，表示不愿归藏，声泪俱下，为之恻然。"

"甘（孜）、瞻（化）、炉（霍）、理（化）四县人民闻之，异常惶恐，纷纷来谒，力陈誓死不愿归藏，声泪俱下。余力加抚慰，谕以无论如何，必设法将各失地收回，尔等放心，始各感谢而去。"

"大唐坝总保格子泽多来谒。据称其父自投顺汉官后，效忠无二，临死尚嘱其善继父志，渠奉命惟谨。自去年藏军攻占甘孜，迫其投降，彼不愿服从，复无力抵抗，遂率数百人逃至炉霍地方安身，今特来恳求赏给谕单保护。余嘉奖犒赏，并给谕单令去。"

在此情况下，唐柯三束手无策，焦虑万分，又电蒙藏委员会，"因患脑疾甚剧请准回京就医"。

上面自然并不允准，命他在当地坚持工作。

协议签订后的12月14日，唐柯三日记又记瞻化县长张楷释放事："查张等一行三十余人到甘已一月，琼让借口请示达赖，不肯释回。"不释回也可以，你至少得管俘虏吃饭吧。但他连饭也不肯管，因为此前议定的两万元伙食费不包括此后的这些日子。所以，唐柯三在日记中说："既未便向藏方借粮，而康定当局亦无何种接济，张之随员人等有沿街叫卖衣物以资糊口者。余以有关政府颜面，不能坐视，屡赠款接济，今已三次矣。"这恐怕也是战争史上的一个奇闻。得胜方不管俘虏的伙食费，对方所付的伙食费用光了，就不再管饭。

终于到了这一年的最后一天，唐柯三在12月31号日记中说："张知事等三十余人均抵炉霍。此事交涉七阅月，藏方屡次失信，今始释回。自念出关半载，惟此事得一结果，殊深愧怍。据该知事面称，自由瞻化被胁西去，计共居昌都两月，德格七十余日，甘孜四十余日。同行三十余人中，妇女幼孩约十名。惟方甘夫妇，回至甘孜病故。余幸无恙。"

记得一年前，1930年任乃强先生考察瞻化时，还夸赞张楷是一名能使当地政务"百废俱举"的干员，但在此时川边动荡的政局中，他也成为一株随波逐流的飘蓬了。

在当时藏军德门代本夫人云中卓玛的回忆材料中，瞻化县知事张楷在俘虏生活中还可以设宴款待藏军军官。材料中说，一天，上面发放下来"准许亚绒（瞻化）守兵返回原籍四川的证书和征用沿途役畜的路条"。几天后，张楷一行便来到德格。代本德门的夫人和另一藏军代本凯墨等藏官受到邀请，前去出席"亚绒守军"的宴会。"吾即应邀前往，席上除了上述人员，另有翻译一人。席间凯墨称：'本人尚未接到关于诸位事宜的噶伦阿丕训示，故请安心留驻几日，吾亦改日设便宴款待各位。'"凯墨代本也不是说客气话，真的就开始筹备宴席，不想正在此时，又接到驻昌都噶伦阿丕的通知："将亚绒守军暂行扣留德格。"这使凯墨大为恼怒："噶伦阿丕对我事先招呼都不打一声，却擅自发证签条，遣返亚绒守军。可今日又下令将其扣留德格！"文中只说这位代本对上级噶伦的不满，没有再提那个回请张楷等的宴会有没有举行。

原来，有时在血淋淋的战争中，也有这样稍带温情的场景出现。

第十章

　　他们成功注册了一个新命名：康巴红。这个红，是康巴男人头顶上的红。那时，很多的康巴男子汉，都会在长发辫中编入大量的红绸布条或红丝线，盘在头顶，英雄气十足。

调处失败，特派员遇兵变

时间进入了1932年，藏军依然拒不后退，唐柯三致电蒙藏委员会："藏情狡猾，若知国内近况，野心益肆，决无和解可能。"

刘文辉也致电中央政府："藏情忽变强硬，琼让致唐委员函，谓：'汉藏边界，应以泸定桥为限，让步亦当划至泰宁为限。'"

十年后，蒙藏委员会在西藏设立办事处，第一任处长孔庆宗在拉萨多年，深谙西藏情形，他也发表过探讨大白之战的文章，其主要观点就是说，民国年间，藏军越过川藏传统边界，积极东向，乃是西藏方面彼时就已有了"大西藏"意识。与今日不同者，那时是积极行动，现时则是用于国际宣传的主张。这是后话。只说那时唐柯三对调处前途深感绝望："柯三脑疾甚剧，延医调治已逾二周，毫未收效。康案仍难负责，万恳照准回京就医。"不得回复，便干脆报告："拟于删（15）日赴成都就医。"

15日到了，唐柯三并未起行，人还在康定。

而且，遇到大事情——兵变！还差点丢了性命。

他当日的日记详细记录了事变经过：

"阴。余自去岁由省来炉城，及此次入关，均下榻于将军桥佟家锅庄楼上。午后七时，马旅长、龙主席、程处长、陈委员、杨顾问诸君，同来余寓挽留，力劝暂缓入省。谈至九时，犹未散去。忽有马部下巡查队兵士一人，气势汹汹，登楼入室，大声向马报告，谓查街时被二十九团留守兵夺去手枪一支，特来请示办法。马命往报王参谋长，此兵竟不去。马又重言申明，诋该兵甫退出门外，忽闻楼下枪声大起。余犹认为二十九团兵士来此寻衅，与彼等冲突也。急往室外右侧暂避，马亦闻声离座，随余出室。斯时突有一兵奔至，开枪射击，其弹掠余面而过，热炙肌肤，药气刺鼻。在此间不容发之际，余急倒卧于地，继又飞一弹来，幸稍高，穿透木壁。第三弹击马倒地。闻变兵大呼打了打了，纷纷下楼，在院中放枪一排而去。余俟变兵去后，起而视马，见其卧地不动。时则枪声四起，余以楼上非安全地，急下楼，避往后门外。约经二三小时，四面枪声渐稀，登楼视马，已气绝矣。审视之，则一弹自腰入，并未透出。其护兵一名，亦被击毙楼梯下。变兵有来余寓者，约二十余人，戕马后，遂结伙抢劫旅部、造币厂、县署，并打劫监狱。中桥一带之小商店，亦抢掠数十家。幸在深夜，百姓无受伤者。变兵饱掠后，分向关外东、北两路逃窜。当即差人往请王参谋长前来商议，飞电刘主席请兵，并催王团长速速来炉以资震慑。至马旅长尸体，则差人抬往旅部。此次变乱，幸叛兵首领并无大志，腰缠既满，分途逃窜。如果盘踞炉城，则为祸更不堪设想。事后查悉所有马部下之工兵、机关枪二连及新兵护兵，约三百人全体哗变。其巡查队之捏报二十九团兵士夺枪，实欲借此事诳马回寓，击之于途中。嗣见马无去意，遂不得不在余处发难也。"

事后追究兵变起因，是马骕旅长长期克扣兵饷，导致所部士兵不满，加之时在农历新年间，士兵请饷不得，才有此暴力之举。马旅长也因此死于非命。

尚停留在甘孜的刘赞廷报告：藏军方面在此时正向前方增兵，似乎要发起新的进攻。

事不得已，唐柯三便留在康定担负起维持局面稳定的责任。

18日，唐柯三日记载："王团长到炉城，带来兵士无多。闻刘主席已电令驻邛之余如海旅长率兵星夜来炉震慑。"日记中还记一笔天气，"午后雪"，想必也是记自己萧索的心情吧。

"二十六日，阴。余如海旅长率兵五连到炉城，夜间来寓晤谈。余君甚精干，足负川边责任。"

3月4日，调处无果的唐柯三终于启程离开康定，"晴。午前九时启行，各机关、法团、学校均送于叶园子。六十里至瓦斯沟宿，天气颇寒"。

12日到达名山县，13日从此处坐上汽车，一天到达成都。

唐并没有急于回南京复命，在成都走亲访友之余，还上峨眉山玩了一趟。也许是下了高原，也许没有大白事件再烦扰于心，此后日记也不见他说头痛病了。这样直到5月20日才回到南京，这时距他前去甘孜已经"十有四月矣"。

这时蒙藏委员会已换了新领导叫石青阳。第二天，"谒石委员长，详陈办理甘案前后经过"。

"三十日，晴。谒行政院汪院长。适值开国务会议，汪公嘱余列席，报告甘案经过。因时间所限，仅作简明之陈述而已。"

到此,唐柯三《赴康日记》终篇,其不成功的调处使命也告完结。

而一年多的调处,唐柯三这位特使甚至连藏方谈判代表的面都没有见过。

调处一年多的唯一结果,那就是无论国民党中央政府还是地方上的刘文辉都意识到,中央与西藏关系,或者川藏关系,一味求和并不是解决之道,特别是国家多事之秋,更要宣示实力,以枪炮说话。

还是靠实力说话

1932年4月,刘文辉先是向中央报告:"藏军大部军力,集中甘瞻,有向我进攻情势。"

"本年四月乘唐特派员柯三返京,交涉停顿之际,以重兵三路分扑我军。幸仗中央德威,官兵用命,敌未得逞,我军乘胜收复甘、瞻。"

收复瞻化的经过,未见于汉文档案材料,当时驻守瞻对的藏军德门代本的夫人的藏文回忆材料中却记述甚详。那时,藏军不仅是军官,就是士兵也常带着家眷在身边。所以,德门代本的夫人也就亲历了瞻对之战。这位当时藏军驻瞻化的最高指挥官的夫人在回忆材料中显示,很早前,德门代本就派手下军官化装到打箭炉侦察川康边防军的情况。不久,派出侦察的两人回来报告:"大部川军正往亚绒(瞻化)方向开进,战斗不可避免。"并派人去向驻昌都噶伦"请求增调援军及弹药、粮饷"。上面也答应"军火、军饷照供不误","事实上军饷远未如期运至"。

后来,"川军进抵噶塔、木里一带,并进行操练演习的情报接踵而至。斯时藏方军饷却仍未运到。而当地税收中酥油多粮食少,因此发饷时酥油居多,官兵叫唤用酥油很难换到粮食,代本、如本苦口相劝,方肯听从"。

这段话透露很多信息,让我们得以窥见那个时代瞻对和藏军的基本状况。一、藏军一占领瞻化,就开始征税了。和过去的土司时代一样,这税收多半是实物——粮食与酥油。二、藏军并没有什么像样的后勤,打到哪里吃到哪里。军饷也常以在当地搜刮到的实物来充抵。但在瞻化却遇到了问题,油多粮少,而造成特别的困难。

"该年3月2日(藏历),亚绒七处守军就受到川军袭扰。代本、如本两人根据藏方兵员少,甚至无军饷的情况,商定出其不意的突击战术。遂在夜间袭击川军劲旅,结果双方均有伤亡。尽管不断向琼让及噶伦阿丕禀呈战况,然上下两总管听之任之,(瞻化藏军)竟成孤军作战。代本、如本每日召集营、连、排各级军官,商讨防守策略,但已处于捉襟见肘之困境,实无计可施。只得继续从当地征粮中磨些糌粑,搭上酥油,分发各阵地。

"几乎熬了一个月,突然一天巴库阵地遭袭,伤亡丁本一人、士兵十八人而失守。木里拉达阵地亦伤亡十三人而失守,其中伤员退避亚绒日囊兵营。尔时诸军官正在聚议,德门代本即对纳热如本说:'你年纪大,且留于此地,负责禀报战况,调配剩余粮食。吾即去巴库、木里拉达,将决一死战!'并嘱笔者备齐干粮。当此言一出,纳热如本及其他如本、甲本倏忽起身,脱帽陈词道:'代本先请稍安。亚绒群山环抱,道路狭窄,我方兵力仅七百人,几近粮尽弹绝。于今正可谓"能战是英雄,能逃是好汉",在吾部尚未完全溃败之际,姑且撤至德格,与凯墨代本商议后再向噶伦禀明情由为好。'经过反复劝说,德门代本终于赞同，遂商榷如何撤退之事。"

商议的结果是，决定精选两百名熟悉路线地形的官兵开路，"伤病员、军人妻孥及军需驮畜等紧随其后，并由少许官兵护送。其余官兵三百名，代本、如本及随员则留在最后，以阻击追兵。如斯商定后，即差人传令所部撤出各自防区阵地，并拟于四月初开拔后撤"。

但藏军还没有实施这个撤退计划，川康边防军已反攻过来了。

"不虞藏历3月20日午后，汉军进占日囊宫东面山头，猝然向该宫连续扫射三次，弹丸如冰雹般落在屋顶上。东面山头与日囊宫相距仅三百余步。"这个地方，已经打过很多次仗了。所以我们应该知道，这三百余步距离间却有一个天然屏障，水深流急的雅砻江。"德门代本当即下令烧毁通向河东的江上桥梁，尔后，藏军及其家属按既定方案，经日囊宫西侧撤出。"

那时，瞻化藏军最高指挥官德门代本的夫人云中卓玛还很年轻，她在回忆材料中说："当时笔者年方二十，女儿仁曲刚满两岁。代本让我穿上白布男袍，又传人备马，尔后吩咐：'占堆罗布须周到侍候夫人，保证安康。骑兵索朗好生照顾女儿仁曲及奶妈拉珍。知宾拉次负责押运大白纠纷案卷箱，配驮畜、坐骑各一匹，文书不得遗失。'"可见，这位代本还是临危不乱，颇有些从容不迫气度的。

"六匹骡马驮运六驮弹药箱，集中好伤病员及军人家属，于午茶时分趁敌军火力空隙，出日囊宫直奔西侧山角。

"午夜在行军途中，倏见后山腰熊熊大火，众伤员、妇孺顿时一片惊恐。随后赶来的押运弹药的马夫和士兵告知，乃是最后撤退时不慎失火所致，官兵无恙，人们始得放心。当晚不停地爬山，次日拂晓便到达山顶。警戒兵通知，在此歇息，带炊具者去烧茶。后续人员渐次赶到，原地小憩打尖，医士为伤病员简单护理。从4月1日起，每日起早贪黑，过无人区，翻山越岭，戎马倥偬，几经伤、病、生、亡、饥、渴等艰辛，于4月11日始抵大廓三岔口。斯时军中断炊，故决定停留三四日。此地距大金寺已不远，即派居本和士兵两人前往该寺索要糌粑、茶叶、酥油、食盐等，并寻觅琼让住处，向其禀报情况。亚绒失守后，琼让已经由甘孜迁居大金寺。

"藏历四月十五日上午，大金寺及琼让遣人运抵糌粑六十驮、茶叶两箱、盐巴一袋、酥油四袋、肉牛八头。当运输驮畜从南山脚下经过时，军营顿时闻到了糌粑香味，所有官兵、妻孥及轻伤员，不禁雀跃欢呼。代本、如本两人亦喜形于色并言道：'从今日起可免受饥饿之苦呵！'遂将部下分成八组，分发糌粑等食品。随后决定于次日下午开赴毗邻大金寺的绒坝岔。"

其实，藏军自身号令并不统一。德门代本手下一直和他并肩作战，共历患难的纳热如本，这时却违抗命令，率自己的部属径直回此时还远离前线的德格去了。剩下德门代本率领所部进驻绒坝岔，不久藏军凯墨代本也进驻绒坝岔。面对反攻处处得手的川康边防军，原来的和谈代表琼让成了前线总指挥，在大金寺召集德门、凯墨两位代本会议决定，集结所部藏军和大金寺武装僧人，"再次向川军宣战"。

计划已定，德门和凯墨两位代本把一直随军的夫人送归拉萨。

藏历七月初，德门·云中卓玛夫人回到远离前线的拉萨。正遇见西藏地方政府在富家子弟中征集新兵,"此间仲扎玛噶正在招兵之中,因男丁入伍前均需剪去发辫,摘下耳环,所以妻孥哭成一团的惨况到处可见"。

这位代本夫人回到拉萨,我们就再也不能从藏文史料中找到对前线情况的详细记叙了。她只在回忆文章中说:"自吾辈离开……凯、琼、德三位代本曾在甘孜两次作战,皆因寡不敌众而败北。"

好在,接下来的战事却在刘文辉呈送国民政府中央的电文中有较详尽的表述。之前,刘电文中谈反攻都很简略。只说某日收复瞻化,某日收复甘孜,到了此时,却忽然详尽起来:"我军乘胜收复甘、瞻。藏又派劲旅,调集民兵,集中于大白一带,以图反攻。"

"文辉鉴于藏情狡谲,正拟奋速进攻,摧其主力,不图敌于六月东(1)日乘我守兵交代之际,用悍兵五千以上猛攻大雪山顶。我一、二、三、四支队正纷纷崎岖辽阔阵线中,猝不及防,遂遭大挫。我既仓促失去阵地,敌复乘胜向我横扫,全线动摇,危且不去。幸赖我左翼队及总预备队飞奔增援,激战终日,死伤枕藉,始将雪山阵地完全恢复,转危为安。乃依按原计划施行总攻击。我三支队于冬(2)日晚由雪山绕攻,二支队由烧香台左翼仰攻,一、四两支队由觉罗寺进攻,与敌混战一日一夜。我一支队于支(4)日占领白利村,二、三、四队同时占领乍堆,向葛老隆推进。敌自白利失守,全部向大金退却,飞请增援。其在寺旁各要隘早已构筑险固工事,层层布防,严阵死守。我军自微(5)日起节节进逼,血战四日,卒不得下。我前线官兵竖发裂眦,争为先登,于佳(9)日拂晓咸誓为国牺牲,与敌作殊死战……炮声隆隆，血肉横飞，我前线官兵犹大呼军训，视死如归，前仆后继，毫无退缩，战区土人惊为西康战事之烈从未曾有。我军乃将凭恃藏援，怙恶造乱之大金寺一鼓攻下，并乘胜进占绒坝岔，敌人大部正向德格方面退却，临去将大金寺内之前子弹库、粮秣库纵火延烧，刻正在分别善后中。"

这时，十三世达赖喇嘛见战事不利，便通过驻京办事处向蒙藏委员会提出抗议："壬申岁，汉方对于西藏外倡和好之说，实行欺罔之计，试观其无故集中军队、枪械开衅于合歌及瞻对地方……又大白两寺之事，经蒙藏委员会交由四川刘文辉办理后，既无一言商议，又复遽启兵端。凡此皆足为其欺罔手段之表见！"

大白之争，中间或战或和，也许还有什么是非曲直，我还没有看到相关材料，但如果说瞻化，说大白地方的得与失，有什么"欺罔"之处，藏方倒真是有些强词夺理了。

跟大白之争初起时，蒙藏委员会频频致电达赖喇嘛不得回复不同，这一回，刘文辉所部川康边防军不断收复失地之时，达赖方面开始频频致电蒙藏委员会，后来干脆直接致电蒋介石："中央现对中藏问题究作如何办法？"

蒋介石这样回复西藏驻京办事处："西藏为五族共和之一，无异一家骨肉，中央决不愿用兵力以解决各项问题……惟迭接各方报告谓，西藏正倾师犯康，添购新械，达赖且将亲出指挥。所报如确，固未谅解中央对藏之好意，兵连祸接，亦徒苦川藏人民。请转电达赖，有何固见，尽可倾诚见告。但属合理要求，中央无不乐于容纳，万勿轻信他人挑拨语言，趋走极端，徒授帝国主义侵略之机会也。"

而在前线，战事继续展开，到1932年8月间，战事已近尾声了。刘文辉电"国民政府主席林、军事委员长蒋、行政院长汪"：

"职部自七月佳（9）日收复大金寺、绒坝岔、玉隆各地……邓指挥骧等报称：藏番因大金寺之役主力被摧，赶调昌都一千余人、民兵三千余人以增援。以雀儿山东面之山根子为第一道防线，由民兵扼守。以雀儿山西面之柯鹿洞为第二道防线，由昌都新到之骑兵扼守。以德格为第三道防线，由大金退回之藏兵扼守，并于各地筑有坚固之工事。职等侦悉前情，决定敬（26）日分三路进攻。一、四两支队任右翼，出竹庆会攻柯鹿洞；二、三两支队任正面，先夺取山根子，再越雀儿山攻柯鹿洞；五支队任左翼，出赠科向德格抄击。自勘晨起，激战至勘晚，双方死伤枕藉，血肉横飞。我军奋不顾身，前仆后继。藏敌不支，向德格方向狼狈退却，遂将山根子、雀儿山、柯鹿洞等地占领。

"查柯鹿洞距德格四十里，两山夹峙，巉崖急湍，中有桥梁十三道。藏番分部为营，阻桥为守，我军乘胜进逼，以大炮、迫击炮、机关枪猛烈轰击。该敌拼死顽强抗，无法进展。不得已，乃冒险攀山，绕道桥梁后方。同时出赠科之左翼军，亦已抄过德格后方，始将十三道桥梁完全占领，跟踪追击，于艳（29）日占领德格县城。藏敌溃渡金沙江，集中岗托。我军乘其半渡，用枪扫射，敌毙甚众，即日追占龚垭，一面派队进逼金沙江边，对岗托渡口严密布防。我军伤亡官兵千余人。"

藏军自德格败退后，全线动摇，又陆续退出邓柯、石渠、白玉等县，自此，民国七年来，因金沙江东类乌齐事件而起，被藏军占领的江东各县，被川康边防军全部收复。川藏两军形成隔金沙江对峙的局面。

这时，英国人出面敦促停战了。

恰逢刘文辉也后院起火，四川境内的二十军军长刘湘联合二十八和二十九两军，准备对刘文辉开战。川康边防军也就放弃了乘胜渡江，收复民国七年战败前全部失地的打算。1932年10月，西藏方面还是那位琼让代本，与川康边防军邓骧、姜郁文两代表在金沙江西岸之岗托签订《汉藏停战条件》六条。

主要内容：

川藏双方军队各以金沙江中下游东岸和西岸为最前防线，不得逾越，同时各处前线，双方每处驻军不得超过两百人。

这条停战线，直到今天，还是四川省与西藏自治区的边界。当年的岗托渡口上已经没有了牛皮船，江上一座水泥大桥。桥头西岸，至今还有几座坚固的岩石碉堡耸立半山坡上，那已是20世纪50年代藏军试图阻击人民解放军进军西藏时所建立的了。

六年前的一天，我开车从德格县城出来，在一个叫砻垭的地方停留半天。那个地方，有一座旧城堡的残迹，一道从谷中伸向山头的蜿蜒的旧城墙。文字史料上，对这座旧城没有只言片语记载，倒是当地百姓中有口碑传说。说此城是史诗《格萨尔王》中格萨尔王手下三十大将之首，也是他同父异母的兄长嘉察协噶镇守的城堡。史诗中的嘉察协噶是一个汉藏混血儿，赤胆忠心，有勇有谋，战死之后，还在战场上显灵为将士助战。站在高冈上的残墙边，我想，在比本书所书写的更遥远的格萨尔王的时代，这片土地上的人眼界更高远，心胸更开阔，如果今天还有像产生《格萨尔王》那样的英雄书写，人们还会把一个汉藏混血儿塑造成让人一唱三回肠的英雄形象吗？风劲吹，太阳的光瀑倾泻而下，眼前横亘着绵延的群山，这样的问题自然无人能回答，只有风中的树林光影错动，发出大声喧哗。在我身旁，古城堡残存的夯土墙通身通红，据说是经历多次火攻才变成这样的颜色。为我讲述传说的当地老者，在残墙根下翻掘一阵，掏出一大坨锈红色的东西放在我面前。不是泥，是融化过又没有完全融化的石头紧紧黏结在一起。老者说，看看当年，你看看当年，他们把铁矿石烧得半融，投入墙基，又浇下铁水使这些石头牢靠黏结。老者说，所以古堡的残墙才能历千年而不倒。我在地下翻掘，到处都是赭红色的老墙基，一座佛寺就建在老城堡的墙基之上。庙里光线昏暗，在一根彩绘的柱子上，挂着一个彩绘的箭匣，里面插着几支带翎的箭，庙里僧人说，这也是格萨尔时代留下来的旧物。这个，依我之力是很难考证了。

我离开砻垭村，沿峡谷西下，到了金沙江边。在正午强烈的日光下，站在宽阔的水泥桥上，看桥下的江流，湍急处，水石相激，白浪翻卷，平缓处，一个漩涡套着一个漩涡。这条江流，早前并不是川藏两省区的界线，那是德格土司领地上的一条内江，晚清，曾经雄踞此地几百年的德格土司家族渐渐衰落了。民国，这条江流两岸，几度变成川藏间的战场。当年大白事件后，川康边防军和藏军就在这里隔江对峙。

在桥上，一辆挂西藏牌照的车停下来，车上下来两个人，自我介绍说是新到江达县任职的援藏干部，来自天津，要去拜会德格县的领导，说两县虽属不同省区，两个县隔江相望，来了新领导自然都要互相拜望，方便以后的工作。

我们在桥上以江水声作背景，闲聊一阵，分手，他们去我刚离开的德格，我沿着金沙江东岸崎岖的公路沿江而下。这条公路通向赵尔丰改土归流后新设的白玉县。从白玉县继续沿江而下，就是川藏大道南线上的巴塘。如果从白玉县往东,通过大片布满冰川的雄阔高原,就是过去的瞻对,今天的新龙县了。

那天,我没有到达白玉。

我在一个叫河坡乡的地方停下来。那里出一种很有名的刀:白玉藏刀。这个地方,传说是格萨尔时代的兵器部落。我在村子中转悠,几乎所有人家都在用传统的手工艺打造什么,只是他们已经没有打造兵器了。他们把熟铜敲打成薄片,用来打造各种宗教用品:寺院建筑上的顶幢、转经轮、佛像……林林总总,也有人在打造刀子,小巧的刀身、精致的银鞘——上面花纹繁复,还镶嵌着一颗颗红珊瑚。这种刀,装饰意味已经大于实用价值了。我不甘心,打听有没有人家还在打造真正的刀。藏语的康巴方言和我家乡的嘉绒方言大不相同,我只能大着舌头吐出一些简单的词,终于,还是有人明白了我的意思,把我引到一户人家。石头寨子的二楼,是这家人宽大的起居室兼客厅。五十来岁的男主人搬出一把把两尺长三尺长的朴素而锋利的刀,摆在我面前的藏式矮桌上。不用过手,我就感到它们的分量与锋利。主人说,这些刀现在不能用了,他甚至用了一个汉语词,管制刀具。他说,喜欢的游客拿回去挂在墙上。他说,以前好多游客会买,拿回去收藏。现在不行了,检查,不让带。说到此,主人和我都有些惆怅。如果还要卖,就像这样,他又拿出一把刀来,没有开刃的,我说,那就不是刀了。

我想起小时候放羊的时光,一把这样的刀斜插在腰带上,羊躲在灌木丛里不肯出来,这把刀就派上用场了,一阵左劈右砍,那些树枝纷纷坠落,一条通道就开辟出来。

我们交谈的时候,二楼外的平台上,传来叮叮当当的敲打声。我出去,一个二十多岁的年轻男子,正在通红的铁匠炉边锻打一把新刀。我指着沉默的打刀人,问主人是你儿子吗?他笑了,看了看身边给我们端茶递水的女主人。我明白了,这是一个兄弟共妻的家庭。

那天,我就宿在这户人家。听着窗外金沙江的波涛声,难以入眠。我在想一个民族悲剧性的命运,为什么格萨尔那样开阔雄伟的时代,一变而为土司们小国寡民的时代。我还在想,直到今天,这个民族还很少有人去想这样的问题,甚至,想想这样的问题,都会成为有意触碰某种禁忌的冒犯?

早上离开时,这个过去的兵器部落,有些人家正在把打造好的宗教器物装上小卡车。是啊,和平时代,刀箭都隐退了。历史前进,一些器物的退场自是必然,但何以连宽阔蓬勃的精神也一起狭窄委顿了。

藏方在大白战争中先胜后败,不自量力的决策是上面做的,下面的军官只是依令而行,但战败的责任却要由前线军官承担。德门·云中卓玛的回忆文章记载:"四品僧官扎康堪仲及三大寺代表自类乌齐发出文告,勒令三位代本前往接受军政处罚,三人即抵该地受审,凯、德二代本向其移交战事始末文牍。最后对三人免予死刑,罢黜代本之职,另罚琼让黄金一百五十两。"

而总管前线战事指挥的噶伦阿丕也于忧惧之中,病死于昌都任所。

其实,这些藏军军官,在前线屡与汉军交手,相对在拉萨中枢的那些僧俗官中,对战与不战,对战或和分别的结果,均是十分清楚的。

大白之战结束于1932年。《第十三世达赖喇嘛年谱》有一节关涉大白之战,语气却冲淡平和,不见谱主的情绪:"本年,川藏交战,霍尔廓(即甘孜炉霍霍尔五土司一带)及娘绒(即瞻化地方)地区的藏军败绩失地。琼让代本与内地官员资深旅长谈判,以岗托渡口处之金沙江为界罢兵。因在交战和谈判中过分退让,达赖喇嘛处罚德格、涅绒、霍尔廓地区守官琼让、德门、凯墨等人,将其贬为普通俗官,并任命人员接替。"

1933年5月,年谱又记:"川藏协议签署后,达赖喇嘛下令昌都总管及其务事人员前来拜见……接受其所呈协议文本,详细听其禀告。"听了禀告后,反应如何,却不见记载。又五个月后,"十月三十日,达赖喇嘛于格桑颇章附近的寝殿其美巧期中示现圆寂之相"。这个十月,是藏历。十三世达赖喇嘛圆寂之日公历是1933年12月17日,"佛龄五十八岁"。

1934年,国民政府派出参谋本部次长黄慕松入藏册封致祭,6月,"二十七日,抵金沙江,藏方官民及如本等在江岸鹄候,遂渡江赴琼让代本欢宴会。自此康藏驻军双方,感情较昔稍好,而隔阂亦因减除不少"。

黄慕松报告书中说:"查琼让代本此次奉藏政府派为招待专使之总招待员,渡江后,一切安全之及乌拉之前调集,均由彼负责。其人对川康事件素极熟悉,在康驻军历十六七年,民国七年之绒坝岔条约,及此次与刘军长所订结之岗托协定,均由彼办理。为人老谋深算,富机诈心。"看来,黄专使并不太喜欢这个人。这反而说明,琼让本人对西藏地方政府是忠诚的。1932年,失去军职,被贬为普通俗官。两年后,看来又官复原职,因为与"汉政府"打交道,还少不了他这样熟悉双方情况的干练之人。

诺那活佛的传奇

该离开大白之战,来说说一个颇富传奇色彩的活佛故事了。

说他,我们又得把日历翻回到民国七年的川藏战事。

诺那活佛系统,原是昌都西北类乌齐三十九族地区昌奇寺管家。诺那活佛的前世,对藏传佛教宁玛派教义深有研究,在该地区的信众中享有崇高威望,被清朝皇帝赐以呼图克图封号。

"呼图克图",清朝授予蒙、藏地区藏传佛教上层大活佛的封号。"呼图克"为蒙语音译,其意为"寿","图"为"有",合为"有寿之人",即长生不老之意。原是藏语"朱古"之蒙语音译,意为"化身",即汉语俗称中的"活佛"。凡册封"呼图克图"者,其名册皆载于理藩院档案中,其下一辈转世,由清廷加以认定。

我未查到过资料,说这一位诺那活佛是这一系统的第几世活佛。史料只说诺那因封号得自清廷,"对汉军颇有好感"。这好感可不一般,民国七年驻昌都边军彭日升与藏军开战时,诺那活佛和他的寺院就站在了汉军一边,帮助彭日升所率边军攻击藏军。战争结果我们知道是边军完败。边军统领彭日升兵败被俘,被押往拉萨投入监牢，据说后来病死牢中。助战的诺那自然也没有好结果，他同样被西藏地方政府逮捕，押往拉萨，关入监牢。那时，西藏地方吏治腐败，只要大施贿赂，几乎没有什么办不到的事情。诺那也深知这一点，通过对狱卒重行贿赂，得以潜出监狱。他逃出生天，不敢在西藏境内久留，便一直往尼泊尔去了。到了尼泊尔，因王室成员都信奉藏传佛教，并不为难于他。许多藏传佛教高僧都涉猎医术，诺那活佛也不例外。他到尼泊尔时，正逢王室公主患病，经他问病施药并兼以法事，公主很快痊愈，王室对他更是优礼有加。而诺那最终的目标是要逃往中国内地，尼泊尔国王便厚赠川资，助他取道印度，前往中国内地。

不久后，诺那到达北京，那正是段祺瑞主政时期。他面见段，游说他派兵经边，收复民国七年边军战败后的失地。但段正忙于应付内地军阀间的争战，无暇他顾，诺那只好留在京城中讲经说法。在此期间，四川军阀刘湘的驻京代表李公度也成为他的信众。李邀他前往重庆。诺那想段政府不能助他，或许刘湘这样的四川实力派可以助他，便应邀去到重庆。到了重庆，刘湘并无经边的打算。诺那失望之余，便于1927年，转道前往已是蒋介石做了领袖的国民政府的新首都南京。

在南京，诺那广收信众，讲经说法，影响日众。

那时，在南京的蒙藏委员会，有一个年轻的藏族人格桑泽仁任蒙藏委员会委员。

格桑泽仁是巴塘人，是康区藏族青年中最早接受现代教育的人。赵尔丰改土归流后在巴塘开办初等小学，格桑泽仁成为这所小学的第一期学生。辛亥后转入外国教会在巴塘办的华西小学，1917年到昆明上中学。后来，国民政府决定开发西康，在康定新设西康屯垦使署。为网罗培养人才，屯垦使长官刘禹九在当地开办陆军军官学校。1924年，格桑泽仁考入这所学校就读，并因通晓汉藏双语被任命为屯垦使署宣慰员。后又分别为九世班禅和二十四军军长刘文辉工作。再后又转往南京。因他平时留心时事，对康藏时局有着自己独特的见解，而为时任国民政府考试院长戴传贤所赏识，举荐他到国民政府工作，出任蒙藏委员会委员，并兼《蒙藏时报》社副社长，其间加入中国国民党。格桑泽仁在任期间，主张多培养康区藏族青年，参与地方政治经济文化建设。受他影响，巴塘、康定等地许多有文化基础的康区青年到南京任职和求学。这些青年人，在南京聚集在格桑泽仁周围，成立了"藏族青年励进会"，格桑泽仁自任会长，意图还是为将来改变家乡，建设家乡储备人才。

诺那活佛到了南京，两人同为藏族，又都倾向于中央政府，自然过从甚密。有材料说，格桑泽仁"在各方面为诺那揄扬"，一是说他教法高深，一是说他倾心中央，在类乌齐时，助战边军的旧事。这样的高僧自然受到国民政府的重视，考试院长戴传贤亲自接见诺那。戴传贤自己是虔诚的佛教徒，深研佛法，作为政府高官，更关心西康政治社会各方面的情况。戴传贤的种种询问，诺那无不给以很好的答复。这使戴传贤深感满意，认为将来国民政府开拓康区，诺那也是格桑泽仁一样不可多得的人才，也荐举他出任蒙藏委员会委员。并批准他在南京设立"西康诺那呼图克图办事处"，由李公烈担任办事处长。李公烈是最初将诺那引荐给刘湘的李公度之弟。诺那为了增加同康藏地区的联系，又在康定设立"诺那呼图克图驻康定办事处"。任命原类乌齐三十九族头人邛布彭措为主人。我读到过一些回忆材料，好些那时进出康定的人士，都见过此人。这个彭措也叫那麦彭措。民国七年后，他率族人助彭日升边军攻击藏军。战败被俘后，他被藏军施以刖鼻之刑。以后有家难归，长期流落在康定一带。"那麦"，在藏语中，就是没有的意思。他没有什么？没有鼻子。这回，他出任诺那的办事处长，算是又拾回了过去做部落头人时的部分荣光。

　　日本人步步进逼前，西南地面为整个国家的后方，康区则是这个后方更纵深的后方，其局面的安定比任何时候都更显重要。国民政府中一些有识之士，有"先定川康，后图西藏"的战略设想，同时，中央政府也忌惮这一地区完全处于刘文辉这样的地方实力派控制之下，一直在寻机楔入一股另外的力量。先是借大白之战的时机，委派格桑泽仁为国民政府参议，再派他以西康党务特派员身份，带领部分在南京学习工作的康区青年回到家乡，蒋的意图要他在康区建立国民党组织，在刘文辉的地盘上，培养一股异己的力量。格桑泽仁回到巴塘，见刘文辉驻康区部队，大部陷于甘孜炉霍一带与藏军的战事之中，又值康定兵变，马旅长被变兵枪杀，便联络当地实力派，提缴驻巴塘守军两个连枪械，成立西康省防军司令部，委任自己的秘书黄子冀为巴安县长。同时公布五条政纲：一、实行地方自治；二、力图民族平等；三、废除乌拉差役；四、改进耕牧技术；五、发展文教事业。这是藏族历史上，由藏族人自己提出最与世界大势相契合的先进且有系统性的政治主张与施政构想。此前，西藏地方政府也曾力图有所变革，曾派出几位留学生去英国留学，那些人学成归来，却未曾在西藏社会产生影响。倒是那个派去监护这几位留学生的官员龙夏，曾经希图在促进西藏社会变革方面有所作为，结果却是触怒保守派下狱,并被剜去双眼。这是一个血腥的警告,不准睁开眼睛看到西藏之外的世界!

史料不载格桑泽仁在巴塘的激烈举措,在蒋介石和国民政府那里引起了怎样的反应,倒是他所造成的这个事变,被藏军视为一个良机。当时,唐柯三正在调处大白之战,川藏军在川藏大道北线甘孜炉霍一线陷于对峙局面。这时,驻川藏大道南线上的要点巴塘的武装,不再是刘文辉的部队,而是格桑泽仁的旗号,自然不在唐柯三调处范围之内。藏军随即向巴塘发动进攻。藏军进攻前,经格桑泽仁说服共同举事的贡嘎寺武装叛投藏军。藏军围攻巴塘三个月,格桑泽仁力量单薄,无力再战,遂以请求援兵的名义,潜出巴塘,经云南转回南京。"康人治康",有很好的理念,借以实现这个理想的手段,却仓促草率,未经实际施行,便告烟消云散。

1946年,此后再无大作为的格桑泽仁于忧郁寂寞中,病逝于四川青城山。

那个时代,真是康区的多事之秋!

大白战事未了,中间出了一个格桑泽仁领导的"巴塘事变"。

大白战事刚了,善后工作如大金寺院重建,僧人安置等项尚未结,长征中的红军又逼近了康区。

为阻挡红军,国民党中央军十六军进驻康定,国民政府又宣布在西康设立"西康宣慰使公署",任命诺那活佛为宣慰使。这自然是出于两个目的。一、如红军经过这一地区,可以借诺那的威望动员地方武装抵抗;二、趁机在刘文辉这个地方军阀的地盘上楔入另一股力量。宣慰使公署下分设秘书、宣慰、总务和地方武装四组。各组分设组长一名，组员若干。曾追随格桑泽仁在巴塘与藏军战斗的西藏商人邦达多吉为宣慰组长和地方武装组长，由湖北人韩大载任秘书长。

1935年4月，诺那从南京往四川。到重庆后，国民政府军事委员会驻重庆别动总队派别动第一大队部指导员江安西及中队长何树屏率一个中队八十余人，随诺那进驻西康。江安西是巴塘人氏，在巴塘教会学校受过教育，同时被任命为宣慰使公署的藏文秘书。四川军阀刘湘因与诺那有多年的供施关系，加上和刘文辉斗争的需要，也调拨了两个连的兵力，编为宣慰使公署特务大队，任命曾在其军队中任过旅长的秦伟琪为大队长，随诺那入康。

1935年6月，诺那由成都启程，以煊赫的仪仗高调入康。史料载他"乘坐八抬黄轿，前后华盖宝伞"。

诺那入康后，刘文辉对他也以礼相待。

8月，宣慰使公署广招在康区拥有实力的地方僧俗首领到康定参加宣慰大会。这些地方首领中便有瞻化县上瞻对头人甲日·多吉郎加。秘书长韩大载主持大会，并代表国民政府向康区各界表示慰问，诺那发表长篇讲话，宣扬教法之外，号召拥护贯彻中央政令，巩固边防，维持治安，在五族共和国家加强团结等等。

接下来，宣慰使公署又以调查民情为名，秘密召集康属各县土司头人，寺院住持等会议，要他们反映地方情况。其实，就是搜集于刘文辉不利的材料。果如他们所愿，事后，公署很快收到控诉二十四军在康区横征暴敛、为非作歹的书面材料三百余件。公署当即转呈国民政府中央，此事又很快被刘文辉知晓，双方关系迅速恶化。

9月，诺那离康定，计划沿川藏大道北路各县进行宣慰活动。当诺那一行到达折多山外塔公寺，有乾宁寺喇嘛来报，有一个排的散兵正在乾宁抢劫寺院财产。诺那当即派邦达多吉和江安西率部将这股散兵包围缴械。经查，这些散兵是二十四军与红军作战失败后退下来的。公署缴获他们的武器后，发给路费，遣散回家。

公署进驻道孚后，又获悉二十四军余如海旅三个营在北面的丹巴县被红军击溃后，旅长不知所往，其中两个营败退道孚县城。这些失控的败兵，沿途抢劫，进驻道孚后，吸鸦片，聚赌，军纪败坏。公署以维持社会秩序的堂皇名义，决定解除这两个营的武装，以壮大自身的实力。为避免冲突，公署以慰问之名，设宴请排级以上军官出席。同时，公署武装将宴会场所悄然包围。酒至半酣时，秘书长韩大载假中央名义宣布：二十四军驻康区军队，由宣慰使公署接管，听候改编。并当即勒令赴宴的各营营长签发缴械命令，由江安西等率武装，前去兵营宣读缴械命令，并保证士兵们缴了枪械后，保全性命，并照发军饷。以此办法，将二十四军两个营顺利缴械。不久，又发动地方武装，将余如海旅另一营在行军途中包围缴械。这三个营，大部士兵被遣散，留下的士兵，改编为宣慰使公署直属的武装力量。

此一事件发生后，刘文辉自然万分恼怒，调一个团的兵力出康定向道孚进击。公署驻康定的秘书陈济博早把刘文辉出兵的消息与日期电告诺那。

结果，公署立即调动武装一千余人，由那麦彭措指挥，将刘文辉部队击溃。此战胜利后，诺那将刘文辉派驻道孚的县长撤职，另委别动队员徐某为县长，直属公署领导。

事后，在只有诺那、韩大载、江安西和邦达多吉参加的会议上，诺那活佛说："一个人吃大蒜，吃一个口臭，多吃几个亦是口臭。"意思是以这种方法化二十四军的武装为自己的武装，既然已经开头，就不能半途而废，只能继续进行下去了。

会后，公署在稳定住道孚这个立脚点外，派出邦达多吉率他自己的私人武装前往巴塘，那里有二十四军一个团，他们的打算是要按道孚方式，将这个团也解决了。邦达多吉，西藏人，出身于西藏三大商业家庭的邦达昌家族，曾任藏军军官。后与西藏地方政府发生冲突，带领所属二百余人枪离开西藏，长期驻扎巴塘。

长征途中的红军一、四方面军，从泸定桥等处过了大渡河，在丹巴大金川一带盘桓一段时间，便北上去了阿坝草原地带，并未进入康北地区，而二十四军的主要兵力都用于防备红军进入雅安一带，以致康北一带几乎没有驻军，这便给了诺那的宣慰使公署很大的活动空间。

邦达多吉出发后，江安西从别动队中抽出三十名精干人员，每人配长短枪各一支，组成一个警卫排，随他出发肃清康北各县二十四军的残余部队，并撤销各县原任县长，另委县长，并由别动队中派出一名队员协助县长办理县务。江安西巡视了康北数县，都早无二十四军部队驻守。后来，江安西侦知地处德格和瞻化两县之间的白玉县有二十四军一个连，便动员地方武装二百余人，半途设伏，迫使这个连缴械投降。

大白之战后的瞻化

1932年5月,刘文辉部击溃藏军,收复瞻化。

战后,瞻化全县按原上瞻、下瞻、河东、河西四总保又编成四个土兵营,以原委四个总保为土兵营长。同年,修复了被藏兵破坏的从江东通往江西岸县治的雅砻江大桥。原县衙建筑被藏军焚毁。继任县长因陋就简,将县衙就设于县城关帝庙内。

1934年,西川邮政管理局甘孜三等局在瞻化设立邮政代办所。这是瞻化县继设县之初即开办小学外,第二件趋于现代化的机构设置。

瞻化县磨房沟、日巴、拉科等地有汉民进入开采沙金矿。

当时瞻化地面,四个总保中,以上瞻总保甲日·多吉郎加势力最大,可以和其抗衡者,只有下瞻总保。可惜多吉郎加膝下无子,只有两个女儿,便从甘孜招一婿翁须协巴入赘,"二女并嫔之"。两女中,一女姓名不传,一女青梅志玛性格强悍。男方也是甘孜大户出身,自然也不愿意事事听从妇命,以致家庭不睦,夫妇间屡起纠纷。大户人家,夫妇相争,不只是情感问题,重要的还是土地财产和百姓的控制权,最后矛盾达到难以调处的地步。翁须协巴主动多方结纳县长，县府便在家庭纠纷中倾向于男方，这让青梅志玛对县府极其不满。

此时，上瞻与下瞻两总保间因争夺一块草场又起了纠纷。读惯大历史的读者会说，怎么都是这样的鸡毛蒜皮呀！但那个时代，康区土酋间的争端，都起于这样的小事。有一本甘孜州政协印行的书《西康史拾遗》，出于冯有志先生之手。冯先生民国时期长期在西康工作，很多事件都是其亲历，自有相当史料价值。他在书中也记载了这次瞻化两总保争夺一块小小草场的官司：

"地方县长，亲往查勘。见这片草场，都在下瞻对境内，上瞻对仅在交界处有宽仅一米，长约数米的一小地段，照理这片草场，应属下瞻对所有，便把这片草场判属下瞻对所有。"

这件事在青梅志玛看来，是县长不待见上瞻总保的又一例证。当即便带了贴身随从，到康定告状。这时，国民政府正在筹备西康建省。刘文辉主持西康建省委员会，康区各县县长都是他所委派，青梅志玛自然告状无门。在康定，也有人告诉她，西康建省委员会虽属于国民政府设立，又与中央政府不完全是一回事。青梅志玛得到指点，便将状子递到了国民政府中央直属的重庆行辕。这时，诺那活佛已到达西康。行辕便将这状子转批给宣慰使公署，让他们就近处理。

1935年，上瞻总保甲日家女婿又怂恿县府出兵，袭击甲日家官寨。《新龙县志》大事记中说："男方勾结瞻化县府官兵，袭围甲日家官寨，甲日·多吉郎加逃至康定寻其女青梅志玛。"

诺那正担心插手刘文辉操盘的西康事务不能名正言顺，得了这上头批转来的状子，马上就带了随从前往瞻化。

青梅志玛见宣慰使到来，又是藏人，又是活佛，当即前往参拜，并发愿皈依，做了诺那活佛的女弟子。诺那此来，真正的意图，是要夺属于西康建省委员会的县政府的权。但县府所属有一个排的兵力，让他一时难以下手。这青梅志玛便自告奋勇，集中上瞻土兵武装，向县城发起进攻。事情的结果《新龙县志》有载："父女在西康宣慰使诺那支持下率武装返瞻化夺回家园，捉甲勇村批等数十人，并趁势解除了二十四军驻瞻化县城一个排的武装，活捉县长、师爷、通司、退役营长等四人，并处死。"

这个被处死的县长叫郭润先。

诺那遂委任青梅志玛为瞻化县长。

这青梅志玛不意间做了一县之长，她却不是受过现代教育的格桑泽仁，有"康人治康"的明晰主张，有改变家乡的宏图大略。她除了像过去的土司们一样，借手中权力去解决家族之间的恩恩怨怨，争夺更多一点的百姓、土地与财富，不会另作他想。

宣慰使诺那在康北一路顺遂，到委青梅志玛为瞻化县长为止，已经控制了康北道孚、炉霍、甘孜、德格、白玉、邓柯数县。但邦达多吉率兵回返巴塘解决二十四军驻军的事情却频频节外生枝，颇不顺利。后来，江安西也带领警卫排和大量地方武装南下，支援邦达多吉，准备对刘文辉部巴塘驻军长期围困。不想此时红军再次逼近康区，这回，是从云南入境的红二方面军和进攻四川失败的张国焘朱德等率领的红一、四方面军各一部。

1936年，诺那组织地方武装在道孚、炉霍两度阻击北上红军，均告失败。退却到甘孜后，再次纠集德格等地数千地方武装，在当年大白之战时的主要战场，即甘孜白利一带和红军开战，结果被红军以一个团的兵力击溃，指挥官夏克刀登受伤被俘。诺那只带着秘书长韩大载和那麦彭措等少数随从及公署所属特务大队几十人逃往瞻化。这时，北上的红军也已逼近瞻化。诺那所委任的瞻化县长青梅志玛逃跑，不知所踪。诺那不敢在瞻化久待，继续动身，准备南下巴塘。而下瞻对总保登巴多吉早恨诺那偏袒青梅志玛，正好借机报复，便将经过其领地的诺那一行设伏包围。公署特务大队临阵崩溃，诺那等被俘，登巴多吉当即将那麦彭措枪杀。依登巴多吉最初的想法，是想将诺那交给西藏地方政府处置。这时，红军过境的大部队进入瞻化，登巴多吉遂将诺那等交给红军，请求红军从严惩办。

红军部队优待诺那，将其送往甘孜。红军在甘孜组织成立了博巴人民共和国。这个藏族人民共和国中央政府的主席、副主席都由当地藏族人出任，其中一位副主席，就是后来为促成西藏和平解放而献身的格达活佛。

诺那活佛和他的秘书长韩大载，在甘孜受到红军优待。可是，这位离开类乌齐寺院，在外漂泊二十多年的诺那活佛，此时已经七十多岁高龄。就任宣慰使以来，日夜操劳，特别是与红军连战连败，骑马或步行，在高原崎岖道路上四处奔逃，惊惧之下已身心俱疲，重病发作。在甘孜，虽获红军首长接见，并尽力医疗，仍于1936年5月，圆寂于甘孜。

其遗体火化后，红军又发给秘书长韩大载银洋二百元，护送诺那骨灰回到康定。诺那死后，国民政府中央随即电令撤销宣慰使公署，韩大载又护送诺那骨灰到达重庆。国民政府追封诺那活佛为普佑法师，并拨给费用，由韩大载将骨灰送往庐山建塔安葬。也有资料说，诺那的骨灰是安葬在山西五台山。

诺那圆寂时，邦达多吉和江安西还在巴塘与二十四军驻巴塘部队对峙，听闻此消息，知道大势已去，便撤围罢兵。邦达多吉率自己的武装退回波密地区，江安西和所率别动队员都悄然离开巴塘，最后回到南京。

韩大载后又出任过国民政府行政院参议，1975年病逝于武汉。著有《诺那大师传》一书。

诺那活佛和江安西等人，与此前的格桑泽仁一样，意识到要改变藏族社会落后封闭的状况，唯有对这个社会进行合于世界大势的政治改造，发展文教，开发资源，并怀有"康人治康"的政治企图。但己身力量弱小，无非是借国民政府中央和地方势力间的矛盾，得以在康巴地区小范围内仓促上阵，一试身手，都只好从以非常手段攫取地方政权和枪杆子入手，结果陷入的还是过去地方实力派争权夺利的窠臼，形势稍有变化，自身既缺乏实力，更没有觉悟的群众作为基础，仓促举事，政治主张未及施行，又转瞬失败。自己成为历史舞台上无数走马灯式人物中的一个，成为人们谈说康区治乱时，一段有趣也有教训的谈资了。

红军北上后，刘文辉主持的西康建省委员会又重新向瞻化县委派了县长，并派出驻军维持治安。

再说那位青梅志玛。

1939年，那个短暂任过瞻化县长的青梅志玛以寥寥数笔又出现在一个人的文章之中。

做这篇文章的人，是当时的瞻化县长，名叫欧阳枢北。他在一份研究西康社会政治状况的刊物《康导月刊》上发表一篇文章，题目叫作《瞻化土酋之过去与现在》。文中说："顷常闻道孚松林口杀人越货，多为多吉之小娃（家奴）所为，西康科学调查团土壤组周昌云等先生来瞻，为言松林口有女匪名曲媚芝妈（青梅志玛）者。嗟乎，此即多吉郎加之女也，小人穷斯滥矣!"原来,这个青梅志玛当不成县长,又率家奴们走上瞻对人的老路,出了家乡,在别县的地面上再行夹坝的勾当了。

青梅志玛的父亲多吉郎加,原是瞻化县地面上雄踞一方,一呼百应的人物,这时也威风尽失。欧阳枢北文中说,青梅志玛当了县长后,多吉郎加一族"使官府震惮,因而重振家声"。但红军来了,诺那宣慰使死了,因此"不幸屡踬,多吉郎加家自度无能为力,见老景如此,常自伤悼。笔者宰瞻,多吉郎加来见,但如穷鸟之投怀耳!因怜而训之,彼唯唏嘘涕泣不自胜。现政府尚与优容者,姑以其牵制其他三区力量也"。

这时,上瞻区的实力派,是一名喇嘛了。"自多吉郎加家势力衰后,有大盖寺喇嘛赤勒者,富有政客风度之喇嘛也,代多吉而有赫赫之名,日巴、大盖、物色等村皆附之。其势力骎骎然,驾多吉而上之,多吉徒拥区长之名而已。然赤勒头脑清楚,知政教终须分立,事事常秉政府之意而行"。

但这欧阳县长大意了。

他这文章刚刚发表不久,青梅志玛就潜回瞻化。她暗中联系属下各路头人,约定6月某日举事,想要重演好戏,消灭驻军,驱逐县长。但她尚未行动,二十四军驻瞻化驻军陈晖先指挥官已得到情报。陈立即率两个连的兵力,从县城潜行几十里地,北上将青梅志玛包围,并发起攻击。激战中,青梅志玛的母亲被打死。青梅志玛叫父亲多吉郎加先行撤离,她自己战败后被俘,后被枪毙于瞻化县城。

从这般景象看来,瞻对这个民风雄强,号称铁疙瘩的地方,其势力此消彼长,纵横千年的地方豪强,在时代大幅度进步之时,以不变应万变的策略失去效能,终于显露出末世气象了。

和过去历代清军进剿瞻对不同,红军长征过瞻化境,当地豪强也试图抵抗,但几乎没有过一场像样的战事,都是稍一接触就败下阵来。最大的一场战斗,红军一个排与当地武装二百余人战斗,红军二十五人牺牲。但取得小胜的这股武装,随即就被赶来支援的红军部队消灭。

又过了十四年,1950年,中国人民解放军第十八军,仅派出一个排,未经战斗就解放了瞻化县城。瞻对,这个生顽的铁疙瘩终于完全融化。

不久,新政权将瞻化县改名为新龙县。那时的新政权,将自己视为整个中国,包括藏族地区的解放者。这个意思,也体现在新改县名的举动中。瞻化一名中,要害是那个"化"字——意思是以文明化野蛮,以汉文化去化别的文化。"化"之目的,是一个政治与文化都大一统的国家。而新政权的设想,正式确认是多民族的共和。至于这个目标是否始终坚持,或者有全部或部分的实现,应该是留待后来人总结了。

现在去瞻对,早上从康定机场下了飞机,驱车西经道孚县、炉霍县、甘孜县,再转而南下,大半日之内,就已抵达新龙县城了。从县城出去,乡乡都有公路相通,最远的乡也可当天往返。在酒店茶楼里,和当地藏汉族领导,谈的都是如何进行旅游开发。旅游资源就是当年清军难以克服的险山要隘与深峡,和那些石头垒砌、形式古雅的碉寨。当然,他们还想从强悍民风中挖掘精神性的文化资源,以康巴来命名。但是这一命名,却被旁一个同属康巴的县登记注册了。退而求其次,他们成功注册了一个新命名:康巴红。这个红,是康巴男人头顶上的红。那时,很多的康巴男子汉,都会在长发辫中编入大量的红绸布条或红丝线,盘在头顶，英雄气十足。

如今在新龙县土地上行走，县城乡镇上的公职人员不算，就是村里的农人，也大多着了轻便的短装。偶尔，在路上遇着一个藏装的男子，头上盘着掺着红布条的发辫，陪同的主人就会早早提醒，说，看，这才是真正的康巴汉子！

我在新龙县寻访旧事时，逢县里从州府康定请来有名的舞蹈编导，正在排演一台风格雄健舒展的舞台晚会。这些舞蹈，大量采用了当地民间舞蹈素材，着力体现的正是瞻对民风中雄健强悍的一面。

这台晚会排演纯熟后，要送到省里新成立不久的康巴卫视，在新年时作现场直播。县里广播局领导还带着当地电视台前来访问，要我谈对这台节目的观感，以及对该县旅游资源的评价。

2013年新年，我从电视里收看了这台晚会。

看着那些在舞台上大开大阖，舒展雄健的舞姿，看着舞台深处的灯光变幻，我想，这其实已是一个漫长时代遥远的浪漫化的依稀背影了。

我读《瞻对》

| 朱维群

瞻对这个地名，相信多数人会感到陌生，历史上它进入人们视野，多半是因为清雍正、乾隆年间朝廷多次对瞻对用兵。1989年我作为《人民日报》记者第一次抵四川省甘孜州采访，驱车从康定过折多山，经道孚、炉霍、甘孜、德格诸县，直抵金沙江畔。后来在中央统战部从事涉藏工作，去甘孜州的次数就多了，其中2012年从甘孜县南下到理塘，沿途恰恰是《瞻对》一书所述故事的发生地，今新龙县地界。那几年我奉命多次同十四世达赖喇嘛私人代表接触商谈，对方领头的就是书中所提及的瞻对地方头人之一——甲日家族的后裔。

因工作需要，我也常常涉猎甘孜、阿坝一带的近现代历史，感觉这片由雪山、森林、草原、峡谷构成的僻远而多彩之地实在不简单。新中国成立以前这里充满了大小土司等地方势力之间的矛盾、地方世俗势力与寺院势力的矛盾、地方势力与中央政府及四川当局的矛盾、西藏地方与中央政府及四川当局的矛盾……非下大功夫不能理清其中关系。这些矛盾纵横交错，经常导致社会动荡甚至战乱，有清一代牵扯了朝廷大量精力。而朝廷对这一带的治理又影响到大西南政治、军事、经济、文化格局的最终形成。同时我又感觉，历史上这些矛盾有些至今还时隐时现地在现实生活中产生某种影响，以致今天这一带发生的一些事件，其影响力往往超出这个地域，甚至引起中央的特别关注。那时我就有一个想法，如果有人能把这一带的历史写清楚，那将是一件很有意义的事情，当然也将是一项很艰难的工作。

感谢阿来先生在大量翔实史料和实地调查的基础上，以纪实的笔法，对两百年来瞻对地方的历史做了一个准确、形象、简约的梳理，又进而把笔锋扩展到今天甘孜州乃至整个川属藏区，并涉及历史上这一地域与西藏的关系。诚如作者所言，"这部地方史正是整个川属藏族地区，几百上千年历史的一个缩影，一个典型样本"。作者在政治上自有其鲜明立场和观点，但并未做太多阐释，而是引导读者自己从历史事实的铺陈中感悟到某些规律性的东西，得出应有的结论。这本书所写的地域范围并不大，题目也很专，但认真读下去，可以对今天有志于民族地区现代化事业的人有重要启迪和帮助。

瞻对这个延续数百年的"铁疙瘩"在清末民初的社会风暴中终于融化了。书中把这一现象解释为"势，大势所趋"。我以为，势的形成，无疑有待时代走到那个节点上，但也有赖于当时先进人物的造势，因势而为。概括作者的叙述，四川藏区形成的这个"势"大约包含了以下一些内容：新的生产力和生产关系的形成或输入，使四川藏区社会的政治经济文化形态发生改变，为其跳出历史的重复循环提供了内生推动力；改土归流，实现地方行政管理方式同国家主体管理方式的一致化，为四川藏区走出停滞、割据、战乱，走向长治久安，从管理方式上提供了可能性；

摆脱"大藏区"的羁绊,倾心内向,把命运系于中央,系于四川和四川背后广阔、先进的内地;抑制寺庙势力的膨胀,摆脱西藏政教合一的达赖集团依靠宗教影响力对四川藏区的政治控制;提升中央对四川藏区的权威和治理水平,抵制外国势力及其操控下的西藏达赖集团搞"大藏区"、将涉藏事务国际化的图谋……历史的步伐可以在特定时段及局部发生反复甚至倒退,但是其大趋势是不可改变的。这些经验对今天四川藏区的治理仍具有相当完整的借鉴意义。今天的先进人物完全有条件比前人更加善于用"势",有所作为。

这就是我愿意推荐这本书的原因。

(朱维群 全国政协民族和宗教委员会主任)

在塞尔维亚国际书展上的对话

| 麦家　阿来

2014年10月26日，在塞尔维亚第59届贝尔格莱德国际书展中国主宾国活动现场，阿来和麦家就《瞻对》的创作缘起和作者在创作过程中所倾注的深切的人文关怀、民族情怀和历史责任感，以及作家应该怎样取舍和承担这样的责任，进行了精彩的深度对话。

《瞻对》可以窥见西藏问题国际化的历程

麦家：我曾经在四川待了十五年，交了很多朋友，当中非常重要的就是交了阿来这个朋友。他不但是我文学上的兄长师长，也是我生活中的伙伴。如果说离开了他，不管是我在四川的日子还是离开四川的日子，我觉得我都不可能获得这么快速的成长，或这么有干劲。我内心的力量很大部分是阿来给我的，所以我很感谢我这位兄长。正因为这个原因，阿来的一举一动我都随时关注，即使我离开四川之后，他写作的每一次秘密的作为，别人还未关注，我就已经关注了。当我得知他在写作《瞻对》的时候，我心里有一些小小的担心。因为这对于阿来来说，完全是一次告别自己，全新开始的写作。而且这个写作完全忠实于历史，是完全钻到藏民族的中心，或者说进入藏民族非常关心的焦点上去写，说实话我当时心里暗暗吃了一惊。我一方面想是什么让阿来选择了一次崭新的出发，又是什么才能让阿来完成这次飞跃。当我看到这部作品以后，我所有的担心变成了喜悦。

这本书首先是在《人民文学》上首条隆重推出。当时看到以后，我惊讶于阿来的华丽转身。但今天当着大家的面，我还是想问问阿来，你当初为什么要做这种选择，我认为这是一次危险的选择，你真正的动因是什么？

阿来：谢谢麦家。他的话题展开是人互相之间的理解和友谊。在当下世界，尤其是民族主义高涨的时候，我们看到更多的现实是不同文化之间的冲突、流血、争斗。这个情况在世界范围和中国都有出现。我自己觉得，在今天这样一个社会环境中，当我们谈文化的冲突和交流都可能成为对某些人的冒犯的时候，我们更加应该关注这个问题。在这样一种民族主义思潮泛滥的时候，中国的一些地区，比如西藏，它的问题也开始出现在大家关注的目光里。后来我想，这样的问题它是否一直存在，还是某一种思潮的流行和泛滥，一个不是问题的问题？

但这样的问题，在今天的世界范围内，在已出版的有关西藏的图书中，我觉得找不到令我自己满意的答案，那剩下的一件事就是自己去寻找答案。

方法就是找到一个最具典型性的地方，研究这个地方的文化和历史，看一看今天所谓西藏问题的前世今生。我觉得只有两种方法：一是走向历史，在档案馆中寻找大量原始档案；二是走向田野,利用原始生态的考察。两者结合,建构一个小小地方两百年的历史。这两百年历史又恰恰是所谓西藏问题在国际上开始提出、形成,以至变成今天这种状况的过程。这是一个以小见大的过程,中文里有句话叫"窥一斑而见全豹",那么,我找到了一个特别具有样本价值的"斑点"。这个"斑点"就是瞻对。它的两百年历史恰好鲜明生动地解读了什么是西藏问题、西藏问题如何产生。我想我们可以以此展望西藏问题的解决。

麦家今天陪我说话,他也有在西藏工作的经历,他对西藏百姓生活也有直观的认识。其实一直以来我未与他正面交流过这件事情,今天正好是个机会。

瞻对的历史有趣到不用作家虚构

麦家:高大上的话题是不适合在私下聊的。我跟阿来有很多私聊的机会,但这本书确实到今天我们都未聊过。我认为冥冥之中在等待一个高大上的机会,今天就是这样一个机会。

我刚才说这是一次危险的写作,除了题材本身的独创性和尖锐性之外,我还有一个小小的疑惑。你是诗人出身,你擅长抒情,擅长虚构,有无限的想象,这为文坛公认,你也以此获得巨大成功。但是创作《瞻对》你选择了从历史出发,从史志、县志、地方志这种像钢筋水泥一样固定的东西出发,来演绎你的故事,来讲述你的藏汉交融的话题。你不担心别人非议你江郎才尽,说你已经丢失才华,因为要据实描写,必然要丢掉你所擅长的抒情性。

阿来:我原来其实计划写一本虚构小说。我在写前一个长篇的时候,已涉及瞻对。有一个英雄传奇的故事,大概一百多年以后,已变得很生动。大约三四十年前，一个大学教授到当地调查（民族学、社会学），说到这个传奇就像"藏地三国演义"，说这个英雄是关云长式的人物。但后来我真正深入此地才发现人们用典型化的方式，把两百年中七次战争产生的英雄事迹都加到了一人身上。我觉得应该把这个典型化过程做一个解构和还原。我开始研究历史，并发现这段历史有趣到不需要我虚构和加工。

当然麦家刚才提出的这种担心，我自己也有疑虑。因为任何作家对自己在写作风格上的转换，都会有警惕和担心。但这个担心比起另一个担心小得多。第二个担心就是一个普通人处在这个民族主义高涨，民族仇恨加深的情况下，你所承受的压力，又想寻求答案的担心。在这个压力面前，因风格变化可能失去一部分读者的压力相较而言要小得多。所以当两个担心相比时，后一个担心大于第一个担心。因为作家毕竟是一个职业，而后一个担心是文化冲突下如何自处，我们如何看待文化冲突。任何一个人，不管什么身份，什么职业，只要身处其间，你就能感受到这种激烈的存在。我们有没有方式化解，如何化解成为问题。而我的书有可能帮助大家寻找到这个方法。

作家写作应怀有对世界深刻的善意

麦家：有人说悬崖上的花是最美的，悬崖下也有尸骸。我真担心你去悬崖上采花，我们要收你的残骸。好在你从来都是位福将，你没有被葬送，你采到最美的花回来了。这本书出版一年，不管是在文学界还是高层，可谓八面玲珑，四处掌声。这本书我听到一个高度赞誉的说法：阿来的《瞻对》应该让每一个做民族工作的领导都好好看看。其实民族之间的纷争冲突矛盾不仅仅是中国的问题,当你来到眼前这片土地之后,不难发现这个问题也是全世界的问题。我们作家把这个问题作为自己的创作题材的确实很少,所以我敬佩阿来。他有得天独厚的优势,并取得这么好的回报。

我很关心另一个问题,当很多政府官员或权威人士评价这本书是一部维护民族地区稳定的指南时,你心里怎么想?

阿来:这是这本书呈现的自然结果。我希望不仅仅是中国,而是所有看到世界并非一片祥和也有残酷现实的一面的人,都来关心这个问题,这才是这本书想要追求的目标。佛经中有一段话:释迦牟尼的一个弟子问他,我们怎样才能影响世界的世道人心。佛说要有大声音。弟子再问:什么是大声音?佛说天上向下发的声音就是大声音。弟子又问:怎样让声音到天上影响众生呢?佛说:如果我们发出声音不是为了哗众取宠,而是怀着对世界深刻的善意,就能去到天上,成为大声音。我自己不是严格的佛教徒,但是写作时想对人说话时,我想我是抱有这种善意的。

所以在这样的写作生涯中,没有像我的兄弟担心的那样,至少现在还没有。

麦家:那你要感谢佛祖的保佑,同时感谢那么多朋友的拳拳之心对你的厚爱。

其实刚才我问你这个问题时,我心里是有答案的。就是如果"维护民族地区稳定指南"这个佳誉加给我,我也会坦然接受。我们经常说文学大于政治,其实文学摆脱不了政治,尤其是我们国家是多民族国家,民族团结、民族交融这是天大的事情。你在为天大的事情添砖加瓦,我觉得功德无量,远比你在文学上获得佳誉甚至比获得世界最高的文学佳誉都要重。

我想问最后一个问题,接下来你要攀登哪一座悬崖?

阿来:下一部小说的写作已经有半年,是一个痛苦的题材。当民族主义高涨,我们每个人都需要一种身份识别、需要确定你站在哪一边的时候,人就会被撕裂,家庭中的父母和儿女,兄弟、姐妹之间也会被撕裂,那会是多么可怕和痛苦的事情。我就写了这样一个故事。 这本书也是悬崖上的写作,作为一个作家,必须面对这样的现实。

麦家:我们的写作都可能是一种冒犯,都可能是悬崖上的一次经历。我们今天的对话就到这里,谢谢大家。